Der Stein des Luzifer

Das Buch

Eine Gruppe zerlumpter Vaganten macht Halt in der italienischen Stadt Undine. Mit ihnen reist auch Mack, ehemals Herr von Thannhausen und Sänger am Hof des deutschen Königs. Er ist auf dem Weg nach Cividale, wo er den magischen Stein vernichten will, den er dort vor Jahren versteckte, da er unheilvolle Kräfte zu besitzen scheint. Doch dann kreuzt der unheimliche Meisterfiedler Eule seinen Weg und löst eine gnadenlose Jagd aus, die Mack in die Keller der Inquisitoren und dann an einen geheimnisvollen Ort führt, an dem die bestrickende Lilith sich ihm als Helferin bei der Vernichtung des Steins anbietet. Aber wie ehrlich meint sie es? Und woher kommen die seltsamen Träume, die Mack wie ein Fieberwahn gefangen nehmen und zugleich trösten und verstören? Sind sie Zauberei – oder womöglich der Beweis, dass die Inquisitoren Recht haben und der Sänger mit der silbernen Stimme in Wahrheit doch zu jenen verächtlichen Wesen der anderen Welt gehört?
Nach *Der indische Baum* ist *Der Stein des Luzifer* der zweite Teil von Helga Glaeseners Thannhäuser-Trilogie.

Die Autorin

Helga Glaesener, 1955 geboren, hat Mathematik studiert, ist Mutter von fünf Kindern und lebt heute in Aurich, Ostfriesland. Ihre bisherigen Romane wie *Der indische Baum* oder *Die Rechenkünstlerin* fanden ein begeistertes Publikum und wurden große Erfolge.

Von Helga Glaesener sind in unserem Hause bereits erschienen:

Im Kreis des Mael Duin
Der schwarze Skarabäus
Der indische Baum
Die Rechenkünstlerin
Du süße sanfte Mörderin
Die Safranhändlerin

Helga Glaesener

Der Stein des Luzifer

Roman

List Taschenbuch

Besuchen Sie uns im Internet:
www.list-taschenbuch.de

Umwelthinweis:
Dieses Buch wurde auf chlor- und säurefreiem Papier gedruckt.

List Verlag ist ein Verlag des Verlagshauses
Ullstein Heyne List GmbH & Co. KG
Originalausgabe
1. Auflage Januar 2003

Redaktion: Julia Riesz
Umschlagkonzept: HildenDesign, München – Stefan Hilden
Umschlaggestaltung: Hauptmann und Kampa Werbeagentur, CH–Zug,
unter Verwendung eines Gemäldes von Sandro Botticelli,
Profilbildnis einer jungen Frau (nach 1480)
Gesetzt aus der Berkeley
Satz: hanseatenSatz-bremen, Bremen
Druck und Bindearbeiten: Clausen & Bosse, Leck
Printed in Germany
ISBN 3-548-60276-2

Für Johanna,

mit Dank für all das Schöne,
das sie in mein Leben gebracht hat.

Ein boum stet in Indian,
groz, den will si von mir han.
Minen willen tuot si gar,
seht, ob ich irz alles her gewinne.
Ich muoz bringen ihr den gral,
des da pflac her Parzival,
und den apfel, den Paris
gap durch minne
Venus der gütinne.

Thannhäuser

1. Kapitel

Der Tod tanzte durch den Saal.

Sein bleicher Finger winkte ein Mädchen mit honigfarbenen Flechten heran. Er verbeugte sich, die Zähne berührten die makellose Hand, als sie sich ihm lachend zuwandte – und Augenblicke später sank das Kind auf die Fliesen. Der Tod sprang weiter. Ihm wuchs eine Fiedel aus der Hand, so elfenbeinfarben wie seine Knochen, und ein Mönch, der eben noch schläfrig in einer Ecke an einer Honigwabe gesogen hatte, erhob sich und begann sich im Kreis zu drehen. Voll Übermut stupste der Tod ihn mit dem Fiedelbogen an. Er suchte ... und fand ...

Ich brauche nicht mehr zu saufen, dachte Mack. Mich suchen die Gespenster nüchtern heim. Er wandte das Gesicht von der Festhalle fort, in die er hinabgeschaut hatte, und drückte die Stirn gegen die Knie, um die Bilder zu verscheuchen.

Das Lied des Todes verstummte augenblicklich. Es war niemals erklungen. In dem muffigen Saal unterhalb des Balkons, auf dem er sich ein Plätzchen gesucht hatte, trugen Knechte Schragengestelle für das Festmahl herein. Sie brüllten einander Anweisungen zu und beschwerten sich lauthals über das Holz, das voller Späne war, die sie sich in die Haut rissen. Eine Frau mit einem scharfen Kleibergesicht nuschelte vor sich hin, während sie einen Riss im Wappentuch des Hausherrn ausbesserte. Jemand rief um Hilfe, weil er es nicht schaffte, das Feuer unterm Schlot in Gang zu bringen. Der Einzige, der sang, war Marcabrus, der wie ein Gockel durch die Halle spazierte und mit seiner brüchig gewordenen Stimme den Platz suchte, an dem das Spiel seiner Musikanten am besten zur Geltung kommen würde.

Mack rutschte ein Stück zurück, als der alte Mann sich dem Balkon näherte. Die Töne, die Marcabrus aus der Kehle presste, machten ihn nervös, so wie ihn alles in dieser verdreckten, rattenverseuchten Burg nervös machte. Der Tod! Wär's nicht so traurig, er hätte gegrinst. Der Tod brauchte nicht in einer Zollburg am Ende der Welt mit den Knochen zu klappern. Er spielte zu des Kaisers Strafgerichten in Sizilien auf, wo ihm das Volk in Hundertschaften folgte. Hier wurde man vom Mief des Winters erstickt.

»Mack!«, wisperte ein Stimmchen. Er seufzte und schlug die Stirn erneut gegen die Knie.

Das Mädchen, das durch einen Vorhang zu ihm hinter die Balustrade geschlüpft war, kicherte, als es sich zwischen ihn und die Wand quetschte. »Ich habe dich gefunden«, gab sie überflüssigerweise zu verstehen. Ihre Hand rutschte in die Beuge zwischen seinem Bauch und seinen Oberschenkeln und einen Moment fragte er sich, ob sie lüsterne ...

Aber nicht Lisette. Sie war zwar fast erwachsen – zwölf oder dreizehn Jahre alt –, aber ihr Körper und vor allem ihr Geist waren die eines sehr viel jüngeren Kindes. Er fand das bestätigt, als sie ihn ungeschickt in die Bauchfalte kniff.

»Du versteckst dich immer.«

»Vor den kleinen Quälgeistern, die mich verfolgen, ja.«

»Du versteckst dich, weil du Angst vor dem Wettsingen hast«, widersprach Lisette und kniff ihn erneut. Sie lachte, als er ihre Hand beiseite schob. »Giraut sagt das. Du hast Angst, weil du dich diesmal mit richtig berühmten Sängern messen sollst. Wusstest du, dass einer von ihnen Spielmannsgraf in Arras war? Giraut sagt, du hast allen Grund zu zittern, weil deine Musik neben seiner wie Katzenjammer klingt. Liebst du mich, Mack?«

»Ich finde dich grässlich.«

»Weil ich so klein bin?«

»Weil ...« Er musste lachen und fuhr ihr durch das ungekämmte Haar, das sich in Locken um ihr pausbäckiges Gesicht kringelte. »Es schadet nichts, klein zu sein.«

»Giraut sagt, ich krieg nie einen Mann.«

»Brüder sagen solche Sachen zu ihren Schwestern. Das macht ihnen Spaß. Aber sie meinen es nicht so.«

»Heiratest du mich?«

»Damit ich ständig blaue Flecken habe?«

»Ich muss dich ja nicht kneifen.« Sie schmiegte sich an ihn. Wenn er sie in die Arme genommen hätte, hätte sie sich in seinem Schoß zusammengerollt wie ein Kätzchen, davon war er überzeugt. »Du singst schöner als alle, Mack. Giraut ist nur neidisch. Bevor du zu uns gekommen bist, war *er* Marcabrus' Liebling.« Sie überlegte. »Mama sagt, Marcabrus sollte sich besinnen, wer seine Familie ist. Aber ich mag dich auch lieber. Du bist so lustig.«

»Du bist auch lustig. Die Leute lachen sich krumm, wenn du dein Schweinchen springen lässt.«

»Dann heirate mich. Ich kann mit den Hüften wackeln, wusstest du das?« Sie plapperte weiter, während Mack wieder durch die Geländerstreben lugte.

Marcabrus hatte die Stelle gefunden, die ihm am besten behagte. Er begann eines der Lieder zu singen, mit denen er früher die Zuhörer hingerissen hatte – und musste schon nach wenigen Tönen wegen eines Hustenanfalls abbrechen. Es klang wie Schläge mit einem verrosteten Schwert. Der Glanz ist dahin, er sollte das lassen, dachte Mack.

In seinem Kopf echote dieser Gedanke wie ein Wort, das in einen Talkessel gerufen wird. *Wie Schläge mit einem Schwert. Schläge mit ... Schläge mit ...* Mack krummte sich plötzlich nach vorn und Lisette blickte ihn erstaunt an.

»Was ist? Kannst du nicht mehr sitzen?«

Der Tod kehrte in den Raum zurück. Es war, als zöge eine

Windbö durch die staubige Luft, die Frost und eisiges Wetter hereintrug. Mack blinzelte.

»Sieh mal!« Lisette bohrte ihr Knie in seine Leiste, als sie über ihn hinwegkroch und ihr Gesicht gegen die Holzsäulen drückte. »Die anderen Spielmänner sind gekommen.« Sie kicherte. »Er hat einen richtigen, lebendigen Vogel, sagt Giraut. Der mit der gelben Mütze. So einen wie Lasterbalg. Kannst du dich an ihn erinnern? Er hat Mama gehört.« Sie wartete nicht auf eine Antwort. »Ich musste die ganze Nacht weinen, als sie ihn an die Scheune genagelt ... Was ist, Mack?«

Er hatte sie von seinem Schoß geschoben und kniete nun selbst hinter den Säulen. Der Mann mit dem Vogel interessierte ihn nicht. Nervös spähte er durch den Raum. Die Frau, die das Wappentuch geflickt hatte, gab einem Halbwüchsigen Anweisungen, wie er es an der Fahnenstange befestigen sollte. Der Mann, der für das Feuer zuständig war, mühte sich noch immer vergeblich, indem er Feuersteine gegeneinander schlug.

»... bringen vielleicht einen Bären mit. Bären mag ich, aber nur wenn sie nicht zu dicht ...«

Mack legte dem Mädchen die Hand auf den Mund.

Zwei Spielmänner standen vor Marcabrus und schienen mit ihm in ein Gespräch vertieft zu sein. Sie trugen die bunten, mit Glöckchen versehenen Zipfelröcke, die beim Publikum am sichersten Aufmerksamkeit weckten. Einer war zusätzlich in einen Pelzumhang gewickelt. Er zog ihn vor der Brust zusammen, als verspüre er ebenfalls den eisigen Luftzug. Von ihren Schultern hingen Felltaschen, in denen sie ihre Instrumente verstaut hatten. Gewöhnliche Musikanten, wahrscheinlich ebenfalls auf dem Weg nach Cividale, wo der Patriarch von Aquileja den berühmten Musikantenwettstreit ausrichtete. Vom Tod war kein Knöchelchen zu sehen.

Alles Dreck, fluchte Mack still und lehnte sich gegen die Wand zurück.

Lisette kletterte wieder auf seinen Schoß. Sie nahm seinen Kopf zwischen die beiden pummligen Hände. »Ich kann, was Männer glücklich macht.«

»Du kannst eins auf den Hintern ...«

»In der Stadt mit der großen Brücke hat ein Trommler mich in seinen Wagen gezogen. Ich weiß, wie's geht.«

Er war einen Moment sprachlos. »Du ... du verschwindest jetzt und hilfst deiner Mutter.«

Lisette zog einen Schmollmund. »Du verschwindest jetzt ...«, äffte sie ihn nach. »Pah! Ich will gar nicht heiraten. Ich werde einmal die Begleiterin von einer Prinzessin, wie Alheit, die Fiedlerin. Dann esse ich den ganzen Tag Honigkü... Autsch! Du tust mir weh.«

Mack hatte sie wieder von seinen Beinen gestoßen. Er starrte in den Saal, in dem es langsam dunkel zu werden begann. Das Feuer war endlich in Gang gekommen. Flammen züngelten aus dem feuchten Holz und fauchten in den Schlot hinauf. Angespannt blickte er sich um. Der Herr der Burg Mels, ein zartgliedriges, schnakenhaftes Männlein, das durch ein Zollprivileg reich – und stolz – geworden war, rief jemanden mit einem Kopfnicken zu sich, der sich außerhalb von Macks Gesichtskreis befand. Der Heranbefohlene trat zu ihm. Ein weiterer Spielmann, dieser aber ganz in Rot gekleidet. Sein Rock leuchtete, als hätte man ihn ins Feuer getaucht und der Glanz der Flammen wäre daran haften geblieben.

»Der Spielgraf aus Arras«, wisperte Lisette. Marcabrus hatte sich zu der Gruppe gesellt. Er sagte etwas, eine kurze Bemerkung, die Mack nicht verstand. Von der Antwort des roten Mannes drang nur ein daunenweiches Lachen zu ihnen hinauf.

Der Burgherr lachte ebenfalls. »Wir werden sehen, wie viel davon Anmaßung ist, Alter!« Er wedelte mit der Hand, als verscheuche er Ungeziefer, und die Spielleute traten hastig – wie gescheuchtes Ungeziefer eben – beiseite.

»Er singt sicher nicht so schön wie du«, tröstete Lisette und schmiegte ihre Wange an Macks Gesicht. Ihre Augen waren auf den Roten gerichtet. Als hätte er ihr Wispern vernommen, drehte der Mann sich plötzlich um. Sein Blick wanderte zur Galerie und Mack zog das kleine Mädchen vorsichtig in den Schatten.

»Ich mag ihn nicht.«

Mack nickte und starrte auf die geraden, buschigen Brauen des roten Sängers, die wie ein schwarzer Kohlestrich über den tief liegenden Augen hingen. Der Mann schien immer noch die Galerie abzusuchen.

»Mir ist kalt. Ich will zu Mama. Kommst du mit, Mack?«

»Nicht jetzt.« Geistesabwesend schob er Lisette hinter den Vorhang mit den Samttroddeln. Er wusste plötzlich, wer der Fremde war. Er erinnerte sich.

Der Mond schien auf den Fluss und dort, wo sein Licht über die Mühlenmauer fiel, streute er lustig tanzende Sprenkel auf die Wellen. Das Wasser aus den Bergen schoss reißend zwischen zwei Bergrücken ins Tal – ein Auftritt, grandios wie der eines Gladiators in einer Arena. Doch Mack hatte weder für den Fluss noch für etwas anderes in seiner Umgebung Augen. Er lehnte an einem geborstenen Mühlstein, den man neben einem Speicher abgestellt hatte, und starrte auf die andere Seite des Flusses, wo am Berghang die Zinsburg des Herrn von Mels klebte.

Im Festsaal des Palas hatten sie die Bretter von den Fenstern entfernt. Dünnes, weißes Licht drang ins Freie, und da Mack ein ausgezeichnetes Gehör hatte, konnte er Fetzen der Musik auffangen. Sie spielten im Alta-Ensemble: Posaunen, Trompeten, Pommern, alles, was laut war und als edel galt. Giraut hatte seinen Auftritt mit der Posaune, wobei er nicht eben einfallsreich die Melodie in Bordunspielweise abwechselnd mit dem Grund- und dem Quintton unterlegte. Ungeduldig wartete Mack auf den Tusch, der das Spiel beendete.

Die anschließende Pause war lang: Vermutlich wurde das Essen aufgetragen. Zeit verrann. Mack, der die Hände unter die Achseln geklemmt hatte, merkte plötzlich, wie kalt ihm geworden war. Staubfeiner, eisiger Nebel lag in der Luft. Die Hose klebte ihm an den Beinen, der Stoff schien daran festzufrieren. Er stampfte ein paarmal mit den Füßen auf, um das Blut wieder in Schwung zu bringen, und lief zitternd an der Speichermauer entlang.

Da – er hielt inne. Der leicht zitternde Klang einer einzelnen Laute ertönte. Das Wettmusizieren schien zu beginnen. Mack hauchte in die Fäuste und spitzte die Ohren, um keinen der spinnwebenfeinen Töne zu verpassen. Das Murmeln des Wassers, das ihn bis jetzt eher beruhigt hatte, ärgerte ihn nun. Der Mann sang passabel, nein, er sang gut. Die Leute lachten und klatschten zwischendurch, aber wohl nicht, weil sie seine musikalischen Fähigkeiten zu würdigen wussten, sondern weil er sich über die Feinde des Burgherrn lustig machte. Ein billiges Kunststückchen, das stets Beifall garantierte.

Wieder trat eine Pause ein. Mack lief im Kreis und stampfte im gefrorenen Schnee. Erneut die Laute. Dann Giraut, der diesmal auf der Sackpfeife, seinem Lieblingsinstrument, etwas vortrug. Er bekam wenig Applaus, sicher würde er sich darüber beklagen.

Als die Fiedel ansetzte, hob Mack den Kopf. Widerwillig blieb er stehen. Die Töne, die jetzt aus den Fenstern perlten, zeugten von keinerlei Anstrengung mehr. Kein Eifer, kein verängstigtes Bemühen, kein Buhlen um Zustimmung. Wie Flaumfedern schwebten sie den Hang hinab, rein, makellos, fast durchsichtig. Der Meister spielte und sandte tiefe, schmerzliche Gefühle in die Nacht. Ohne dass ein einziges Wort gesungen wurde, war klar, dass er die Liebe beschwor. Mack wehrte sich dagegen, aber er konnte nicht verhindern, dass ihm Tränen in die Augen schossen.

Nell.

Als wehte mit der Melodie des roten Fiedlers ein Zauberspruch über das Tal, stand das Mädchen, das ihm alles bedeutete, plötzlich vor seinen Augen. Sein fester Vorsatz, nicht mehr an sie zu denken, sie aus seinem Gedächtnis zu verbannen, schmolz dahin wie ein Einzapfen, den eine Flamme berührt. Nells großer, skeptischer Mund, den er über alles liebte, ihre dunkle, kehlige Stimme, die schwarzbraunen Augen, in denen Sprenkel aufglitzerten, wenn sie sich freute oder sich über etwas aufregte, die Art, wie sie ihr Kinn hochriss ... Alles wurde greifbar.

Er vergaß die Kälte. Traumwandlerisch begann er sich zu der verhexten Musik zu bewegen. Nell lag in seinen Armen und wärmte ihn. Er roch den Duft ihrer Haut und weinte, ohne es zu merken. Die eine Melodie endete und eine zweite fügte sich ohne Pause an. Nell, die ihn anlächelte ... Nell, die ihm vertraute und sich an ihn schmiegte ... Nellienell ...

Ein vereister Stein, über den er stolperte, ließ den Zauber erlöschen. Mack landete mit den Knien im angefrorenen Matsch und blickte zu den Sternen auf. Nell entglitt ihm. Die Melodie des Fiedlers schmiegte sich immer noch den Winden an, aber sie schien plötzlich eine hässliche Gegenstimme bekommen zu haben.

Wechselbalg.

Benommen stand Mack auf und berührte mit der Fußspitze einen seiner Abdrücke im Matsch. Er musste wie ein von Feen Verzauberter herumgehüpft sein. Angewidert stopfte er die Finger in die Ohren. Konrad Dors, der Inquisitor, der ihn so gern als Wechselbalg auf den Scheiterhaufen gebracht hätte, war tot. Doch die Anklage, die er vorgebracht hatte, blieb wie ein Schmutzfleck an ihm kleben. Der König hatte Mack deswegen von seinem Hof verjagt. Und Nell ...

Nun, zumindest war Mack anständig genug gewesen, sie nicht mit seiner Liebe zu behelligen. Kein Schatten sollte auf Nells Leben fallen.

»Hör auf!«, brüllte er plötzlich in die Nacht.

Es war, als hätte der rote Sänger seinen Befehl gehört. Die Musik verstummte und die Stille eroberte die Nacht zurück. Gut. Gut so. Es war jämmerlich, sich Nell wie ein warmes Kissen an die Wange zu drücken. Jetzt galt es, sich um das Nächstliegende zu kümmern. Darum nämlich, wo er die Nacht verbringen würde. Er hatte keine Ahnung, wie Marcabrus reagiert hatte, als sein bester Musikant sich ohne Entschuldigung davonmachte. Mack siegte bei jedem Wettsingen. Zweifellos war der Preis, den der Burgherr für den Sieger des Abends ausgesetzt hatte, fest im Budget eingeplant.

Hühnerkacke.

Der Himmel war so klar, als hätten ihn die himmlischen Heerscharen blank geschrubbt. Eine bitterkalte Nacht stand bevor. Lieber ein paar Vorwürfe als erfrieren. Mack wischte sich über die Nase und stapfte los. Und hätte fast einen Satz gemacht, als sich plötzlich ein Schatten aus der Dunkelheit löste.

»Hier also?«

»Hier also was?« Er widerstand dem Verlangen loszubrüllen und grinste stattdessen.

»Hier also lungerst du rum. Schöne Kameradschaft! Marcabrus hat gedroht, dass wir bis Udine nichts zu fressen kriegen, wenn der Graf heute Abend seinen Beutel zuschnürt. Warum bist du nicht oben und singst?«

Bœuf, der französische Schaukämpfer, der sich ihnen in Lyon angeschlossen hatte und seitdem einen bedeutenden Teil ihres Unterhalts bestritt, spuckte griesgrämig aus. Er wirkte im spärlichen Mondlicht wie eine nachlässig geknetete Lehmfigur. Mack konnte sein Auge, das eine, das ihm nach den zahllosen Kämpfen geblieben war, glitzern sehen.

»Warum singst du nicht, Junge?«, wiederholte er mürrisch.

»Weil ich die Gesellschaft oben nicht mag.«

»Dafür kriegst du eins in die Fresse. Nicht von mir, von Marcabrus.« Bœufs schlechte Laune hielt nie lange an. Er lachte und hieb Mack die Pranke auf die Schulter. »Was gefällt dir nicht? Dass dich da oben einer überflügeln könnte? Der Kerl, der die Fiedel streicht? Aber du solltest dich nicht drum kümmern. Ich kämpfe auch, obwohl ich jedes Mal im Dreck lande.«

Das mit dem Dreck stimmte. Bœuf besaß zwar Riesenkräfte, aber er reagierte, seinem Namen entsprechend, so langsam wie ein Ochse, vielleicht weil sein Sehvermögen eingeschränkt war. Der tüchtige Marcabrus hatte auch das zu einem Vorteil ummünzen können, indem er sich mit Bœufs Gegnern absprach und ihnen für den leichten Sieg über den Koloss die Hälfte ihres Siegerlohns abknöpfte.

»Kennst du den roten Spielmann?«

Bœuf hob die Schultern. »Kennen, kennen ... Hast du was zu essen?«

»Lisette sagt, er ist einmal in Arras zum Spielmannsgraf gewählt worden.«

»Ein Stück Brot? Mein Magen ist doppelt so groß wie deiner. Sie haben mich aus der Küche geworfen. Keiner hat Respekt.«

»Wenn er Spielmannsgraf war ...«

»Dann muss er ein Meister sein. Ist er doch auch. Sperr die Ohren auf. Mack, ich weiß, dass du Brot hast, ich riech's.«

»Du riechst deine eigenen Träume. Wenn er so erfolgreich ist, warum war er dann im letzten Frühling nicht in Arras?«

Das Treffen der europäischen Spielleute fand regelmäßig zur Fastenzeit in der Stadt im Norden Frankreichs statt, und im vergangenen Jahr, dem Jahr, in dem der deutsche König ihn seines Hofes verwiesen hatte, war Mack ebenfalls dorthin gereist. Marcabrus hatte ihn in einer Schenke aufgelesen und mitgenommen. Du hast eine schöne Stimme, hatte der alte Vagant ihm ins Ohr geflüstert, aber der vollkommene Klang entsteht durch *Disziplin.* Und Mack war ihm, fasziniert von dem Wort Disziplin, gefolgt. Er hatte den Umweg nicht bereut, denn die besten Musikanten Europas spielten und sangen in Arras und unterwiesen jeden, der bereit war zu lernen. Aber den roten Spielmann hatte er dort nicht getroffen, daran hätte er sich erinnert wie an einen Schnitt ins Fleisch.

»Erst fragst du, dann hörst du nicht zu«, beschwerte sich Bœuf. »Ich sag: Was hast du mit dem Kerl?«

»Nichts.«

»Es ist kalt«, murrte der Kämpfer.

»Es ist Winter«, gab Mack zurück. »Der Rote hätte Spielmannskönig werden können. Ich verstehe nicht ...«

»In Arras war trotzdem keiner traurig, als er fern blieb.«

»Warum?«

Bœuf blies in die riesigen Hände. Er genoss es zu erzählen und legte Mack den bulligen Arm auf die Schulter, als sie sich auf den Weg zu Marcabrus' Wagen machten. »Der Alte hat mir eine seltsame Geschichte erzählt. Um ein Haar hätte es nämlich einen gewaltigen Ärger mit der Stadt gegeben. Ein Schwarzrock – Magister, Wanderprediger, was weiß ich – hatte den Roten fiedeln hören und herausposaunt, ein Mann, der musiziert, ohne die Theorie der Musicae zu beherrschen ... na, du kennst den ganzen hochnäsigen Dreck. Jedenfalls hat sich der Rote geärgert, dass er nicht besser sein soll als eine Sau. Eine *Sau,* hat der Schwarzrock gesagt. Nur leider nicht auf Latein, dazu war er zu besoffen. So hat ihn jeder verstanden.«

»Und?«

»Am nächsten Morgen sprang der Herr Magister mit nacktem Hintern durch die Gassen, grunzend wie ein Ferkelchen, und im Schlot des Hinterns steckte ein geringelter Haselzweig.«

Mack war nicht zum Lachen zumute. »Was geschah dann?«

»Die Stadt hat ihr Narrentürmchen.«

»Hat der Mann seinen Verstand wiederbekommen?«

»Genug davon, um sich aus dem Fenster des Turms zu

zwängen, so dass er seinem eigenen tollwütigen Treiben ein Ende setzen konnte. Das geschah im süßen Licht des Mondes und der Spielmann fiedelte dazu.« Bœuf grinste. »So sagen sie jedenfalls.«

»Ich glaub's. Er hätte auch gern zu meinem Tod aufgespielt.«

Bœuf kratzte eines seiner abstehenden Ohren. »Mein Kopf ist zu klein für die Sprünge, die deine Gedanken machen. Was hätte er gern?«

»Weißt du, ob er nach Cividale will?«

»Der Rote?«

»Der heilige Georg.«

»Wie soll ich wissen, was er vorhat? Wahrscheinlich. Dort ist schließlich das Musikantenfest. Mit seiner Stimme kann er ein Vermögen ...«

»Ja.«

»Oder wenigstens ein Pferd oder einen neuen Rock ...«

»Ja, schon gut.«

Als Mack später in seiner Ecke in dem von der Kälte knarrenden Ochsenwagen lag, dachte er über Bœufs Worte nach. Der Kämpfer hatte Recht. Cividale war kaum zwanzig Meilen entfernt. Jeder Musikant in Norditalien hatte die Stadt des musikfreundlichen Patriarchen zum Ziel.

Aber war der Rote wirklich nur wegen des Wettstreits unterwegs?

Mack verschränkte die Hände unter dem Kopf und dachte an die Fiedelei des Spielmanns. Er hätte die Musik nicht überbieten können. War das vielleicht der Grund, warum er den Mann nicht leiden konnte? Neid?

Und doch blieb eine Tatsache bestehen. An jenem schrecklichen Tag, als Konrad Dors ihn vor König Heinrich als Wechselbalg verunglimpft hatte, als Nells Aussage ihn gerettet und der König ihn begnadigt hatte ... An jenem Tag hatte der Rote im Gerichtssaal gestanden, bereit, mit der Trompete zu seiner

Hinrichtung aufzuspielen. Das Gesicht mit den regen Zügen und den seltsam starren Brauen war unverwechselbar.

Wenn schon, dachte Mack, während er auf die schwarze Plane des Wagens starrte und seinem eigenen Magenknurren lauschte. Herausragende Musikanten suchten die Nähe der Reichen. Der Rote mochte dem König aufgespielt haben, und da er gerade zur Hand gewesen war, hatten sie ihn zum Gericht und für die bevorstehende Hinrichtung abgestellt.

Und jetzt wollte er sein Brot in Cividale verdienen.

Mack hätte sich kaum darüber gewundert, wenn er nicht ... ja, wenn er nicht seinen eigenen, geheimen Grund gehabt hätte, in die Stadt des Patriarchen von Aquileja zu reisen, einen Grund, der ihn mit Furcht erfüllte, je näher er seinem Ziel kam.

Konnte es sein, dass der unheimliche Sänger von dem Stein erfahren hatte?

2. *Kapitel*

Es war ein Gedränge wie in einer Schlacht, nur dass scheinbar alle es für ein Gaudium hielten. Allein dafür hasste er die Stadt.

Gunther zwängte sich durch die Menschenmenge, jeden Augenblick einen anderen Ellbogen in den Rippen. Er hatte sich einiges ausgedacht, um nicht aufzufallen. Schlichte Kleidung, ausnahmsweise nicht in den Farben des Königs. Kaum Waffen. Kein Pferd. Aber die Vorsichtsmaßnahmen hatten sich als unnötig erwiesen. Selbst wenn er mit Flügeln und Heiligenschein umhergeflattert wäre, hätte kein Mensch von ihm Notiz genommen.

Die Gassen von Frankfurt platzten aus allen Nähten. Die Sorge, kein Stück Fleisch mehr für den Topf zu ergattern, Hoffnungen auf ein gutes Geschäft oder vielleicht auch nur Neugierde trieben die Menschen an. Da die Preise durch den immensen Bedarf des königlichen Hofes in die Höhe geschossen waren, wurde an den Marktständen erbittert gefeilscht. So wie in jeder Stadt, in der der deutsche König residierte. Hunderte von zusätzlichen – verwöhnten – Mäulern mussten gestopft werden, und die meisten Leute wünschten ihren Herrscher schon nach wenigen Tagen ... nun, vielleicht nicht zum Teufel, aber wenigstens ein paar Tagesmärsche weiter.

Ein Fleischergeselle, der ein blutverschmiertes Schwein geschultert hatte, stürmte aus einem Haus und löste damit eine Welle aus. Gunther musste Acht geben, nicht in eines der Seitengässchen abgedrängt zu werden. Er zwängte sich durch ein Grüppchen Mönche, die an einem Honigstand einen Zwist diskutierten – wenigstens sie unbeeindruckt von der allgemeinen Hetze –, und musste im selben Moment dem Pferd eines Ritters in einer angerosteten Rüstung ausweichen.

Beunruhigt hielt er nach dem Mann mit dem grauen Krempenhut Ausschau. Er seufzte auf, als er ihn ein Stück weiter vorn erneut entdeckte. Heinrich wurde von zwei Mägden angerempelt, die ebenfalls vor dem Pferd des Adligen zur Seite sprangen. Eine kicherte und schwenkte mit einem Kussmund die an den Beinen zusammengebundenen Hähne. Ihr verliebter Blick galt natürlich nicht einem König, sondern dem jungen Mann mit den empfindsamen Gesichtszügen, der samtenen, hellen Haut und dem Mund, der seine Gefühle so vollständig widerspiegelte, als wäre er ein kleines Kind. Eine zweifelhafte Gabe der Natur, die dem König Seufzer aus Frauenherzen einbrachte, aber nicht unbedingt die Achtung der Männer.

Die Achtung der Männer. Gunther stieß die Luft durch die Zähne und zwang sich, ruhiger zu atmen. Irgendein Narr hatte Heinrich von einem heidnischen Herrscher erzählt, der die wahren Gedanken seiner Untertanen zu erforschen suchte, indem er verkleidet durch die Straßen seiner Stadt schlich. Der König – jung und schnell von schwärmerischen Ideen zu begeistern – hatte den Gedanken aufgegriffen und sich heimliche Spaziergänge angewöhnt. Zu gefährlich in Zeiten, in denen die Fürsten des Reichs rebellierten. Das hatten ihm seine Männer, allen voran Gunther, gesagt. Zu gefährlich, mein König. Aber Heinrich hatte für besonnene Ratschläge weniger übrig denn je.

Gunther drehte sich rasch zur Seite, als sein Herr hinter die Deichsel eines mit Lederstücken beladenen Ochsenkarrens stieg und sich umschaute. Eine der beiden Mägde war nur wenige Schritt von ihm entfernt stehen geblieben und blickte sich um. Gab es dafür einen Grund? Gunther wurde zu oft geschubst, um ihren Gesichtsausdruck deuten zu können. Er konnte sich allerdings kaum vorstellen, dass etwaige Attentäter sich der Hilfe einer drallen, kleinen Frau bedienen würden, um ihr frevlerisches Geschäft zu verrichten. Die Magd rief ein Scherzwort. Es war nicht mehr an den König gerichtet, sondern an einen Ritter mit schillernden Eisenplättchen am Kragen, der ihr mit einer Obszönität antwortete, worauf sie beleidigt von dannen stolzierte.

Der König hatte von dem Vorfall nichts mitbekommen. Seine Aufmerksamkeit wurde von etwas gefesselt, das sich in einer Seitengasse abspielte.

Mit grimmiger Miene versuchte Gunther, sich ihm zu nähern, wobei er sich hinter einer besonders breiten Frau mit einem flatternden Schleier verbarg. Hassenswert, die Posse. Doch wie Anselm von Justingen ganz richtig gesagt hatte – man konnte schließlich nicht irgendeinen beliebigen Dienstboten mit solch heikler Mission betrauen. Wen hätte man bitten sollen, den König zu schützen, wenn nicht seinen eigenen Waffenmeister?

Heinrich sprang mit einem eleganten Satz über die Deichsel und bog in das Gässchen ein, und einmal mehr bewunderte Gunther seine Geschmeidigkeit. Das hatte er mit Mack gemein – diese beinahe raubtierhafte Art, sich zu bewegen. Gunther war auch nicht gerade ein Tolpatsch, aber in diesem wichtigen Moment beeilte er sich zu sehr und stolperte über eines der Gassenschweine. Er trat nach dem Vieh und rannte zur Ecke – der König war verschwunden.

Einen Augenblick lang stand er wie festgenagelt. Sein Mund wurde trocken, während er mit den Augen die Menschenmenge durchforstete. Ärger, Sorge, Wut auf sich selbst und zugleich die Erkenntnis, dass er womöglich übertrieb, brachten ihn um den letzten Rest Geduld. Er verschaffte sich mit den Fäusten Platz, bis er des Königs Kappe unter einer eisernen Schere, dem Zunftzeichen eines Schneiders, wieder auftauchen sah. Heinrich war stehen geblieben. Um sich etwas anzusehen?

»Allmächtiger«, stöhnte Gunther. Er war so damit beschäftigt gewesen, den König zu suchen, dass er nichts anderem Aufmerksamkeit geschenkt hatte. Nun roch und sah er gleichzeitig, was seinen Gebieter beschäftigte. Das Gässchen mündete auf einen Platz und dort, neben einem Marktbrunnen mit einer Heiligenstatue in der Mitte, hatten sie einen Holzstapel errichtet. Auf den Scheiten stand ein Sünder im weißen Hemd, der mit Ketten an einen Pfahl gefesselt war. Er trug die gezackte Krone der Häretiker.

Eine Ketzerverbrennung. Wieder einmal.

Nun nahm Gunther keine Rücksicht mehr. Verfolgt von den Flüchen der Leute drängelte er sich vor, bis er den König erreichte. Es spielte keine Rolle mehr, was Heinrich davon hielt, beschattet zu werden. Gunther stellte sich so, dass er mit seiner hohen Gestalt die Hinrichtungsstätte verdeckte, und suchte nach einem Wort der Erklärung. Aber Heinrich trat einfach einen Schritt beiseite. Er schien seinen Waffenmeister, nachdem er ihn einmal erkannt hatte, nicht mehr wahrzunehmen. Seine Augen klebten an dem Holzstoß, aus dem die Flammen züngelten. Der Ketzer war ein mutiger Mann. Er bewegte sich in den Ketten, aber es kam kein Schrei aus seinem Mund.

In dem weißen Häuschen in des Königs Rücken schien eine Schneiderwerkstatt untergebracht zu sein. Gunther zögerte – und schob Heinrich, indem er tat, als würde er selbst gestoßen, durch die Tür. Sie standen plötzlich zwischen Tischen, an denen zugeschnitten und genäht wurde.

»Wieder einer«, sagte Heinrich

Der Schneider, ein massiger Kerl, in dessen fleischigen Händen die Nadel fast verschwand, ließ den Schaubenärmel, an dem er arbeitete, sinken und starrte sie erst geschäftig, dann misstrauisch an.

»Wieder einer. Ein Feuer geht über mein Land, und ich kann's nicht löschen.«

Gunther warf dem Kerl eine Münze vor den Ärmel und befahl ihm und seinem Gesellen, der an einem zweiten Tisch Nähte auftrennte, zu verschwinden.

»Aber ich bitt Euch, Herr...« Der Handwerker versuchte sie einzuschätzen. Dem zerlumpten König schien er nicht zu trauen, aber er wusste, was Gunthers Ledermantel wert war. Er fuhr mit der Zungenspitze an die Nase, eine abstoßende Geste, die seine Unsicherheit kundzutun schien, dann stand er auf und die beiden Männer verschwanden in einem hinteren Raum.

Der König war zur Tür zurückgekehrt. »Mein Vater, der Kaiser, erleuchtet mein Reich auf dieselbe Weise, wie er mich zu erleuchten trachtete«, sagte er bitter.

Gunther schwieg.

»Hast du Italien vergessen können?«

Er schüttelte den Kopf. Das Bild der Ketzer, die vor den Toren Cividales verbrannt wurden – des Kaisers erster Gruß, als er seinen Sohn nach zehn Jahren der Trennung wiedersah –, suchte ihn noch heute regelmäßig in Alpträumen heim. Wie offenbar den König auch. Gunther zog die Tür zu, so dass nur noch das nötigste Licht in den Raum drang. Sie hörten einen gedämpften Schrei, dem, als hätten sich die Naturphänomene umgedreht, ein sehr viel lauteres Echo folgte. Der Ketzer konnte seine Qual nicht länger unterdrücken und das Volk reagierte darauf. Ob ihm Anteilnahme oder Hass entgegenschlug war nicht auszumachen. Der König tastete nach einem Halt, fand einen Stuhl und ließ sich darauf niederfallen. Gunther hörte ihn atmen.

»Meine Kinder sterben – und ich schütze sie nicht.«

»Ihr könnt sie nicht schützen, Herr«, erwiderte Gunther nüchtern. »Ihr habt Eure Meinung zu den Ketzerprozessen kundgetan, Ihr habt Mack Thannhäuser gegen den Willen der

Inquisitoren freigesprochen. Ihr habt bereits mehr getan, als für Euch selbst gut ist.«

Das Schreien des gequälten Mannes wurde lauter. Im Raum hinter der Schneiderwerkstatt fiel etwas um. Wahrscheinlich versuchte der Schneider, das Spektakel auf dem Marktplatz von einem Stuhl aus durch ein höher gelegenes Fenster zu beobachten. Der König beugte sich vor. Er presste die Hände auf die Ohren und Gunther wusste, dass er weinte. Betreten blickte er durch den Türspalt hinaus, aber er konnte nur die Gesichter einiger weniger Menschen erkennen, die stehen geblieben waren und in einer Mischung aus Faszination und Schrecken zum Markplatz starrten.

Als er das Schluchzen des jungen Mannes nicht mehr überhören konnte, gab er sich einen Ruck, trat zu ihm und legte eine Hand auf seine Schulter. »Nicht doch, Herr ...«

»Die Lombarden ...«, das tränennasse Gesicht wandte sich ihm zu, »... die jenseits der Alpen wohnen, in Griffweite des Kaisers, direkt unter seinem Schwert – weigern sich, in ihren Mauern Ketzer zu verbrennen. Sie heben ihre Gesichter zum Himmel und flehen dort um Hilfe, statt im Staub nach Gründen zu suchen, sich herauszuhalten.«

»Und sie werden es bereuen.« Gunther zog die Hand zurück. Er überlegte, ob er die Tür schließen solle, um die Schreie auszusperren, aber dann würde es völlig dunkel sein und er hatte eine Ahnung, dass dadurch alles nur noch schlimmer würde. Sein junger Herr biss sich in den Handballen.

»Es ist kein Zufall, dass gerade während meines Besuchs hier Ketzer verbrannt werden.«

»Wahrscheinlich nicht. Und man muss darüber nachdenken, wer dies hier angeordnet hat. Das ist es ja, was ich meine. Ihr habt überall Feinde, Herr. Deutschland steht nicht geeint hinter Euch. Ihr seid einem Kampf mit dem Kaiser nicht gewachsen. Er ist ein meisterlicher ...«

»Es geht nicht um Politik. Mein Vater hasst mich wegen des Steins.«

»Mein König?«

Heinrich antwortete nicht. Er lauschte. Das Feuer musste an mehreren Stellen zugleich entzündet worden sein oder ein gnädiger Henker hatte den Verurteilten erwürgt, denn die Schreie verstummten schneller, als zu erwarten gewesen war. Vielleicht hatte auch jemand aus einem Fenster oder von einem Dach einen Pfeil abgeschossen. Das geschah manchmal. Die Inquisitoren waren verhasst.

»Der Kaiser hat meiner Mutter einen Stein geraubt. Ein Kleinod, das ihr von einem Mann geschenkt wurde, der sie verehr... der sie liebte.« Heinrichs Stimme schwankte. »Es ist ein magischer Stein. Ich hielt ihn in meinen Händen, Gunther. In diesen Händen. Ich hielt ihn und habe hineingesehen. Und er zeigte mir ... Glaubst du, dass ein Stein einen Willen und Macht besitzen kann? Der Stein meiner Mutter besitzt Macht. Er zeigte mir die Reinheit meiner Liebe zu Agnes und er war davon so angerührt, als wäre es seine eigene Liebe. Er strahlte diese Liebe zurück. Ein Stein, dessen Botschaft lautere Liebe ist. Ich würde mein Leben ...« Er brach ab. Nach einer Pause, in der er sein Gesicht abwandte, um die Tränen zu trocknen, fragte er: »Wusstest du, dass der Thannhäuser den Stein gestohlen hat?«

»Mack?«

»Nicht wirklich gestohlen, er hat ihn in einem Versteck verborgen«, gab der König widerwillig zu. »Um mir zu helfen, dachte ich damals. Aber manchmal frage ich mich, ob seine Gründe wirklich so selbstlos waren. Was, wenn er den Stein in Wahrheit für sich selbst begehrte? Das wäre doch möglich. Hast du gehört, wohin er nach seiner Freilassung gegangen ist?«

Gunther schüttelte in einem Impuls, den verbannten Sänger zu schützen, den Kopf und war im selben Moment bestürzt, dass er seinen König täuschte. Mack hatte ihm gesagt, wohin er wollte, nämlich nach Italien. Und er musste dem Entschluss gefolgt sein, denn seitdem hatte Gunther nicht mehr von einem überragenden Sänger reden hören.

»Du verstehst nichts von der Liebe. Deshalb kann ich es dir nicht begreiflich machen. Dieser Stein ist ein Mysterium wie ... wie die Tränen der Mutter Gottes. Ich grübele jede Nacht darüber. Vielleicht ist er der Schlüssel, all unser Leiden zu heilen. Stell dir das vor. Eine Prozession der Fürsten meines Reiches. Jeder sähe hinein und wäre von Liebe erfüllt ... Er ist tot.«

Einen Moment wusste Gunther nicht, wovon der König sprach. Dann hörte er das Raunen auf der Gasse, und als er einen Blick hinaus warf, sah er, dass die Menschen wieder in Bewegung waren.

»Gehen wir heim.« Der König stemmte sich hoch. Als er seinen Waffenmeister anblickte, lachte er scharf auf. »Gerüche haften wenigstens so stark wie Bilder. Der Kaiser hat dafür gesorgt, dass ich für den Rest meines Lebens würgen muss, wenn ich verbranntes Fleisch rieche.«

»Ja, Herr, mir geht es ähnlich.« Und Ihr solltet Euch das als eine Warnung zu Herzen nehmen, dachte Gunther voller Sorge.

Der graue, idyllisch gelegene Steinbau – ein Karree mit einem Innenhof und zwei behäbigen Wehrtürmen rechts und links des Fallgatters – war schon von weitem auszumachen. Er lag auf einem mit Weinreben bepflanzten Hügel zwischen mehreren kleinen, gut eingezäunten Höfen. Zwischen den Reben glänzten Inseln schmelzenden Schnees, und ein gewundener Weg aus schwarzer Erde führte hinauf. Auf dem Gitter des Falltores und den grauen Schieferziegeln schimmerte die Sonne.

Gunther blinzelte gegen das Licht an und fragte sich, was

in Teufels Namen ihn trieb, sich nach Macks Liebchen zu erkundigen. Weil der König ihn erwähnt hatte? Er grübelte über den Namen des Mädchens. Melia? Meline? Keine Ahnung. Eine widerborstige Hexe, die Pfeffer auf der Zunge hatte. Sie hatte Mack mit ihrer Aussage vor dem Gericht des Königs vor dem Scheiterhaufen bewahrt. Man war ihr also etwas schuldig gewesen. Er hatte diese Schuld beglichen, indem er sie vor ihrem brutalen Mann in Sicherheit brachte. Also keine Rechnung mehr offen. Trotzdem ritt er nun den Hügel hinauf ...

Gunthers Pferd stolperte, als es einen glitschigen Stein mit dem Huf berührte. Er klopfte ihm den Hals, was allerdings eine überflüssige Maßnahme war, denn Windfeger ließ sich durch eine Lappalie wie einen Fehltritt nicht beunruhigen. Der Stolz auf sein Pferd verdrängte einen Moment lang alle anderen Gedanken. Ein glückliches Leben, wenn man es allein mit Pferden verbringen könnte, dachte er. Ein glückliches Leben – und er hatte sich freiwillig neue Scherereien aufgehalst.

Einer der Torflügel knarrte in den Angeln und wurde aufgeschoben. Man musste ihn oben in der Burg erkannt haben. Aber nicht Bruno, sondern seine Frau Diethild kam die Treppe herab, um ihn zu begrüßen – ein Umstand, der Gunther aufs Neue die Laune verdarb. In seinen Augen ähnelte der Umgang mit Frauen einer Wanderung zwischen Moorblänken – ein einziger Fehltritt und man versank, da half kein Zappeln mehr. Die Schwierigkeit war, dass sie nie offen aussprachen, was sie dachten. Ihr Lob konnte eine Kränkung bedeuten, eine Beleidigung die Einladung zu einem Techtelmechtel sein. Als stünde man mit bloßen Füßen in einem Ameisenhaufen. Sehnsüchtig blickte er sich in dem geharkten Hof um, aber von Bruno keine Spur. Und auch nicht von ... Mellie hieß sie, es fiel ihm plötzlich wieder ein. Mellie war auch nicht da.

»Was für eine Überraschung. Ich dachte schon, Ihr hättet uns vergessen.« Diethild griff ihm ins Zaumzeug, wofür er jeden Mann angeschnauzt hätte. Sie begann von belanglosen Dingen zu plaudern und es war, verflucht, genau wie er es befürchtet hatte. Als er aus dem Sattel sprang, schien sie ihm gar die Hand unter den Arm schieben zu wollen, unterließ es aber glücklicherweise doch.

»Ich wollte nach Mellie sehen.«

»Nach ... Nell. Sie heißt Nell.« Diethild lachte, aber nur einen kurzen Moment, dann war sie wieder ernst. Auch das war nach seiner Ansicht ein Zeichen von Falschheit. Der Mensch wechselt doch nicht jeden Augenblick seine Stimmung. Gunther argwöhnte, dass keines ihrer Gefühle echt war.

»O bitte, ich wünschte, ich hätte Euch erreichen können. Aber leider ...« Sie waren im Innern des Hauses angelangt und standen in einem Saal, der klein genug war, um ihn im Winter zu heizen, und daher schien sich das ganze Leben hierher verlagert zu haben. Diethild verscheuchte mit einer Handbewegung zwei Frauen, die in einem Holzbottich Wolle wuschen. Sie nahmen ein paar plärrende Kinder mit sich, und eine hob noch rasch den Kessel vom Kochfeuer, aus dem es nach Schwarzwurzeln roch.

»Eigentlich sollte mein Mann mit Euch reden, aber er jagt einen Wolf, einen Einzelgänger, der unsere Schafe reißt.«

Gunther sah, wie Diethild nervös am Gebände zupfte, und eine böse Ahnung überkam ihn. Vielleicht war Mellie ... Nell gestorben. Andererseits – man konnte ihm daraus kaum einen Vorwurf machen. Er hatte getan, was möglich war.

»Nell ist fortgegangen.«

»Warum?«

Die Frau brach in Tränen aus und Gunther verfluchte Bruno.

»Dieser schreckliche Mensch ist gekommen, ihr Mann.« Diethild berührte ihn nun doch, indem sie seinen Arm packte und ihn zu den Bänken lotste, die wie bei einer Burg in die Fenster der Außenmauer eingelassen waren. »Erlaubt – ich sage einfach, wie es war. Er hat sie überrascht, als sie Birnen pflückte.«

»Und?«

Sie sah ihn mit verschreckten Vogelaugen an.

»Er hat sie mitgenommen?«

»Sie wollte ... nachdem ... sie wollte nicht mehr bleiben. Die Schande ... Nur war es ja gar keine Schande, da es sich um ihren Gatten handelte. Ich meine, so ist es doch.«

»Er hat sie also mitgenommen.« Gunther stieß einen Fluch aus und hieb mit der Faust gegen die Wand. Na schön, Mack hatte sie ihm anvertraut. Aber was hätte er tun sollen? Sie an sein Knie ketten? Man konnte versuchen, sie von dem Kerl zurückzufordern, aber er sah nicht viel Sinn darin. Jedes Gericht würde diesem – keine Ahnung, wie der schmierige Kerl hieß – würde ihm bestätigen, dass er sich nur geholt hatte, was ihm gehörte.

»Nicht mitgenommen.« Diethild wandte ihm ihr verweintes Gesicht zu. »Nell kehrte zurück, packte ihre Habseligkeiten zusammen und verschwand. Glaubt mir bitte, sie ging gegen mein Bitten und Flehen. Bruno ... aber er war fort. Deshalb hat dieser Mensch sich auch getraut. Es hat Tage gedauert, bis ich herausfand, wohin sie gegangen ist.« Sie tupfte einige Tränen mit dem Finger ab. »Sie hat eine verlassene Köhlerhütte bezogen.«

Verworrenes Weibsbild. Ein Mann hätte die Umstände ertragen, wie sie waren, und seinen alten Platz wieder eingenommen. Hier war sie doch tausendmal sicherer.

»Wo steht die Hütte?«, fragte er und hörte sich eine umständliche Beschreibung an. Er hatte Mack versprochen, für das Frauenzimmer zu sorgen, also musste er auch den zweiten Teil des Tages für sie opfern. Und ihr klar machen, wohin sie jetzt gehörte. Man konnte nur hoffen, dass dieser Arnulf nichts mit ihr angestellt hatte, woran sie doch noch gestorben war.

Sie war keineswegs tot. Als Gunther nach etlichen Umwegen und mehr durch Zufall als durch Diethilds Beschreibung die Kate gefunden hatte, trat sie ihm mit einer Sense in der Hand entgegen. Es dämmerte bereits. Die Hütte war ein schwarzes, monströses Loch zwischen Büschen, die sie überwucherten. Durch ein Fenster, das offenbar nachträglich in die Wand geschlagen worden war, drang gespenstischer Flammenschein. Das Licht erhellte die linke Seite von Nells Gesichts. Sie sah so verbiestert aus wie damals, als er sie neben dem Milchhaus der Burg von Gelnhausen aufgelesen und ihr mitgeteilt hatte, dass Mack fort sei und dass er selbst sie irgendwohin in Sicherheit bringen würde. Ihre Haare hingen strähnig in das braune Gesicht, das Kinn ragte vor. Sie war zu knochig und mürrisch, um als hübsch zu gelten, eher ein Klepper als eine seidige Stute, und er konnte sich beim besten Willen nicht vorstellen, warum Mack so in dieses Geschöpf vernarrt war. Ihm waren Dutzende schöner Mädchen hinterhergelaufen.

»Bleib mir vom Leib«, zischte Nell ohne den geringsten Versuch, freundlich zu sein.

»Dies ist kein Ort für eine Frau. Du wirst zu Diethild zurückkehren.«

Die Sense flog auf, als er vom Pferd sprang und einen Schritt auf sie zu tun wollte. »Wo der Ort ist, an dem ich leben will, das entscheide ich selbst.«

Geduld, dachte er, Geduld. »Und wenn dieser ... dein Mann dich hier findet?«

»Das würde ich mir wünschen, jetzt, wo ich eine Sense habe.« In ihrem Mundwinkel saß eine weiße Narbe, die zuckte, als sie die Worte sprach. Einen Moment tat der Kerl ihm fast Leid.

»Deine Sache. Dann geh ich eben wieder.«

»Tu das.«

»Ich bezweifle allerdings, dass es Mack recht wäre.«

Sie schwankte. Allein die Erwähnung des Namens schien ein Zaubermittel zu sein. Gunther schöpfte neue Hoffnung, die sie allerdings sofort zunichte machte. »Mack hat den einfachen Weg gewählt und sich davongemacht. Mir ist egal, was er denkt.«

»Mack hat ...« Ach, warum Worte verschwenden! Plötzlich war Gunther der Sache bis zum Erbrechen überdrüssig. Er griff nach dem Sattelknopf.

»Er hat was?« Die Sense flog zu Boden. Nell sprang mit einem Satz vor und klammerte sich an seinen Arm. Einen Moment lang war sie ihm mit ihren verfilzten Haaren und der nackten Haut ihrer braunen Arme so unheimlich, dass er sie am liebsten abgeschüttelt hätte. War es das, was man mit *besessen* meinte?

»Du weißt, wo er steckt. Er hat dir gesagt, wohin er wollte. Stimmt das?«

»Wenn du nicht zu Diethild willst, kann ich dich woanders unterbringen, Mädchen. Es gibt Orte, die dieser Arnulf ...« Er erinnerte sich plötzlich an den Namen. »Die Arnulf ...«

»Du verstehst *nichts!* Wo ist Mack? *Das* will ich wissen. Um mehr brauchst du dich nicht zu kümmern.«

»Ich brauch mich sowieso um nichts ...«

Sie stieß ihn mit einem Ruck von sich und biss auf ihre von der Kälte blau verfärbte Lippe. »Dann verschwinde doch! Hau ab, du ... du Tugendbalg! Du hast ihn ziehen lassen und gar nicht wissen wollen, was aus ihm wird. Weg mit Schaden. Bevor man noch selbst in Schwierigkeiten kommt. Du und dein König. Geh und wisch ihm den schmierigen weißen Hintern, damit er ohne Schrunden auf seinem Thron hocken kann. Du hast Mack verraten wie alle anderen auch!« Sie spuckte auf seinen Stiefel und rannte ins Haus zurück.

Mehr verblüfft als erzürnt schwang Gunther sich in den Sattel. Immerhin, nun hatte er das Recht, sie sich selbst zu überlassen.

3. Kapitel

»Irgendetwas stimmt nicht«, sagte Marcabrus und hob die Hand, damit die beiden Wagen zum Stehen kamen. Er ging an diesem Tag ebenso wie die anderen zu Fuß, weil einer der Zugochsen lahmte. Misstrauisch deutete er mit dem geschälten Eichenast, der ihm das Gehen erleichterte, auf den kleinen Weiler zwischen den Feldern. Ein Dutzend Lehmhäuser, ein winziges Kirchlein, an dem mehrere Leitern lehnten, weil scheinbar eine Bresche im Dach ausgebessert werden sollte, ein paar Scheunen, Orte, wie sie sie schon zu Dutzenden durchreist hatten. »Wo bleiben die Kinder?«

Es waren immer die Kinder, die den fahrenden Spielleuten zuerst entgegenliefen. Die Sonne stand hoch. Auf den steinigen Feldern mühten sich Bauern und Leibeigene ab, die die beiden Wagen mit den bunten Planen und den flatternden Stofflappen sicher schon eine ganze Weile auf dem Pfad beobachtet hatten. Sie taten, als wären sie blind, und schauten kein einziges Mal zu ihnen herüber. Und es war kein einziges Kind zu erblicken, wenn man von denen absah, die zwischen ihren Vätern hackten und gruben.

»Ziehen wir weiter«, meinte Giraut mürrisch. Er hatte eine empfindliche Seele, die zu kochen begann, wenn man ihn mit verfaulten Kohlstrünken oder dem Inhalt der Nachttöpfe bewarf. Wütend schleuderte er ein Kaninchen in den Wagen, das er in der Nacht in einer Schlinge gefangen und seitdem wie eine Trophäe mit sich herumgetragen hatte. Seine Unterlippe zitterte, ein sicheres Zeichen, dass er Angst hatte.

Mack grinste, aber ohne Schadenfreude. Wenn man die Ängste und den Ärger über einen galligen Empfang als belanglos abtat, blieben immer noch die verdreckten Kleider. Und die waren im Winter keine Freude. Man brauchte Tage, um das gewaschene Zeug zu trocknen, und hinterher stank alles nach Rauch. Dann lieber das Magenknurren. Sie fuhren einen Bogen um das Dörfchen und mussten bei Einbruch der Dämmerung, wie sie befürchtet hatten, ihr Lager auf freiem Feld aufschlagen.

Als Manon, Marcabrus' Schwiegertochter, die Löffel für die Zwiebelpampe verteilte, überging sie Mack. Sie blickte ihn dabei mit einem kleinen hochmütigen Lächeln an, und dass Marcabrus es ignorierte, zeigte, wie ärgerlich er immer noch über die Flucht seines Sängers aus der Zinsburg war. Mack überlegte, ob er protestieren solle, aber ihm fehlte der rechte Biss. Was tat's? Im Hungern war er ein Meister. Er räkelte sich am Feuer und gab sich den Traumfetzen hin, die den Müden im Halbschlaf heimsuchen.

Als die anderen aufstanden, um in die Wagen zu kriechen, rollte ein halber, braun angelaufener Apfel gegen Macks Decke. Er drehte sich um, konnte aber nicht erkennen, ob Bœuf oder die kleine Lisette der freundliche Spender war. Gerührt nahm er ihn in die Hand. Das Fleisch des Apfels war kalt und schien sich irgendwo zwischen seinem Mund und dem Magen aufzulösen, bevor er das Hungergefühl dämpfen konnte. Dennoch war er dankbar. Seine Gedanken wanderten zu Nell, die ihm in ihrer Kindheit ebenfalls heimlich Essen zugesteckt hatte, und von dort war es nur ein kleiner Schritt zu verführerischen Träumereien, die er sich schließlich, als ihm das Herz wehtat, nachdrücklich verbat. Er schlief schlecht und wachte früh auf.

Als er aus dem Wagen kletterte, war ein neuer, freudloser Tag herangezogen. Die Sonne stand so durchsichtig am Himmel, als hätte man sie in Scheiben geschnitten und nur eine davon zurück in die Wolken gehängt. Kurze Zeit später war sie ganz verschwunden.

»Das ist nun das wunderbare Italien«, nörgelte Giraut, der zum ersten Mal die Alpen überschritten hatte.

Marcabrus rief sie zusammen. Sie würden versuchen, nach Udine zu kommen, in die nächste größere Stadt, erklärte er, und dort hoffentlich auftreten können. Mit etwas Glück auf einer Hochzeit oder einem Begräbnis, zumindest aber in einer Schenke, wo sich ein Publikum sammeln konnte.

»Ich habe Hunger«, sagte Lisette und begann zu weinen. Als sie kurze Zeit später weiterzogen, sah Mack, wie Bœuf sie auf die Schultern nahm.

Nachmittags tauchte die Stadt unter ihnen auf. Wie ein Feind, dachte Mack, obwohl es keinen wirklichen Grund dafür gab. Ein Mauerring schien Udine gegen die Außenwelt abzuschotten, ein breiter Graben glitzerte schwarz wie der Eingang zur Hölle, er konnte eine Zugbrücke erkennen, auf der Wachen patrouillierten. Zwischen den Dächern, deutlich erhöht auf einem Hügel, erhob sich ein Kastell mit zahlreichen Türmen, die sich scharf gegen den blassen Himmel absetzten.

»Wem gehört die Stadt?«, fragte er.

»Dem Patriarchen. Regiert wird sie von seinem Stellvertreter, einem Monsignore ... wie auch immer«, meinte Bœuf und riss den Mund auf, um ausgiebig zu gähnen.

»Hat er etwas gegen Spielleute?«

»Ach was, ein gemütlicher Mann. Sagt man jedenfalls. Er hält ...« Der Kämpfer gähnte erneut. Seine Kiefer krachten. »... sich Schwäne. Für die Tafel. Und ich sag dir, wer sich Gedanken um sein Essen macht ...«

Marcabrus unterbrach den philosophischen Erguss, indem er den Befehl zum Halten brüllte und seine Leute die bunten Paradegewänder überstreifen hieß. Giraut schlüpfte in einen petersiliengrünen Rock, den sein Großvater angeblich vom Grafen von Anjou geschenkt bekommen hatte und der von Manon mit Glöckchen und schillernden Bändern benäht worden war. Lisette schminkte ihr blasses Mädchengesicht mit weißer Paste und beschmierte den Mund mit einer roten Salbe, deren Zusammensetzung ein Geheimnis ihrer Mutter war. Sie sah aus, als hätte sie Kirschen genascht. Manon lächelte, als Lisette ihr stolz das Ergebnis ihrer Bemühungen präsentierte. Sie wischte die Farbe ab und trug sie sparsamer und in deutlicheren Konturen wieder auf. Sie selbst verwandelte sich aus der verbissenen Frau, die sie in Macks Augen war, in ein aufreizendes Geschöpf, dem die Haare in schwarzen Wellen über ein glitzerndes Kleid wogten. Probeweise zog sie einen Kussmund. Wenn sie ihre Falten mit Schminke abdeckte und das schummrige Licht der Schenkenfunzeln gnädig Krähenfüße und Hautflecken verbarg, konnte sie immer noch als begehrenswerte Frau durchgehen.

»Gibt es da vorn eine Prinzessin?«, wollte Lisette von Mack wissen.

»Hast du denn auf deiner Harfe geübt?«

»Ja«, log das Mädchen und schnitt eine Grimasse. »Ich kann besser tanzen als singen. Meinst du nicht, dass eine Prinzessin auch gern eine Tänzerin um sich ...?«

»Setz ihr keine Flausen in den Kopf«, fauchte Manon, die unbemerkt an den Wagen getreten war. Er sah die Abneigung in ihrem bemalten Gesicht und plötzlich war er froh, dass er sich bald von der Familie trennen würde. Vielleicht schon am nächsten Tag. Sie befanden sich kurz vor Cividale, und was er dort vorhatte, war so gefährlich, dass Marcabrus' Leute auf keinen Fall mit ihm in Verbindung gebracht werden durften. Es war also nur gut, wenn sie sich schon in Udine trennten. Seine Anhänglichkeit an die Vaganten kam ihm plötzlich lächerlich vor. Der alte Mann schien ihn zu mögen, Lisette auch. Aber die anderen konnten ihn nicht ausstehen, und Adrien, Marcabrus' jüngerer Sohn, der durch einen Schlag auf den Kopf schwachsinnig geworden war, liebte es, halb verwestes Getier unter seiner Decke zu verstecken.

»Komm, Lisette, du musst ...«

»Warum bist du so wütend auf mich?«, unterbrach Mack Manon.

Sie antwortete nicht. Stattdessen spuckte sie neben ihn auf den Boden, bekreuzigte sich und ging davon. Und damit hatte sie ihn zugegebenermaßen mehr getroffen als mit jedem harten Wort.

Sie wurden nicht gerade mit Jubel empfangen, aber die Leute spähten neugierig zu den Wagen, als sie das Stadttor passierten, und bis auf einen Mönch, der ihnen halb auf Italienisch und halb auf Lateinisch die Qualen der Hölle an den Hals wünschte, zeigte sich niemand feindselig. Die kleine Lisette ergatterte einen Kuss von einem Betrunkenen, der sie so stolz erröten ließ, als hätte sie den Ritterschlag erhalten. Ein Bengel, der einen mit Säcken bepackten Esel vorantrieb, unterbrach die Arbeit und befühlte Bœufs Armmuskeln.

Sie zogen auf den Marktplatz, ein schlammiges Oval zwischen einer Kirche und den reicheren Häusern der Stadt, und warteten dort, während Marcabrus losging, um nach einer Schenke für ihren Auftritt zu suchen. Allmählich sammelten sich Menschen um die Wagen. Die meisten fröstelten unter ihren Umhängen, waren aber gespannt, welche Wunder ihnen die Fahrenden zu bieten hatten.

Bœuf stillte ihre Neugierde, indem er eine Sau jagte, die zwischen den Abfällen nach Essbarem wühlte. Er stemmte sie in die Höhe, wurde aber ausgebuht und vom Besitzer der Sau mit einem Stein beworfen. Achselzuckend schüttelte er sich und wischte mit der Hand das wenige Blut fort. Lisette drehte sich im Kreise, ohne beachtet zu werden. Das trübe Wetter ging in die Abenddämmerung über und mit jedem Atemzug schien es kälter zu werden. Einige Leute begannen den Platz zu verlassen.

»Die Frau!«, rief plötzlich ein älterer Mann mit hängenden Schweinsbacken, der schon länger bei den Wagen herumgelungert hatte, und als hätte er damit ein Zauberwort ausgesprochen, rottete die Menge sich wieder zusammen. Manon kam mit den räkelnden Bewegungen einer Katze hinter dem Wagen hervor. Sie erntete begeisterte Zurufe, in die sich, wie immer, wenn Männer eine Fahrende begafften, ordinäre Anzüglichkeiten mischten.

»Tanzen! Los, tanz, Mädchen!« Der Schweinsbackenmann blickte sich Beifall heischend um und die Leute skandierten seine Forderung.

»Zeig deine Brüste, Weib.«

»Die zeigt sie nicht. Da wabbeln leere Säcke.«

»Seh ich mir aber auch gern an.«

»Weil du von zu Hause nichts Besseres gewohnt bist.« Gelächter folgte der Schmähung.

»Tanz endlich!«

Manon begann sich in den Hüften zu wiegen und forsch zu singen. Lisette schaute mit dem Daumen im Mund zu.

»Beweg den Hintern. Wir woll'n was sehen, Hure!«

»Vielleicht ist ihr Hintern auch ein Sack. Eh? Lässt du uns wenigstens den Hintern sehen?«

Bœuf spitzte die Lippen und blies gemächlich seinen Atem in die Dämmerung. »Es liegt Gemeinheit in der Luft.«

»Keiner küsst die Fliegen, die um seine Wunden sirren, und wenn sie noch so lustig mit den Flügeln schlagen. Die Leute können uns nicht ausstehen, weil wir sie an sie selbst erinnern.« Mack langte ins Wageninnere nach einer Einhandflöte. Er hatte erwartet, Giraut und Adrien unter der Plane zu sehen, aber scheinbar waren die beiden Marcabrus gefolgt.

»Weshalb redest du so über uns? Fliegen! Das ist ekelhaft«, sagte Bœuf.

Mack setzte lächelnd die Flöte an die Lippen. Manon hörte mit ihrem Gesang auf. Sie stutzte, aber dann fing sie an, sich nach seiner Musik zu bewegen. Wieder einmal war Mack verblüfft, wie einfach es war, die Stimmung der Leute zu ändern.

Einige begannen in die Hände zu klatschen, die Schmähreden verstummten, und zwei oder drei bewegten die Füße, als wollten sie selbst tanzen.

Es waren inzwischen mehrere Dutzend Menschen angelockt worden. Ein älterer Mann mit einem schwarzen, mönchshaften Haarkranz fiel Mack auf. Die Fackel, die Bœuf nun schwenkte, rief auf seinem Pelzumhang schillernde Reflexe hervor. Er musste reich sein. Als Lisette, die mit einem Holzbecher umherging und sammelte, vor ihm stand, klapperten Münzen und er strich ihr über die Locken.

Manon drehte sich schneller. Hände streckten sich nach ihr aus, aber sie schien sie kaum zu bemerken. Sie tanzte besser als gewöhnlich. Ihr angestrengter Blick verlor sich träumerisch im Nachthimmel. Mack heftete den Blick auf sie, er ließ von dem stampfenden Rhythmus ab und spielte eine sanftere Weise. Sofort ging Manon auf den Wechsel ein und machte ihn mit ihrem Körper sichtbar. Ihr schwarzes Haar bewegte sich wie eine Seidenfahne im Wind. Ihr Gesicht glühte, die Lippen waren leicht geöffnet. Keine ältliche Fahrende mehr. Sie war die Königin eines Zauberreichs, der eine Bande rotznäsiger Gnome Huldigungen brachte. Die Leute vergaßen ihre Gehässigkeiten und starrten sie mit offenen Mündern an.

Mack hasste es, wenn zu seiner Musik geklatscht wurde. Er hätte fast die Flöte fallen lassen, als Bœufs Riesenpranken plötzlich direkt an seinem Ohr gegeneinander knallten. Der Schaukämpfer, unmusikalisch bis auf die Knochen, schien zu glauben, er müsse auch etwas zur Unterhaltung beitragen. Ohne Rücksicht auf den Rhythmus begann er zu stampfen und mit blöder Miene *hohoho* zu blöken.

Manon blieb stehen.

»Cantores amant humores!«, brüllte Bœuf. Er lachte, als wäre ihm ein besonders guter Witz gelungen, und stieß Mack gegen die Rippen. Auch die Zuhörer begannen zu lachen. Der

Bann löste sich. »Barmherzigkeit«, schrie der Einäugige. »Hat keiner einen Becher Wein, um eine verdurstende Kehle zu ölen?«

»Nein, aber einen Sack Sand, um sie zu stopfen. Du singst schauderhaft!«

»Aufhören!«

»Katzengejaul.«

Mack pfiff in die Flöte, so dass ihr ein schriller Ton entfloh. Er sprang auf die Deichsel. »Was ist denn das für eine seltsame Würdigung? Ehrt man so den König der Musikanten? Verneigt Euch, edle Herrschaften, verneigt Euch vor Bœuf mit der samtenen Kehle! Bittet ihn um Vergebung, bevor die Kränkung ihn vertreibt, und lasst ihn seine zarten Liebesweisen singen. Und ... tanzen. Er ist graziös wie eine arabische Prinzessin, er weht wie eine Feder durch die Nacht – wenn man ihn bittet. Soll Bœuf tanzen?«

Die Leute bogen sich vor Lachen, als sie die ernüchterte Miene des Schaukämpfers sahen. »Jawohl! Das soll er!«

»Bœuf ist scheu. Ihr müsst ihn bitten! Lauter!«

»Wir bitten dich! Jawohl, tanz für uns, arabischer Ochse.«

»Er ist 'ne Feder aus Blei.«

»Beweg dich, Ochse. Wir wollen dich tanzen sehn!«

Lisette nahm den hochroten Schaukämpfer bei der Hand. »Wir tanzen zusammen, ja, Bœuf?«, meinte sie mitleidig.

»Edle Herren, wohlgesonnene Gönner. Ihr erlebt den Gipfel der Kunst!«, brüllte Mack über den Platz. »Die winzige Göttin des Lichts in den Armen ihres Troubadours. Ein Hoch auf die doppelte Anmut. Ein Hurra für Bœuf und Lisette!«

Der Schaukämpfer schüttelte den mächtigen Kopf. Er schnappte das Mädchen bei der Taille und warf sie wenigstens fünf Fuß hoch in die Luft. Sie kreiselte und einen Moment lang verschlug seine Kraft sogar Mack die Sprache.

»Ihr seht, die Prinzessin kann fliegen und das ist besser als tanzen«, stellte Bœuf fest, nachdem er das kreischende Kind wieder aufgefangen hatte. »Und außerdem solltet Ihr einen fetten, alten Mann nicht verspotten.«

»Dann gib dem Pfeifer einen Tritt, der ihn genauso hoch in die Luft befördert«, forderte der Mann mit den Schweinsbacken.

»Wenn's Flötenspieler regnet, vertrocknen den Schweinen die Schwänze.« Mack ließ die Finger wieder über die Löcher der Flöte fliegen und entwand sich geschickt Bœufs Griff. Aus den Augenwinkeln sah er den Mann mit dem Pelz lächeln. Er schien ebenfalls klatschen zu wollen, aber Bewegung wie Lächeln gefroren plötzlich. Sein Blick schweifte ab.

Mack war es wie jeder Gaukler und Vagant gewohnt, sein Schicksal in fremden Mienen zu lesen. Er spielte weiter und versuchte gleichzeitig zu erkennen, was die Stimmung des Mannes hatte umschlagen lassen.

Mönchskutten.

Sein Übermut versiegte wie ein Tropfen, der auf einem heißen Stein verzischt. Das hatte Konrad Dors, des Kaisers Inquisitor, ihm als Wunde hinterlassen – seine Furcht vor den Männern Gottes. Aber er war nicht der Einzige, dem die gute Laune verging. Die Menschen versuchten in die hinteren Reihen zu gelangen oder blickten betreten zu Boden.

Die Mönche kamen zu fünft. Ihr Wortführer war ein Mann mit einem faustdicken Kropf über dem Kragen, der ihn kurzatmig nach Luft schnappen ließ. Er hielt ein Kreuz in die Höhe, das er effekthaschend wie der beste Gaukler hin und her schwenkte.

»Ist unser Herr *dafür* gestorben?« Seine Stimme zitterte vor Wut. »Liegt unser Heiliger Vater *dafür* täglich auf den Knien? Sterben *dafür* unsere Ritter unter den Schwertern der Heiden?«

Mack, der die Flöte hatte sinken lassen, spürte Bœufs schwere Hand auf der Schulter. »Halt dein Schandmaul, Junge.«

»Sie geben ihr Leben für ein Pack, das sich an den Schlüpfrigkeiten von Spöttern ergötzt, die himmlische Gnaden gegen Silberpfennige und das heilige Kreuz gegen Hurerei im Lotterbett eingetauscht haben. Wenn sie ...« Der Kropf zwang den Mann zu einer Pause. Er rang nach Luft. Als er weitersprach, senkte er die Stimme, wodurch er Mack noch bedrohlicher vorkam. »Wenn sie nicht gar mit dem Bösen selbst einen Pakt geschlossen haben.«

Der Vorwurf war so abgedroschen, dass er eigentlich niemanden hätte beeindrucken sollen. Doch als der Schein der Fackel, die Bœuf in den Eisenhalter des ersten Wagens gesteckt hatte, über die Gesichter der Nächststehenden huschte, sah Mack, dass er dennoch seine Wirkung getan hatte. Der Mönch bemerkte es ebenfalls.

»Kennt Ihr ihren Meister nicht? Den Versucher im grünen Kleid, der die Seinen zu magischer Stunde eint, um sie die teuflischen Künste zu lehren, mit deren Hilfe sie die Schwachen aus den Armen der Kirche locken? Ihr armen, ihr verführten Seelen! Wie viele das Herz erhebende Worte sind in diesem Kreis gefallen? Wie viele läuternde Gedanken wurden ausgesprochen? Keiner? Wie auch! Stattdessen sind Eure Herzen erfüllt von Wollust und Leichtfertigkeit.«

Die Scham ließ die Menschen zusammenschrumpfen. Mit einer Mischung aus Schuldgefühl und Erregung hingen sie an den Lippen ihrer Richter.

»Jagt sie fort!«

Der Ruf kam nicht von den Mönchen, sondern aus der Menge. Mack wechselte mit Bœuf einen Blick. Hinter der Wagenplane, wo Manon sich verkrochen hatte, ertönte ein erstickter Laut.

»Nein, hängt sie auf.«

»Nein, tottrampeln. Eva hat der Schlange den Kopf zertreten.«

Es fiel kein Scherz mehr, der die Bösartigkeit hätte aufhalten können. Bœuf trat vor.

»Vergebt, Pater, wir hatten nicht bedacht, was wir tun. Wir sind einfache Leute, die nur für ein Stückchen Brot einige Späße machen wollten.« Er neigte den Stiernacken, um seiner ansehnlichen Gestalt den Anschein von Demut zu geben, aber er hatte schlecht argumentiert. Die Kirche gestattete zwar, den Gauklern Almosen zu geben, aber nicht, sie für ihre Künste zu entlohnen, was ja hieße, den Künsten des Teufels Respekt zu erweisen.

»Salome tanzte, um mich zu verführen.« Einer der Männer – im ersten Moment dachte Mack, es wäre die Schweinsbacke, aber er sah ihm nur ähnlich – sank auf die Knie. Das wütende Murren verstärkte sich und Mack stöhnte innerlich.

»Lasst sie ihre Messer und Schwerter fressen – aber wirklich fressen«, schlug ein Mann vor, der Zeit gehabt hatte, nachzudenken. Es war inzwischen Nacht geworden. Nur die wenigen Gesichter derjenigen, die dicht beim Wagen standen, ließen sich unterscheiden. Aber dort hielten sich nur noch die Mönche und der Reiche mit dem Pelz auf.

»Ihr könntet uns auch Wegzehrung geben«, sagte Mack langsam, »damit wir wohlbehalten zum Patriarchen kommen, denn der hat uns in dieses Land geladen und erwartet uns, weil er sich an der Musik erfreut.«

Eine Katze oder ein kleines Kind kreischte in der Stille, die seinen Worten folgte.

»Du drohst?« Der Mönch legte den Kopf in den Nacken, so dass er mit dem Kropf einen Ball zu bilden schien.

Plötzlich ertönte eine fremde Stimme. »Bringt sie hinauf zum Monsignore.« Zum ersten Mal hatte der Mann mit dem Pelz gesprochen. Er musste Autorität besitzen, denn als er zwei Bewaffneten zunickte, die plötzlich wie aus dem Nichts auftauchten, ertönte kein Widerspruch. Nicht einmal von den Mönchen.

»Ja, zum Monsignore, wo man ihnen ihr gottloses Tun mit der Peitsche austreiben möge«, giftete ihr Anführer, aber auch er traute sich nicht, zu protestieren. Manon wurde aus dem Wagen gezerrt. Der Rock rutschte über ihren Schenkel, und einen Moment lang schienen alle Blicke auf das Fleisch gerichtet, das hell wie ein Fanal der Sünde im Schein der Fackeln aufglänzte. Mack nahm eine Bewegung wahr. Lisette nutzte die Gunst des Augenblicks, um zwischen die beiden Wagen und von dort in die Dunkelheit zu huschen. Nicht nur er, auch der Mann mit dem Pelz schien ihre Flucht bemerkt zu haben. Mack sah, wie er den Kopf abwandte, um ein Lächeln zu verbergen.

»Bindet sie mit Stricken und bringt sie hoch zum Kastell«, befahl er. Alle starrten auf die Lederbänder, die einer der Bewaffneten aus dem Zaumzeug der Pferde schnitt, und da sie mit dem Starren nicht aufhörten, bis die Riemen um die Handgelenke der Spielleute verknotet waren, bemerkten sie die Flucht des Mädchens erst, als dieses längst entkommen war.

Sie näherten sich dem Kastell durch das übliche Gassengewirr, wobei es hier sonderbarerweise aus jeder Ritze nach altem Fisch zu riechen schien. Erst nach etlichen Stößen und Hieben und ein paar Stürzen in den breit getretenen Straßenschmutz begriff Mack, dass es einer der Bewaffneten war, der diesen grauenhaften Geruch ausströmte. Nicht, dass es eine Rolle spielte, aber das kleine Ärgernis beschäftigte ihn eine Zeit lang ebenso stark wie das Schicksal, dem sie entgegengingen.

Sie ließen die Häuser hinter sich, und es wurde etwas heller, als die flache Straße in eine Pferdetreppe mündete. Allerdings war die Nacht neblig und die Burg nur im unteren Drittel sichtbar. Es sah aus, als hätte jemand die Festung geschleift. Die Flammen, die zwischen den Zinnen brannten, wirkten wie ein milchiges Sternenfeuerwerk.

Und das Kastell sang.

Mack zuckte unwillkürlich mit den Händen.

Es sang. Er hätte nicht sagen können, wann es ihm bewusst geworden war. Plötzlich strömten Gesprächsbrocken – was für ein lächerlicher Ausdruck für etwas, das ihn derart zittern machte – Gesprächsbrocken strömten in ihn hinein, als würde er mit etwas beworfen, was nicht von seiner Haut abprallte, sondern wie Wasser durch ein Netz floss. Wieder zerrte er an der Fessel, aber er wusste, selbst wenn er die Hände frei bekäme und sie auf die Ohren legen könnte, würde ihm das nicht helfen. Der Gesang erreichte ihn nicht über das Gehör. Er drang auf magische, verächtliche und zutiefst beschämende Weise geradewegs in sein Herz.

In dem Jahr, als der König ihn verstoßen hatte, war es ihm gelungen, die Stimmen, die ihm aus Steinen, Pflanzen, aus dem Wasser, ja aus fast allem entgegenwisperten, zu bannen. Wie Sultan Maliks Tigerbändiger hatte er sie in einen Kreis gescheucht und dort mit der Peitsche eiserner Disziplin festgehalten. O ja, er hatte Disziplin gelernt, etwa so bereitwillig wie ein Ertrinkender das Schwimmen. Und die Stimmen waren tatsächlich leiser geworden, bis sie endlich verstummten, als hätten sie eingesehen, wie unwillkommen sie waren.

Mit Hilfe derselben eisernen Disziplin hatte er gelernt, seinem Gesang die zauberische Schwüle zu nehmen. Sogar Marcabrus, der ihn vorher oft seltsam gemustert hatte, schien kein Misstrauen mehr zu haben. Sonst hätte er ihn wohl kaum um sich geduldet. Dank seines eisernen Willens war er geworden wie jedermann. Ein gewöhnlicher Sänger und Lautenspieler, vielleicht eine Spur begabter als seine Zunftgenossen.

Bis zu diesem Augenblick.

War die Furcht beim Anblick der Mönche der Auslöser gewesen? Er wusste es nicht. Er spürte nur, wie ihn mit den Stimmen eine Enttäuschung übermannte, die ihm fast die Luft zum Atmen nahm.

Die Mauern waren alt. Ihr Lied banal. Klagen über die Kälte, die den Mörtel zwischen den Steinen gefrieren und bröckeln ließ. Er brauchte das nicht zu wissen. Das geht mich nichts an, dachte er nachdrücklich, ohne zu wissen, ob die Mauern ihrerseits an seinen Gedanken Teil hatten. Nell hätte gesagt, hör auf, dir etwas einzureden. Stumm wie ein Stein – diese Redensart drückte aus, wie sich die Dinge in Wahrheit verhielten.

Er wurde abgelenkt, als Manon stolperte, und blieb einen Moment stehen, um ihr Zeit zum Aufstehen zu geben.

»Du bist unser Unglück«, zischelte sie ihn an, während sie ungeschickt wieder auf die Füße zu kommen suchte.

»Ich bin dein Unglück?«

Mack war der Letzte vor dem Bewaffneten. Der Mann ärgerte sich, dass es nicht weiterging, und gab ihm einen Stoß. Mack drängelte sich neben die Frau, und dass er dabei dicht am Abgrund balancierte, bereitete ihm eine kindische Befriedigung, weil er spürte, wie es sie einen Moment lang erschreckte.

»Nein, Manon, deine Mutter ist dein Unglück, weil sie dich in dieses Lotterleben geboren hat. Und die Mönche, weil ihre Heiligkeit nicht ausreicht, sie blind für deine hübschen Beine zu machen. Ich bin ... ein Musikant. Hör auf, mir Vorwürfe zu machen.« Er lächelte, um seinen Worten die Schärfe zu nehmen, und hoffte, dass sie es trotz der Dunkelheit bemerkte. »Gut genug, um zum Tanz aufzuspielen und mit einem Pfennig und einem Tritt wieder in die Welt entlassen zu werden. Das reicht nicht für etwas so Großartiges, wie das Unglück eines Menschen zu sein.«

»Es reicht, um einen Haufen Lümmel wissen zu lassen, dass die Musik, die sie hören, nicht aus irdischen Quellen stammt. Und wenn sie's nicht merken ... Hältst du mich für zu grob, um die Schnüre zu spüren, an denen du mich tanzen lässt? Du hast mich ... beschmutzt!« Der Vorwurf ertrank in einem hassvollen Schluchzer und Mack verging der Wunsch nach einem Gespräch.

Aus dem Nebel waberten ihm die Fragen der Mauern entgegen, die ihr Jammern eingestellt hatten, um die Ursache der Wut zu erforschen, die zu ihnen heraufbrandete. Aber ihr Interesse hielt nur wenige Augenblicke vor. Was waren schon die Emotionen vergänglicher Wesen gegen den Frost im Mörtel.

Mack wurde von dem Bewaffneten zurückgerissen und auf die Mauerseite des Wegs gedrängt. Manon nutzte den Augenblick, um einige Fuß Abstand von ihm zu gewinnen.

»Besser, du hältst die Schnauze, wirklich besser«, meinte Bœuf bedächtig, nachdem man sie unter ein nur halb hochgezogenes Fallgatter hindurchgestoßen hatte und nun im Innenhof des Kastells bewachte. Der Nebel war hier so dicht, dass er auch die Zinnen und Hausdächer direkt über ihnen verschluckte. Einige Fenster im oberen Geschoss waren zu sehen, eine Ladeluke in einem Giebel, darüber nur noch weiße Suppe. »Es ist nicht nur dein eigener Hals, um den du dich redest.« Bœuf versuchte zu flüstern, was ihm allerdings nie gelang.

»Das Letzte, was ich gesagt habe, war klug: Der Patriarch erwartet seine Sänger.«

»Klug wie ein Häuflein Vogelkacke.« Bœuf legte den Kopf in den Nacken und starrte zu den beiden gelben Fenstern im Hauptgebäude, den einzigen, hinter denen Licht brannte. »Mit etwas Glück werden sie uns in ein Loch sperren, und fertig. Wir werden hungern, aber irgendwann wird Marcabrus erscheinen ...«

»Ich dachte, Monsignore *Gutes Herz* verspeist Schwäne.«

»Ich sag doch, halt besser die Schnauze«, wiederholte der Schaukämpfer düster. Er brummelte noch etwas, danach schwiegen sie, bis einige Männer des Bischofs in den Hof traten. Der Mann im Pelzmantel redete mit ihnen und übergab sie dann wie die Hühnchen am Zinstag. Er nickte ihnen noch einmal zu – was vielleicht Gutes zu bedeuten hatte. Aber damit schien er der Ansicht zu sein, seine Pflicht erfüllt zu haben.

Nein, man stieß sie nicht in ein Verlies. Die Wachen führten sie über eine Seitentür in einen Lagerraum, in dem schwarze Fässer standen, und dann über mehrere enge, unbeleuchtete Treppen und Gänge zu einen Saal, dessen sämtliche Fenster durch Holzläden verrammelt waren und der so muffig roch, dass man den Frühling herbeisehnte. Dort mussten sie eine Weile warten. Schließlich brachte man sie über eine weitere Treppe in das Zimmer, das offenbar das Herzstück des Kastells war.

Wärme schlug ihnen entgegen wie eine Ohrfeige. In einem grün gesprenkelten Marmorkamin brannte ein Feuer, das aus einem Berg armdicker Holzscheite gespeist wurde und so hoch in den Schlot züngelte, als wolle es direkt durch den Schornstein fahren. Dieses Feuer und unzählige weitere Lichter in Wandhalter, Kohlebecken und Ständern blendeten sie.

»Die Tür«, nörgelte eine schwache Stimme.

Mack erwartete, einen alten, vielleicht kränkelnden Mann zu sehen, aber als sich seine Augen an die Helligkeit gewöhnt hatten, erkannte er, dass in der kostbaren Bischofsrobe ein Kind steckte. Es lümmelte sich gelangweilt in einem Lehnstuhl, und seine Füße, die schuhlos in violetten Samtstrümpfen steckten, streichelten einen muskulösen weißen Hund, der aufmerksam die Ohren spitzte und sie anblickte.

Ein Tritt gegen die Kniekehle beförderte Mack auf den Boden und erinnerte ihn daran, wie ein Spielmann sich in Gegenwart hoher Herren zu benehmen hatte. Er hob den Kopf und sah den Bischof verhalten hinter der Hand gähnen.

»Bist du der Flötenspieler?«

»Ja, Herr«, hörte Mack sich antworten. Er war verwirrt und dachte im ersten Moment, es wäre wegen der Jugend des Bischofs oder wegen seiner quengelnden Stimme. Dann wurde ihm bewusst, dass es im Gegenteil die plötzliche Stille war, die ihn beunruhigte. Die Mauern hatten aufgehört zu singen. Sie schwiegen und schienen so gebannt zu lauschen wie der weiße Hund.

»Komm, tritt näher«, befahl der kindliche Bischof.

Schwerfällig erhob Mack sich von den Knien.

Der Tod war in den Raum eingedrungen. Die Mauern spürten es. Der Hund, der plötzlich knurrte, wusste es ebenfalls. Welche Bedeutung mochte der Tod für ein Tier haben? Oder gar für einen Haufen aufgeschichteter Steine?

Träumer, sagte Nell und knuffte ihn.

Der Bischof gähnte erneut, diesmal ohne sich die Hand vor den Mund zu halten, als hätte er beschlossen, dass die Mühe nicht lohne. Er schien nicht recht zu wissen, was er sagen sollte. Neben ihm auf einem Tisch stand das Modell einer Dombaustelle mit winzigen Leitern, Tretradkränen, von Eseln gezogenen Karren, Buden und Sägeböcken. Es war noch unfertig. Messer, Meißel und Leimtöpfe auf einem Nebentisch zeigten, dass etliches mehr geplant war, und die schmutzigen Fingernägel des Bischofs wiesen auf den Erbauer des Modells hin.

»Du ... ähm, man wirft dir vor, dass du die Menschen durch dein Flötenspiel verzauberst.«

»Nein, Herr, ich ... singe einfach, in der Hoffnung, damit ein Herz zu erweichen, uns etwas Brot zu schenken.« Über dem Tisch hing ein milchiger, ovaler Spiegel in einem Goldrahmen. Zögernd lenkte Mack seinen Blick darauf. Ein roter Fleck glitzerte in dem Kristall.

»Du willst zu dem Fest der Musikanten, das der Patriarch in Cividale geben wird?«

»Ja, Herr.« Mack ließ von dem Spiegel ab und blickte wieder den Bischof an.

Das junge Gesicht wirkte müde. »Ihr wäret besser gleich zum Kastell hinaufgekommen, bevor es Ärger in der Stadt gab. Das Land ist verseucht von Ketzern und Dämonen und das Volk entsprechend beunruhigt. Der Patriarch weiß natürlich kunstvolle Musik von den unchristlichen Zügellosigkeiten fehlgeleiteten Gesindels zu unterscheiden, aber das einfache Volk und einfache Mönche …« Der junge Mann schien von seinen eigenen hochtrabenden Worten überanstrengt und warf einen sehnsüchtigen Blick auf das Baustellenmodell.

»Ich versichere Euch, Herr, es lag uns fern, irgendein Ärgernis …« Bewegte sich der Fleck im Spiegel? Mack fühlte Augen, die seinen Rücken hinauf in den Nacken und von dort über die Mittellinie seines Kopfes wanderten. Der Tod hatte ihn im Visier. Ihm kribbelte die Haut und er musste alle Beherrschung aufbieten, nicht herumzufahren.

»Wir werden den Ort augenblicklich verlassen, Herr. Noch heute Nacht, wenn Ihr erlaubt.« Und wenn Ihr es nicht erlaubt, springe ich aus dem Fenster, dachte er, von plötzlicher Panik erfasst.

»Ja, Herr, ich bitt Euch«, brachte Manon heraus. Sie kniete immer noch. Bœuf saß wie ein alberner Sack auf dem Boden und hielt die Augen geschlossen.

»Gut, ihr könnt gehen. Aber ich will keinen Unfrieden mehr.«

Mack verneigte sich besonders tief, als bückte er sich vor einem Pfeil, der auf ihn zielte.

»Bringt sie in die Stadt zurück, bewacht ihre Wagen und jagt sie mit dem ersten Morgenstrahl zum Tor hinaus«, wies der Kinderbischof einen Mann der Wache an. Die Entscheidung machte ihn lebhafter. »Und achtet darauf, dass mir in Zukunft die Ankunft aller Sänger oder Joculatores gemeldet wird. Und jetzt geht. Geht alle!«

In diesem Moment sprang der Hund auf und begann wie von Sinnen zu bellen. Doch seine Aufregung galt weder Mack noch der Frau oder Bœuf. Sie galt einem Mann, der gelassen, die Arme über der roten Samtbrust verschränkt, neben dem

Sägebock lehnte, an dem des Bischofs Schnitzblöcke zurechtgesägt wurden. Er blickte Mack direkt in die Augen und zog amüsiert eine seiner fadendünnen Augenbrauen hoch.

»Der Spielmannsgraf aus Arras!« Bœuf spuckte verächtlich aus. »Du hast dir vor Angst in die Hose geschissen und nun steigen dir die Dünste in den Kopf. Da stand …« Er überlegte. »Der Vogt?« Er schüttelte den Kopf. »Nein, ein Ritter. Er trug etwas im Gürtel, ein Messer, ein Kurzschwert, der Teufel mag's wissen, ich hab wirklich nicht auf ihn geachtet. Aber du siehst: Unseresgleichen ist das Waffentragen verboten, und wenn es sich wirklich um den Spielmannsgrafen gehandelt hätte … obwohl ich ihn dann erkannt hätte, ich bin doch nicht blind. Aber wenn er's gewesen wäre und wenn er den Gesetzen zum Trotz tatsächlich eine Waffe besäße, dann hätte er wohl kaum vor dem Bischof damit geprotzt.« Triumphierend über die Logik seiner Beweisführung, sprang Bœuf mehrere Stufen auf einmal hinab, so dass er als Erster das dunkle Gassengeflecht erreichte. Er wartete auf Mack und auf Manon, die ein ganzes Stück hinter ihnen ging, als wolle sie nichts mit ihnen zu tun haben, allerdings immer noch so dicht, dass sie nicht allein zurückblieb.

»Außerdem ist es egal. Morgen sind wir fort, und in zwei Tagen haben wir …«

»… den Ort erreicht, an dem Milch und Honig fließen?«, fragte Mack spöttisch.

»Met und Hasenbraten.« Bœuf schmatzte genießerisch und sogar Manon musste darüber lachen, aber sie verschluckte es schnell.

Die Wagen standen immer noch auf dem Marktplatz. Marcabrus hatte im vorderen die kleine Lampe entzündet, als hätte er erwartet, dass sie noch in dieser Nacht wiederkämen. Als er ihre Stimmen hörte, die selbst geflüstert auf dem leeren Marktplatz zu hallen schienen, kroch er aus dem Wagen. Er langte nach dem geschälten Ast, auf den er sich immer stützte, und blickte ihnen entgegen. Ein Lächeln lag auf seinem runzligen Gesicht und einen Moment lang wurde Mack sich seiner eigenen Einsamkeit bewusst. Ein Gefühl tiefster Dankbarkeit erfüllte ihn, weil dieses Lächeln ihm ganz persönlich zu gelten schien. Bis er näher trat und in dem Lächeln eine grenzenlose Traurigkeit erkannte.

Jeder schien bereits begriffen zu haben, was sich ereignet hatte, nur Mack starrte immer noch mit hängendem Kiefer auf das leere Strohlager von Lisette. »Wo ist sie?«

»Idiot!«, knurrte Giraut mürrisch. Seine Schlafstelle befand sich im hinteren Teil des Wagens, direkt neben der von Lisette. Er furzte und grub den Kopf ins Kissen. Auch er zutiefst unglücklich, wie Mack begriff.

Marcabrus war hinter Manon getreten, die sich auf die Wagendeichsel gekauert hatte und in die eigenen Finger biss, während sie gequälte Laute von sich gab. Er streichelte ihr Haar. »Man kann nur hoffen, dass er ein anständiger Kerl ist, der sie uns wohlbehalten zurückschickt.«

»Wo ist er mit ihr hin?«, fragte Bœuf.

»Wo ist wer…?«

»Sein Haus liegt an der Treppe, die zum Kastell führt. Ihr müsstet daran vorbeigekommen sein. Es ist mit Efeu berankt.« Marcabrus' Lächeln wirkte plötzlich wie die aufgemalte Fratze eines Komödianten. Und wieder schien es Mack zu gelten, denn wieder war es Mack, den er anblickte. »So etwas geschieht. Man kann nichts dagegen tun, nicht wahr? Doch fürchte ich, er wird nicht freundlich mit ihr… Ich kenne Leute wie ihn. Die am herzlichsten tun …«

Und endlich, endlich begann es Mack zu dämmern.

Er tat ein paar Schritte zurück und begann zu laufen. Falls jemand etwas sagte, um ihn aufzuhalten – er hörte es nicht. Seine Augen sahen nachts besser als die der meisten Menschen. Er rannte an Treppchen, Hauseingängen und Zäunen vorbei. Seine Füße flogen dahin, ohne gegen ein Hindernis zu stoßen. Er rannte, bis er schließlich vor dem Haus stand, das Marcabrus gemeint haben musste. Atemlos hob er den Kopf zu dem einzigen Fenster, hinter dessen Läden Licht brannte. Aus den Augenwinkeln sah er, dass ein edel glänzender Türklopfer die Eichentür zierte. Irgendwo hinterm Haus schnaubten Pferde. Ein reicher Bewohner also. Ganz sicher die richtige Adresse. Er griff in die Efeuranken, die das Haus wie eine grüne Haut umgaben, und begann zu klettern.

Schande, Schande, murmelte das Gewächs und meinte die Grobheit, mit der er die Haftwurzeln aus der Mauer riss und die Blätter zerfledderte. Mack erreichte das Fenster. Er ertastete mit der Hand den eisernen Halter eines Fensterladens, rüttelte daran, und als er sich als solid erwies, hielt er sich daran fest und schlug einen der beiden Läden zurück. Eine dünne Pergamenthaut verbarg, was in dem Zimmer vor sich ging, aber seine Ohren hörten alles. Lisette weinte zu dem wollüstigen Schmutz, den ihr die weiche Stimme ihres Entführers in die Ohren wisperte.

Mit der geballten Faust durchstieß Mack das Pergament und schwang sich in das Zimmer. Er sah einen Pelz über einer Lehne hängen, dann Lisettes armen, weißen Kinderkörper, der sich auf einem Fell vor einem kalten Kamin krümmte. Er musste wie ein Tier gebrüllt haben, denn das Letzte, woran er sich erinnerte, war sein eigener Schrei.

Als er erwachte, war ihm eisig kalt und er dachte müßig darüber nach, ob es der Nachtnebel war, der seine Knochen frieren ließ, bis ihm aufging, dass seine linke Gesichtshälfte von Sonnenstrahlen gewärmt wurde, dass Lerchen sangen und der Nebel aus irgendetwas bestand, was seine Augen verschmierte. Bei dieser Erkenntnis fuhr er in die Luft, begann aber sofort zu stöhnen, weil man ihn mit verrenktem Hals an einer Mauer ... nein, an einer Reihe Eisenstäben hatte liegen lassen. Zähnefletschend griff er sich in den Nacken.

Jemand feilschte um Eier, eine Glocke schien die Zeit oder sonst etwas anzuzeigen, Geflügel gackerte, Preise wurden gerufen – er musste sich auf dem Marktplatz befinden. Mack spuckte auf die Fingerkuppen und versuchte, sich die Lider frei zu wischen, von Blut, wie er vermutete.

Er saß in einem Käfig. Man hatte ihn auf einem Holzpodest mitten auf dem Marktplatz ausgestellt, und als die Leute merkten, dass er zu sich gekommen war, unterbrachen die meisten die Einkäufe und begannen sich um ihn zu scharen. Er hatte Schwierigkeiten, sich auf die fremdländischen Laute zu konzentrieren, aber den Ton, in dem sie vorgebracht wurden, verstand er sofort. Ergeben wartete er auf die ersten groben Späße, die man mit seinesgleichen in solchen Situationen zu treiben pflegte. Erst einmal geschah allerdings gar nichts. Ein Mann in einem roten Wams redete beruhigend auf die Leute ein.

Macks Blick fiel auf den Platz, an dem Marcabrus' Wagen gestanden hatte. Er wurde jetzt von einem fahrbaren Backofen eingenommen, in dem Brote gebacken wurden. Marcabrus war also fort. Das bedeutete ... Nur mühsam kehrten Erinnerungsfragmente der vergangenen Nacht in seinen Kopf zurück. Die Mönche. Der Kinderbischof, der so gern an seinem Dom gebastelt hätte. Der rot gekleidete ...

Ruckhaft fuhr Mack auf, stieß mit dem Kopf an die Holzplatte, die sein winziges Gefängnis abdeckte, und versuchte wieder, seine gleichgültige Stellung einzunehmen, während er sich einen Esel schalt.

Ein Stein flog, eine Gehässigkeit, die er zweifellos durch seine ungestüme Bewegung provoziert hatte. Das Geschoss polterte vor dem Gitter zu Boden und der Werfer wurde ausgelacht. Unauffällig begann Mack den Rücken seines Wächters zu erforschen. Krumme, sehr kräftige Beine in roten Strümpfen. Breite Schultern und ein wuchtiger Oberkörper in einem Wams aus scharlachrot gefärbter Wolle. Darüber kurz geschorenes Haar auf einem hässlichen, mit Beulen verunzierten Schädel.

Er seufzte erleichtert. Der Tod sah hübscher aus. Sein Wächter musste ein Büttel sein, schlimmstenfalls der Henker.

»Lasst ihn doch erst mal zu sich kommen«, sagte der Büttel. Er drehte sich zum Käfig und zeigte Mack ein gutmütiges, offenes Gesicht. »Pranger von einem Sonnenaufgang bis zum nächsten«, verkündete er, nachdem er sich vergewissert hatte, dass sein Delinquent wieder bei Sinnen war. »Der Bischof hat das Urteil noch in der Nacht gefällt und ein Teil ist ja schon abgesessen«, fügte er tröstend hinzu.

»Aber ein anderer steht noch aus!«, rief eine Frau und warf etwas nach dem Gefangenen, das glücklicherweise an den Gittern hängen blieb. Bei näherem Hinsehen entpuppte es sich als verdrecktes Stroh, welches sie von einem der Geflügelkarren geklaubt haben musste. Sie sah hübsch und mütterlich aus, bis sie ihm die Zunge herausstreckte.

Der Büttel entfernte sich einige Schritte, wo er mit einem Bekannten plauderte, und ein paar Kinder freuten sich, dass sie ein Ziel für ein paar Wurfübungen gefunden hatten.

Mack senkte den Kopf zwischen die Knie und verschränkte die Hände darüber, während Gemüse- und Schlachtabfälle auf ihn einprasselten. Er saß in dem Käfig, weil er Lisette hatte beistehen wollen. Das fiel ihm wieder ein. Aber sosehr er sich auch den Kopf zermarterte – er konnte sich nicht besinnen, ob ihm sein Vorhaben gelungen war. Vielleicht hatten sie ihn sofort niedergestreckt, als er ins Zimmer gesprungen war. Undeutlich erinnerte er sich an eine Kette, die auf seinen Arm niedersauste. Er riskierte einen Blick und sah, dass die Haut über seinem Handgelenk spannenbreit abgeschürft war. Vorsichtig bewegte er sie. Er hatte Glück gehabt, es schien nichts gebrochen zu sein.

Der Mann mit dem Pelzmantel musste auch Glück gehabt haben, denn sonst hätte man sich bei der Bestrafung seines Angreifers kaum mit dem Pranger zufrieden gegeben. Hatte er Lisette nach der Störung laufen lassen? Oder sie im Gegenteil ... Mack merkte, wie ihm Tränen in die Augen traten, die er sich wütend verbiss.

»Was ist ... he, was ist aus den Vaganten geworden?«, fragte er den Büttel, als der zwei junge Männer verscheuchte, die sich einen Spaß daraus machten, den Käfig am Rand des Podestes kippeln zu lassen.

»Sie sind fort. Heute mit dem ersten Hahnenschrei. Und ihr beide leistet dem hier gleich Gesellschaft, wenn ihr ... Rotznasen!« Er drohte den Bengeln mit der Faust hinterher.

»Und das Mädchen?« Mack wurde keiner Antwort mehr gewürdigt. Er versank in Grübeleien, die hauptsächlich um Lisette kreisten und dann – ein paar selbstmitleidige Augenblicke lang – um die Tatsache, dass Marcabrus und Bœuf ihn einfach seinem Schicksal überlassen hatten.

Nachdem ...

Je länger Mack darüber nachdachte, um so stärker wurde seine Überzeugung, dass der alte Sänger ihn bewusst angestachelt hatte, nach Lisette zu suchen. Den einen, der nicht zur Familie gehörte, der aber an Lisette hing und leichtsinnig genug war, in sein Verderben zu rennen. Oder doch nicht?

Egal. Die Vaganten waren fort. Ihn selbst würde man morgen Früh freilassen und dann ... Lisettes trauriges Erlebnis ließ sich auch mit den Hoffnungen auf die Zukunft nicht verscheuchen und Mack verbrachte einen bedrückten Tag.

Die Zeit verrann, das Interesse der Menschen an dem langweiligen Übeltäter ließ nach. Mack hörte zu, wie sie ihre Geschäfte machen, aber ihre Stimmen plätscherten an seinem Ohr vorbei. Er wurde erstaunlich schnell wieder müde und schob es auf den Schlag.

Während er gähnte und sich immer wieder an den Nacken

fasste, schweiften seine Gedanken zu Gunther, der sich so viel Mühe gegeben hatte, aus ihm einen Ritter zu machen, und der wahrscheinlich vor ihm ausspucken würde, wenn er ihn in diesem Augenblick sehen könnte. Mack wollte darüber lächeln, aber irgendwie gelang es nicht. Es musste die Schwere des Schlafs sein, dieses verzerrenden Gauklers, die bewirkte, dass er sich seines demütigenden Zustandes zu schämen begann. Übergangslos verlor er sich in Träumen.

Er hockte immer noch in einem Käfig, doch diesmal auf einem Burghof, und er war umgeben von den Knappen des Königs. Prosper kam auf ihn zu. Er schaukelte mit den Hüften und machte obszöne Gebärden. Gunther, der neben dem Käfig stand, zuckte bedauernd die Schultern, schien es aber nicht für nötig zu halten einzugreifen. Der Traum entführte Mack in andere, nicht weniger beschämende Situationen. Meist war Gunther anwesend und immer verweigerte er seine Hilfe. Ein Häuflein Dreck nahm das Ende, das er ihm prophezeit hatte. Da konnte man nichts machen. Die Träume wurden wirrer und handelten von verlorenen Dingen und einmal von Lisette. Mack war erleichtert, als er endlich erwachte.

Die Bauern schirrten ihre Esel und Ochsen an oder spannten sich selbst vor die Karren und machten sich mit Hoh und Hott und einer Menge Lärm auf den Heimweg in ihre Dörfer. Für den Delinquenten hatte keiner mehr einen Blick. Die Sonne war schließlich doch noch hinter den Wolken hervorgekrochen. Sie saß auf den Dächern und vergoldete sie, verglühte aber bald und ließ nichts als Kälte zurück.

Mack schlief erneut ein. Doch diesmal dauerte der Schlummer nur kurz, und als er den Kopf hochriss, war er mit einem Schlag hellwach. Es hatte zu nieseln begonnen. Der Marktplatz lag in tristem Halbdunkel und war wie leer gefegt. Selbst der Büttel schien sich in eine Schenke verzogen zu haben, um sich aufzuwärmen.

Mack begann zu pfeifen. Ihm stand eine kalte Nacht bevor,

doch das war er gewohnt, es schreckte ihn nicht besonders. Er horchte auf den Wind und änderte die Tonhöhe seines Liedes, um sie dem Rauschen anzupassen. Die Lichter in den Häusern rund um den Platz wurden entzündet und erloschen dann wieder. Mack fuhr fort zu pfeifen, die Arme um die Knie und sämtliche Körperteile so dicht wie möglich beieinander, damit er dem Wind wenig Angriffsfläche bot. Eine Nacht, und er konnte den Käfig und Udine verlassen. Eine Nacht, und er war frei. Er pfiff sein Lied.

Und als der Tod ihm die Hand auf die Schulter legte, traf es ihn völlig unvorbereitet.

4. Kapitel

Eine erste Ahnung des nahenden Frühlings belebte die Natur. Nell trat aus ihrer Hütte und genoss es, sich zu strecken und die Sonne auf ihrem Hals und den nackten Armen zu fühlen. Wärme war ein Geschenk, das geradewegs aus den Händen Gottes kam. Ihre Muskeln schienen in einem einzigen Augenblick an Kraft zu gewinnen und ihre Knochen wurden leicht. Es war immer noch kühl, aber der beißende Frost, der ihr im Winter so zu schaffen gemacht hatte, war endlich vorüber. Erste grüne Spitzen bohrten sich durch die Erdkrumen unter den Tannen, in den Ästen zwitscherten Vögel und plötzlich hatte sie das Gefühl, aus ihrem Leben könne doch noch mehr werden als der tägliche Kampf ums Überleben.

Beschwingten Schrittes lief sie das kurze Stück zu der Wasserquelle, aus der sie ihr Kochwasser schöpfte. Sie trug das Messer bei sich, mit dem sie die Kaninchen und Füchse abstach, die sich in ihre Fallen verirrt hatten, aber an diesem Tag war ihre Gier nach Sonnenschein und frischer Luft größer als die nach Fleisch. Das Kaninchen – sofern überhaupt eines in der Falle steckte – tat ihr Leid und sie überlegte, ob sie es nicht leben lassen und einige dazufangen sollte, damit sie sich vermehrten. Eine Zeit lang beschäftigte sie die Frage, wie man am sinnvollsten einen Stall bauen könne.

Doch, dachte sie, während sie durch das feuchte Gras schritt und zum ersten Mal keine kalten Füße dabei bekam, der Himmel meinte es gut mit ihr und es war undankbar von ihr, dass sie daran gezweifelt hatte. Nach ihrer Flucht aus Diethilds Haus hatte sie die Hütte gefunden, obwohl es Nacht gewesen war und sie eher damit gerechnet hatte, auf ein wildes

Tier zu treffen. Der Köhler, dem die Hütte gehörte, hatte sie eingelassen und war wider Erwarten freundlich gewesen. Dass seine Freundlichkeit mit einer übel riechenden Hautkrankheit zusammenhing und dass er vor Schmerzen kaum noch gehen konnte, hatte sie nicht gestört, im Gegenteil. Sie war bei ihm geblieben und hatte ihn, im Austausch gegen die Zuflucht, unter seinem Dach gepflegt. Als er kurz drauf gestorben war, meinte sie sich als Erbin seiner Besitztümer betrachten zu können.

Gut gelaunt streifte sie die Schuhe ab und lief über die verrottenden Blätter des letzten Herbstes, zwischen denen sich Tauwasser gesammelt hatte. Die Quelle entsprang an einem Berghang. Sie sprudelte so kräftig, dass das mit Kieseln gefüllte Loch darunter stets bis zum Rand gefüllt war. Nell tauchte ihren verbeulten Topf ein, setzte ihn neben sich im Moos ab und versuchte, ihr Gesicht im Wasser zu erspähen. Vergebens, obwohl die Kiesel weiß waren. Aber im Grunde war sie froh darüber, denn sie wusste, dass ihr Aussehen sie nur enttäuscht hätte. Zum hundersten Mal fragte sie sich, was Mack an ihr gefunden haben mochte, dass er ihretwegen Kopf und Kragen riskiert hatte. Denn das hatte er. Schließlich war er nach Thannhausen zurückgekehrt, nur um zu sehen, ob es ihr mit Arnulf gut ging.

Sie starrte erneut ins Wasser und in einem plötzlichen Impuls beugte sie sich vor und begann, sich das kalte Nass ins Gesicht zu schaufeln. Sie wusch sich die Haare, rubbelte den Ruß der Winterfeuer aus ihrem Gesicht und bedauerte plötzlich, keine Seife zur Hand zu haben. Auch ein Kamm wäre nicht zu verachten gewesen. Ihre Begeisterung ließ nach, als sie merkte, dass ihre Locken sich hoffnungslos ineinander verheddert hatten. Für wen sollte sie sich auch schön machen? Ernüchtert ließ sie sich zurücksinken.

Ein Gefühl von Einsamkeit übermannte sie genauso heftig wie vorher die Freude. Langsam glitt ihre Hand auf den flachen Bauch und sie schloss die Augen. Nicht mehr lange und ihre Einsamkeit würde ein Ende haben, das wusste sie, denn ihre Blutungen hatten aufgehört und sie hatte sich bereits mehrere Male übergeben. Grund zur Freude? Wenn es Macks Kind gewesen wäre, dann ja. Aber sich über ein Kind von Arnulf freuen?

Es ist meines – und einen Vater hat es nicht und braucht es nicht, dachte sie trotzig. Das Leben im Wald war nicht schlecht. Sie hatte Hunger ertragen müssen, aber das kannte sie und nun war sie zumindest frei. Kein stinkender Kerl mehr neben ihr, der sie wie irgendein Ding packte und sich rücksichtslos nahm, was er wollte, um sie anschließend beiseite zu stoßen. Und keine Gastgeber, die sie mitleidig beobachteten, während sie gleichzeitig überschlugen, ob ihr Arbeitswert das Essen, das sie aß, aufwog.

»Es gefällt mir hier«, sagte sie laut und lachte, als ein Zaunkönig aufflatterte und erschreckt sein Nest umschwirrte. Es würde sogar noch schöner werden, ihr verrücktes Leben, wenn der Sommer kam. Aber – und hier erlosch ihre Freude wie ein Feuer, über das ein Eimer Wasser gekippt wird – es würde immer ein Leben ohne Mack sein. Sie legte die Arme um die Brust und begann plötzlich zu weinen, wobei sie sich selbst in den Armen wiegte.

Ohne Mack. Ohne auch nur den kleinsten Schimmer Hoffnung, jemals wieder sein Gesicht berühren zu können, sein Lachen zu hören, das ihr immer wie eine natürliche und besonders schöne Art von Musik vorgekommen war. Wenn sie die Augen schloss und den Stoff ihres Kleides in die Hand nahm, konnte sie sich vorstellen, es wären seine Locken, denn Diethild hatte ihr besonders weiche Wolle zum Weben gegeben. Sie streichelte tatsächlich den Stoff, ließ ihn aber gleich darauf zornig fahren. Betrug! Zur Hölle, nur Betrug!

Sie biss sich auf die Lippe, als könne ein neuer Schmerz den alten erträglicher machen. Mack fehlte ihr so sehr, dass sie es am liebsten laut hinausgeschrien hätte. Er hätte nicht gehen dürfen. Der König hatte ihn verstoßen und ihm Burg und Titel genommen – was also hatte ihn daran gehindert, sich sein eigenes Leben einzurichten? Mit ihr an der Seite? Was hatte ihn gehindert ...

Sie riss sich zusammen und wischte sich die Tränen so heftig ab, dass sie mit dem Fingernagel eine Schramme in die weiche Haut unter dem Auge zog. Eine Zeit lang saß sie da, fast ohne zu denken, die Augen auf den Zaunkönig gerichtet, der Zweig um Zweig anschleppte, um sein Winternest auszubessern.

Mack hatte niemals geweint. Sie lächelte, ohne es zu merken. Es war, als wären Schläge und böse Worte einfach an ihm abgeprallt. Je ärger sie ihn malträtierten, umso witziger wurden seine Scherze darüber. Sie musste daran denken, wie Mathilde ihn als Säugling auf das Bett ihrer Herrin geworfen hatte, die ihn fortan als ihren Sohn ausgab. Er war dabei mit dem Kopf gegen das Holz geschlagen und hatte sich schon als Neugeborenes geweigert, deswegen zu schreien. So war Mack.

Stolz erfüllte sie, und als sie aufstand, um ihren Topf zu nehmen, war sie wieder ruhiger. Er sollte keinen Anlass haben, nicht ebenfalls stolz auf sie zu sein. Sie würde im Herbst ihr Kind zur Welt bringen, und jetzt würde sie planen und vorsorgen, damit sie es ernähren, wärmen und beschützen konnte. Nachlässig fuhr sie sich mit den Händen durch das nasse Haar und machte sich auf den Heimweg.

War es Glück gewesen oder irgendein Geräusch, das sie innehalten ließ, als die kleine Lichtung nur noch wenige Schritt entfernt war? Sie lauschte, wollte weitergehen und blieb dann doch stehen. Unsicher spitzte sie die Ohren. Wieherte irgendwo ein Pferd? Ja, und zwar gar nicht weit von dem Ort, an dem sie stand. Ihr erster Impuls war, in die Hütte zu laufen und sich mit der Sense zu bewaffnen. Doch sie unterdrückte ihn und duckte sich stattdessen vorsichtig hinter einen Brombeerstrauch. Eigenartigerweise war sie plötzlich völlig ruhig. Keine Spur mehr von jenem Entsetzen, das sie gepackt hatte, als Arnulf sie damals beim Birnensammeln überrascht hatte. Das machte der Wald. Wer im Wald überlebte, wurde stolz. Sieh dich vor, mein Gatte, dachte sie, zog das Messer aus ihrem Gürtel und senkte die Spitze neben ihr Knie.

Sie musste lange warten, aber ihre Geduld wurde belohnt. Mit einem Mal polterte es in der Hütte, als wäre jemand gegen den aus Ästen und Seilen zusammengebauten Schemel gestoßen und hätte ihn im letzten Moment aufgefangen. Sie hörte einen Fluch – und Arnulf trat in den Türrahmen. Wütend stierte er in den Wald. Die zusammengewachsenen Augenbrauen ließen ihn wie einen verschlagenen Kobold aussehen. Sie merkte an seinem Schwanken, dass er betrunken war.

»Hure!«, kreischte er plötzlich. Vögel flogen auf, kleines und großes Getier ergriff die Flucht. Er hatte es geschafft, mit seinem Wutausbruch den ganzen Wald in Aufruhr zu versetzen. Das war Arnulf.

Verächtlich spitzte Nell die Lippen.

Es war, als hätte den Mann etwas entfesselt. Er trat ein paarmal gegen den Türrahmen und ballte beide Fäuste, als er in den Himmel schrie: »Hure eines Wechselbalgs, komm her, ich zieh dir den Riemen über den Hintern! Du hast einen Mann, du Aas. Du ver...damm...tes ...«

Er brach in Tränen aus, wie oft, wenn er zu viel getrunken hatte, aber Nell wusste, dass damit keine zärtlichen Gefühle verbunden waren. Würde er sie erwischen, würde er sie mit Wonne verprügeln, wenn nicht totschlagen. Er verschwand wieder in der Hütte und diesmal gab er sich keine Mühe, Geräusche zu vermeiden. Sie zuckte zusammen, als Holz gegen Holz krachte und etwas, Tisch und Bett wohl, zertrümmert wurden. Sie fragte sich kurz, woher er erfahren haben mochte, dass sie hier lebte, aber im Grunde war es gleich.

»Ich weiß, dass du hier bist, Hexenhure!« Er kehrte in die

Tür zurück, hob erneut die Faust und verschwand wieder. Im nächsten Moment flackerte ein gelber Feuerstreif hinter dem Fensterloch auf.

Fassungslos starrte Nell zu ihrer Hütte. Arnulf setzte ihr Haus in Brand und vielleicht den ganzen Wald, der schwachköpfige Idiot. Was glaubte er wohl, was sie mit einem Brandstifter machten? Zum ersten Mal verspürte sie wieder Angst. Arnulf hatte sich an ihr gerächt, auf die scheußlichste Art, die einem Mann einfallen konnte. Er hätte also zufrieden sein können, zumal er ihre Mitgift behalten durfte. Und da er sie nie geliebt hatte – warum ging er nicht einfach eine neue Ehe ein? Stattdessen riskierte er es, als Brandstifter gehängt zu werden.

Sie duckte sich tiefer, als er aus dem brennenden Haus rannte, aber er hatte kein Auge für die Umgebung. Mit einem seltsamen Ausdruck im Gesicht blieb er vor dem lodernden Unheil stehen. Das Feuer breitete sich rasch aus und leckte an den Büschen, deren Zweige rot aufglühten. Er hielt die Sense in der Hand, wie ihr jetzt auffiel. Er sieht aus wie ein zufriedener Schnitter nach der Ernte, dachte sie. Nur dass die Ernte für ihn noch nicht vorbei war.

Lautlos zog Nell sich in den Wald zurück.

5. Kapitel

Das Lied verlor sich in der Nacht wie ein aufgescheuchtes Insekt. Mack wartete. Ein letztes Licht in einem Fenster unter einem Dach, das er nicht bemerkt hatte, weil es so dicht bei den Sternen lag, erlosch und die Dunkelheit schien plötzlich doppelt finster. Die Hand auf seiner Schulter war warm und schwer. Sie kam ihm nach dem ersten Schreck weniger wie eine Bedrohung vor als ... Es zu begreifen war ihm so wichtig, dass er einen Moment lang darüber grübelte, aber er kam nicht darauf.

»Huch!« Der Tod stupste ihn an und lachte. Er ging um den Käfig herum und ließ sich Mack gegenüber auf der hölzernen Plattform nieder. Sein Gesicht war schwer zu erkennen, aber sein Haar, das der Wind ihm aus der Stirn blies, glich einem schwarzen Heiligenschein. Die roten Arme verschränkten sich über der Brust, scheinbar die Lieblingshaltung des Todes.

»Konrad Dors nannte dich ein ängstliches Kind. Er hatte ein gutes Gefühl für Stimmungen und in allem, was die Angst betraf, war er ein Meister«, plauderte der Tod, während er den Kopf schief legte, als sei er ein neugieriger Vogel. »Er roch sie, ich möchte mal sagen, wie der Hund das Pfützlein am Baum. Er hat mir einmal seine Ansichten über die Feinheiten dargelegt, in denen die eine Angst sich von der anderen unterscheidet. Ein seltsamer Mann. Ich persönlich fand dich vor dem Richtertisch des Königs eigentlich recht tapfer. Hat er sich geirrt oder hatte dir etwas unverhofft Mut gemacht, Mack Thannhäuser? Vielleicht der Anblick des Scheiterhaufens? Bei manchen ist das so.«

»Wer ...« Mack räusperte sich. »Wer bist du?«

Der Tod schob seine Hand durchs Gitter, bis sie auf Macks Knie zu liegen kam, so warm und lebendig, wie eine Hand nur sein konnte. Fast eine Wohltat in der eisigen Nachtkälte.

»Du hattest dem Henker eine Frage gestellt und ich bin gekommen, um sie dir zu beantworten. Lisette. Du hast das arme Kind in deiner Verwirrung aus dem Fenster geworfen, vermutlich, um es zu retten. So war's. Oh ...« Er hielt inne, sah aus, als wäre er bestürzt, und beugte sich vor. »Sehe ich da etwa Tränen? Du weinst? Du weinst nicht? Aber du würdest gern weinen. Armer Mack. Ich wusste nicht, dass sie dir so viel bedeutet. Doch tröste dich. Dein König wollte dich retten und beschenkte dich damit, das Leben einer Kakerlake führen zu dürfen, deren höchste Kunst darin besteht, schneller flitzen zu können, als der Schuh auf sie niedersaust. Die Absicht war gut, die Gabe stinkt. Der alte Vagant dagegen schickte dich zu seinem Enkelkind, weil er lieber deine Haut als seine zu Markte trug – und bescherte dir meine unterhaltsame Gesellschaft. Aus dem Bösen kommt das Gute, aus dem Guten das Böse. Einen gewissenhaften Menschen muss das stören, aber wer begreift, wie zerstreut die Dame Gerechtigkeit ist, gewöhnt sich das Rechnen ab und wird zufrieden.« Zähne, so weiß wie Fischgräten, blitzten auf.

»Wer bist du?«

»Das sagte ich schon. Der Jokulator, der dich heute Nacht unterhält.«

»Aber wer ...«

»Ah, ein Name.« Der Mann in den roten Kleidern nickte geduldig, als hätte ein Kind eine etwas einfältige Forderung gestellt. Dann spuckte er heraus: »Il Mascalzone, Maladic, Schandolf, Hagelstein, Hans-schlag-in-den-Haufen – das fand ich etwas grob –, Hans Springinsleben ... Such dir aus, was dir gefällt, ich höre auf alles. Meine Mutter nannte mich ... nein, nicht Hanswurst. Sie nannte mich Eule. Ob meine Geburt ihr ungelegen kam oder ob sie nur mein nächtliches Geschrei nicht ertrug, hat sie mir nie anvertraut.«

Mack schob die Hand von seinem Knie. Nicht der Tod saß neben ihm, sondern ein schnatternder Schwätzer, der in die Hände hauchen musste, weil ihm im scharfen Wind kalt wurde.

»Was soll's also.« Eule schnippte mit den Fingern. »Andererseits wurde aus Markward, Edler von Thannhausen, Mack, der Wechselbalg. Vielleicht besitzen Namen doch Bedeutung?«

»Verschwinde.«

Der rote Fiedler gab ein bekümmertes Geräusch von sich. »Ich bin hier, um dich zu trösten, und du wirst grob. Du kennst deine Freunde nicht.« Er schwieg, ziemlich lange sogar, als müsse er sich über etwas klar werden. Dann sagte er plötzlich: »Konrad Dors.«

»Was ist mit Dors?«, fragte Mack widerwillig.

»Er hat mir zwei Heller gegeben, damit ich zu deinem Tod aufspiele. Kein Naserümpfen. Nicht der Wert, es war die Geste, die zählt. Dors ist ein Geizhals. Aber er hatte das Bedürfnis, dir den Tod mit einem Meisterfiedler zu versüßen. Ist er nicht eigenartig? Leider wurde ihm der Spaß verdorben. Doch er hat das Geld – und darüber bin ich erstaunt – nie zurückgefordert.« Der Mann, der sich Eule nannte, grinste. »Könnte es sein, mein Vögelchen mit der silbrigen Stimme, dass du dafür eine Erklärung weißt? In der Burg, dem Hort der Gerüchte, wurde getuschelt, Mack sei verschwunden und Dors mit ihm. Einer wird den anderen umgebracht haben, haben sie gesagt. Und wie wir sehen: *Du* lebst.«

»Und?«

Das Lächeln des Fiedlers war strahlend. »Wahrheiten, lieber Mack, sind süß, fade, bitter, langweilig, stärkend, beschwerlich, zerstörerisch, anrührend. Wahrheit ist eine Medizin, die den einen Patienten gesunden lässt und den nächsten umbringt. Ein stures Geschöpf, öfter lästig als hilfreich. Die Lüge dagegen ist geschmeidig und dient ihrem Herrn mit Hingabe. Ich wundere mich selbst, warum ich mich der Wahrheit verschrieben habe. Doch da es so ist und da du *in* dem Käfig sitzt, ich aber *davor*, werden wir auf meinem Boden tanzen und uns nur mit Wahrheiten abgeben. Wo ist der Stein, den Konrad Dors begehrte?«

Mack wurde steif, soweit ein durchfrorenes, zur Reglosigkeit verdammtes Geschöpf noch steifer werden konnte. Er versuchte etwas von dem Mienenspiel des Fremden zu erkennen. Die Furcht, die ihn bereits verlassen hatte, kehrte zurück wie eine beinahe überwundene Krankheit, und etwas Kaltes, Schmerzendes wuchs in seinem Herzen.

Eule nickte, der Schatten seines schwarzen Schopfes bewegte sich auf und nieder. »Der Stein ...«

»... war ein Hirngespinst von Dors.«

»Wie spaßig, genau *dieses* Wort habe ich selbst gebraucht, als ich mit ihm sprach.« Der Fiedler lachte. »Ein Stein! Ein kaltes, lebloses Ding, das einem schwer in der Tasche liegt. Was willst du damit? Nein, hat Dors erwidert. Er ist ein Schatz. Und spricht nicht wirklich einiges dafür? Der König wollte den Stein stehlen, er musste dafür peinlichste Demütigungen über sich ergehen lassen und trauert ihm dennoch nach. Der Kaiser ist vor Wut fast zerplatzt, als er merkte, dass sein Kleinod fort war. Am Ende, sagte Dors, hat ihn der Wechselbalg erwischt. Und wollte sein Versteck um keinen Preis herausgeben, nicht einmal unter der heißen Liebkosung des Feuers, sagte Dors. Nicht einmal, als seine zarte Haut zerplatz...«

»Ich besitze keinen Stein. Und ich bin *kein* ...«

»Wechselbalg? Ach, Junge.« Eule streckte die Hand durch das Gitter und legte sie auf Macks Wange – was Mack nicht verhindern konnte, obwohl er den Kopf nach hinten bog, bis sich die Stäbe in Haare und Kopfhaut pressten.

»Wechselbälger sind hässlich. Sie haben verkrümmte Gliedmaßen, kränkeln, sind von Fresssucht geplagt, bösartig. Natürlich wurdest du verleumdet, schöner Mack. Aber tröste dich. Weissagte nicht der große Joachim von Fiore sogar über unseren Kaiser, dass seine Mutter von einem Dämon geschwängert wurde? Sie hat auf dem Marktplatz zu Jesi öffentlich entbunden und dennoch fegte der Heilige Vater den Beweis vom Tisch. Friedrich ist der Antichrist und der gute König Heinrich sein Höllenschiss.«

Mack schüttelte den Kopf, sowohl um die Hand loszuwerden, als auch zum Protest.

»Oh! Du und Heinrich – ihr habt einander tief in die Augen gesehen. Eine Liebe, die niemand bemerkte? Wie herzergreifend. Nein, Freund, spare deinen Zorn. Auch der Kaiser und der König wurden aus Kalkül verleumdet. Doch da es sich bei den beiden um große Herren handelt, wird niemand die Probe wagen, an der ein Wechselbalg sicher erkannt werden kann.« Die Finger kneteten spielerisch Macks Wangenhaut. »Kennst du sie? Die Methode, mittels der man einen Wechselbalg entlarvt?«

Alles, was er bisher gesagt hatte, war nur Geplänkel gewesen. Das begriff Mack schlagartig. Fulmen in clausula, wie Marcabrus gern sagte. Der Blitz am Ende. Er spürte deutlich die Spannung, die aus Eules Finger floss, und hielt den Atem an.

»Das Scheidemittel ist Feuer. *Tue, als kochtest du Wasser in leeren Eierschalen, woraufhin der Wechselbalg in wirres Gelächter ausbricht und sich so selbst entlarvt …*« Eule schüttelte nachsichtig den Kopf. »Albernheiten, die sich unreife Gehirne ausgedacht haben. Nein, *Feuer* ist der Weg zur Wahrheit, schöner Mack. Der Kuss des edelsten, des reinigenden Elements. Und warum gerade das?« Ein Kneifen beendete die Tätschelei. Der Mann stand auf. Er ging über den Marktplatz und wurde schon nach wenigen Schritten fast unsichtbar.

Es war, als erlösche mit seiner Stimme auch seine Menschlichkeit. Der Tod hatte den Marktplatz zurückerobert. Kein Nachtvogel ließ sich mehr hören. Kein Nager huschte raschelnd über den Boden. Die Menschen hatten die Fenster verrammelt und Mack war sicher, dass sie sie nicht öffnen würden, bis der Morgen den Tod verscheucht hatte. Und dann würden sie in dem Käfig ... was finden?

Er legte den Kopf in den Nacken und versuchte, der Angst, die ihn plötzlich schüttelte, Herr zu werden. Nicht der Tod, sondern nur einer von Dors' Helfershelfern belästigte ihn. Dennoch durchforschte er sein Gefängnis mit den Augen, nur um festzustellen, wie hoffnungslos jeder Gedanke an Flucht war. Die Eisenstangen waren fest in den beiden Holzplatten verankert, aus denen Boden und Deckel des Käfigs bestanden.

»Feuer«, ließ sich der Mann vernehmen, den seine Mutter nach einem Todesboten genannt hatte. Er kehrte aus der Dunkelheit zurück und trug ein Bündel Stroh in den Armen, das er irgendwo zusammengeklaubt hatte. Das Stroh flog auf das Podest, und Eule begann es um den Käfig zu verteilen.

»Die Seele eines Menschen«, erklärte er dabei im Gelehrtentonfall, »flieht aus einem brennenden Körper. Die Hülle verbrennt zu Asche, die Seele rettet sich in himmlische oder höllische Gefilde, die Sache ist ausgestanden. Die Seele eines Wechselbalgs dagegen ... ist das genug hier?« Seine Arme fuhrwerkten wie Krakententakel. »Die Seele eines Wechselbalgs ist mit ihrem Körper untrennbar verbunden. Für sie ist der Körper nicht eine flüchtige Behausung, sondern Bestandteil der Seele selbst, aus ihrer Materie geschaffen, sozusagen ihre zweite Hälfte – daher auch die Hässlichkeit. Verstanden? O Mack!« Plötzlich beugte er sich vor und sah bestürzt drein. »Ich habe nichts gegen dich, du weißt das hoffentlich. Ich mochte es, wie du vor dem König gestanden und aus seiner Großartigkeit den Goldstaub hinausgezaubert hast. Sei ein braver Junge und sage mir, wo der Stein ist.« Er machte eine Pause, in der er Mack eindringlich musterte. »Nein? Dann kommen wir nicht drum herum.« Er trat zurück und begutachtete das aufgehäufelte Stroh mit seinen scharfen Vogelaugen.

»Ich habe den Stein nicht. Dors hat dich angelo...«

»Der Wechselbalg, den man ins Feuer wirft, beginnt nicht zu brennen. Das hast du wahrscheinlich auch nicht gewusst. Er zischt aus den Flammen mitsamt seinem ... eben mit dem, was ihn ausmacht. Angeblich unter infernalischem Gelächter, aber das brauchst du nicht zu glauben. Wer würde im Augenblick seiner Vernichtung lachen? Ob es Schmerzen verursacht ... Ich weiß nicht. Sie haben ... Verflixt, hier war doch ein Feuerstein ... Die ich kannte, haben jedenfalls nicht gelacht, sondern gebrüllt.«

»Du hörst nicht zu«, sagte Mack leise. »Der Stein ist immer noch im Besitz des Kaisers.«

»Und deshalb jagt Friedrich die Inquisitoren durchs Land, um nach einem Dämon zu forschen, der im Gewand eines jungen Sängers nach Cividale zu gelangen versucht?«

»Das ist nicht wahr.«

Der Mann, der der Tod war oder vielleicht auch nicht, zwinkerte unter den schwarzen Augenbrauen. »Denkst du, es ist Zufall, dass der Patriarch von Aquileja die Erlaubnis für sein Sängerfest erhielt? Süße Einfalt. Des Kaisers höchster Scherge – Johannes, du solltest dich an ihn erinnern, ein verhungerter Mönch mit säuerlichem Atem, der sein Regiment in Cividale ausübt –, er und seine Mitbrüder haben dem Patriarchen diese Idee in den Kopf gesetzt und nun durchforsten sie das Land und beäugen jeden Strolch, dessen sie habhaft werden können. Sie suchen braunes Lockenhaar, moosgrüne Augen und eine Stimme, die im Herzen Verwirrung stiftet. Du hast Glück gehabt, dass du in barmherzigere Hände gefallen bist.«

Etwas zischte. Eine Flamme flackerte auf, das Stroh begann zu brennen, und da es feucht war, zu qualmen.

»Der Kaiser hat den Stein. Er weiß es nur nicht.« Mack versuchte ruhig zu sprechen, aber er schwitzte, als wären schon die wenigen stinkenden Halme in der Lage, Hitze auszustrahlen. Er begann zu husten.

»Wie schade, dass wir beide Geschichtenerzähler sind. Das macht so misstrauisch.«

»Der Stein ist … in einem Loch … in der Wand …« Mack hustete stärker. Er merkte, wie seine Angst wuchs und den Verstand aus seinem Kopf drängte. Selbst das Husten kam nicht vom Qualm, sondern von der Furcht. »Der Stein ist … ist in der Wand der Kapelle …«

Vorsichtig blies Eule in das Stroh, und als hätte er mit seinem Atem den Regen der vergangenen Stunden ausgetrocknet, flammte das Feuer plötzlich empor. Er ergriff etwas, das auf dem Boden lag, einen Ast, und hielt ihn in den Kern der Flamme, bis er zu brennen begann. Als er die flackernde Spitze durch die Gitterstäbe schob und Mack zurückzuckte, lachte er.

»In der Kapelle, aus der er angeblich gestohlen wurde?«

Mack hätte alles und jedes zugegeben. Er nickte und fixierte das Feuer. Halbherzig machte er den Versuch, den Ast zurückzustoßen, aber eine tierhafte, nicht niederzuringende Angst ließ ihn zurückscheuen. Seine Hände griffen rücklings nach den Gitterstäben.

»Der Stein hat die Kapelle also gar nicht verlassen? Das würde einiges erklären.« Nachlässig stupste Eule ihm die brennende Astspitze gegen die Brust. Es war, als würde sich ein Finger aus Glut durch die Wolle geradewegs in Macks Haut bohren. Mit dieser Empfindung rutschte Mack hinweg. Anders hätte er es nicht beschreiben können. Er bäumte sich auf und rutschte gleichzeitig hinweg in … in etwas Furcht einflößend Heißes, Helles.

Es war, als fiele er in einen Strudel, der aber nicht aus kaltem Wasser, sondern aus ungeheurer Hitze bestand. Er hörte sich selbst kreischen. Vielleicht kreischte auch der Tod aus Freude über das Ende eines Wechselbalgs.

Und dann kam er mit einem Ruck, der ihm die Luft nahm und seine Glieder krachen ließ, zur Ruhe. Er lag mitsamt dem Käfig auf dem Boden des Marktplatzes. Eule sprang wie ein riesenhafter Schatten darauf zu und versetzte dem Gittergestell einen Tritt, der es eine weitere Drehung machen ließ.

Die Hitze war verschwunden, das Feuer drohte nur noch aus der Ferne. Mack merkte, wie ihm Tränen übers Gesicht strömten.

»Ein Wechselbalg, der sich selbst ins Feuer stürzt? Hat man so etwas gehört? Höllendreck!« Die roten Kleider leuchteten vor dem in Flammen stehenden Podest. »Steh auf, du Bündel Jammer!«

Der Boden oder der Deckel des Käfigs musste bei dem Sturz von den Stangen gesprungen sein. Der Rote zerrte Mack aus den Überresten seines Gefängnisses und stieß ihn mit einer Kraft, die man seiner mageren Gestalt kaum zugetraut hätte, in den Matsch. »Und wo ... genau ... in der Kapelle ... befindet sich dieses ... Loch?« Er zitterte vor Wut. Sein Gesicht war so bleich, dass der schwarze Haarschopf wie ein Kreis aus Pech aussah.

Ein Fenster flog auf. Hatte doch jemand den Mut, dem Tod bei seinem Handwerk zuzuschauen?

»Wo ... ist ...«

Eine Stimme bellte auf sie hernieder. »He, da unten! Was soll der ...?« Und dann, viel lauter, kreischend: »Feuer! Feuer, es brennt! Allmächtiger ...«

In wenigen Momenten wurden Dutzende Fenster aufgestoßen. Der Warnschrei pflanzte sich fort.

Aufgebracht hob Eule den Kopf. Er bot einen wirklich erschreckenden Anblick, aber seltsamerweise schien niemand ihn wahrzunehmen. Mack jedoch nutzte die Gunst des Augenblicks. Er rollte sich zur Seite, sprang auf die Füße und rannte los.

Verfolgte der Fiedler ihn?

Wo hätte er die Ruhe hernehmen sollen, das festzustellen? Mack schlug Haken wie ein Hase und suchte die Dunkelheit, obwohl ihm schwante, dass sie auch für den Roten keine große Behinderung darstellte. Er sprang über Treppen und Mäuerchen, durchquerte Gärten und bog um Ecken. Hinter einer von ihnen ragte plötzlich etwas Riesiges auf. Eine Palisade, ein Zaun um ein Grundstück, dachte er, bis er merkte, dass es die Stadtmauer sein musste, denn oben befand sich ein Wehrgang, der von schräg angebrachten Holzstämmen gestützt wurde.

Mack schoss wie eine Katze an einem der Balken empor. Er schwang sich über das niedrige Geländer und spähte mit klopfendem Herzen zurück in die Dunkelheit. War Eule ihm auf der Spur?

Gebückt schlich er den überdachten Gang entlang. Wie lautlos konnte der Tod sich bewegen? Wie dicht war er ihm womöglich auf den Fersen? Allmächtiger, er hatte noch niemals Angst vor Verfolgern gehabt, ganz einfach, weil er besser hörte und sich leiser und schneller bewegte als alle anderen Menschen, die er kannte. Doch jetzt ließ ihn jedes Selbstvertrauen im Stich. Unsicher blieb er auf einer Stufe stehen, die zu einer Schießscharte führte, und kauerte sich hastig darauf nieder, als ihm einfiel, wie deutlich sichtbar er sich der Straße darbot.

Sein Herz schlug doppelt so schnell wie gewöhnlich. Er hatte Mühe zu atmen, obwohl seine Lungen nach Luft schrien. Mit dem Fluchtinstinkt eines Tieres stierte er zur Bedachung hinauf. Eine üble Kletterei, die die Möglichkeit eines Sturzes einschloss, selbst für ihn. Dennoch stieg er auf das Geländer und schwang sich von dort auf die Tonziegel. Erst als er auf der höchsten Erhebung hockte, fand er die Ruhe, sich zu sammeln.

In Sicherheit?

Ein Blick auf die andere Seite des Dachs zeigte ihm, dass

dort das Wasser des Stadtgrabens glitzerte. Unangenehme Erinnerungen an Thannhausen schossen ihm durch den Kopf. Er war schon einmal aus dieser Höhe in einen Graben gesprungen, als er nämlich Konrad Dors entkommen wollte. Diesmal würde das Wasser allerdings nicht gefroren sein, immerhin.

Er wischte mit der Hand über sein verschwitztes Gesicht.

Und sprang.

6. Kapitel

Mack hielt auf den Wald zu. Über seinen Fluchtweg brauchte er nicht nachzudenken. Immer zur Deckung. Und im Freien hieß das: unter Bäume, zu Büschen, ins Gestrüpp. Der Wald war seine Tarnkappe, die ihm kein Zwergenkönig, sondern Mutter Natur selbst geschenkt hatte. Mutterarme, dachte er, als ihm ein Zweig entgegenklatschte, und schämte sich über die Sehnsucht, die ihn plötzlich wie ein kleines Kind packte. Ihn hatten niemals Mutterarme beschützt, und auch der Wald von Udine ließ keine Anstalten erkennen, das Versäumnis nachzuholen. Einige wenige Büsche, sonst nur hohe Bäume mit glatten, schwarzen Stämmen. Darunter moderte eine dünne Schicht Blätter, die einem Teppich ähnelte und ebenfalls nicht als Versteck dienen konnte. Ein scharfes Auge würde ihn sofort aufspüren, und aus irgendeinem Grund war er sicher, dass Eules Augen so klar sahen wie die des Vogels, dessen Namen er trug.

Nass bis auf die Haut, zähneklappernd und mit einer Gänsehaut blickte er zurück. Udine lag wie eine verzauberte Festung hinter ihm, schemenhaft, der Welt entrückt. Die Regenwolken gaben der Stadt einen schwarzen Anstrich, doch sie wirkte nicht düster. Es schien im Gegenteil ein heimliches Locken von den Türmen und Zinnen auszugehen.

Ein heimliches Locken! Wo hat der Mensch nur die Fantasie her?, hätte Nell jetzt wieder gespottet. Mack stieß die Luft aus und verscheuchte den Spuk. Ein Marktplatz voller Kuhfladen und in dem stolzen Kastell bastelte ein Knabe an Eselskarren. Piss drauf.

Er selbst war allerdings auch kein Traumgebilde. Das Wasser

des Stadtgrabens troff stinkend aus seinen Kleidern und Haaren. Er stand kurz davor, zu einem Eisklotz zu erfrieren. Sein Umhang war den Ereignissen der Nacht zum Opfer gefallen, Hemd und Pluderhose klebten am Körper, der nasse Rock klatschte dagegen und der Wind schien ihm bis auf die Knochen zu dringen. Wenn er nicht bald ein Feuer oder wenigstens einen Unterschlupf hatte, wurde es gefährlich. Er tat ein paar Schritte, doch die Vorstellung, sich hinzukauern, verwundbar zu sein, weil man immer einen kostbaren Augenblick brauchte, um auf die Füße zu kommen, womöglich sogar in der Sicht eingeschränkt zu sein, machte ihn so kribblig, dass er sich am liebsten gekratzt hätte.

»Verrückt.«

Er hörte das Wort und war unfähig, noch einen Schritt zu tun.

»Ich sitze da und hadere mit dem Schicksal, weil's mich um deinen armen Hals jammert – und du streunst fröhlich durch die Gegend. Was ist, Mack? Sprache verloren?«

Bœuf, riesenhaft und hässlich wie ein Troll, drehte ihn zu sich herum, packte ihn am Kinn und leckte sich mit der pelzigen Zunge über die Lippe. Sein gesundes Auge schien auf doppelte Größe gewachsen.

»Hat jemand einen Nachttopf über dir ausgegossen?« Er fasste Macks Hände. »Eiskalt.« Der Rest der Worte versickerte in einem Brummeln, während er Mack mit sich zog. Bœuf war nachts beinahe blind, bestand aber darauf, selbst den Weg zu bestimmen, und Mack war zu durchgefroren, um ihm Widerstand entgegenzusetzen. Schließlich stießen sie mehr durch Zufall auf eine Mulde, die im Wurzelloch einer riesenhaften, umgestürzten Kastanie entstanden und zu einem guten Teil von Himbeerbüschen erobert worden war. Mit einem freudigen Grunzen sprang Bœuf hinein und zog Mack an seinen stämmigen Körper. »Rutsch näher, bevor du erfrierst.«

Eine Zeit lang kauerten sie schweigend in dem Loch,

lauschten den Nachtgeräuschen, spürten das Krabbeln der Insekten auf der Haut und genossen die Wärme, die sie einander oder jedenfalls Bœuf seinem nassen Kameraden spendete.

»Lisette ...«, begann Mack.

»Das Täubchen, das kleine, runde Huhn. Kein Grund, sich Sorgen zu machen. Wenn sie genug geheult und sich die Augen gewischt und die Nase geschnäuzt hat, wird sie wieder fröhlich und zudem ein Stückchen klüger sein. Schlaf, Mack. Ich bin müde.«

»Lisette ist tot.«

»Äh!« Der Schaukämpfer stieß ihm missbilligend den Ellbogen in die Seite.

»Das hat man mir gesagt.«

»Wer?«

»Der Tod.«

»Äh!«, machte Bœuf wieder.

Eines der Insekten biss zu. Mack streifte es vom Hals und drückte sich noch dichter an den Kameraden. Die Kälte hatte sich bis in seine Knochen gefressen, wahrscheinlich müsste man den ganzen Wald anzünden, um sie daraus zu vertreiben.

»Schlaf«, forderte Bœuf. Er rutschte mit dem Hintern in eine bequeme Stellung und begann kurz darauf zu schnarchen. Mack lauschte, müde und gleichzeitig hellwach, den pfeifenden Geräuschen. Die Wolle von Bœufs Umhang kratzte an seiner Wange. Seine Augen schmerzten, als säße jemand in seinem Kopf, der mit beiden Daumen von innen dagegendrückte. Er hätte ein Goldstück gegeben, um einschlafen zu können. Aber die Fragen, die seinen Kopf marterten, ließen ihn nicht zur Ruhe kommen.

Suchte Eule nach ihm? Zweifellos. Er war ihm von Gelnhausen bis nach Udine gefolgt, er musste ihm über ein Jahr auf der Spur gewesen sein, getrieben von der Gier nach dem Stein, den der Kaiser aus Davids Krone geraubt und den sein Sohn aus dem indischen Baum gestohlen hatte. Was würde

Eule mit ihm anfangen, wenn er ihn bekäme? Dors hatte den Stein ein Instrument der Macht genannt. Doch welche Macht konnte ein Stück geschliffenes Gestein besitzen?

Mit zusammengepressten Lippen entsann Mack sich seines eigenen Gefühls, als er in den Kristall geschaut hatte. Oder vielmehr, als er ins Visier des Kristalls geraten war. Denn es war der Stein gewesen, der agierte, der wissen wollte, wer sich erdreistete, im Bannkreis seines Lichts ...

Alles Gewäsch. Mack beugte sich vor und presste die Augen gegen die Knie, als könne der Gegendruck das Unbehagen mildern. Der König hatte, als er in den Stein sah, eine Bestätigung seiner Liebe gefunden. Was hatte Liebe mit Macht zu tun? Nichts. Zumindest nichts mit der Art Macht, die Dors gesucht hatte. Eben. Gewäsch. Sie waren einer Legende erlegen. Ihre erhitzten Gefühle hatten sie genarrt. Hörte sich das einleuchtend an?

Er war nicht in der Verfassung, ausgeklügelte Beweisketten zu führen. Und im Grunde spielte es keine Rolle. Er hatte sich vorgenommen, nach Cividale zu gehen, um den Stein zu vernichten, und das würde er auch tun. Gewäsch, dachte er müde, kippte mit dem Kopf zur Seite und musste trotz der Kälte schließlich doch eingeschlafen sein, denn als er sich das nächste Mal umschaute, hatte sich der Himmel aufgeklart.

Er bekam einen Stoß in die Rippen.

»Du bist wie ein Haufen Ameisen«, beschwerte sich Bœuf. »Es ist Morgen, ja?« Ein Blick in die Höhe zeigte ihm den Irrtum. »Rück zur Seite. Ich kriege kaum Luft. Du musst dich waschen, Mack. Du stinkst.« Er zog etwas Kleines, Längliches, einen Wurm oder etwas Ähnliches, aus seinem Ärmel und setzte es behutsam auf die Erde.

»Bœuf, ich habe heute Nacht mit dem Tod gesprochen.«

»Du hast ... Was redest du für Schauergeschichten zusammen? Brrr, ist mir kalt! Ich glaube, ich sitze mit dem Hintern in einer Pfütz ...«

»Er hat gesagt, ich habe Lisette umgebracht.«

»Das hat dir *der Tod* gesagt, häh?« Bœuf schnäuzte sich in die Hand und wischte sie an der Hüfte ab. »Weißt du, es gibt Dinge, die kann ich nicht ausstehen. Wenn jemand zum Beispiel vom Tod redet, als wäre er sein Milchbruder. Man sieht es mir nicht an, aber bevor ich Schaukämpfer wurde, habe ich ein anderes Leben geführt, in dem ... hier oben, ja?« Er tippte sich an die Stirn. »Und als Mann des Wissens sage ich dir: Tod, das ist die Beendigung des irdischen Lebens. Kann man mit einer Beendigung sprechen? Du merkst, wie närrisch das klingt? Außerdem ist Lisette ...«

»Es war der Spielmannsgraf von Arras.«

»Ah! Der ... wieder einmal der Spielmannsgraf von Arras. Und nun heißt er Tod.«

»Er nennt sich Eule.«

»Und er hat gesagt ...«

»... dass ich Lisette aus dem Fenster geworfen habe.«

»Das stimmt ja auch. Aber geradewegs in meine Arme hinein. Ein so wohl genährtes Lämmlein fange ich auch nachts und mit einem Auge. Lisette geht's gut, Mack. Sie ist mit ihrer Familie weitergezogen. Nur dir selbst haben sie eins mit dem Schemel übergezogen und das ist dir offenbar nicht so gut bekommen. Schönes Gespräch, du und der ... Tod. Nun sieh mich nicht an, als ob ich lüge. Das macht mich wütend. Lisette fehlt nichts. Ich bin ein Mann der Wahrheit.«

Dieser letzte Satz ähnelte so sehr dem, was Eule gesagt hatte, dass Mack lachen musste.

»Und lach nicht.«

»Wo ist sie hin?«

»Ich sag doch, mit Marcabrus davon.«

»Und du?«

»Was und ich? Mir kribbelt die Nase. Morgen habe ich Schnupfen. Ich bin empfindlich, was Nässe angeht. Wie bist du selbst ihnen davongekommen?« Die beiläufig gestellte Frage wurde von einem so scharfen Blick begleitet, dass Mack zusammenzuckte.

»Der Tod hat ein Feu...«

»Hör auf, hab ich gesagt.«

»Er hat ein Feuer entzündet und ich bin mitsamt dem Käfig runtergefallen und konnte dabei fliehen.«

»Es hat ein Feuer gegeben?«

»Ja.«

»Mitten in der Stadt? Auf dem Markt? Die Schandbühne hat gebrannt?«

»Ja. Aber der Boden war völlig aufgeweicht. Wenn die Bühne niedergebrannt ist, erlöschen die Flammen von selbst.«

»Allmächtiger!« Bœuf sackte gegen die Wurzelarme in seinem Rücken. »Das wird sich gut machen. Sie sperren ihn ein, in einen fest verschlossenen Käfig, und am nächsten Morgen ist der Käfig leer und das Vöglein entflogen, nachdem es ein Feuer entfacht hat. Was sollen die Leute von dir denken?«

»Wechselbalg?«

»Hab ich nicht gesagt!« Bœuf sprang auf und starrte ihn wütend an. Sie starrten einander beide an. Bœuf schloss und öffnete die Fäuste. »Das habe ich nicht gesagt.«

»Manon sagt's.«

»Frauen!«

»Soll ich dir ein Lied singen, das dir wieder zu sanften Träumen verhilft?«

»Halt ja dein Schandmaul! Und ... bring mich nicht mit diesem Gefasel durcheinander. Ich habe dich gern. Aber natürlich bin ich nicht taub. Es gefällt mir nicht, wenn ich dich singen höre. Wir Menschen sind aus Lehm geschaffen, und selbst die schönste Kathedrale und die vollkommenste Buchmalerei sind Flickwerk. Kein Wunder, dass der Mensch sich Gedanken macht, wenn jemand ... Ich sag ja nicht, dass du aufhören sollst zu singen, aber vielleicht könntest du dir einige frömmere Weisen ...« Er schwieg, von seinen eigenen Worten verwirrt und außer Atem. »Was willst du in Cividale, Junge?«

»Musizieren.«

»Die Geschichte von dem Sänger, der – *de catto masculo et secreta secretorum* – aus einem Käfig entweicht, unter dem ein Feuer brennt, wird die Runde machen. Sie werden dich in Cividale und nirgendwo hier in der Gegend freundlich empfangen. Das weißt du auch. Was ist so wichtig, dass du mit offenen Augen in dein Verderben läufst?«

Mack hob die Achseln und der Kämpfer kroch schnaubend in den Schutz der kleinen Höhlung zurück. Er spie in ein Gebüsch. »Etwas Schönes, Mack. Einen Psalm. *Herr, du bist gerecht, und deine Entscheide sind richtig. Gib mir Einsicht, damit ich lebe ...*« Er begann mit seiner gräulichen Stimme, die keinen einzigen Ton halten konnte, zu singen. »*Gib mir Einsicht, damit ich lebe.*«

7. Kapitel

Es war seltsam, wieder durch den Torbogen zu gehen, den sie vor fünfzehn Monaten durchschritten hatte, um Mack zu retten. Nell hatte erwartet, dass dieser Moment ihr Angst einjagen würde – genau jenes Gefühl, das sie damals empfunden hatte. Stattdessen starrte sie auf den gepflasterten Weg, über den *seine* Füße gegangen waren, und sie spürte die süße Qual, sehen zu können, was *seine* Augen damals gesehen hatten, mit seinen Ohren hören, mit seiner Nase riechen zu können. Hatte er, den Tod vor Augen, das Fensterchen der Wachstube bemerkt? Den grauen Stein im Sims, der aus irgendeinem Grund zwischen die anderen roten geraten war? Die breit getretenen Vogelsprenkel auf dem Boden?

Nell hatte ihn, als er damals in den Innenhof trat, von einem kleinen Zimmer aus beobachtet, in dem Gunther sie versteckt hatte. Sie hatte nicht viel von ihm sehen können, da der Hof voller Menschen gewesen war, die gekommen waren, um ihm Mut zuzusprechen oder ihn zu begaffen. Aber sie hatte seinen Blick bemerkt, als er am Scheiterhaufen vorbeischritt.

Für jeden anderen mochte darin Trotz gelegen haben – Nell hatte die schiere Angst gespürt. Mack hatte schon als kleines Kind Angst vor Flammen gehabt, einen sicheren Bogen um die Kochfeuer geschlagen und lieber gefroren, als dem Schlot in der Kemenate zu nahe zu kommen. Es war grausam gewesen, ihm gerade den Feuertod anzudrohen. Aber, sagte sie sich resolut, während sie versuchte, mit einem möglichst harmlosen Gesicht am Wächterfenster vorbeizuspazieren, der König hatte ihn freigesprochen und damit war alles gut.

»He, du!« Sie blieb wie festgenagelt stehen, als der Wächter sie kurz vor dem Ende des Tortunnels doch noch anrief.

»Ich habe einen neuen Rock für den Waffenmeister des Königs zu bringen.«

Der Mann, der sich über den Sims beugte, hatte ungesunde gelblich weiße Augen, die vorquollen und ihm das Aussehen eines Fisches verliehen. Als sie ihr Paket vorwies – den Haufen Gras, den sie in ihren Unterrock gewickelt hatte, um eine glaubhafte Ausrede zur Hand zu haben –, ließ er sie ziehen. Die erste Hürde war genommen und sie geriet in Hochstimmung, weil es so einfach gewesen war.

»Nein, warte!«

»Barmherzige Jungfrau!« Nell drehte sich nochmals um, mit zitternden Knien und bemüht, sich den Anschein von Ungeduld zu geben. »Was denn noch, Herr?«

»Du musst dort hinten hin. Der Waffenmeister wohnt im Burgmannenhaus, das ist das große Gebäude mit dem Schieferdach. Geh durchs Törchen rechts, nimm die Hintertür und dann die Treppe runter zur Küche. Da fragst du weiter.«

»Danke, Herr.« Nell knickste und machte eilig kehrt. Sie überlegte, wie Mack sich gefühlt haben mochte, als er die Burg wieder verlassen hatte, aber diesmal lag in dem Gedanken keine Kraft, nicht einmal Interesse. Es musste an der Schwangerschaft liegen. Sie stürzte sie von Augenblicken strahlenden Tatendrangs in tiefste Traurigkeit, ohne dass es einen äußeren Anlass dafür gab. Doch, es gab einen Anlass. Sie hatte gelogen. Scheußlich für jemanden, der das Lügen verachtete. Es war, als hätte sie ihre eigene Zunge beschmutzt.

Und Mack …

Ich mache mir etwas vor, dachte sie, während sie mit hängenden Schultern den schmalen Pfad zwischen einer eingezäunten Wiese und einem Stück Acker entlanglief. Er war ohne ein Wort der Erklärung gegangen. Nicht einmal einen Gruß hatte er über Gunther bestellen lassen. Wahrscheinlich hatte er längst ein Liebchen, das so lustig und hübsch war wie er selbst und das ihn glücklich machte. Wieder kämpfte sie mit den Tränen und wieder schob sie es auf die Schwangerschaft.

Sie erreichte das Törchen. Der Riegel klemmte, ließ sich aber mit einem heftigen Ruck öffnen. Ein Schritt bedingte den nächsten. Die Kellertür stand offen und nirgends war eine Menschenseele zu sehen. Nell stieg die zementierten Steinstufen hinab und sah einen breiten Türbogen, der offenbar in die Küche führte, denn es roch nach gebratenem und rohem Fleisch. Sie hörte Menschen, die sich unterhielten, und das dumpfe Klacken eines Hackmessers, mit dem wahrscheinlich Gewürze zerkleinert wurden. Aber von dem Tisch – dem einzigen Gegenstand, den man vom Flur aus sehen konnte – schauten sie nur die traurigen Augen eines zum Ausnehmen bereit gelegten Schwans an.

Rasch brachte Nell sich in die Dunkelheit des Flures in Sicherheit. Sie hatte erwartet, durch die ganze Burg irren zu müssen, doch hier gab es nur ein halbes Dutzend Türen, hinter denen Gunther hausen konnte. Zaghaft öffnete sie eine Kammer und blickte hinein. Wenn sie jemanden angetroffen hätte, hätte sie ihn gerade heraus nach Gunther gefragt. Keine raffinierten Pläne mehr. Vor allem keine Lügen.

Hinter der zweiten Tür befand sich ein düsterer, quadratischer Raum. Sie sah unter einem vergitterten Fenster einen Tisch stehen, auf dem Stichwaffen und mehreren Putzlappen lagen und ein Tiegel mit einer salbenartigen, fettigen weißen Paste. Die Decken auf dem Spannbett waren sauber gefaltet. Schmucklose, aber warme und sicher teure Kleider hingen an den Haken. An einem Holzgestell glänzten Rüstungsteile, die aussahen, als kämen sie frisch aus der Werkstatt des Waffenschmieds. Sie hatte Gunthers Behausung gefunden, ohne Zweifel, und keine Ahnung, warum die penible Sauberkeit sie so wütend machte.

Rasch schloss sie die Tür.

Der Waffenmeister befand sich vermutlich in der Burg. Gut. Trotz der siebzehn Tage Nachdenken wusste sie allerdings immer noch nicht, wie sie aus Gunther herausbekommen sollte, wohin Mack gegangen war. Als sie sich aufs Bett sinken ließ, kam ihr das eigene Unterfangen plötzlich unüberlegt und aussichtslos vor. Was wollte sie? Dem Mann ein Messer an die Kehle setzen. Ihm das Geheimnis – sie lächelte bitter – abschmeicheln? Er würde sie hinauswerfen und höchstens, wenn er bereit war, ihr die Grobheit nachzusehen, noch einmal anbieten, bei Diethild ein gutes Wort für sie einzulegen.

Entmutigt zog Nell die Decke über die Schultern und igelte sich auf dem Bett zusammen. Die Wärme der Schafwolle war köstlich. Gunthers Habseligkeiten mochten ohne Zierrat sein, aber was immer er sich anschaffte, es war von tadelloser Qualität. Warm ließ sich sogar der Hunger ertragen.

Nell verdrängte Gunther aus ihrem Bewusstsein, und sie war erschöpft genug, um ihrem Körper das zu gönnen, was er brauchte, nämlich Schlaf.

Als sie erwachte, war es stockdunkel. Einen Moment lang konnte sie sich nicht besinnen, wo sie war. Sie merkte nur voller Unruhe, dass sie auf einem fremden Bett lag – und dass sich von irgendwoher Schritte näherten.

Dann fiel es ihr siedend heiß ein. Ohne sich zu besinnen, sprang sie auf, zog die Decke gerade, stopfte hastig das Kissen zurecht und schlüpfte unter das Bett. Die Tür war zu gut geölt, um zu knarren, aber ein Lichtstreifen, der sich bis zum Ziegenfell vor dem Bett zog, zeigte an, dass jemand hereingekommen war.

Vor Scham stieg ihr das Blut in den Kopf. In eine schöne Situation hatte sie sich gebracht. Sie hörte Gunther hantieren, sah lange Wollstrümpfe über die Bettkante fliegen und hätte sich ohrfeigen können. Sie hatte Gunther mutig gegenübertreten und ihre Frage wie eine Forderung formulieren wollen. Das schien nun, da sie sich wie ein ungezogenes Kind unter dem Bett verkrochen hatte, unmöglich. Sie hatte sich selbst um den Erfolg ihrer Mission gebracht. Zumindest für diesen Abend.

Die Spannbänder senkten sich herab, als Gunther seine Schlafstatt bestieg. Er sprach kein Gebet, wie sie grimmig vermerkte. Stattdessen streckte er sich aus und blieb völlig reglos liegen. Sobald er eingeschlafen war, würde sie hinausschleichen und entweder klopfen und ihn wecken oder die ganze Sache auf den nächsten Tag verschieben.

Aber auch dieser Entschluss wurde zu Fall gebracht, denn während sie noch horchte, ob die Atemzüge regelmäßig wurden, öffnete die Tür sich ein zweites Mal. Nell merkte es nur daran, dass die Spannbänder ihre Lage änderten. Obwohl Gunther kein Wort von sich gab, spürte sie plötzlich seine Anspannung.

»Bleib ruhig, ich bin es«, sagte eine Stimme, die ihr vage bekannt vorkam und die sie als unangenehm einstufte.

Gunther schwang sich aus dem Bett und sie sah seine knochigen, weißen Füße auf dem Fell. »Mein König?«

»Gibt es kein Licht? Nein, lass. Ich will dich nur einen Moment sprechen. Ich finde keine Ruhe.«

Nell hielt die Luft an und verdrehte die Augen. Sie legte die Hand auf den Magen, als könne sie so verhindern, dass er zu knurren begann. Natürlich konnte Gunther es nicht ertragen, seinen geliebten König im Dunkeln herumstehen zu lassen. Nell hörte ihn hantieren, ein Licht flackerte auf und der Waffenmeister bat Heinrich, auf dem Bett Platz zu nehmen, da ein Stuhl nicht zu den Bequemlichkeiten seiner Kammer gehörte.

»Ich weiß, dass es dir nicht gefällt, nichts von dem, was ich plane, ich habe es in deinem Gesicht gesehen«, sagte der König. Er trug Stiefel aus weißem Leder, die schwarze Flecken aus Erde auf dem Teppich hinterließen.

»Es ist nicht an mir, Eure Absichten gut oder schlecht zu heißen«, ließ Gunther sich spröde vernehmen.

»Ich habe dem Rat etwas verschwiegen.«

»Mein König?«

»Dass ich nämlich einen Boten aus Mailand empfangen habe.«

»Oh!« Selbst Gunther brachte es nicht fertig, seine Gefühle zu verbergen. Das *Oh* enthielt ein Bündel von Befürchtungen und so viel Ablehnung, dass es den König kränken musste.

»Die Lombarden sind tapfere Leute, Gunther. Sie kämpfen für das, was ihnen heilig ist – für ihre Städte, für ihre Freiheit, für ihr Gewissen. Und sie haben viel erreicht. Ich bewundere sie.«

»Das mag sein, Herr. Ja, sie sind tapfer.«

»Der Kaiser, mein *Vater*«, schob Heinrich bitter ein, »hat den Papst gebeten, den Bannspruch über mich auszusprechen, wie du weißt. Und nun hat er angekündigt, selbst nach Deutschland zu kommen. Wer jetzt noch abwarten will, verschließt die Augen vor der Wirklichkeit. Friedrich wird mich absetzen und aus Deutschland einen Vasallen Siziliens machen.«

»Herr, Ihr seid sein Sohn, einer von nur zwei rechtmäßigen Söhnen, und der andere ist noch ein Kind«, erwiderte Gunther im Tonfall eines Menschen, der hundertmal erwähnte Argumente von neuem aufwärmt, aber nicht viel Hoffnung hat, erhört zu werden. Nell wunderte sich über die Geduld des Königs, als er weitersprach. Es ging um politische Dinge, um Machtverhältnisse und Bündnisse in Deutschland und Italien, von denen sie nichts begriff. Fremdländische Namen erklangen, die für sie keine Bedeutung hatten. Sie verstand nur eins, nämlich dass es gefährlich war, diesem Gespräch zu lauschen. Während sie mit halbem Ohr zuhörte, bemühte sie sich, leise zu atmen und auf keinen Fall mit den Zähnen zu klappern. Ein Bemühen, das ihr schmerzende Kiefer einbrachte.

»Die Lombarden brauchen uns genauso, wie wir sie brauchen. Wenn sie die Alpenpässe sperren, ist meinem Vater der Zugang nach Deutschland verwehrt. Ich bin sicher, dass sie sich mit mir verbünden würden. Wer einen Tyrannen stürzen will ...«

»Es wäre der endgültige Bruch, Herr.« Gunther klang müde.

»Manchmal muss man etwas niederreißen, um etwas Neues aufzubauen. Gunther ...« Der König hörte sich plötzlich jung und flehentlich an. »Ich will, dass du nach Mailand gehst. Finde heraus, wie sie dort zu mir stehen. Ich bin vorsichtig, das musst du zugeben. Keine offizielle Gesandtschaft, nur du selbst. Ein Mann, der ohne Aufsehen reist und in einem geheimen Gespräch den Lombarden auf den Zahn fühlt. Damit bleibt für uns und sie alles offen.«

»Ja, mein König.«

»Wirst du gehen?«

»Alles, was Ihr befehlt. Das wisst Ihr.«

»Gut.« Plötzlich schien der hohe Herr es eilig zu haben. Nell sah, wie sich die Stiefel bewegten, dann war er fort. Gunther hatte es nicht ganz so eilig, das Licht zu löschen. Er ließ sich wieder auf der Bettkante nieder, von der er sich höflich erhoben hatte, und begann zu grübeln, die nackten Füße vor ihren Augen, die Zehen in dem schmutzigen Abdruck, den des Königs Stiefel zurückgelassen hatten. Plötzlich wurde ihr klar, dass er vielleicht die ganze Nacht so verbringen würde. Mit zusammengebissenen Zähnen und einem unhörbaren Seufzer griff sie nach ihrem prickelnden Fuß, massierte ihn und richtete sich auf ein unbequemes Warten ein.

»Wo ist Mack?«

Gunther war draußen gewesen und hatte sich vermutlich im großen Trog im Hof gewaschen. Nun war er zurückgekommen und starrte entgeistert auf das Weib, das plötzlich in seinem Zimmer stand. Der obere Teil seines Rocks hing über dem Gürtel, die nackten, vom langen Winter weißen Muskeln glänzten. Ein gut gebauter Mann, dachte Nell, ohne sich wirklich dafür zu interessieren. Sie sah zu, wie er schamhaft wie ein Mädchen den Rock über die Schultern zerrte.

»Wie kommst du, zur Höll...« Der Waffenmeister verschluckte den Fluch. »Mack ist fort, und wenn er gewollt hätte, dass du ihn findest, hätte er dir gesagt, wohin er geht.«

»Nein, denn dazu hatte er keine Gelegenheit«, behauptete Nell. Sie starrten einander feindselig an. »Ich bleibe hier, bis ich meine Antwort habe. Wenn Ihr das verhindern wollt, müsst Ihr mich raustragen. Und dann werde ich die ganze Burg zusammenbrüllen.«

»Blödsinn!« Der Waffenmeister schnappte sich seinen Waffengürtel und schnallte ihn um die Hüfte, wobei er drei Versuche brauchte, um den Dorn in die Öse zu bekommen. Wütend riss er die Tür auf.

Nell verschränkte die Arme und senkte das Kinn. In diesem Moment erschien es ihr als Vorteil, dass sie weder hübsch noch anmutig oder sonstwie geeignet war, den Mann des Königs zu umgarnen. Ihre Blicke trafen sich. Sie waren Gegner, die einander nichts schenken würden. Gunther überlegte. Er wusste nicht, was er tun sollte, und ihm fehlte der Mumm – Nell hätte fast gelacht, als sie es merkte –, den ungebetenen Gast anzufassen.

»Na schön. Schön. Mack ist nach Italien gegangen. Und damit ...« Der Waffenmeister hob die linke Augenbraue, was seine Abscheu deutlich machte, »ist er für dich so unerreichbar, als wäre er in der ...« Hölle, hatte er sagen wollen, aber er verbot es sich, vielleicht weil er sich an den grässlichen Prozess und den Wechselbalgvorwurf erinnerte. »Nun weißt du es, und jetzt verschwinde!«

Er gönnte ihr keinen Blick mehr, und als er die Tür hinter sich zuknallte, wusste sie, dass sie nicht weiter auf ihn zählen konnte.

8. Kapitel

»Warst du Mönch?«, fragte Mack.

»Ich verstehe dich nicht, wenn du zum Fenster rausredest. Dreh dich um, wenn du was sagst!«, blaffte der Schaukämpfer. Er lag auf dem Stroh, das sie beide in der Nacht geteilt hatten, die schmutzigen, verhornten Füße von sich gestreckt, las Wanzen aus dem klammen Bettzeug, knackte sie mit wenig Genuss und war im Übrigen schlecht gelaunt.

»Weil du Lateinisch sprichst. Bist du einmal Mönch gewesen? Oder Scholar?«

»Geht dich nichts an.«

»Du liebst die Psalmen. Also warst du Mönch. Nein, Laienbruder. Haben sie dich aus dem Kloster geworfen oder bist du davongelaufen?« Eigentlich interessierte Mack sich nicht für die Antwort. Wenn alles so geschah, wie er es geplant hatte, würde er Bœuf an diesem Morgen das letzte Mal sehen.

Er beugte sich über den Fenstersims und blinzelte ins Licht. Es war warm geworden innerhalb der drei Wochen, die sie nach Cividale gebraucht hatten. Aus den Zweigen der Mandelbäume im Hof trieben Knospen, als hätten sie nur darauf gelauert, dass der viel zu lange Winter endlich ein Ende nahm. Im Garten des kleinen Gasthauses lungerte eine Katze und genoss die Sonnenwärme auf ihrem Fell. Ihre Wirtin gab im Hof einem Jungen mit einer verkrüppelten Schulter Anweisungen, wie er den Ziegenstall ausmisten solle. Er schien sich auf die Arbeit an der frischen Luft zu freuen.

»Du willst jetzt also in die Stadt«, brach Bœuf sein beleidigtes Schweigen. »Sag mir, was du vorhast, damit ich mich darauf einrichten kann.«

»Ich gehe und schau mich um und vielleicht singe ich ein bisschen, um mir Geld für Essen oder eine neue Flöte zu verdienen.«

»So, das willst du also tun«, sagte Bœuf, ohne den Blick zu heben.

»Ja«, erwiderte Mack, was eine reine Lüge war. Er wollte den Stein holen, ihn zum Meer schaffen und dort an der tiefsten Stelle versenken. So weit waren seine Pläne inzwischen gediehen. Der Gedanke, in einem kleinen Kahn auf das Meer hinauszufahren, gefiel ihm zwar nicht – er war auf sämtlichen Schiffsreisen seekrank gewesen –, dennoch war das Meer mit den endlosen Fluten der einzige Ort, den er sich vorstellen konnte, um etwas auf Nimmerwiedersehen verschwinden zu lassen.

»Wenn du unbedingt singen willst ... gut. Ich könnte dir ein Lied beibringen, für das du dich zumindest nicht schämen musst.« Bœuf erhob sich, wenig begeistert von seinem eigenen Vorhaben, vom Stroh.

»Ich schäme mich nicht für meine Lieder.«

»Hugo von St. Victor verdammte den Gesang und überhaupt jede Art des Musizierens, aber viele glauben – und ich glaube es auch –, dass die Musik eine Gabe des Allmächtigen an seine Geschöpfe ist, damit sie ihn preisen können. Was dadurch untermauert wird, dass auch der junge David, als er in des Herrn Gunst stand ...«

»Du bist *doch* ein Mönch. Du kennst dich mit den Streitigkeiten der Pfaffen aus.«

Bœufs schlechte Laune kehrte augenblicks zurück. »Und dich sollte man schütteln, bis du genügend Einsicht hast, dich *doch* noch zu schämen. Du machst dich in deinen Liedern lustig. Sich über etwas lustig zu machen heißt, das Heilige im eigenen Herzen zu töten. Nur dass du es weißt: Du verdirbst dich selbst und jeden, der dir zuhört.«

»Feine Predigt. Du hättest bei deiner alten Profession bleiben sollen.«

Bœuf stürmte hinaus und knallte die Tür hinter sich zu – oder hätte es zumindest getan, wenn sie nicht dermaßen verzogen gewesen wäre, dass sie sofort wieder aufsprang. Mack ging und drückte sie zurück in den Rahmen.

Würde es schwierig sein, den Stein zu holen? Die Stadt war von Musikanten überlaufen, die zum Fest des Patriarchen angereist waren. Sicher wimmelte es auch im Palast von bunt gekleideten Leuten, die sich überallhin verirrten und der Dienerschaft wahrscheinlich wie eine Heuschreckenplage erschienen. Er glaubte nicht, dass es schwierig sein würde, in die Kapelle zu entwischen. Mehr Kopfzerbrechen bereitete ihm der Spielmannsgraf. Mack versuchte sich zu besinnen, wie viel er dem Mann verraten hatte. Nur, dass der Stein sich in einer Kapelle befand? Oder auch, in welcher? Womöglich sogar das profane Versteck? Er zermarterte sein Hirn, aber es hatte keinen Zweck. Es war, als hätte das Feuer ihm jede Erinnerung aus dem Kopf gebrannt.

Seufzend langte er nach seinem Rock, dessen dicke, grüne Wolle ihm plötzlich viel zu heiß für den Frühlingseinbruch vorkam. Außerdem hatte er bei seiner Flucht aus Udine gelitten. Er überlegte kurz, ob er die Wirtin bitten sollte, ihn zu waschen und zu flicken, verwarf den Gedanken aber wieder. Er war niedergeschlagen, ärgerte sich über seine Stimmung und schwankte zwischen dem Wunsch, den Stein und alles, was damit zusammenhing, aus seinem Kopf zu verbannen, und dem Plan, vorwärts zu stürmen und die Sache hinter sich zu bringen.

Eule konnte nicht überall sein. Und selbst wenn er wusste, in welcher Kapelle Mack den Stein versteckt hatte, musste er irgendwann schlafen. Es gab keine unüberwindlichen Hindernisse. Das fluchbeladene Ding holen, und fort damit.

Mack presste die Hand auf den Bauch. Er hatte einen gewaltigen Hunger, aber der stechende Schmerz hatte nichts mit Mangel an Nahrung zu tun. Angst. Vor dem Diebstahl? Ja, aber noch mehr vor dem, was danach kommen würde. Und davon hatte er eine ziemlich klare Vorstellung.

Wenn er den Stein vernichtet hatte, würde nichts kommen.

Gar nichts.

Sein Weg zur Piazza del Duomo war ein einziges Herumirren, kein Wunder, hatte er doch damals, als er mit dem König in Cividale wohnte, den Palast kaum verlassen. Die Stadt war klein, aber sein sonst ausgezeichneter Orientierungssinn ließ ihn plötzlich vollständig im Stich. Er kam an einem vornehmen Haus mit einer Meute in Holz geschnitzter Jagdhunde im Türbalken vorbei und bog um einige Ecken, nur um erneut vor dem Haus zu stehen.

Der richtige Mann, um einen verwunschenen Stein zum Meer zu tragen, dachte er selbstkritisch, aber das Lachen, das ihm auf der Zunge lag, kam nicht so recht über seine Lippen. Er stand vor einer Reihe kleinerer Fenster, an deren letztem eine Frau saß und stickte. Sie war hässlich. Irgendwann als Kind musste sie die Pocken oder einen anderen Ausschlag gehabt haben, denn ihr Gesicht war bis zur Entstellung vernarbt. Allerdings war es auch nicht die Frau, die Macks Aufmerksamkeit auf sich zog, sondern ein Holzkästchen, aus dem sie Perlen für ihre Stickereien entnahm. Es hatte die Größe einer Mädchenhand und war mit einer bunten Malerei verziert, und als Mack sah, wie die Frau mit spitzen Fingern eine der Perlen herausfischte, fiel ihm ein, das er gar kein Behältnis hatte, um den Stein zu transportieren. Die Vorstellung, das gelbe Ding anfassen zu müssen, es womöglich über Tage in der Faust, direkt auf der bloßen Haut zu tragen, bereitete ihm plötzlich tiefes Unbehagen.

»Ich weiß, dass sie schön schimmern, und möglicherweise ist es ein Unrecht, dass ich sie in die Hand nehmen darf und du nicht – doch wenn du sie weiter so anstarrst, komme ich nicht umhin, jemanden zu rufen.« Die Frau hatte eine kühle Stimme, aber sie lächelte ihn an.

»Ich starre, schöne Dame?«

»Nein, du verschlingst sie nur mit den Augen. Und wenn du damit nicht so beschäftigt wärst, hättest du erkannt, dass ich keinesfalls eine Schönheit bin.«

Die unverblümten Worte erinnerten Mack an Nell und vielleicht war das der Grund, warum er die Stickerin mit mehr Anteilnahme in Augenschein nahm, als er es sonst getan hätte. Und vielleicht ließ sie ja ihre Hand, die gerade nach einer Glocke griff, sinken, weil sie etwas von seiner Zuneigung spürte.

»Nicht die Perlen, Herrin, ich starrte das Kästchen an, in dem sie aufbewahrt werden.«

»Weil die Hülle den Inhalt an Glanz übertrifft?« Sie schüttete die Perlen in ihre hohle Hand und betrachtete kritisch das Kästchen. Es war flach, aus rötlichem Holz mit winzigen Scharnieren, und auf den Deckel war von einer ungeschickten Hand die büßende Magdalena gemalt, die dem Herrn die Füße wusch. Keine Kostbarkeit.

»Wofür braucht ein vagabundierender Nichtsnutz ein Kästchen?«

»Ihr erkennt den Nichtsnutz mit derselben Geschwindigkeit wie ich die Schönheit.« Als Mack sah, wie ihr das Blut ins Gesicht schoss, schüttelte er verärgert über sich selbst den Kopf. »Vergebt, Herrin. Ich bin ein Sänger und die spitze Zunge ist das Talent, das mich füttert. Scheint, ich habe verlernt ...« Er brach ab und fuhr reumütig fort: »Die nächsten Prügel, die ich bekomme, werde ich wegen dieses Augenblicks in Demut ertragen, seid bitte nicht mehr zornig.« Er wandte sich zum Gehen.

»Warte!«, rief ihm die Frau nach, als er schon fast am Nachbarhaus vorbei war und um die Ecke biegen wollte. Sie hatte sich über die Fensterbrüstung gelegt und winkte mit dem Kästchen. Neugierig schlenderte er zurück.

»Ich mache dir ein Geschenk. Aber du musst wählen. Zwischen zwei Dingen, die ich dir anbiete. Schau.« Sie öffnete die linke Faust und er sah, dass eine der Perlen darin lag. »Dies oder das Kästchen?«

»Ihr wollt einem Nichtsnutz etwas schenken?«

»Die Perle oder das Kästchen?«

Mack sah in die blassen, etwas tränenden Augen. »Was ist der Preis, Herrin?«

»Das ist doch eben der Sinn eines Geschenks, dass man keinen Preis dafür zahlen muss.«

»Im Gegenteil, Herrin. Für Geschenke zahlt man im Allgemeinen am teuersten.«

»Du hast nicht nur eine scharfe, sondern auch eine bittere Zunge. Das Kästchen oder die Perle?«

»Das Kästchen«, sagte Mack, »wenn es Euch nicht Leid tut, es einem Nichtsnutz zu geben.«

»Bist du einer?«

»Da das, was ich in dieser Stadt tun werde, keinen Nutzen haben wird, hätte Euch wahrscheinlich kein passenderer Name einfallen können.«

Sie hatte ihr Lächeln von Nell geborgt. Oder er war von seinen Wunschträumen bereits so besessen, dass er Nells Lächeln in jedes freundliche Gesicht hineinsah. Fort damit! Er nahm das hölzerne Schächtelchen mit einer Verbeugung in Empfang. Gleich darauf ertönte irgendwo im Haus ein Pfiff, ein Hund bellte und das Lächeln der großherzigen Spenderin verschwand. Sie nahm erneut die Stickerei zur Hand, aber nicht ohne ihm noch einmal zuzuzwinkern.

Der Dom und der Palast des Patriarchen waren die beiden Riesen, die das gepflasterte Viereck im Herzen Cividales beherrschten. Sie lagen behäbig im Sonnenschein, und später im Jahr, wenn es richtig heiß wurde, würden sie als Schattenspender für das herumlungernde Volk dienen. An der alten Basilika, die beim letzten Erdbeben Schaden genommen hatte, standen immer noch Baugerüste, genau wie vor zwei Jahren, als Mack die Stadt verlassen hatte. Bauarbeiter kletterten über Leitern. Schubkarren und Tröge mit einer grauen, zähen Masse standen auf der Straße und behinderten die Passanten. Mack wollte sich gerade auf die andere Straßenseite schlagen, als eine größere Gruppe Dominikanermönche die Kirche verließ. Die Männer blieben unter dem Gerüst, das das Hauptportal überspannte, stehen und blickten sich um, während sie sich beiläufig unterhielten.

Rasch duckte Mack sich hinter eine der Steinstreben, die die Außenmauern des Doms stützten. Und wieder klopfte ihm beim Anblick der Kutten das Herz. Er hatte lange keine Messe mehr besucht, manchmal, weil die Städte, in denen sie auftraten, es verboten, meist aber aus Mangel an Antrieb. Das und seine, nun, fast ketzerhafte Scheu vor den Männern Gottes nötigte ihm die Sorge ab, wie schlimm es um sein Seelenheil bestellt sein mochte.

Unwichtig.

Nein, es war doch nicht unwichtig. Aber eine Bürde, die er sich nicht gerade jetzt aufladen durfte. Immerhin war im Begriff, den Kaiser zu bestehlen.

Mack kauerte sich auf den Boden, um zu warten, dass die Mönche verschwanden. Sein Unterschlupf war nicht der schlechteste Ort, um den Eingang des Palasts zu beobachten. Er selbst war vor Blicken geschützt, hatte aber seinerseits die ausladende, weiße Steintreppe gut im Auge. Die Flügel der Eingangstür standen offen. Sie wurden von zwei Männern bewacht, die allerdings viel zu tun hatten. Scheinbar war einer der vorbereitenden Wettkämpfe angesagt, denn ein Zug von Musikanten mit Fiedeln, Schwegeln, Becken, Klappergerät, Lauten und tragbaren Harfen strömte zum Palast. Ein aufgeregter Mann mit ausgedünntem, blondem Kurzhaar rammte sein Trummscheit gegen einen der Türpfosten und fluchte, wofür ihm der Türknecht eine Maulschelle gab. Gut, in diesem Gewimmel musste es möglich sein, unsichtbar zu werden.

Oder stellte er sich alles zu einfach vor? Musterten die Männer am Tor jede Gestalt nach einer exakten Beschreibung, die ihnen der junge Bischof aus Udine oder schlimmer, der Inquisitor Johannes, gegeben hatte? Sein Zögern rief erneut die Bauchschmerzen auf den Plan. Nein, die Wachen rissen Witze miteinander und ließen fast ein Dutzend Männer an sich vorbeiziehen, ohne ihnen auch nur einen flüchtigen Blick zu gönnen.

Mack sah, wie sich ein Trupp Bläser näherte, die allesamt in grüne und birkenrindesilberne Farben gekleidet waren. Das Grün entsprach der Färbung seines eigenen Rocks und er nahm's als Zeichen. Ein kurzer Blick zur Basilika – die Mönche waren verschwunden. Mack setzte ein Lächeln auf, von dem er hoffte, dass es Lässigkeit und Selbstvertrauen ausströmte, und schob sich zwischen die Musikanten. Sie drängelten, sie sprachen über seine Schulter hinweg miteinander, aber keiner schien ihn wirklich wahrzunehmen – das alte Paradox, dass die Leute umso weniger sahen, je mehr sie vor Augen hatten.

Nur wenige Schritte und er passierte die Wächter und betrat die Halle, in der der Patriarch zwei Jahre zuvor mit dem König gespeist und Macks Gesang gelauscht hatte. Trotz des hellen Vormittags erschien der hohe Raum düster. Das Gewölbe, das ihn überkronte, kam Mack mächtiger und kälter vor, als er es in Erinnerung hatte, die Luft dumpfer, die Mauern dicker und die Fenster kleiner. Wieder regte sich sein Magen. Er kämpfte die Befürchtungen nieder und gesellte sich zu einer größeren Gruppe Streicher, die unbeeindruckt vom allgemeinen Lärm an den Wirbeln ihrer Fiedeln und Rebecs drehten, um ihre Instrumente aufeinander abzustimmen.

»Ist es das?«, wollte ein Junge wissen und zupfte an einer Bordunsaite. »Klingt nicht«, gab er sich selbst verzagt zur Antwort. »Oder doch?« Er drehte und machte die Sache schlimmer, aber Mack widerstand der Versuchung, ihm das Instrument aus der Hand zu reißen.

Seine Blicke wanderten durch den Saal. Keine Kutte weit und breit. Dafür ein gutes Dutzend bis an die Zähne bewaffnete Diener, die die Musikanten so scharf im Auge hielten, als erwarteten sie, das Gesindel würde die Steine aus den Mauern stehlen. Sonst konnte er niemanden entdecken, der sich verdächtig für Neuankömmlinge interessierte.

Die Tür zu dem Gang, der in den Garten führte, stand offen. Eben noch hatte Mack sich von der dunklen Halle bedrückt gefühlt – jetzt missfiel es ihm, sie zu verlassen und hinaus in den Sonnenschein zu treten. Er zögerte wie ein Wild vor einer Lichtung. Gab es eine andere Möglichkeit, zur Kapelle zu kommen? Er konnte sich nicht besinnen und würde wohl oder übel den Weg nehmen müssen, auf dem Heinrich ihn in jener Nacht geführt hatte, als er den Stein seines Vaters stehlen wollte.

Was, zur Hölle, treibt mich nur?, dachte Mack, während er den breiten Gang entlangschlich und sich bemühte, jedem zufälligen Betrachter ein einfältiges Gesicht darzubieten.

Die Sonne blendete ihn, als er in den Garten trat. Auf dem Brunnen tanzte immer noch das Mädchen mit der Krone aus steinernen Zweigen. Die Gepardstatue – die inzwischen ein Pendant bekommen hatte – bewachte wie damals die Tür auf der anderen Seite des Gartens, durch die sie verstohlen wie des Reiches erste Gauner ins Haus zurück und zur Kapelle gehuscht waren.

Mack starrte auf die Tür, durch die er gehen musste und deren Klinke so müde herabhing, als wäre sie ausgeleiert. Los endlich, machte er sich Mut. Und zögerte dennoch. Augenblick um Augenblick verrann. Es kam ihm plötzlich vor, als stünde er nackt vor einem Heer, das seine Pfeile auf ihn richtete. Ein Gefühl der Gefahr, zu vage, als dass sich ein Mann davon hätte abhalten lassen sollen, zu tun, was zu tun war. Und doch kam ihm der Schritt hinaus ...

Als sich die Hände von hinten auf seine Schultern legten, war er derart überreizt, dass sein Herz für ein paar Atemzüge aufhörte zu schlagen.

»Einfallslos, mein lieber Mack«, bemängelte Eule. Er schob sein Gesicht dicht neben Macks Wange, ohne ihn allerdings loszulassen. »Ich hatte angenommen, du würdest die Nacht abwarten und über irgendwelche Mauern klettern. *Damit* hättest du mich in Verlegenheit gebracht. Zum Wehrgang hinauf und davon wie ein Vogel. Kein Wunder, dass Dors dich verdächtig fand. Und nun komm.«

Er war kein übermäßig kräftig gebauter Mann, aber seine Hand packte zu wie die Klaue des Hühnerhabichts. Als er Macks Widerstand spürte, fasste er ihn fester und es war ein unangenehmer Griff. Das hatte nichts mit Schmerzen zu tun. Mack war schon oft gezerrt und gekniffen worden. Konnte man sagen, dass über eine Hand Böses floss?

Sie kehrten zurück in den Gang und dann zur Halle.

»Was ...?«

»Neugierig?«

Ja. Aber Mack brauchte nicht viel Geduld, um die Pläne des roten Mannes zu erfahren. Sie hielten etwas abgeschirmt in der Nähe des Winterkamins. Die Musikanten waren immer noch dabei, ihre Instrumente zu stimmen, sie schnürten ihre Gewänder strammer oder lockerer, kauten an Brotknusten, die sie aus Lederbeuteln holten, bewunderten die gewaltige Decke, die sie an einen Dom erinnerte, oder unterhielten sich einfach.

Plötzlich hob Eule die Hand. Er rief etwas, ein paar Worte, nicht einmal laut, aber in Macks Ohren schienen sie zu hallen: »Dort ist der Kerl!«

Die Wächter mussten auf einen ähnlichen Ruf gewartet haben. Sie rissen die Schwerter heraus und versuchten zu begreifen, wer ihnen die Warnung hatte zukommen lassen. Das sah Mack noch, dann drückte Eule ihn hinter sich in die Ecke zwischen Kamin und Wand.

»Dort! Da hinten«, rief der rote Fiedler jetzt mit Donnerstimme. »Er versucht zu fliehen!«

Sein Körper schauderte vor unterdrückter Heiterkeit, während er sich bewegte, um Mack nicht zu ersticken. Einen Augenblick später hob er den Ellbogen, um ihn an dem Schauspiel teilhaben zu lassen, das sich bot. Ein Junge in ärmlicher Kleidung rannte auf die Haupttür zu. Die Wächter hielten jedoch bereits die Lanzen quer, um ihm den Weg zu versperren. Der Junge war zu langsam oder zu eingeschüchtert, um unter den gekreuzten Eisenstangen hindurchzuschlüpfen. Im gleichen Moment hatten sie ihn am Wickel. Sämtliche Wächter, die sich im Saal befanden, schienen über ihn herzufallen. Schon packten sie ihn und präsentierten ihn wie eine Jagdtrophäe den erschrockenen Musikanten. Es war ein blässlicher kleiner Kerl, der in ihren Fäusten baumelte wie ein Katzenjunges im Maul der Mutter.

Die freudige Stimmung verflog. Jeder Fahrende war ein mögliches Opfer der Ehrbaren. Sie hatten keine Ahnung, was vor sich ging, und taten dasselbe wie meist in solchen Situationen: Sie schauten zur Seite und hofften, nicht ebenfalls Opfer der städtischen Gewalt zu werden. Der Junge gab ein paar Schluchzer von sich, dann waren sie mit ihm durch eine Seitentür verschwunden.

»Dies«, sagte Eule, während er sich umdrehte und die beiden Arme rechts und links von Mack an Kamin und Mauer abstützte, »war keine sinnlose Grausamkeit, wie du gerade denkst.« Um seine Augen saßen Lachfältchen, die lustige Bögen schlugen. »Es diente deiner Belehrung. Ich möchte, dass du weißt, was dir blüht, wenn du ein zweites Mal versuchst, mir zu entkommen. Du bist ...« Er dachte über einen Vergleich nach, und da er ein Dichter war, schien ihm der erstbeste nicht zu genügen. »... wie ein Insekt, das über einen Tisch krabbelt. Dem ersten und zweiten Schlag mag es entkommen. Aber irgendwann ... Platsch.«

Warum blickte niemand zu ihnen hinüber? Der Fiedler hatte die Wächter auf den Jungen aufmerksam gemacht. Man sollte doch meinen, dass ihn jeder, ob aus Neugierde oder Hass, ins Auge fasste. Aber nichts. Es war, als trüge der rote Mann einen Tarnumhang. Eule wackelte mit dem Kopf, fasste Mack locker am Arm und schob ihn erneut in den Gang. Diesmal durchquerten sie den Garten. Aber als sie auf der anderen Seite den Palast betraten, irrte er sich im Weg. Er hielt sich links, anstatt geradeaus den Hauptgang zu nehmen. Mack sah darin allerdings keinen Grund zu übertriebener Hoffnung. Der Fiedler wusste, wo der Stein versteckt lag, und er würde schon dafür sorgen, dass sie auch dorthin gelangten.

Und dann?

Allgütiger, was verteidige ich eigentlich? Einen Stein, den ich gar nicht haben will.

»Wütend?«, erkundigte sich Eule.

»Was willst du mit dem Stein?«

»Wut ist das Schwert, das die glanzvollsten Streiche führt. Ich halte viel von einem Quäntchen Wut zur rechten Zeit. Nicht, dass sie dir jetzt hülfe.«

Sie marschierten durch mehrere Flure – wobei sie wie durch ein Wunder keiner Seele begegneten – und erreichten schließlich, in einem abgelegenen Teil des Palazzo, eine steile, roh gezimmerte Holztreppe. Sie war sicher seit Jahren nicht beschritten worden. Mäusekadaver in verschiedenen Stadien der Verwesung lagen in den Winkeln der Stufen, und die Pfoten der Katzen, ihrer Mörderinnen, hatten hier und da die graue Schmutzschicht aufgewirbelt.

»Hinauf, ja«, bestätigte Eule. »Und was deine Frage angeht: Ich will den Stein haben, weil er mir *gehört*.«

»Heißt du David?«

Einen Moment lang schien der Rote ihn schlagen zu wollen. Stattdessen blieb er stehen, und da er ein großer Mann war, befand er sich mit Mack, der auf der nächsthöheren Stufe stand, Auge in Auge. »Was weißt du über den Stein?«

»Nichts.«

»Du weißt nichts. Und dennoch bist du so auf ihn versessen, dass du vor den scharfen, bösen Zähnen des Wolfs Purzelbäume schlägst? Ich rede von Johannes, der seit Tagen seine Hämorrhoiden auf einem Schemel in der Kapelle quält, um zuschnappen zu können, wenn du ihm vor die Schnauze tappst. Du fürchtest dich, mein braver Sänger, vor ihm, vor mir. Und erträgst diese Furcht für etwas, dessen Wert du nicht kennst?«

»Johannes kann gar nicht wissen ...«

»Er ist ein pflichtgetreuer Mann.« Eule packte Macks Schultern und zog ihn dichter an sich heran. »Man hat ihm gesagt, dass der Kaiser bestohlen wurde und dass er den Dieb zu fangen hat. Doch das Diebesgut interessiert ihn nicht. Der Kaiser soll bekommen, was des Kaisers ist. Johannes treibt allein der Wunsch, das grässliche Wesen unschädlich zu machen, das aus der anderen Welt kam, um diese hier mit seinem Pesthauch zu verseuchen. Ein *Wechselbalg* hat den Kaiser bestohlen? Umso erfreulicher. Johannes ist ein Mann, dem es Genuss verschafft, Ketzer zu jagen. Doch selbst das aufregendste Spiel wird schal, wenn es sich ständig wiederholt. Nun endlich ein neuer Leckerbissen. Ein besonders ekelhaftes Stück Geschmeiß, das sich nicht scheute, im Angesicht des Höchsten zum Dieb zu werden, und daher zu den Verworfensten seiner Art gehören muss. Es juckt ihn, dem Scheusal mit Hilfe der Flammen beizukommen und ihm die Larve vom Gesicht zu reißen. Fürchtest du dich?«

Was fragst du, wenn du's weißt? Mack wünschte innigst, er könne sein Gesicht vor den forschenden Blicken des Fiedlers verbergen. Mit dem Wort *Feuer* zwang man ihn so sicher in die Knie wie einen Bären mit dem Nasenring.

»Was denkst du? Vielleicht sollten wir uns gegen diese Kreatur verbünden, die unsereins so wenig leiden kann. Ich führe ein Leben voller Abwechslung. Du könntest daran teilhaben, wenn du wolltest. Und wenn du dich nach anderem sehnst, dann schenke ich dir Sicherheit. Ich bin ein mächtiger Mann. Unter meinem Schirm schläft es sich ruhiger als im Mutterschoß. Hör auf, so mürrisch zu starren, Junge. In jeder meiner Hände liegt ein Geschenk und ich biete dir die Wahl. Eine Höhle oder einen Regenbogen. Nicht? Wirklich nicht? Wie schade.«

Er schüttelte den Kopf und gab Mack einen Stoß, der ihn auf die Stufen beförderte. In aller Ruhe wartete er ab, dass sein Gefangener sich wieder erhob.

»Man hat mir etwas gestohlen, an dem ich hänge, und ich bin ungeduldig, es zurückzubekommen! Beeil dich!« Ohne Übergang war alle Liebenswürdigkeit verschwunden. Nicht etwa Zorn, Überdruss war an die Stelle getreten. Er knuffte Mack mehrere Male, um ihn anzutreiben, bis sie eine Tür erreichten, deren Riegel herausgebrochen war. Mack sah die frischen Schrammen im Holz und begrub seine letzte Hoffnung. Eule hatte einen Plan, der ihn zu dem Stein bringen würde, auch wenn sie nun schon eine Unzahl von Stufen erklommen hatten und die Kapelle wahrscheinlich tief unter ihnen lag.

Die Tür führte zu einem der niedriger gelegenen Dächer des Palazzo. Das Dach selbst war flach, aber es war von Mauern, Zinnen und aufragenden Ziegelflächen umgeben, so dass es aussah wie ein aus Ton und Stein errichtetes künstliches Gebirge. Ein Spalier mit verwelkten Rosen an einer der Mauern bewies, dass der Platz früher einmal dem Patriarchen oder einer wichtigen Person seines Haushalts als Ruheort gedient haben musste. Nun war alles voller Vogeldreck und totem Ungeziefer und in einer Ecke standen ein paar zerbrochene Stühle, die vom Regen aufgequollen waren.

»Komm.« Eule hatte wieder seinen Arm gepackt und drängte ihn zum Rand des Dachs. Nicht, um ihn hinabzustürzen. Das konnte nicht sein, denn was hätte der ganze Aufwand dann für einen Sinn gehabt? Dennoch merkte Mack, wie seine Nervosität stärker und der Wind auf seinem Gesicht kalt wurde, weil ihm Schweiß auf die Haut trat. Plötzlich erhielt er einen Tritt gegen die Kniekehlen. Er fiel, und das war wohl auch so kalkuliert, denn Eule schleifte ihn noch ein, zwei Schritt weiter und kniete dann neben ihm nieder.

»Du wehrst dich nicht, Mack? Ich bin enttäuscht. Bist du etwa doch der Jämmerling, für den Dors dich hielt?«

Vor ihnen, im Boden eingelassen, befand sich ein rundes Fenster aus stumpfem, buntem Kirchenglas. Eule wischte mit dem Ärmel den Staub beiseite. Allerdings musste das vor kurzem schon einmal geschehen sein, denn das Glas war ziemlich schnell sauber.

»Also«, begann der Fiedler lehrerhaft. »Siehst du den eifrigen alten Mann? Er sitzt neben dem Säulchen links vom Altar. Kein Mensch, sondern der Schatten eines Menschen, für mich ist er fast durchsichtig, und wenn ich es nicht besser wüsste, würde ich denken, er sei selbst aus der Welt, die er unablässig schmäht. In Wahrheit ist er nichts als ein von Fantasien verführter und von Hoffart aufgeblasener Greis. Und doch solltest du ihn fürchten, denn ihn plagt ein Hunger, der sich nur durch Grausamkeiten stillen lässt. – Wo ist der Stein, Mack?«

Ja, wo war er? Durch das Fenster, das in eine Schräge der Kapelle eingebaut sein musste, konnte Mack fast den gesamten Raum überblicken. Er sah den Altar und die bestickte Decke, auf der Kerzen und das heilige Gerät standen. Er sah die Statuen. Die Wandmalereien. Den Tabernakel, der im Licht der Kerzen glänzte. Die Sedilien.

»Mack!« Eule stupste sein Gesicht gegen das Glas.

Er sah alles – aber keinen der Stühle, die vor fast zwei Jahren im Mittelraum der Kapelle gestanden hatten. Weil man sie beiseite geschoben hatte? In einen Teil der Kapelle, den er nicht einsehen konnte?

»Ich warte, Mack.«

Die Stimme des Fiedlers zitterte. Mack konnte fühlen, wie angespannt die Muskeln seines Oberschenkels waren. »Wenn du mich anlügst ... Junge ... wenn du ... lügst ...«

Mack umklammerte die Kante aus Blei, die das Fenster einrahmte. Eule hatte sich über ihn gebeugt und war ihm näher als je zuvor. Plötzlich legten er ihm die Hände um den Hals. Allmächtiger, diese Kraft. Merkte er, dass er zudrückte? Es war, als ströme aus jedem einzelnen Finger etwas Beißendes, wie Hornissengift. Mack hörte die eigenen Zähne knirschen. Blut sickerte süß auf seine Zunge. Die durch das Glas bunt gefärbten Gegenstände in der Kirche verschwammen.

»Wo?«, schnaubte der Tod. *Komm,* begann er dann zu flüstern, heiser vor Gier, unfähig, sich nur noch einen Herzschlag lang zu gedulden. *Warum die Aufregung? Ein dummer, kleiner Stein. Warum Schmerz, wenn doch alles so einfach ...*

Lug und Trug. Er begehrte den Stein mit einer Leidenschaft, wie sie weder Dors noch der Kaiser oder sein Sohn aufgebracht hatten. Sein Wille, ihn zu besitzen, war so stark, dass er das Dach wie eine Welle überspülte. Mack hörte sich selbst wimmern. All seine Gedanken richteten sich auf Flucht. Fort! Und sei es ... Er versuchte, sich aus den Händen zu winden.

»Lass das, du Tölpel!«

Erneut wurde sein Gesicht gegen das Glas gestoßen. Und plötzlich erkannte er in einem Hoffnungsblitz seine vage, letzte Möglichkeit. Der Tod mochte erwarten, dass sein Opfer fliehen wollte – er rechnete nicht damit, dass es seine Bewegung verstärkte. Als er das nächste Mal Macks Kopf anhob, spannte Mack die Nackenmuskeln und schmetterte die Stirn mit aller Kraft gegen das Glas.

Das Bersten und die Überraschung des Tods waren eins. Mack entwischte aus den Fingern, die einen Moment lang kraftlos wurden. Er rollte sich über die eigene Schulter in das Loch, das sich vor ihm auftat. Splitter bohrten sich in sein Fleisch und rissen es an anderer Stelle auf. Er fiel und der Fall schien ewig zu dauern.

Und endete ...

Nein, nicht mit einem Aufprall, nicht mit dem erwarteten großen Schmerz. Mack landete auf den Füßen wie eine Katze ... *mit einer abnormen Gelenkigkeit der Glieder, die ihn vor Knochenbrüchen bewahrt ... jawohl, mein König* ... und ließ sich federnd abrollen ... *besser als eine Katze, mein König.* Er blickte kurz in ein überraschtes, knochiges Gesicht ... *wie aus dem Nichts aufgetaucht, Ihr habt so Recht, mein Herr* ... Und sah einen winzigen Moment lang die blau bemalte Decke mit den künstlichen goldenen Sternen und dazwischen zwei Augen, die ihn voller Wut ansprühten.

Dann rannte er.

9. Kapitel

Trotz seiner Abneigung gegen Boote beschloss Gunther, den Rhein als Reiseroute zu wählen. Der Zeitgewinn war so gewaltig, dass sich jede andere Möglichkeit – und mochte sie auch noch so verführerisch sein – ausschloss. Bis Mainz wollte er reiten und sich von dort aus einschiffen, um den Fluss erst wieder in Basel zu verlassen. Dann auf der Handelsstraße über die Alpen nach Mailand, am besten in einer größeren Kaufmannskarawane, was unauffällig war und den besten Schutz vor Überfällen bot.

Er hielt die Entscheidung seines Königs für einen Fehler und die Sorge darüber beschäftigte ihn während des ganzen Ritts nach Mainz. Sie war einer aus einer ganzen Reihe von Fehlern, aber den ersten hatte der Kaiser begangen, als er Heinrich vor aller Welt gedemütigt hatte. Nicht, dass Gunther etwas davon gehalten hätte, den Jungen zu verzärteln, aber man stößt nicht den eigenen Nachfolger mit dem Gesicht in den Dreck.

Vor allen Dingen: Für welches Vergehen? Friedrich hatte seinem Sohn Erzieher gegeben, die ihm den Vater als leuchtendes Vorbild hingestellt hatten. Der Junge hatte versucht, diesem Ideal nachzueifern, und sich dabei vergaloppiert. Er hatte mit seinen Fehden die politischen Schachzüge des Vaters gestört und natürlich war Friedrich verärgert gewesen. Aber er hätte es Heinrich erklären müssen. Lob und Tadel in gerechten Portionen, so ging man mit jungen Männern ... Ach, unnütz alle Grübeleien.

Es gab nach Gunthers Meinung immer noch Möglichkeiten zur Versöhnung. Doch wenn Heinrich jetzt die Lombarden aufrief, dem Kaiser die Alpenpässe zu sperren, wenn er sich offiziell mit den schlimmsten Feinden seines Vaters verbündete ... Ich diene ihm treu und reiße ihn damit ins Verderben, dachte er, und als er am späten Nachmittag auf einer Fähre den Rhein überquerte, war er schwärzester Laune. Es begann bereits zu dämmern. Einem verregneten Tag folgte ein viel zu früher Abend, an dem der Himmel sich allerdings aufklarte. Er würde sich dennoch beeilen müssen, wenn er ein Nachtquartier finden wollte. Kurz erwog er, sich einigen Pilgern auf der Fähre anzuschließen, die darüber sprachen, dass sie in einem Hospital übernachten wollten, aber der Gedanke, die Nacht in einem Saal voller alter Männer verbringen zu müssen, widerte ihn an. Er erinnerte sich an eine Herberge in der Nähe des Doms, in der er bei einem seiner früheren Besuche einen Abend zugebracht hatte. Nichts Besonderes, aber dank eines grimmigen Katers frei von Ratten.

Gunther lenkte sein Pferd in die Gassen. Bald fand er sich in einem Wirrwarr verschachtelter Wege wieder, die sich ohne ein erkennbares Muster kreuzten und teilten. Der Dreck lag hier noch höher als am Fluss und es roch penetrant nach Fleischabfällen und Kot. Die Häuser mit den Schweine- und Hühnerställen, den niedrigen Türen und den Holzläden vor den winzigen Fenstern glichen einander wie Nüsse an einem Haselstrauch. Ratlos hielt er einen Moment inne. Er hätte gern nach dem Weg gefragt, aber die Gassen hatten sich in kürzester Zeit geleert. Die Nächte gehörten hier wie überall dem Gesindel, es war sogar für einen bewaffneten Mann gefährlich, sich im Freien aufzuhalten.

Vielleicht war es dieser Gedanke, der ihn bewog, sich umzudrehen. Undeutlich sah er einen Mann vor einem Steinhaus stehen, dessen Dach und Vorderfront von der Abendsonne rot gefärbt war. Der Kerl machte eine schnelle Bewegung, als wolle er sich in einen Eingang ducken, unterdrückte die verräterische Handlung aber und bückte sich zu seinem Stiefel. Die

Gugel fiel ihm über das Gesicht. Der dicke, graue Umhang legte sich wie ein Zelt um seine Gestalt.

Dennoch glaubte Gunther ihn wiederzuerkennen. Der Mann war ihm auf der Fähre aufgefallen, wo er sich rüpelhaft vorgedrängt hatte, um den letzten Platz für die Überfahrt zu ergattern. Gunther hatte sich über ihn gewundert, weil er sich trotz seines rabiaten Vorgehens – er hatte eine Greisin mit einer Kiepe Brennholz an die Seite geschubst – unauffällig zu machen gesucht hatte.

Besaß der Kaiser Spione am Hof des Königs? Gab es unter Heinrichs Vertrauten Verräter? Wusste jemand, dass er auf dem Weg nach Mailand war?

Widerstrebend trieb Gunther sein Pferd an. Die Gasse wurde breiter, aber er zögerte. Nicht nur, weil er sich für einen neuen Weg entscheiden musste. Sollte er sich den Burschen schnappen? Damit würde er allerdings Aufmerksamkeit auf sich lenken, und das war das Letzte, was geschehen durfte. Sein Pferd schnaubte und schüttelte die Mähne. Es mochte den Mist nicht, in dem es watete, und fürchtete die Trittsteine, die aus dem Schmutz ragten und die mit dem Schwinden des Lichts unsichtbar wurden. Gunther klopfte ihm den Hals, ritt langsam weiter und riskierte einen erneuten Blick über die Schulter. Der Mann war verschwunden.

Schließlich gelangte er doch noch zum Domplatz, wenn auch aus einer völlig anderen Richtung, als er vermutet hatte. Es war inzwischen völlig dunkel und einen Moment lang befürchtete er, er würde pochen und endlose Diskussionen führen müssen, um Einlass zu finden, aber da trat der Gastwirt vor die Tür und kippte eine Schüssel mit verdorbenem Essen in die Gosse. Gunther winkte ihm. Bevor er ihm in die Gaststube folgte, warf er noch einen letzten Blick über den Marktplatz: Der Spion schien vom Erdboden verschluckt.

Die Unterkunft war düsterer und schmieriger als in seiner Erinnerung. In dem verqualmten Zimmer saßen etwa ein Dutzend Männer und außerdem zwei Frauen, eine ältere und eine jüngere, die an Holzbechern nippten und sich unterhielten. Es roch nach gärendem Bier, saurer Milch, Stalldung und den Ausdünstungen der Reisenden, die in klammen Kleidern möglichst dicht am Feuer saßen, um sich zu wärmen. Außerdem nach Wirsing.

»Warte.« Gunther fasste den Wirt, der den Riegel vorlegen wollte, am Handgelenk. »Es könnte sein, dass noch jemand nachkommt. Wenn es so ist, dann lass ihn ein und gib mir Bescheid.«

»Tja, Herr, wenn die dicke Susanna vom Dom läutet ...« Der Mann stülpte die dicken Lippen vor. Gleichzeitig suchte er seinen Gast einzuschätzen. Er nickte. »Also gut. Es ist zwar gegen die Stadtordnung, nach Beginn des Läutens noch Gäste aufzunehmen, und das wisst Ihr sicher, Herr, aber einen Moment kann ich verantworten. Ich bin gern gefällig.«

»Ich brauche ein Zimmer für mich allein.«

Ein Lachen erschütterte den feisten Bauch und dröhnte durch die Gaststube. »O Herr, hier mitten in der Stadt ein ganzes Zimmer für einen einzelnen ...«

Die Münzen, die in Gunthers hohler Hand gegeneinander klapperten, ließen auch diesen Einwand verstummen. Der Wirt führte ihn über mehrere Stiegen, die immer steiler und enger wurden, in ein Dachkämmerchen, aus dem wahrscheinlich die Mägde vertrieben worden waren, denn an einer langen Leine, die quer durch das Zimmer gespannt war, hingen weibliche Wäschestücke.

»Essen dauert nicht mehr lange.«

Er überließ es seinem Gast, sich eins der Strohlager für die Nacht auszusuchen.

Als Gunther wenig später in die Gaststube zurückkehrte, hatte der Raum sich weiter gefüllt. Eine Frau mit kranker, gelber Gesichtsfarbe saß auf einem Schemel in der Ecke, wo ein ältlicher Ritter, vermutlich ihr Mann, mürrisch auf sie einredete. Einige Kaufleute hatten sich zum Würfeln zusammengefunden. Die beiden anderen Frauen waren verschwunden. Dafür spielte ein Scholar auf einer Leier. Er war offenbar vom Wirt angestellt, denn als er sein Instrument einen Moment sinken ließ, warf der Mann ihm einen unheilschwangeren Blick zu.

»Ist nach mir noch jemand gekommen?«

Der Wirt antwortete ihm über die Schulter: »Nein, Herr. Wenigstens ...« Jemand rief aus der Küche, und er eilte weiter.

»Wenigstens was?«

Verärgert, weil er keine Antwort erhielt, setzte Gunther sich auf eine Bank an der Wand. Augenblicke später wurden die Tische zusammengestellt und Platten, Töpfe und eine Wanne mit Brot aufgetragen. Die Gespräche verstummten, während zwei Mägde Löffel verteilten, Trinkkrüge auf der Tischplatte abstellten und die Münzen einsammelten, die für das Mahl bezahlt werden mussten. Es roch nach fettem Schmalz und gesottenem Gemüse.

Widerwillig entrichtete Gunther seinen Obolus und zwängte sich mit dem Schemel zwischen die mampfenden Mäuler. Er tauchte gerade den Löffel in den Suppentopf, als direkt an seinem Ohr jemand rief:

»Für mich auch!«

Zuerst war es der schrille Klang, der ihn zusammenzucken ließ. Dann begriff er, dass er die Stimme kannte, und ließ entgeistert den Löffel sinken. Einen Moment lang wartete er, als könne er mit ein wenig Nachdenken herausfinden, auf welche Art ihn seine Ohren narrten. Nell. Fast hätte er den Namen herausgebrüllt. Verflucht, Nell!

Sie hatte sich ebenfalls einen Schemel besorgt und zwang seinen Tischnachbarn, zur Seite zu rutschen, indem sie sich mit der Aufdringlichkeit eines Kindes zwischen sie drängelte. Sie war frech genug, ihm zuzublinzeln. Lauthals rief sie nach einem Löffel.

»Du!«, brachte Gunther hervor.

»Natürlich ich.«

Der Wirt schlenderte gemächlich, mit vielen Scherzworten nach rechts und links, in ihre Ecke. »Für mich auch einen Löffel«, wiederholte Nell. »Ich bin fast verhungert. Warum hast du nicht auf mich gewartet, Gunther?«

Er begriff nicht und machte zweifellos ein höchst dummes Gesicht. Einer der Kaufleute, die ihnen gegenübersaßen, stieß seinen Tischnachbarn an und deutete mit dem Kopf in ihre Richtung. Die beiden musterten Nell. Nicht hübsch, nicht hässlich, die Kleider geflickt, das Haar unter einem Schleier, wie es sich für eine ehrbare Frau gehörte. Aber keinesfalls dem Mann ebenbürtig, neben den sie sich gesetzt hatte. Gunther wusste, was sein Rock wert war, und die Kaufleute wussten es noch besser.

»Kannst du zahlen?«, fragte der Wirt.

»Mein Mann zahlt für mich.« Nell warf Gunther einen strahlenden Blick zu.

»Ich bin nicht dein Mann.«

»Das weiß ich doch, Liebster. Aber bald. Du hast es mir versprochen.«

»Ich habe ... was habe ich?«

Der Wirt setzte eine formelle Miene auf und wartete. Nell tat, als bemerke sie die Aufmerksamkeit nicht, die sie auf sich zog, und schnappte flink wie ein Beutelschneider nach Gunthers Löffel. Sie musste Heißhunger haben. Ihr Schleier rutschte vom Kopf in den Nacken. Die fettigen Tröpfchen rannen ihr über das Kinn. Sie aß wie ein Ferkel. Und tat es mit höchstem Genuss. Welche Freude lag darin, einem stierenden Publikum zu beweisen, dass man ein Frauenzimmer ohne Manieren war? Mack, dachte Gunther in unbestimmten Groll, hätte darauf wahrscheinlich die Antwort gewusst.

Der Wirt hüstelte.

»Entschuldige, aber man ist niemals satt, wenn man was

Kleines im Bauch hat«, nuschelte Nell und verspritzte Suppe beim Sprechen.

Gunther stand auf. »Lass sie essen und irgendwo schlafen. Dafür zahle ich. Auch wenn ich nichts mit ihr zu schaffen ...«

»Aber Liebster!« Nell ließ den Löffel sinken. Der Mann, der ihr gegenübersaß, tat wie ein Spiegelbild das Gleiche. »Warum ... warum sagst du das?« Ihre Augen füllten sich plötzlich mit Tränen, was ihnen ein boshaftes Glitzern gab. Die weiße Narbe an ihrem Mund zuckte.

»Ich bin nicht dein Liebster. Lass den Blödsinn.« Gunther war nicht besonders empfänglich für Stimmungen. Aber er hätte ein Stein sein müssen, um die Feindseligkeit nicht zu spüren, die ihm plötzlich entgegenschlug. Die Leute hörten auf zu essen und starrten sie an. Nell hatte den Löffel beiseite gelegt, statt zu essen, kaute sie nun am Nagel ihres kleinen Fingers, was sie wie ein Kind wirken ließ. Sie antwortete nicht, sondern blickte ihn mit gesenktem Kopf unter hochgezogenen Augenbrauen an.

»Ich hatte dir ein Zuhause bei Diethild verschafft. Dort solltest du sein«, sagte Gunther hilflos.

»Und das Kind?« Nell legte die Hand auf den Magen.

Welches ...? Die Augenblicke tröpfelten, während Gunther zu begreifen suchte, was scheinbar jeder im Raum vor ihm begriff. Er beugte sich vor, legte die eine Hand auf den Tisch und fasste mit der anderen ihre Schulter. »Nell. Zur Hölle, worauf willst du hinaus?«

»Nimm mich mit.« Die Tränen waren Gauklerwasser. Die Augen darunter trocken wie Staub.

»Du weißt, dass das nicht geht.«

»Alles geht, wenn ...« Sie hatte geflüstert, jetzt steigerte sie die Lautstärke. »... man einander so herzlich lieb hat wie wir beide.« Plötzlich begann sie zu weinen. »Mein aharmes kleines ...«

»Du bist nicht schwanger.«

Nell sprang auf und stieg zu Gunthers Entsetzen auf den Tisch. Ihre schmutzigen Schuhe standen rechts und links von der Wirsingsuppe. Ihr Rocksaum hing mittendrin. Sie zog den abgewetzten Wollstoff über ihrem Bauch stramm. Eine kleine Kugel wölbte sich vor, gegen die die mageren Hüften abstachen.

»Nein, ich bin nicht schwanger. Es ist das viele weiße Brot, das mir den Bauch aufpumpt. Nicht wahr, meine lieben Herrschaften?« Sie legte den Kopf zurück und begann mit rauchiger Stimme zu singen.

»Ich hatt einen Liebsten, ihr Herren,
der einst mir die Treue geschworen,
zum Lohn eines flirrenden Zeisigs,
nun ist die Treue ... verloren.«

Der Scholar, der endlich wieder Spaß an seiner Profession zu bekommen schien, griff in die Saiten und wiederholte dramatisch: »Nun ist die Treue verloren.«

»Nell, du kommst auf der Stelle da ...«

Murren setzte ein. Nell streichelte ihren Bauch und warf ihm herausfordernde Blicke zu, während sie weitersang:

»In der Not will von mir er sich trennen,
verschweigen, wohin er geht,
er will seinen Namen nicht nennen,
auch den Grund soll niemand kennen,
nicht das Herz, in dessen Dienst er steht.«

Herr im Himmel – sie drohte. Gunther starrte die magere, kleine Gestalt mit den ungekämmten Haaren an. Seine Gedanken arbeiteten wie Füße im Treibsand, ohne auch nur ein Stück vorwärts zu kommen. Unverhohlen, mit schmutzigem Gesicht und einem Lächeln, das eine Kampfansage war, drohte Nell, seine Mission zu verraten. Von der sie ... wie konnte sie davon wissen?

»Komm da runter, Nell.«

»Lass sie ja in Ruhe, Mistkerl!«, rief die Frau mit der gelben Hautfarbe. Sie hatte sich mit beiden Händen auf die Lehnen ihres Stuhls gestützt, was ihr offensichtlich Mühe bereitete, und spitzte die welken Lippen.

»Auch den Grund soll niemand kennen, nicht das Herz, in dessen Dienst er steht«, wiederholte der Scholar das Ende von Nells Lied und reimte unverfroren weiter: »Rosenlippen, Lilienfüße, neues Glück, das ich begrüße ...«

»Nell ...«

»Du bist mir doch nicht böse, Liebster?«, fragte sie weinerlich. »Nimmst mich mit rauf in deine Kammer.«

»Lass dir lieber Geld geben«, empfahl einer der Kaufleute, während er die Schüssel vor ihren Füßen in Sicherheit brachte. »Er ist reich. Und gleich, wie du in sein Stroh gekommen bist, du hast Anspruch ...«

»Nimmst du mich mit?«

Gunther stieß mit dem Fuß den Schemel beiseite, packte sie, hob sie vom Tisch und stellte sie wie einen Sack Hafer auf die Füße. Im Raum wurde es still.

»Nimm mich mit, Gunther. Ich ...«

Er schüttelte den Kopf.

»... werde dir nicht im Weg sein. Aber nimm mich mit.«

»Mach sie ehrbar«, forderte die gelbe Frau. Ihr Mann schien sich zu ärgern, dass sie sich einmischte, aber sie achtete nicht darauf und verrenkte den Hals, um weiter freie Sicht zu haben.

Gunther nahm Nells Ellbogen und zog sie mit sich zur Stiege. In ihren Augen strahlte der Triumph einer Bärin, die die Tatze im Honigloch hat. Er konnte sich nicht besinnen, wann er das letzte Mal derart wütend gewesen war.

Sie schliefen, jeder in einer anderen Ecke der Kammer, ohne noch ein einziges Wort miteinander gesprochen zu haben. Als Gunther erwachte, saß Nell mit gekreuzten Beinen auf ihrer Strohmatratze. Sie hatte die Hände im Schoß gefaltet und schien ihn schon eine ganze Weile beobachtet zu haben.

»Und nun?«

»Du nimmst mich mit nach Italien. Ich will zu Mack.«

»Italien ist ... riesig. Du hast keine Ahnung. Und ich werde nur einen einzigen Ort ... ich muss in eine bestimmte Stadt und anschließend sofort zurück. Außerdem kennst du die Sprache nicht«, zählte er vernünftig Gründe auf. »Man wird dir misstrauen und niemand wird dir helfen, außer für den Preis, den zu zahlen du hoffentlich nicht bereit bist.«

»Mach dir darum keine Sorgen. Nimm mich mit nach Mailand, danach bist du mich und jede Verantwortung los.«

Sie wusste also auch, dass er nach Mailand wollte. Darüber hatte er mit niemandem gesprochen. Nicht einmal mit dem Stallmeister, der sich ärgerte, weil er ein Pferd ziehen lassen sollte, ohne zu wissen, wann er es zurück bekam. Anselm von Justingen, Robert von Bolanden ... Unmöglich. Niemand hätte vor jemandem wie Nell ein Wort verlauten lassen. Nell wäre nicht einmal in ihre Nähe gelangt.

Als ihm dämmerte, wo sich der einzige Ort befand, an dem Nell von seiner Mission hätte erfahren können, machte ihn die Wut zittern. Er beugte den Kopf, verschränkte die Hände übereinander und wartete, dass der Sturm abflaute. Nell merkte nichts von seinen Gefühlen oder sie machte sich nichts daraus.

»Mack ist ein Sänger, dessen Stimme niemand vergisst. Ich ziehe durch das Land, bis ich jemanden finde, der ihn hat singen hören. Ich bin es gewohnt zu arbeiten. Ich werde selbst für mich sorgen. Und irgendwann werde ich bei ihm sein.«

Kalten Auges starrte sie ihn an. Gunther wusste plötzlich, dass es sinnlos war, ihr gut zureden zu wollen. Nell hatte sich eine Rüstung aus Eigensinn angelegt, an der jeder Funke Vernunft abprallte.

»Wo ist dein Mantel?«

»Was?«

»Als du mir gefolgt bist, hast du einen grauen Mantel getragen.«

»Ich besitze keinen Mantel. Und dass ich dir gefolgt bin, hast du gar nicht bemerkt. Du übersiehst Frauen«, erwiderte sie hochmütig.

Hatte er also zwei Verfolger an den Hacken gehabt?

»Es ist Arnulf, den du gesehen hast. Der Mann, mit dem man mich verheiratet hat«, erläuterte sie, als sie seine begriffsstutzige Miene sah. »Und er ist nicht hinter dir, sondern hinter mir her. Er *war* es. Er hat mich gestern Abend aus den Augen verloren.«

»Du willst mich also nicht nur selbst belästigen, sondern lockst auch noch Gesindel ...«

»Ich sagte bereits, dass er mich aus den Augen verloren hat.«

Was mochte der heitere Mack nur an dieser Frau gefunden haben, überlegte Gunther zum zweiten Mal. Lilith, ja, das hätte er verstanden. Die Hofdame der böhmischen Prinzessin, die ihn überdies weichherzig in seinem Kerker besucht hatte, sprudelte von lustigen Einfällen über, und was auch immer man ihr vorwerfen mochte: Sie schmückte ihre Forderungen stets mit ... nun ja, mit einer gewissen Noblesse. Mack und Lilith passten zueinander wie exotische Tiere derselben Art. Wenn er *ihr* hinterhergetrauert hätte ...

»Sollte aber jemand anderes deine Spur aufnehmen ...« Nell wippte gereizt mit dem Kopf. »Sei aufmerksam! Wenn sich tatsächlich jemand für den geheimen Boten interessiert, den der König nach Mailand sendet, vielleicht erst in Italien, egal wo – dann wird er kaum auf ein Ehepaar Acht geben. Ein Mann, der mit einer schwangeren Frau reist, ist so verdächtig wie eine Wolke, die am Himmel zieht. Das solltest du auch bedenken.«

»Und wenn du Mack gefunden hast? Und wenn er dich nicht will? Was dann?« Gunther sah einen Schmerz wie den Schatten eines Pfeils über ihre Augen fliegen, aber sie fand sofort zu ihrem Gleichmut zurück.

»Davon verstehst du nichts.«

10. Kapitel

Mack war klar, dass er nicht weit kommen würde. Blut strömte in seine Augen, er stolperte durch ein rotes Meer, in dem schwarze Schatten schwammen, von denen er nicht wusste, ob es Menschen waren, die sich bewegten, Türen oder Gegenstände. Was auch immer ihm geschehen war – er musste beim Sturz durch das Fenster auf jeden Fall einen mächtigen Schnitt über der Stirn oder der vorderen Kopfhaut bekommen haben.

Hinter sich hörte er eine gellende Stimme – sicher die von Johannes –, die um Hilfe rief.

Wenn der Schwanz brennt, läuft auch der blinde Hund. Mack fiel und rannte weiter, fiel und rannte und rettete sich irgendwann in einen Seitengang, der ihm dunkler und enger und daher sicherer vorkam. Er stolperte über etwas Weiches – eine zusammengerollte Decke oder Ähnliches, war aber sofort wieder auf den Beinen. Doch was der Sturz vom Dach der Kapelle nicht geschafft hatte, das vollbrachte mühelos die kleine Holperei. Als er den linken Fuß aufsetzte, riss ein Schmerz durch seinen Knöchel, der ihn in die Knie gehen ließ. Er humpelte zwei Stufen hinauf, knickte erneut um und griff blind nach dem Nächsten, was ihm zwischen die Finger kam. Es musste ein Vorhang sein, denn er bekam flaumweiche Falten zu fassen.

Erfüllt von der bösen Ahnung, dass er in seinem Versteck nicht sicherer war als ein Kind, das sich die Hand vors Gesicht hält, kauerte er sich nieder. Wieder wischte er über die Augen. Ihm wurde übel von der Schmiere an seinen Händen, aber eines wurde ihm dabei klar: Es hatte keinen Sinn, weiterzulaufen, solange er nicht sehen konnte. Er horchte auf Verfolger und versuchte gleichzeitig, einen klaren Gedanken zu fassen.

»So etwas Närrisches!« Ein Griff, mit dem jemand grob sein Gesicht zur Decke drehte, bereitete seinen Fluchtgedanken ein Ende. »Hände weg! So viel Blut ... Aber nichts Ernstes, nein? Lass deine Augen sehen. Lass ... Warte ...« Ein Stück des Vorhangs wischte über Macks Gesicht und verteilte das Blut auf jedes Fleckchen Haut, das bisher möglicherweise noch sauber gewesen war. »Ja, närrischer Kerl! Singen für eine neue Flöte? Ha! Sei still.«

Alarmiert über ein Geräusch, hob Bœuf den Kopf und sie hielten beide den Atem an, als jemand mit wuchtigen Schritten durch einen Gang oder ein Zimmer in der Nähe eilte. Die Schritte verhallten.

»Bleib sitzen!«, befahl Bœuf.

Sein ungeschickter Hilfsversuch hatte wenigstens dazu geführt, dass Mack wieder etwas erkennen konnte. Sie befanden sich in einem schmalen, dunklen Durchgangsraum, der in eine Schlafkammer zu führen schien, denn Mack konnte durch einen Türspalt goldbraun glänzende Holzstreben und den blauen Stoff eines Betthimmels erkennen. Er verharrte still am Boden, während Bœuf sich über ein Gefäß beugte, das vermutlich der Trinknapf eines Hundes war, denn es lag eine alte, stinkende Decke daneben. Der Schaukämpfer riss am Vorhang, tunkte den Saum in die Flüssigkeit und begann mit zorniger Miene, Macks Gesicht zu bearbeiten.

Der Schmerz war ein willkommenes Hilfsmittel, den Verstand zu klären. Nach kurzem Scheuern hielt Mack das massige Handgelenk fest. »Lass, Bœuf. Jetzt ist nicht der Augenblick ... Hilf mir ...«

»Was? Heilige Kirchenfenster zu zerstören? Zu stehlen? Freunde anzulügen? Weg mit den Fingern!« Bœuf rubbelte weiter und machte sich ein Vergnügen daraus, möglichst grob zu verfahren.

»Ich habe gestohlen?«

»Aber nein! Ein Höllenlärm durchfährt den Palast. Ein Diener des Herrn ruft: *Haltet den Dieb!* Jemand fegt mit blutverschmiertem Gesicht aus der Kapelle und sucht ein Versteck. Da käme ich doch niemals auf den Gedanken, dass dieser Jemand ein Dieb ist. Hör auf zu zucken, die Splitter müssen raus.«

»Es ist nicht anständig, nach dem ersten Schein zu richten.«

»O ja, erzähl mir etwas über Anstand! Das gefällt mir – Psst!«

Wieder Schritte, aber diesmal schienen es mehrere Leute zu sein. Sie sprachen miteinander in einem Dialekt, den Mack nicht verstand, entschieden sich für einen anderen Weg und entfernten sich.

Mack schob Bœufs Hand beiseite. Er erhob sich und merkte, wie er sich mit der gleichen Bewegung duckte. Ihm war unangenehm bewusst, wie seltsam das auf Bœuf wirken musste. *Mit einer abnormen Gelenkigkeit der Glieder ... wie eine Katze, wie ein Tier, ja, mein König ...*

»Warte. Der größte Schnitt verläuft hinter deinem Haaransatz und hat schon fast aufgehört zu bluten. Das ist ein Glück. Aber drei oder vier Splitter stecken dir noch in der Haut, und die müssen raus«, erklärte der Schaukämpfer nüchtern.

»Warum hilfst du einem Dieb?«

»Was wolltest du stehlen?«

»Nichts.«

Bœufs riesige Finger waren nicht geschaffen, die winzigen Glassplitter zu entfernen, die er bisher nicht erwischt hatte. Er kniff Mack nutzlos mit den Fingernägeln und schimpfte leise. »Kannst du dich an das erste Mal erinnern, als wir uns begegnet sind?«

Mack schüttelte den Kopf, immer unruhig zum Gang horchend.

»Auf dem Marktplatz in Lyon. Ich sage: He, Junge, kann ich

den alten Mann sprechen, der eure Truppe führt? Und du sagst: Er ist nicht da. In Wahrheit war er aber doch da. Du warst nur zu faul, deinen Hintern zu bewegen und nachzuschauen.«

»Hab ich vergessen.«

»Am selben Tag etwas später sage ich: Junge, woher kommst du? Und du sagst: Von der Küste.«

»Das stimmte. Ich war ein halbes Jahr in Arras gewesen und Arras liegt ...«

»Du kommst aus einem Dorf in der Nähe von Nürnberg. Und das weiß ich, weil du zu dumm bist, dir deine eigenen Lügen zu merken. Du sagst einmal dies und einmal das, immer, was dir gerade durch den Kopf geht. Und nun, wenn's drauf ankommt, soll ich dir glauben, ja?«

»Lass uns verschwinden, Bœuf.«

»Was wolltest du aus dem Haus des Allmächtigen stehlen?« Der Kämpfer stand breitbeinig vor der Tür, die in den Gang führte.

»Nichts. Ich wollte nicht einmal aufs Dach. Eule war hier und hat mich ... hat mich überredet ...«

»Nächste Lüge.« Bœuf hob die Hand und tat, als zähle er Macks Schwindeleien an den Fingern ab. »Du wolltest den Stein holen, stimmt's?« Er lachte trübe, als er das fassungslose Gesicht seines Gegenübers sah. »Auch der geübteste Lügner hat seine ehrlichen Zeiten. Deine sind die Nacht. Du schnatterst im Schlaf wie ein Gänschen. *Der Stein, der Stein.* Einen Stein willst du haben. Natürlich irre ich mich auch jetzt«, höhnte er. »Es war nicht etwa schäbige Gier, die dich auf das Dach getrieben hat. Eule hat dich überredet! Immer wieder der schlimme Bube. Der *Tod!* Nun komm, es hat keinen Zweck zu warten, bis sie begreifen, dass deine Flucht nur ein paar Schritt weit gelungen ist.«

Er überzeugte sich mit einem Blick über die Schulter, dass der Gang sicher war, und winkte Mack.

»Was ist mit deinem Fuß?«

»Nichts.« Der Schmerz ließ bereits nach und Mack bemühte sich, schneller und unauffälliger zu humpeln. Bœuf gab die Richtung vor und er wählte seinen Weg gut. Sie begegneten nur zweimal Menschen, einmal einer Magd, die überraschend aus einer Kammer auftauchte, ihnen aber keine Aufmerksamkeit schenkte, weil sie damit beschäftigt war, eine blutige Kumme mit Tierlebern von ihrem Kleid fernzuhalten. Dann einem Mann, der sie nicht zu Gesicht bekam, weil sie rechtzeitig hinter einem Treppenaufsatz verschwanden.

»Hier geht es ins Freie«, sagte Mack und blickte durch ein schmales Fensterchen in einen Hof, in dem eine Sänfte mit einem abgebrochenen Holm abgestellt worden war, die wohl repariert werden sollte. Es war ein großzügiger, sonnendurchfluteter Platz mit einem von Radfurchen und Hufabdrücken übersäten Kreis. An den Wänden lehnten Deichselteile und Wagenklappen. Lederbänder und Eisenteile vom Pferdegeschirr lugten aus einer riesigen, überfüllten Holzwanne. Er war überzeugt, dass sich in dem schmucklosen Steinkasten auf der anderen Seite des Hofs die Ställe befanden, und von dort würde ein Weg in die Freiheit führen.

»Immer durch die Hintertürchen entwischen«, meinte Bœuf geringschätzig. Er wollte noch etwas sagen, schnitt sich aber selbst mit einem Kopfschütteln das Wort ab. »Da schau an. Du scheinst nicht der Einzige zu seine, der deine Vorlieben für Hintertürchen kennt.« Er drehte Macks Kopf, bis sein Blick auf eine überdachte Ecke des Hofs fiel, die im Schatten lag. »Siehst du ihn?«

Ja, aber nur mit großer Mühe. Mack starrte zu dem rot gekleideten Mann, der zwischen zwei reparaturbedürftigen Frachtwagen auf einem umgedrehten Eimer hockte, dabei fast mit den Schatten verschmolz und sicher bereit war, sich augenblicks hinter den Wagenrädern oder einem der Frachtwagen unsichtbar zu machen, wenn sein Wild im Hof auftauchte.

»Ich habe dir doch gesagt, es war Eule, der mich ...«

»Ja, und ich hab's dir nicht geglaubt. So geht es dem Lügner. Der Spielmannsgraf von Arras. Erst in Mels und nun hier.« Bœuf schüttelte den Kopf wie jemand, der einem Zauberkunststückchen zugeschaut hat und den Trick nicht begreift. Er kniff das heile Auge zu und starrte über den Hof. »Sieh ihn dir an!«

»Ich soll ...? Gut, ich sehe ihn mir an. Ich sehe ihn mir an, Bœuf. Und was nun?«

Der Rock des Fiedlers hatte unter dem Dach des Schuppens seinen Glanz verloren und wirkte dunkelviolett. Die helle Gesichtshaut leuchtete darüber wie ein Stück Putz in einem Wandgemälde, von dem die Farbe bröckelt. Er schien mit dem Nagel der einen Hand die der anderen zu reinigen. Gleich darauf gähnte er, spähte kurz über den Hof und senkte wieder den Kopf.

»Der Tod!«, sagte Bœuf. »Sollte mich nicht wundern, wenn er auch noch in der Nase bohrt. Was ist zwischen dir und ihm?«

Mack überlegte, wie viel er sagen sollte und was er besser verschwieg, und er wusste, dass Bœuf sein Zögern ganz richtig als das Gebaren eines Kerls auslegte, der nie ganz ehrlich war. Kein schönes Gefühl. »In Wahrheit ...«

In Wahrheit saß auf dem Eimer ein Mann, der den Stein aus der Davidskrone von ganzem Herzen begehrte und keinerlei Skrupel hinsichtlich der Mittel besaß, ihn in die Hände zu bekommen. Vielleicht nicht der Tod. Jetzt, als Mack ihn ohne Angst um sich selbst beobachten konnte, kam ihm der Gedanke selbst absonderlich vor. Eule reckte die Glieder, wippte mit dem Fuß und faltete die Hände hinter dem Kopf, um die verspannten Schultern zu dehnen. Kein Satanus. Ein Lump, der durch Konrad Dors von dem Stein erfahren hatte und daraufhin beschloss, ihn selbst zu ergattern. Es war ihm gelungen, Mack ausfindig zu machen, und dann hatte er ihn erpressen wollen, weil er das genaue Versteck des Steins nicht kannte.

»In Wahrheit?« Bœuf stieß ihn an.

»In ...«

»*Ich* will dir die Wahrheit sagen. Sie ist schäbig. Du bist ein Dieb und dort drüben ...«, Bœufs Kopf wies zum Fenster, »... sitzt die Entschuldigung, die für deine Schandtaten herhalten muss. Manchmal möchte ich dir den Rücken kehren und vergessen, dass es dich gibt. Die Lüge hat sich spaßige Namen zugelegt. Flunkern, fabulieren, ein Garn spinnen ... Heraus kommt immer das Gleiche: Man kann einander nicht mehr vertrauen. Und ohne Vertrauen gibt es keine Freundschaft. Hast du diesen verwünschten Stein vorhin gestohlen?«

»Nein.«

»Dort hinaus.« Bœuf ging, ohne ihm oder dem Fenster länger Aufmerksamkeit zu schenken, zu einem Vorhang, hinter dem sich eine Tür verbarg, etwas, was Mack bisher übersehen hatte. Er wunderte sich ein wenig über Bœufs Kenntnisse des Palastes, aber das Kunststück, über eine Straße zu humpeln, ohne Blicke auf sich zu lenken, nahm ihn so vollständig in Anspruch, dass er das Grübeln vergaß.

Der Junge mit der verkrüppelten Schulter hatte seinen Ziegenstall inzwischen ausgemistet und neckte die Katze, die ihn vom Stalldach anfauchte. Von der Wirtin war nichts zu sehen. Mack humpelte um die Schuppenecke zu dem Trog, in dem die Pferde getränkt wurden. Das Wasser war sauber, er konnte die Maserung der geschälten Stämme erkennen. Mit einem tiefen Atemzug tauchte er den Kopf ins Nass und versuchte, sein Haar vom Blut zu reinigen, ohne den Schnitt zu berühren, den er unter den Fingern spürte.

Als er wieder hochkam, blickte er auf sein Spiegelbild. Naturgemäß hatte er nur eine ungenaue Vorstellung von seinem

Aussehen, und so wandte er sich nicht ab, wie er es eigentlich wollte. Er sah schwarzbraune Haare, aus denen das Wasser tropfte. Quer über die Stirn in den Scheitel hinein lief ein gezackter Schnitt. Knapp am linken Auge vorbei. Glück gehabt.

Er hatte seltsame Augen. Sie leuchteten in einem schlierigen Grün wie Farne, durch deren Wedel das Wasser zieht. Er musste an Waldtümpel denken, die in der brütenden Sommerhitze lagen. Nur dass seinen Augen deren Ruhe fehlte. Sie wirkten angespannt wie ein Höhleninsekt, das von einem Lichtstrahl getroffen wird. Und zugleich ... despektierlich. Keine unschuldigen Augen.

Gab es in den gelehrten Büchern der Klöster Angaben darüber, wie die Augen von Wechselbälgern aussahen? Wusste es der Papst? Seine Inquisitoren? Hatte Konrad Dors aus einem geheimen Wissen geschöpft, als er ihn einen Wechselbalg schimpfte?

»Hast du dich genug bewundert?« Bœuf grunzte, ohne seinen Abscheu zu unterdrücken. »Die paar Kratzer werden kaum Narben hinterlassen, und wenn, dann würde es nicht schaden. So ein Gesicht ist unnatürlich für einen Mann.« Er fuhr zur Seite, als Mack den Kopf schüttelte und die Tropfen aus den Haaren spritzten.

»Bœuf – was ist, wenn sie im Palast herausbekommen, wo ich wohne?«

Nach einer kurzen Pause antwortete der Schaukämpfer: »Wie sollten sie?«

Die Nacht gehört der anderen Welt. Und Wesen der anderen Welt bevölkerten Macks Träume, als er am Ende dieses Tages nach etlichem Hinundherwälzen endlich einschlief. Er träumte von einem Gallenröhrling, der aus Gründen, die ihm selbst im Traum völlig unverständlich erschienen, die Höhe einer ausgewachsenen Tanne hatte. Kleine, wurzelähnliche Gestalten krochen aus der Erde und flogen auf, um Fleisch aus dem

Hut des Pilzes zu rupfen, was Mack verhindern wollte, aber nicht konnte. Er erwachte von seinen eigenen Bewegungen, mit denen er sie fortscheuchen wollte, und merkte, dass er die Decke fortgestrampelt hatte. Sein Unterzeug war nass. Er schwitzte und der Pilz beschäftigte ihn dermaßen, dass er noch im wachen Zustand nach Gründen gegen das Ausweiden suchte.

Am liebsten wäre er aufgestanden. Aber er wollte Bœuf nicht wecken, und so blieb er in auf seinem Strohlager liegen und starrte zu dem Spalt im Fensterladen, der wie ein grauer Strich die Wand zerteilte. Die Aufregung um den Pilz ließ nach. Er merkte, dass es zog, und stopfte sich die Decke um die Schultern, wobei ihm der Schweißgeruch der vorigen Benutzer in die Nase stieg. Er lag die halbe Nacht wach, zumindest kam es ihm so vor. Irgendwann musste er aber doch wieder eingenickt sein, denn als man ihn weckte, war es aus dem Tiefschlaf.

Er wurde hochgerissen.

»... gebt Acht ...«

Und an die Wand gedrängt. Gesichter tauchten vor ihm auf, Münder stießen wütende Worte heraus, deren Bedeutung ihm auf die Schnelle nicht klar wurde. Alles kam so blitzartig wie der Angriff eines Karpfens, der auf einen Stichling hinabstößt.

Zu benommen, um sich ernsthaft zu wehren, hob Mack die Arme. Der klägliche Versuch bewirkte, dass man ihm den Hinterkopf gegen den Lehmputz rammte. Sein Schädel brummte und in seinem Mund sammelte sich metallisch schmeckender Speichel. Ihm fiel auf, dass die Männer sich Mühe gaben, Lärm zu vermeiden, was ihn auf den Gedanken brachte, um Hilfe zu schreien. Aber er ließ es sein, hauptsächlich, weil er ihre Brutalität fürchtete. Nun, da zwei von ihnen seine Arme auf den Rücken gebogen und ein dritter ihm eine Messerspitze gegen die Kehle gesetzt hatte, warteten sie, während ein anderer nach einer Fackel geschickt wurde.

Mack bekam den Atem des Mannes in die Nase, der ihn mit dem Messer einschüchterte. Schon wieder Fisch. Aßen alle Grobiane Fisch? Er versuchte, flacher zu atmen, und überlegte, was sie mit Bœuf angestellt haben mochten. Hielt er sich aus Gründen der Vernunft still oder hatten sie ihn ... Er wollte nicht glauben, dass ihm etwas Ernsthaftes geschehen war.

Der Mann, der nach der Fackel geschickt worden war, kehrte zurück und leise Worte wurden gewechselt. Mack hörte das Schaben von Eisen, als ob jemand mit Ketten hantierte. Sie mussten wirklich Angst vor ihm haben, denn alle drei Mann drückten ihm die Knie in den Rücken, nachdem sie ihn zu Boden geworfen hatten. Der vierte wand die Ketten um seine Handgelenke und drehte einen Schlüssel.

»Steh auf, Luder!«

Mack gehorchte sofort. Gewalttätigkeit hing wie ein schwüles Gift im Raum. Wieder versuchte er sich nach Bœuf umzusehen, aber einer der Männer – ein Mönch, natürlich schickte Johannes Leute, denen er zutraute, einen Wechselbalg in Schach zu halten – packte ihn am Kinn und hielt sein Gesicht so, dass er es nicht bewegen konnte. Die Fackel kam auf ihn zu. Ihre Hitze streifte seine Wange und ein überwältigendes Gefühl der Hoffnungslosigkeit überkam ihn. Wenn es möglich gewesen wäre, hätte er den Kopf zur Seite gedreht, aber es ging nicht. Die Musterung dauerte an, bis sie mit einem Brummen abgeschlossen wurde.

»Wegschaffen!«

»In Ketten! Hölle, warum in Ketten? Ist er ein wildes Tier, dass man so mit ihm umgehen muss?«

Die Stimme gehörte Bœuf. Mack konnte ihn nicht sehen, aber ihm wurde flau vor Erleichterung. Er lebte also. Und wenn er klug war, hielt er den Mund, bevor es dem Mönch einfiel, ihn ebenfalls mitzunehmen. Der Mann mit der Fackel trat beiseite, als sie Mack zur Tür schoben. Er hielt die Flamme in ausreichendem Abstand und dennoch merkte Mack, wie eine neue Welle Schweiß aus seinen Achseln brach.

Polternd ging es die Treppe hinab.

Eule hatte getan, als stünde er mit den geheimen Wünschen des Kaplans auf Du und Du, doch noch war völlig offen, warum Mack verhaftet wurde. Mit diesem Gedanken versuchte er sich zu trösten, während die Schergen ihn vor sich her durch die Gassen Cividales schubsten, in deren Düsternis Ratten und halb verhungerte Katzen streunten. Möglicherweise wollte Johannes nur das Versteck des Steins erfragen und ... ließ ihn dann laufen?

Nein, so einfach ging's nicht einmal im Märchen zu. Es ließ sich nicht vermeiden – das Bild der Häretiker, die auf Johannes' Wink vor Cividale verbrannt worden waren, erwachte zu neuem, grimmigem Leben.

Bœuf beschwerte sich, dass sie zu schnell gingen. Er war ihnen also gefolgt? Niemand nahm sich die Mühe, ihm zu antworten, und sie passierten nacheinander einen Platz mit einem öffentlichen Brunnen, einen nächtlichen Garten und kurz darauf eine Kirche, über deren Portal eine Lampe brannte, in der sich Falter fingen. Schließlich erreichten sie den Hauptmarkt. Ein Wachtrupp patrouillierte auf dem durch Fackeln erleuchteten Gelände zwischen dem Palast des Patriarchen und der Basilika, vermutlich wegen der Musikanten, die zu Dutzenden an den Haus- und Kirchenwänden übernachteten und auch als geladene Gäste kein Vertrauen genossen. Die Wachen und einige der Vaganten bemerkten den Gefangenen, aber wie immer in solchen Situationen schauten sie gleich wieder fort.

Mack erwartete, dass man ihn die Stufen hinaufschaffen würde, doch statt in den Palast hinein ging es in eine weitere Gasse. Er begann seinen Knöchel zu spüren. Und er merkte, wie es ihm plötzlich schwer fiel, die Wortfetzen seiner Wächter, die wieder in diesem kehligen Dialekt sprachen, zu übersetzen. Die helle Wachsamkeit war erloschen, stattdessen hatte ihn eine eigenartige Müdigkeit gepackt, die sicher nichts mit Schlafmangel zu tun hatte, denn es konnte nicht mehr lange bis zum Morgen sein. Würden sie ihm die Möglichkeit geben, sich zu verteidigen? Dann würde er kaum ein Glanzstück abliefern. Er versuchte, nach dem Stand der Gestirne die Zeit zu erraten, doch der Himmel lag unter Wolken wie unter einer zerfetzten Decke und die wenigen Lichter, die er erkennen konnte, machten ihn nicht schlauer.

Unversehens standen sie an einem Hang. Nach kurzer Beratung wurde Mack vorwärts gestoßen. Ungläubig sah er vor sich in der Tiefe ein breites, schwarzes Band aufglitzern: den Fluss der Stadt, den Natisone. Ging es darauf hinaus? Ertränken? Die Beseitigung eines ... eines Mitwissers, der keinen Nutzen mehr bot, weil man den Stein bereits gefunden hatte?

Diesmal drehte er wirklich den Kopf, um nach Bœuf zu suchen. Aber der Lohn war nur ein weiterer Klaps, so dass die Kopfwunde wieder zu bluten begann und er den Abstieg über glitschiges Gras und noch glitschigere Steinbrocken fast blind bewältigen musste. Doch nicht das war es, was ihn wie betäubt wanken ließ. Als sie die Hälfte des Hangs hinter sich hatten und plötzlich hielten, versuchte er, das Blut fortzublinzeln und den Schaukämpfer zu erkennen.

Bœuf stieg an der Seite des Mönchs und scheinbar in bestem Einverständnis mit ihm den Hang hinab. Nun überholte er sie gar und kletterte eine Holzbohlentreppe hinauf, die man in die Erde eingelassen hatte. Er pochte an eine Tür. Und niemand hielt ihn ab oder schien daran zu zweifeln, dass er das Recht hatte zu tun, was er tat.

Der Tür wurde geöffnet und Bœuf verschwand. Ein Stoß ins Kreuz erinnerte Mack, dass er mehr als ein Zuschauer war. Er wurde ebenfalls in das Gewölbe geführt, aus dem ihm feuchter Mief entgegenschlug, wie man ihn in einer Höhle im

Grenzbereich eines Flusses erwarten konnte. Es war ganz offensichtlich ein Kerker, der aber einmal anderen Zwecken gedient haben musste, denn ihm fehlte die obligatorische Wachstube und man hatte mehr Platz als nötig für einen breiten Mittelgang zwischen den Zellen verschenkt. Die Decke wurde von Stützpfeilern gehalten. Milchiges Wasser tropfte und platschte herab. Zwischen den Zellen ragten Steinköpfe mit klobigen Augen aus dem Fels, die jeden ihrer Schritte zu beobachten schienen.

Mack merkte, wie sein Magen zu schrumpfen begann, doch die seltsame Müdigkeit, die ihn im Griff hatte, dämpfte das Gefühl des Entsetzens, das ihn umlauerte.

Aus den Augenwinkeln sah er, wie die Zelleninsassen unruhig zu den Eisengittern krochen, als die stumme Prozession an ihnen vorbeimarschierte. Einige standen auf und umklammerten die Stäbe, um ihnen hinterherzuschauen. Einer rief etwas oder gab vielmehr ein Geräusch von sich, das dem Scheppern von Würfeln in einem Knochenbecher glich.

Der Weg teilte sich, plötzlich ging es abwärts. Mack trat fehl, er wusste nicht, zum wievielten Mal in dieser Nacht, und humpelte stärker, aber die beiden Schergen, die neben ihm schritten, machten keine Anstalten mehr, ihn zur Eile zu drängen. Er hatte das Gefühl, dass sie ihn nicht mehr berühren mochten, als hätten die Steinköpfe sie daran erinnert, welch Furcht erregende Beute sie heimführten.

Ihr Marsch endete vor einer Kammer. Die Tür stand halb offen und Mack sah die roten Schatten zahlreicher Feuer, die sich an der Wand spiegelten. Bœuf hatte an der Tür gewartet. Nun trat er zur Seite, um den Nachkommenden Platz zu machen. Zum ersten Mal hätte Mack seinen Blick einfangen können, aber er tat es nicht. Stattdessen stierte er gebannt auf etwa ein Dutzend mit Glut gefüllte Eisenschalen, die die Wände des Raumes säumten, als wären sie Zuschauer einer Vagantenattraktion.

»Nun komm schon. Niemand tut dir was«, brummte Bœuf so zahm, dass es lächerlich klang.

Mack humpelte an ihm vorbei, durchquerte die Zelle bis zum Ende und blieb vor einer der Schalen stehen. Die Flammen züngelten an schwarz verkohlten Holzstücken und leckten an den Eisenstäben. Asche wehte zu Boden und Funken taumelten herab, als eins der Hölzer in sich zusammenfiel.

Er drehte sich um.

Der Inquisitor saß neben der Tür. Man hatte ihm einen ledernen Faltstuhl bereitgestellt, wie man sie zu Ausflügen oder auf Reisen mitnahm. Es war ein unbequemes Möbel, aber das schien ihn nicht zu stören. Der Anflug eines Lächelns lag auf seinem Gesicht. Zu seiner Linken hatte der Mönch Position bezogen. Bœuf stand in der immer noch offenen Tür, rollte das gesunde Auge und sah erbarmungswürdig aus.

»Das war eine mächtig große Lüge«, sagte Mack.

»Du hättest rausrücken sollen, wo der Stein ist, dann wäre uns das alles erspart geblieben.« Bœuf schien erleichtert, dass Mack gesprochen hatte. »Wir können das immer noch in Ordnung bringen«, fuhr er fort und wandte sich an Johannes. »Dieser Junge ... ist wie ein Welpe. Er steckt seine Nase in alles und jedes. Neugierde. Abenteuerlust ...« Er lachte gackernd wie ein schlechter Komödiant. Dann trat er auf Mack zu und legte die Hände auf seine Schultern.

»Du wusstest es nicht, aber dieser Stein ist ein Instrument des Bösen«, erklärte er, während er sein Auge in dem Bemühen, Eindringlichkeit zu erzeugen, weit öffnete. »Vielleicht hast du gedacht, er wäre ein Mittel, deine Armut zu beenden. Oder sein Zauber hat dein kindliches Gemüt ...«

»Wer bist du?«

Der Schaukämpfer tat, als hätte er nicht gehört. »Luzifers Stein führte schon ganz andere in Versuchung, und das ist kein bloßes Geschwätz, denn, in aller Demut: Niemand auf Erden hat sich gründlicher mit dem Stein Davids befasst als ich. Ich bin mein halbes Leben durch die Bibliotheken der Klöster gestreift und habe Pergamente und uralte Bücher übersetzt, um seine Geschichte zu ergründen. Inzwischen kenne ich jede Legende über ihn. Ich weiß, bis auf wenige Monate, wo er die letzten eintausendzweihundertzwanzig Jahre verbracht hat.«

Er sagte das ohne jeden Hochmut und einen Moment stand, als wäre aus der Puppe plötzlich ein Schmetterling gekrochen, Scharfsinn, wenn nicht Weisheit in seinem Gesicht.

»Daher kenne ich aber auch die Verführung, die er für beschränkte Geister darstellt, und weiß, welch ... welch ein Unglück es bedeutet, dass er aus der Krone Davids ...«

Hier verhaspelte er sich. Der Kranz der Weisheit welkte. Er hielt inne und überlegte. Vielleicht, wie viel von seinen Geheimnissen er verraten dürfe?

Wer war Bœuf? Unmöglich, es aus dem Wirrwarr seiner Worte zu erraten.

»Nun ja, unser Kaiser ...« Auch über den Kaiser zu sprechen schien ihm ein gewagtes Ding zu sein. Er begann von neuem. »Der Kaiser hat den Heiligen Vater besucht und ihm berichtet, wer den Stein seiner Meinung nach besitzt oder zumindest wissen müsse, wo er sich jetzt befindet. Der Heilige Vater hat mich beauftragt, nach diesem jungen Mann zu forschen, was leider einige Verstellungen notwendig machte, die, offen gestanden, mein ganzes Leben durcheinander brachten. Ich habe ein fürchterliches Jahr hinter mir. Aber nun bist du hier ...«, er seufzte, »und wirst uns sagen, was wir wissen müssen. Bruder?« Er wandte sich zu Johannes um.

Es war offensichtlich, dass der Inquisitor ihm nicht zugehört hatte. Seine Augen waren die ganze Zeit auf Mack gerichtet gewesen. Er starrte ihn mit leicht geöffnetem Mund an und schien nicht einmal die plötzliche Stille zur Kenntnis zu nehmen. Seine Lippen bebten, als unterdrücke er eine schreckliche Erregung.

»Gut, also – Mack, wo ist der Stein?«

»Er wird es nicht preisgeben.« Nun doch ein Wort von Johannes. Der Kaplan des Patriarchen stand auf. Er war erstaunlich groß, ein Eindruck, der durch seine Hagerkeit noch verstärkt wurde. »Ihr kennt Euch mit Büchern aus, Fra Sebastiano, und ich respektiere Euren Ruf als Gelehrter. Aber die Scheußlichkeiten, welche die Unterwelt ausspeit, sind Euch fremd. Dieser junge Mann ...« Mit bedachtsamen Schritten durchmaß er den Raum. Da Bœuf starrsinnig seinen Platz behauptete und der Inquisitor ihn nicht beiseite schieben mochte, musste er Mack packen und zu sich drehen, um ihm ins Gesicht sehen zu können. »Euer Junge ... hat die Gestalt eines Menschen. Er hat Gliedmaßen, Augen, Ohren und Nase wie ein Mensch, wenn auch alles von Blut verschmiert ist. Er hat ... weiche, wunderbar seidige Locken ...«

Mack wäre vor der Hand, die seine Haare berührte, zurückgewichen, wenn nicht direkt hinter ihm die Schale mit dem Feuer gestanden und ihn mit ihrer Hitze an ihre Existenz gemahnt hätte.

»Er ist die vollkommene Imitation eines Menschen.«

»Fra Johannes ...« Bœufs Adamsapfel tanzte. »Das ist vollkommener Unsinn. Ich kenne den Jungen, bin monatelang mit ihm gereist. Bitte besinnt Euch: Wir haben eine Übereinkunft getroffen. Ihr hattet gesagt, dass ernsthaftes Zureden durch eine Person des Respekts ...« Sein Auge weitete sich. »Zureden. Wir hatten von Zureden gespro...«

»Seht Ihr die unnatürliche Färbung der Iris?« Johannes tat nicht einmal, als hörte er zu. Erregt beugte er sich vor und griff mit den knochigen Händen nach Macks Kopf, um ihn in eine günstigere Position zu schieben. Bœuf fiel das Kinn herab.

»Seine Schönheit ist ungewöhnlich«, erklärte des Inquisitors zitternde Stimme. »Zweifellos wurde diese Kreatur zu einem besonderen Zweck geschaffen. Ihr müsst mir das mit dem

Stein noch einmal erklären, Fra Sebastiano. Ich spüre, dass Gefahr im Anzug ist. Ich habe eine ähnlich reizvolle Gestalt in meinem Kerker. Ein Weib, das das Auge betört und das ich in völliger Lichtlosigkeit halten muss, damit meine Wächter von ihrer Larve nicht geblendet werden. Diese beiden Geschöpfe ...«

Bœuf schüttelte den Kopf.

»... sind sich zu ähnlich, als dass es sich um einen Zufall handeln könnte. Sie brauchen allerdings eine unterschiedliche Behandlung.«

»Ihr habt versprochen, ihn ungeschoren zu lassen.«

»Fra Sebastiano ...« Endlich ließ Johannes' Aufmerksamkeit von Mack ab. »Ich muss Euch leider sagen, Bruder im Herrn und Streiter für dieselbe heilige Sache, dass Ihr längst zum Opfer dieser Kreatur geworden seid.«

»Aber ... was ist das für ein blühender ...«

»Ihr habt Euer Urteilsvermögen verloren«, unterbrach Johannes ihn schneidend. »Ihr seid als Mann der Kirche ausgezogen, um die satanische Missgeburt zu suchen. Aber als ihre Marionette seid Ihr zurückgekehrt. Schon bei Eurem ersten Besuch ist mir klar geworden, dass Ihr im Bann dieses Wesens steht. Ihr seid längst nicht mehr frei. Also kam ich nicht umhin, mich jener kleinen Täuschung ...«

»Ihr habt mich angelogen«, stellte Bœuf so abgrundtief enttäuscht wie ein Kind fest. Eigenartig, wie säuberlich er zwischen eigenen und fremden Lügen trennte. »Ich werde mich an den Patriarchen wenden.«

»Gewiss. Und berichtet ihm ...« In einer blitzschnellen Bewegung, die Mack der klapprigen Gestalt niemals zugetraut hätte, riss der Inquisitor plötzlich einen der Feuerhalter an sich. Er stieß Mack gegen die freie Stelle, die dadurch an der Wand entstanden war, und schüttete die brennenden Scheite vor seinen Füßen aus.

»Was soll das?«, empörte sich Bœuf.

Mit spinnenhafter Geschwindigkeit eilte der Inquisitor zur nächsten Schale. Ein zweiter Haufen brennenden Holzes, der vor Mack entleert wurde. Und ein dritter. Unter Bœufs entgeisterten Blicken errichtete Johannes einen Flammenbogen, der Mack im Halbkreis umschloss. Es war kein Scheiterhaufen. Die brennende Barriere ließ ihm nur wenig Platz, sich zu bewegen, langte aber nicht an seinen Körper, verbreitete nicht einmal unangenehme Hitze. Er hätte sie überspringen können. Doch ... unmöglich. Mack lächelte verzerrt.

»Seht Ihr sein Entsetzen?«

Ihm wurde bewusst, dass er an der Wand klebte wie ein aufgespießter Käfer. Er versuchte sich zu entspannen, aber es war, als hätte seinen ganzen Körper ein Krampf erfasst. Die Flammen lebten. Sie hatten sogar Augen. Graublau. Eines in jedem der Zünglein, die sich ihm zuwandten und begehrlich nach ihm griffen. Sie blinzelten ihm zu und er musste alle Kräfte aufbieten, um den Blick abzuwenden und über sie hinwegzusehen.

Bœufs ehrliches Gesicht war zu keiner Täuschung fähig. Zorn paarte sich darin mit Zweifel, Enttäuschung, ja mit einer Abneigung, die er beim besten Willen nicht verstecken konnte. Der Schaukämpfer – oder Gelehrte oder Mönch, was auch immer er war – stand dichter beim Feuer als der Gefangene. Er wusste, dass es keinen vernünftigen Grund zur Furcht gab.

»Seht Ihr sein Entsetzen?«

Bœuf hielt den Ochsenschädel nur aus Sturheit still. Aber einer der Männer, die Mack in Haft genommen hatten, nickte unaufhörlich wie ein Specht.

Johannes wurde plötzlich geschäftig. »Legt Scheite nach, so dass das Feuer den ganzen Tag nicht erlischt«, befahl er seinem Helfer. »Aber lasst euch auf kein Gespräch ein. Wenn er versucht zu singen – die böseste und zauberischste seiner Waffen –, dann stecht ihn mit der Lanze. In die Beine. Sonst tut ihm nichts. Wenn Ihr ihn heute Abend wieder aufsucht,

Fra Sebastiano ...«, Johannes' leidenschaftliche Augen zeugten von der Freude, die ihm das Experiment bereitete, »... werdet Ihr ihn in genau derselben Stellung finden. Den Rücken an der Wand, als wäre er verhext, und unfähig, einen Muskel zu rühren. Und dann, mein betrogener Bruder ...«, er lächelte, »... können wir miteinander über die rechte Art des Zuredens sprechen.«

11. Kapitel

Nachdem die Tür zugefallen und der Riegel eingerastet war, kehrte Stille ein. Die Männer setzten sich, der Mönch mit übergeschlagenem Knie auf den Klappstuhl, seine beiden Helfer auf den Boden. Einer von ihnen rückte seinen Spieß, ein übles Dinge mit Zacken in der Klinge, zurecht und richtete die Spitze gegen das Zentrum des Feuerkreises. Er sah aus, als wolle er etwas sagen, ließ es dann aber sein. Vielleicht, weil der Mönch dabei war.

Es war also still – und es war doch nicht still. Zumindest in Macks Ohren.

Er starrte in das Feuer und hörte zu, wie die Flammen munterer wurden und die Unterhaltung an sich rissen. Es begann mit einem leisen Zischeln und Tuscheln. Und eigentlich ging es auch nicht weit darüber hinaus. Sie besaßen helle, winzige Stimmen, die an seinem Bewusstsein zupften, und ihr Gespräch lief in den engen Bahnen beschränkter Geister. FRESSEN ... ZERSTÖREN ... FRESSEN ... RASEN ...

Mack kehrte die Handflächen seiner zusammengeketteten Hände gegen den Fels, als flösse ihm aus dessen Kälte Kraft zu. Er blickte auf seine eigenen Füße und merkte, dass er keine Schuhe trug. Auch keine Beinlinge.

... FRESSEN ... RASEN ...

Auf der anderen Seite des Kreises gähnten die Wächter. Der Mönch untersuchte eine Blase am Daumenballen. Als spürte er nicht, wie sich mit jedem Rauchwölkchen schierer Hass in den Kerker kräuselte. Er spürte es nicht? Nein.

Wahnbilder, Mack. Raus damit aus dem Kopf.

Es kostete ihn ungeheure Mühe, aber er brachte es fertig,

erneut in die Flammen zu sehen. Seine Augen begannen zu tränen. Zu grell. Viel zu grell. Schlechter Versuch. Es war, als käme das glühende Eisen des Scharfrichters auf sie zu. Er hielt der Pein nur stand, weil er merkte, wie aufmerksam seine Wächter ihn anstarrten. Was sahen sie selbst im Feuer? Gelbrot gefleckte Raubkatzen, die mit Dolchszähnen nach ihren Opfern schnappten? Ein Heer von heißzüngigen Angreifern?

Einer von ihnen stand auf und spuckte in die Glut. Er grinste, als er das Zischen hörte. Sie sahen überhaupt nichts. Weil sie zu stupid oder weil sie zu vernünftig waren?

FRESSEN ...

Herr im Himmel, dachte Mack. Wie ein Tauchender, der im letzten Moment an die Oberfläche stößt, nahm er die Zellentür ins Visier. Das Holz war von der linken oberen Ecke bis zur Mitte des unteren Drittels durch einen daumenbreiten Kratzer aufgerissen. Er versuchte es sich zu merken, als wäre es von Bedeutung. Eine helle Schürfung, die aber schon wieder mit puderfeinem Ruß bedeckt war. Hölle noch mal. Die Spuren des Feuers: überall. Und niemand bemerkte es.

Er versuchte sich zu beruhigen, was einigermaßen schwierig war, da er bis auf seinen Atem nichts bewegen konnte.

Der Mann, der in die Glut gespuckt hatte, ein Italiener mit der dunklen Haut seiner Landsleute, der in einem angerosteten Kettenhemd steckte, hielt die Langeweile nicht mehr aus. Er schnappte sich ein Scheit und hieb es spielerisch in die Glut. Es amüsierte ihn zu sehen, wie die Funken an Macks Beine stoben. Da der Mönch nicht eingriff, wiederholte er sein Spiel. Die Zünglein, die dabei nach seinem eigenen Wams griffen, entgingen ihm. Narr. Erst als er enttäuscht zu seinem Kumpan zurückehrte, gestattete Mack sich einen Seufzer.

Der Inquisitor würde den Mönch am Abend ausfragen. Was er erfuhr, würde keine wirkliche Bedeutung haben, denn Johannes hatte sein Urteil bereits gesprochen. Aber sollte man ihm die Genugtuung gönnen, Recht behalten zu haben? Sollte man Bœuf ... Grollend dachte Mack, dass der Schaukämpfer jedes Anrecht auf Rücksicht verloren hatte. Und doch schmerzte es, ihn so enttäuscht zu sehen.

Er schätzte den Abstand zwischen der Wand und dem Feuerkreis. Man konnte durchaus sitzen, wenn man die Knie anzog. Die Flammen besaßen keine Möglichkeit, den nackten Fels zu überspringen. Er war also völlig sicher. Das sagte er sich etliche Male. Er war sicher.

Also setzte er sich.

Es kostete ihn mehr Überwindung als alles, was er je in seinem Leben getan hatte. Er war schweißgebadet und dankte allen Heiligen, dass seine Hände hinter seinem Rücken zitterten.

Und ihn quälte die Gewissheit, dass damit nichts bewiesen war.

FRESSEN ... RASEN ... FRESS...

Das Zischen der Flammen wurde plötzlich von einem Klopfen an der Tür übertönt. Ein vorsichtiges Pochen, aber das Feuer knisterte, als flöge ein Schwarm Vögel auf. Obacht!

Mack widerstand dem Verlangen, sein Gesicht zwischen den Knien zu verbergen, aber seine Kiefer mahlten vor Furcht, als er schluckte. Es war nicht möglich, dass der Tag schon vergangen war.

Einer seiner Bewacher pochte von innen ebenfalls gegen die Tür und machte einen Witz. Sie lachten. Der Mönch warf ihnen einen scharfen Blick zu und erklärte dem Ankömmling, dass alles in Ordnung sei. Nicht Johannes. Oder doch? Mack hörte, wie der Riegel knarrte.

»He! Na endlich. Wolltet uns verdursten lassen, was? Schöne Kameraden.« Aufgeräumt begrüßten die Männer einen Kumpan, der ihnen Brot und Getränke brachte. Sie nahmen ihm den Henkelkorb ab, der an seinem Arm schlenkerte, und ließen sich aus seinem dickbäuchigen Krug einschenken.

Mack legte den Kopf in den Nacken. Die Stimmen bewirkten, dass das Gespräch der Flammen verebbte. Ein seltsam träges Summen herrschte in seinem Kopf. Er starrte an die Decke, aber aus den Augenwinkeln beobachtete er den Besucher. Er trug einen alten, bodenlangen Mantel, der vor Dreck starrte und viel zu schäbig für das frisch gewaschene schwarze Haar schien, das um seinen Kopf flog.

Was bewog einen reinlichen Mann, sich in einen Lumpen zu zwängen? Mack begann auf der Lippe zu kauen, seine Gedanken irrten ab und befassten sich mit der Beschaffenheit der Decke, die von Meißelspuren zernarbt war. Ein Dreck, diese Angst. Er riss sich zusammen und versuchte zu erkennen, was der Fremde unter dem Mantel trug. Der beugte sich gerade vor, um erneut einzuschenken, und da der Saum seines Mantels sich dabei verschob, konnte Mack den Streifen roten Stoffs erkennen. Doch eigentlich hätte er den Hinweis nicht mehr gebraucht.

»Früh zum Wein, früh verdorben, früh getrunken, früh gestorben«, reimte Eule und schenkte dem Strähnigen, der ihn mutwillig anrülpste, ein Grinsen. Scherzworte flogen hin und her. Der Fiedler war in prächtiger Stimmung.

»Wie weit ist's noch bis zum Abend?«, wollte der Mönch wissen. Er schüttelte den Kopf, als Eule ihm erneut den Krug entgegenhob. Aus seinem Mundwinkel rannen rote Tropfen, er wirkte unzufrieden.

»Lange hin, noch Stunden. Kein Grund ...«

»... mit dem Saufen aufzuhören«, gackerte der Strähnige und schälte sich aus dem Kettenhemd. Er stieß seinen Kumpan an. »Leckeres Gesöff. Woher ist das? Die Quelle sollten wir uns mer ...«

»Der Wein ist sauer«, unterbrach der Mönch den Mann.

Eule zog seinen Krug an die Brust. Er umschlang ihn mit beiden Armen, als wäre er ein kleines Kind, und schaute den Kerkermeister nachdenklich an. »Sauer?«

Im selben Moment polterte etwas. Dem Burschen, der hinter Eule stand, entglitt das Kettenhemd und gleichzeitig stürzte der Weinbecher zu Boden. Rote Tropfen bekleckerten den Fels, der Becher kollerte ein Stück und blieb liegen. Der Mann selbst stürzte, als habe ihn ein Keulenschlag niedergestreckt.

»Satanas«, murmelte der Mönch mit gelähmten Lippen, während er Eule aus aufgerissenen Augen anstarrte. Er stand vor seinem Stuhl und warf ihn um, als er um sich selbst kreiselnd zu Boden ging. Der dritte Mann keuchte, langte mit einer weit ausholenden Bewegung nach etwas an seiner Seite – und stürzte ebenfalls.

»Sauer? Nur für dich, mein argwöhnischer Seelenhirt«, sagte Eule und goss den Rest der roten Flüssigkeit über den tonsurierten Kopf, bis es aussah, als hätte man ihn in Blut getaucht. Sein Lächeln war breit, als er sich Mack zuwandte und ihn musterte. »Nicht sehr bequem, wie ich fürchte?«

»Nicht sehr.«

Der Fiedler stellte den Krug ab und hockte sich auf der anderen Seite des Feuerwalls nieder. Sinnend betrachtete er die Flammen, die ihm, als gäbe es plötzlich einen Luftzug, entgegenzüngelten.

»Eine hübsch ausgedachte Tortur. Johannes wird enttäuscht sein, wenn er feststellt, dass du ihn empfängst, ohne zu sabbern oder zu winseln. Er liebt es, wenn seine Kundschaft sich am Boden wälzt.«

»Er ist geduldig.«

Der Fiedler lächelte. »Das stimmt. Nur fürchte ich, dass du, mein mir ständig durch die Finger schlüpfender Bruder, nicht der Held bist, für den du dich zu halten scheinst. Allenfalls ein ... Komödiant, der wagemutig mit Drachen aus Holz und Federn streitet. Aber das wird nicht reichen. Du solltest deine Lippen sehen, Mack. Sie sind weiß. Dein Körper plaudert aus, was du gern für dich behalten würdest. Den Sprung durch das Fenster hast du, wie ich sehe, einigermaßen unbeschadet überstanden?«

Sie schwiegen, während das Holz zwischen ihnen prasselte und plötzlich doppelte Hitze auszustrahlen schien. Mack strich mit der Hand über den Fels, um mehr von dessen Kälte zu spüren.

»Der Stein ...«

»Ich weiß nicht, wo er ist. Man hat ihn fortgeschafft.«

»Fortgeschafft.«

»Ja.«

Der Fiedler nickte. Er begann, die brennenden Hölzer am Rand des Feuerwalls mit der Schuhspitze zu einer sauberen Kreislinie auszurichten. Das dauerte eine ganze Zeit, während der er beharrlich schwieg.

»Ich weiß es wirklich nicht.«

»Ist das nicht seltsam, Mack? Des Allmächtigen Bluthund hat eine jämmerliche Barriere errichtet, die du mit einem Sprung aus dem Stand überwinden könntest. Da du flink bist – selbst für einen Deinesgleichen *erstaunlich* flink – würdest du es unter Umständen schaffen, an mir vorbeizukommen. Die Tür steht offen. Der Wächter am Tor schläft einen süßen Rausch aus. Aber ...« Er nickte und seine Lippen blinkten rot, vom Feuerschein oder weil er vom Wein probiert hatte, bevor er ihn vergiftete. »Aber du versuchst es nicht einmal. Weil dich eine Fessel bindet, die dich wirkungsvoller hält als das Eisen an deinen Händen. Du bist gefangen und du weißt es. Warum also diese Verstocktheit?«

»Warum die Besessenheit?«

»Du sprichst vom Stein? Das habe ich dir doch erklärt. Er ist mein Eigentum.«

»Dann müsstest du Luzifer sein. Bœuf hat gesagt, der Stein gehört dem Leibhaftigen.«

Makellose Zähne wurden sichtbar, als Eule lachte. Er schien aufs höchste erheitert zu sein. »Bœuf, dieser ...? Wie köstlich. Es kam mir gleich so vor, als trüge er den falschen Rock. Was steckt in Wahrheit unter dem Katzenfell? Ein Mann des Papstes oder eine Kreatur unseres eifrigen Foltermeisters?«

Mack wartete, bis das Lachen verstummte. »Du bist aber nicht Luzifer«, sagte er dann. »Höchstens ... ein Komödiant, der sich Ochsenhörner auf die Kappe näht und seinen Stiefel mit einem Kuhfuß verziert. Ich bin dir schon zweimal davongelaufen.«

»Und dreimal habe ich dich wieder eingefangen.«

»Und du kannst mich hundertmal einfangen und mit mir tun, was du willst – ich weiß nicht, wo der Stein geblieben ist. Warum siehst du das nicht ein?«

Eule stand plötzlich auf. Er verschränkte die Hände auf dem Rücken und begann die Zelle zu durchschreiten, als hülfe ihm das beim Nachdenken. »Die Sonne küsst das Gebirge. Gerade in diesem Moment wird Johannes auf den Knien liegen, und während er seine Gebete plappert, wird er sich vorstellen, was dieser Tag aus dir gemacht haben mag. Ist es nicht sonderbar, dass Menschen wie er immer die Nacht für ihr Geschäft wählen? Das geht mir nur gerade durch den Sinn. Johannes malt sich also aus, mittels welcher Qualen er das Miststück, das er gefangen hält, zwingen kann, seine wahre Natur zu offenbaren. Sicher quält ihn die Frage, welches seiner Experimente es vielleicht vorschnell zu Tode bringen könnte, aber er wird sich damit trösten, dass er ein Meister ist. Ein Meister der wohl dosierten Marter. Weißt du, welche Procedura ...«

»Wer ist die Frau, die er außer mir noch festhält?«

Eule war von der Frage überrascht. »Eine Frau?«

»Eine wie mich – was auch immer er damit meint.«

»Eine Frau«, sagte Eule und nahm seine Wanderung ein wenig schneller wieder auf. Er wäre fast über die Beine des Strähnigen gestolpert. »Eine Frau wie dich. Er ist kein Tölpel. Wenn er sie tatsächlich in den Klauen hat, ist sie verbranntes Fleisch.«

»Und das kümmert dich nicht? *Bruder?*«

»Das kümmert ...« Der Spielmann blieb stehen und drehte sich zu Mack um. Seine Halsmuskeln spannten sich, so dass die einzelnen Sehnen hervortraten. »Das kümmert mich *sehr wohl,* du rotznäsiger Simpel. Hat Johannes ihren Namen erwähnt?«

»Nein.«

»Aber du weißt, wer sie ist.«

»Nein.«

»Natürlich weißt du es. Lilith ...« Eule stand vor einer der Wände. Er stützte sich mit beiden Händen dagegen, senkte den Kopf und dachte nach. »Lilith hat dir geholfen. In jeder Not. Du hältst sie für eine Hexe und glaubst, dass sie alles vermag. Aber da täuschst du dich. Diesmal steckt sie selbst im Dreck. Du bist allein.«

Lilith. Der Name war ausgesprochen worden.

»Wer ist sie?«

»Das weißt du.«

»Die Kammerfrau der böhmischen Prinzessin. Konrad Dors' Gehilfin. Konrad Dors' Verderben, weil sie mir beigestanden hat. Aber wer *ist* sie?«

Eule starrte an ihm vorbei an die Wand, als stünde dort Belsazars Menetekel.

Was hatten er, Konrad Dors und Lilith miteinander zu tun? Eine Diebesbande, die so hochmütig oder besessen war, dass sie sich nicht scheute, Kaiser und Könige in ihr Komplott zu verstricken? Waren sie Leute wie Bœuf, die ebenfalls Zugang zu den Bibliotheken der Klöster gehabt und dort die Geschichte des Stein studiert hatten? Hatten sie vom Wiederauftauchen des Steins gehört? Hatte der Stein ihnen den Verstand geraubt, noch bevor sie ihn selbst erblickt hatten?

Eule kannte Johannes. Vielleicht war er ebenfalls Dominikaner gewesen. Mack blickte auf seine aufrechte Gestalt und versuchte ihn sich als Mönchsschreiber mit krummen Schultern vorzustellen. Und Lilith? Seine Liebste?

»Mack, du ... dauerst mich. Ich wünschte, ich hätte einen Spiegel und könnte dir einen Moment lang dein Gesicht zeigen. Deine Haut ist zerschnitten und an den Wundrändern aufgequollen. Deine Augen liegen so tief in den Höhlen, dass sie wie Würfelbecher aussehen. Und deine Lippen ... noch immer weiß, und das wird sich nicht ändern, solange dir der Rauch der Flammen in die Nase steigt. Bald ist Nacht. Der greise Mann wird klopfen, er wird eintreten, er wird voller Eifer sein, er wird ...«

Bœuf hatte sich ein neues Leben zusammengelogen, als es ihm dienlich schien, und Eule fabulierte Schauergeschichten. Es hatte keinen Sinn, ihnen zuzuhören. Doch Eule war ein Dichter, Meister der Kunst, aus Worten ein Universum zu schaffen, auch wenn es nur aus Qual bestand. Liebevoll schilderte er die Vielfalt der Folter, mittels welcher der Inquisitor des Patriarchen verdorbene Äpfel von den gesunden schied. *Glimmende Schwefelstäbe ... hörst du zu, Mack? Gewichte an der Zunge ...*

Ein von Geburt an Blinder hätte Bilder gesehen.

Mack begann die Bohlen zu zählen, aus denen die Kerkertür bestand. Er versuchte herauszufinden, ob der Mönch atmete. Er suchte nach dem Schlüsselbund für die Tür, bis ihm einfiel, dass sie nur durch den Riegel gesichert wurde. Er drückte seine Fäuste gegen die Kanten der Handschellen, um Schmerz zu erzeugen. Aber als das Wort *Feuer* fiel, versagte seine Fähigkeit, sich abzulenken.

»Da er deine Furcht vor dem Feuer kennt, wird er sich diese letzte Genugtuung nicht versagen. Er wird dafür sorgen, dass deine Sinne klar sind, Bruder, wenn sie das Holz des Scheiterhaufens entzünden. Und er wird dein Ende lange genug herauszögern, um seinen Hunger ...«

»Ich kann dir nicht geben, was du ...«

Der rote Mann sprang mit einem Satz über das Feuer. Er packte Mack am Bruststoff seines Rocks und schmetterte ihn gegen den Fels. Aber er hatte seinen Schwung falsch berechnet. Sie taumelten beide ins Feuer. Rasch drängte er Mack zurück gegen den Stein.

»Wenn der Inquisitor kommt, wird er die Tür zur Zelle versperrt finden. Der Wechselbalg hockt immer noch im Feuerkreis, aber die Wachen sind zu Boden gestreckt. Hexerei ... Mack ...«

»Der Stein ist ...«

»Bœuf wird dir ins Gesicht spucken.«

»... in einem Stuhl.« Mack schüttelte den Kopf. Züngelten die Flammen längst an seinem Rock empor? »Aber er ist fort ... er ist ...«

Eule glaubte ihm nicht. Einen Moment lang war sein Gesicht von solcher Wut erfüllt, dass er sich selbst in Brand zu setzen schien. Vorbei, dachte Mack benommen. Ihm war schwindlig und etwas stimmte nicht mit seinen Augen. Eule oder er selbst, einer von ihnen schwankte. Er hatte einen faden Geschmack im Mund.

»Sie kommen.«

Mack starrte in das brennende Gesicht. Wollte es tun, aber da war nichts mehr. Er hockte auf dem Boden und ihm war zumute, als hätte er einen Schlag in den Magen erhalten, ohne berührt worden zu sein.

Auf der anderen Seite des Feuers mühte sich eine rote Gestalt, einen schwarzen Mantel über der Brust zusammenzustopfen. Im Gang erklangen Stimmen, aber das bemerkte er erst, als der schwarze Mantel schwungvoll sein Gesicht streifte.

»Sie kommen, Junge. Aber wir sind noch nicht fertig miteinander.«

Der rote Mann huschte hinaus. Das Letzte, was Mack von ihm wahrnahm, war, dass er den Riegel vorschob.

12. Kapitel

Nell kletterte wie eine Gämse über die Felsbrocken. Das war etwas, was Arnulf immer wieder erstaunte: Wie wenig Respekt sie vor Gefahren hatte. Sie schwankte etwas, als sie sich auf einem kaum schaffellgroßen Vorsprung aufrichtete. Aber das bewog sie nicht, sich auf die Knie niederzulassen oder sich irgendwo festzukrallen, wie er selbst das getan hätte. Stattdessen stemmte sie die Hände in die Hüften und reckte das Gesicht der Morgensonne entgegen.

Sie hatte etwas von einer Hexe, und vielleicht hing das damit zusammen, dass sie die Buhle eines Wechselbalgs gewesen war. Arnulf hatte nur sehr geringe Vorstellungen von den Teufeleien, die die Wesen aus der anderen Welt verübten, aber dass sie Weiber verführten, gehörte ohne jeden Zweifel dazu.

Einen Moment malte er sich aus, wie der braune, tierhafte Jüngling, den Konrad Dors auf Thannhausen gefangen genommen hatte, die Arme um Nell legte und sein eiskaltes Ding in ihren Leib stieß. Wahrscheinlich war sie von dem Moment an verhext gewesen. Und deshalb – diese Erkenntnis war ihm in den letzten Tagen wie eine Offenbarung gekommen –, deshalb konnte sie auch ihren eigenen Mann nicht lieben, wie es sich gehörte.

Er sah, dass Nell lächelte. Und ärgerte sich erneut. Was gab es auf einem Fels zu lächeln? Für eine anständige Frau?

Als er sie bei den Birnbäumen gestellt hatte, hatte sie ihm den blutigen Kadaver eines Kaninchens ins Gesicht geworfen. Darauf hatte er ihr gezeigt, wem sie gehörte, und dass sie dabei gewimmert hatte wie ein Kind, war der Balsam gewesen, der seinen eigenen Schmerz linderte. Ihr Lachen kam ihm jetzt wie ein neuer Betrug vor.

Er wurde fortwährend von ihr betrogen.

Ralph, ihr Vater, hatte ihm vor die Füße gespuckt, als er ihm von seiner Heldentat erzählt hatte. *Und? Wo ist die Hure jetzt? Hat, was sie will, nämlich ihren Wechselbalg. Putz dir die Hörner, Arnulf!* Aber zumindest da hatte Ralph geirrt. Nicht darin, *dass* sie rumhurte, sondern mit *wem*.

Nell kletterte noch ein Stück höher. Ihr gelber Rock leuchtete in der Morgensonne und Arnulf sah, dass sie die Schuhe ausgezogen hatte, um besser Halt zu finden. Sie benahm sich wie ein Tier. Von Anfang an. Sie hatte geknurrt und die Zähne gebleckt, wenn er ihr nahe kam. Ralph hatte ihm geraten, die Peitsche zu gebrauchen, aber er hatte das viel zu selten beherzigt – vielleicht weil sie ihm doch ein wenig Furcht einjagte mit ihren blitzenden Augen. Wer konnte schließlich wissen, welche teuflischen Künste der Wechselbalg ihr beigebracht hatte?

Und nun war er ihr und ihrem Kerl durch halb Deutschland gefolgt, bis in diese verfluchten Berge, in denen es so kalt war, dass man den Atem der Dämonen auf der Haut spürte – und er wusste nicht einmal genau, warum er das tat. Die Mitgift hatte er erhalten, und zurückbekommen wollte er das dürre Biest auch nicht. Es musste wohl mit seiner Ehre zusammenhängen. Das war's. Einem guten Mann sagt das Herz, was er zu tun hat.

Arnulf reckte kurz den Hals, um zum Tross hinunterzuspähen, mit dem sie reisten. Die Leute hatten ihr Lager in einem bohnenförmigen Tal aufgeschlagen. Mehr als hundert Zelte. Steinmetze, Hüttenmeister und eine größere Zahl Mönche, die nach Rom pilgerten. Die meisten schliefen noch und er überlegte, ob es ein großes Risiko bedeutete, Nell zu folgen. Einige verschlafene Gestalten standen bei den Bäumen, an die sie die Maultiere gebunden hatten, und maßen den Himmel und die Berge, um abzuschätzen, was der kommende Tag bringen würde. Die Gefahr, dass sie ihn sähen, wenn er Nell nachkletterte, war gewaltig. Wenn man ihre zerschmetterte Leiche fand – das war Arnulfs liebste Vorstellung, der schlanke Körper, den der Wechselbalg begattet hatte, zerschlagen auf einem Fels, wo die Raubvögel das Fleisch abfraßen –, dann durfte niemand Verdacht schöpfen, dass er es war, der sie gestoßen hatte. Vielleicht hätten seine Mitreisenden ihn verstanden, wenn man ihnen den Grund erklärte. Sein Recht war kaum zu bezweifeln. Aber dieser Gunther ...

Und das war die zweite Sache.

Nell und ihr Buhle hatten sich als Ehepaar ausgegeben. Jeder im Reisetross hielt sie für Mann und Frau. Und er selbst konnte sein Recht auf Nell nicht beweisen. Er hatte sogar jede Aussicht darauf zerstört, als er sich der Reisegruppe angeschlossen hatte, ohne ein Wort über seine Beweggründe zu verlieren. Er hatte seine ganze Geschicklichkeit darauf verwandt, Nell und diesem Gunther aus dem Weg zu gehen, statt vorzutreten und den Ehebruch anzuprangern. Das war nicht mehr zu ändern. Außerdem bezweifelte er sowieso, dass man ihm geglaubt hätte. Die Aussage eines halb verhungerten Ritters, der sich das Essen durch nächtliches Wachehalten verdiente, gegen die eines reichen, geleckten Schönlings – da wusste man schon, wie es ausging.

Nell verschwand hinter einer Klippe. Nur ihr Rockzipfel war noch zu sehen. Kurz darauf kam sie wieder zum Vorschein. Sie hatte gefunden, was sie suchte. In der Linken trug sie eine Falle, in der Rechten schlackerte das Wild, das sie gefangen hatte, ein Murmeltier. So sorgte sie also für ihr Essen. Mit Fallen. Es war, als hätte sie damit erneut ihre Unwürdigkeit bewiesen.

Arnulf hatte angenommen, dass sie nun zum Lager zurückkehren würde. Also duckte er sich hinter einen Felsbrocken. Aber als Nell ihn fast erreicht hatte, legte sie ihre Beute unter einem Busch ab und kletterte einen steilen Hang hinab. Hatte sie noch eine zweite Falle aufgestellt?

Wieder blickte er zum Lager, diesmal mit heftiger Erregung. Nells neues Jagdgebiet war nicht einzusehen. Wenn er ihr jetzt folgte ...

Vor seinem inneren Auge stand plötzlich sein Palas mit dem Kamin. Zuschlagen und dann zurück nach Hause! Einen Moment schwelgte er in der Vorstellung, sich satt essen zu können, was Warmes, Anschmiegsames im Bett zu haben. Und dann natürlich Ralph, zu dem er lässig sagen würde: Nell? O ja, die hat ihr Teil gelernt. Keine schöne Sache, aber in meinem Haus herrscht Ordnung.

Wieselflink erhob er sich und lief geduckt zu der Stelle, an der er Nell das letzte Mal gesehen hatte. Sie kletterte etwa zwanzig Fuß unter ihm zu einem Bach, der über die Bergwiese plätscherte und beim Lager in den Fluss mündete. Sie hielt sich an den Sträuchern fest und hatte die Augen nach unten gerichtet. Arnulf überlegte, aber der Weg, den sie gewählt hatte, war ihm zu steil. Ein Stück weiter hinten ging es flacher hinab und er würde Nell schon erwischen, wenn er sich beeilte.

Von dieser Vorstellung beflügelt, rannte er durchs Gras. Doch der Umweg dauerte länger, als er gedacht hatte, besonders, da er immer wieder Deckung suchen musste. Er hatte wirklich Angst, dass man ihn erwischte.

Und dann war plötzlich alles verdorben.

Er hätte vor Enttäuschung losheulen können. Gerade hatte er den Bach erreicht und sich hinter einer Buschinsel verschanzt, um noch einmal den Blick auf Nell zu genießen, da tauchte plötzlich dieser Kerl auf, ihr Buhle. Nell bemerkte ihn nicht. Sie stand breitbeinig im Wasser und schien es auf die Fische abgesehen zu haben, die durch den Bach flitzten. Eine verführerische Pose, verdammt. Arnulf dachte, der Mann würde sie packen, sie ordentlich erschrecken und dann vielleicht küssen – das hätte er selbst getan. Aber Gunther blieb am Ufer stehen.

»Erfolgreich?«

Langsam richtete Nell sich auf. Sie gab nie zu, dass man sie ertappt hatte. Stattdessen erschien das hochmütige Lächeln auf ihren Lippen, das Arnulf zur Genüge kannte.

»Immer erfolgreich«, sagte sie und deutete auf etwas, das zwischen hellroten Blüten lag, vermutlich einen Fisch.

»Jetzt kommt der anstrengende Teil des Gotthardpasses. Es wird hart.«

Nell zuckte die Achseln. Der Mann, Gunther, tat, als bemerke er ihr respektloses Benehmen nicht. Wieder wunderte sich Arnulf. Was fand er nur an der dürren Zaunlatte, dass er ihr jedes freche Benehmen durchgehen ließ? Ihm kam ein Gedanke, der ihm gefiel: Wahrscheinlich hatte der Wechselbalg auch den Waffenmeister verhext. Wenn der Teufel es schaffte, dass seine Buhlen ihm den Hintern küssten, dann mochte auch ein Wechselbalg dafür sorgen können, dass ein Mann an den kalten Lippen seiner abgelegten Metze Gefallen fand. Arnulf grinste, während er die beiden Gestalten beobachtete. Er hätte zu gern gesehen, wie sie's miteinander trieben.

Aber sie machten keine Anstalten. »Bringst du mir Italienisch bei?«, fragte Nell stattdessen.

»Was willst du wissen?«

»Ich will sagen können: Ist hier ein Sänger gewesen, der so schön singt, dass die Vögel verstummen.«

Gunther ließ sich im Gras nieder. »Wir sind zwei Monate gereist und du hast gesehen, wie riesig Deutschland ist. Italien ist kaum kleiner.«

»Ich habe Zeit zu suchen«, erklärte Nell bockig.

Der Mann senkte die Augen und starrte auf ihren Bauch. Auf eine besonders auffällige Weise. Jetzt kommt's, dachte Arnulf. Er war eben doch nicht geklettert, einfach um sich zu unterhalten. Doch Gunther starrte einfach nur.

»Und?«, fragte Nell mit erhobenem Kinn.

»Du hast eine Verantwortung.«

»Ich hab's mir nicht in den Bauch gebeten.«

Er schüttelte den Kopf. »Du kannst bei mir bleiben. Bis Mailand. Auf dem Rückweg würde ich dich wieder mitnehmen. Du hast auch in Deutschland ein Leben.«

Nell nahm das Kaninchen auf und schleuderte es ihm vor die Füße. Nicht ins Gesicht, dachte Arnulf erregt, aber sie meinte dasselbe. Warum verdrosch der Duckmäuser sie nicht endlich?

Plötzlich ging ihm ein Licht auf.

Nell war immer noch mager, aber unter ihrem gelben Rock wölbte sich deutlich eine Kugel. Sie hatte ein Kind im Bauch. Bei allen Teufeln und Heiligen! Von Gunther? Hatte sie ihn deshalb rumkriegen können, dass er sie nach Italien brachte? Natürlich war auch möglich ... Arnulf begann widerstrebend zu rechnen. Wie lange war es her, dass er sie unter dem Birnbaum ...? Nein, dafür war ihr Bauch zu flach. Er atmete auf. Wer wollte das auch schon: ein Kind von einer Teufelsbuhle. Aber ein dreckiger Hochmut von ihr, dass sie den Samen eines anständigen Mannes nicht in sich aufnehmen wollte. Sie hatte ihn ordentlich getreten. Nein, Nell, dachte er, wir sind noch lange nicht miteinander fertig.

»Und was«, fragte Gunther, »soll werden, wenn du Mack gefunden hast? Wird er dir auch Kaninchen in Fallen fangen?«

»Das braucht er nicht«, schnappte Nell. »Dafür hat er's schließlich *mir* beigebracht.«

13. Kapitel

Wie ist es möglich, an einem Feuer zu frieren, das einem eben noch fast die Haut verbrannte? Mack starrte die Flammen an, als könnte er dort Antwort bekommen, aber die Frage irrlichterte davon.

Er hockte höchst unbequem auf einem Unterschenkel, sein Haar klebte, eine Fliege, die irgendwie in die Zelle gefunden hatte, umsummte begehrlich das Blut in seinem Gesicht. Er konnte sie nicht verscheuchen, da seine Hände immer noch auf den Rücken ... sie waren ... verflucht, er musste ... sie waren aufgeschürft ...

Verdammt!

Der Lärm hinter der Tür hatte aufgehört. Hätten nicht die reglosen Gestalten am Boden gelegen, hätte alles ein Alpdruck gewesen sein können.

Vielleicht hatten sich draußen ein paar Männer gestritten und waren wieder fortgegangen. Vielleicht hatte Johannes die Wachen tot gefunden, war vorwärts gestürmt und hatte es sich dann anders überlegt. Besser, man holt Verstärkung, ehe man sich in die Zelle des Unholds traut, der solch ein unglaubliches Verbrechen begeht. Vielleicht war alles auch ganz anders gewesen.

Mack versuchte sich so zu setzen, dass wieder Blut in seine Beine strömte. Er vermied es, auf die stummen, puppenhaften Gestalten zu blicken, und ebenso vermied er den Blick ins Feuer.

Zeit verstrich, langsam und zäh. Die große Wunde, die die Scherbe des Kirchenfensters auf seiner Kopfhaut hinterlassen hatten, begann erneut zu pochen. Ein nichtiger Schmerz, den er normalerweise kaum wahrgenommen hätte, aber in der Grabesruhe der Zelle begann er sich zu etwas Monströsem aufzublasen. Die Gewissheit, die Wunde mit den gefesselten Händen nicht erreichen zu können, machte es noch schlimmer.

Komm endlich, du Hund, dachte er und wusste, dass er seinen Wunsch im selben Moment verfluchen würde, in dem er sich erfüllte. Das Feuer prasselte nur noch leise, als hätte es sich in seiner Wut erschöpft. Oder er selbst war zu müde geworden, um die Bedrohung wahrzunehmen. Oder es hatte nie eine Bedrohung gegeben.

Schließlich vernahm er doch wieder ein Geräusch. Aber es kam nicht von draußen. Einer seiner drei Bewacher begann zu würgen wie jemand, der sich übergeben muss, ohne etwas im Magen zu haben. Diese letzte Einschätzung musste Mack allerdings zurücknehmen. Der Mann – nicht der Strähnige, der andere – hockte sich auf die Knie und gab Blasen übel riechenden, mit roten Flocken durchsetzten Schleims von sich. Die Anstrengung trieb ihm die Tränen in die Augen. Er kroch zur Wand, lehnte sich dagegen und überlegte ... was auch immer.

Er blickte kurz zum Mönch, dann starrte er, etwas länger, seinen Kumpan an, der verrenkt bei der Tür lag. Am Ende richtete er seine Blicke auf Mack. Furchtsamer Hass stand darin.

Es dauerte eine Weile, ehe auch der Strähnige wieder zu sich kam. Er behielt bei sich, was immer der Tod ihm in den Magen gefüllt hatte, dafür ging es ihm auch schlechter. Stöhnend hielt er sich den Bauch. Der Mönch öffnete als Letzter die Augen. Seltsamerweise war sein erster Reflex, zum Stuhl zu kriechen. Er zog sich am Holz hoch, ließ sich auf den Ledersitz plumpsen und blieb dort wie ein Bündel ausgetrockneter Kornähren hängen.

Bis jetzt hatte niemand ein Wort gesprochen. Konnten die

Männer sich an das, was vorgefallen war, erinnern? Jedenfalls lebten sie. Man würde ihm nicht die Schuld für ihren Tod in die Schuhe schieben können. Das mochte von Vorteil sein – oder auch nicht, dachte Mack und wünschte, er hätte etwas, was er zwischen sich und die hasserfüllten Blicke seiner Bewacher bringen könnte.

»Hexerei.« Der Strähnige fand seine Stimme wieder, die dumpf und zittrig klang. »Ich stink wie besoffen, aber ich bin's nicht. Ich weiß doch ...«

»Der Mann, der den Wein gebracht hat.« Der Mönch erinnerte sich besser. »Er kam ... er wollte den Bastard befreien.«

Sie glotzten auf ihren Gefangenen. Der Schweigsame machte ein Kreuz.

»Ist aber nicht ge...«

»... gelungen«, ergänzte der Mönch die Feststellung des Strähnigen. Und schob auch gleich eine Erklärung hinterdrein: »Wegen des Feuers.«

»Man müsste wissen, wie der Kerl reingekommen ist. Ich mein, an den Wachen vorbei.«

»Einer von uns geht nach vorn und schaut sich dort ...«

Der Fettige wollte gegen den Befehl des Mönchs protestieren, aber in diesem Moment schnappte eine Eisentür, jemand rief etwas und eine Gruppe von Leuten kam den Gang hinauf.

Das Gesicht des Mönchs verzerrte sich in zorniger Qual. Der rasche Griff, mit dem er den Krug unter seinen Stuhl schob, bewies, wovor er sich fürchtete. Und der Blick, den er Mack dabei zuwarf, zeigte, dass er dem Schuldigen für diese peinliche Heimlichkeit keinesfalls verzeihen würde. Sein Haar war von Wein verklebt und auf dem Fußboden lag Erbrochenes. Glaubte er tatsächlich, jemanden mit seinem Versteckspiel täuschen zu können?

Alles ohne Bedeutung.

Mack merkte, wie die Haare entlang seiner Wirbelsäule sich

kräuselten, als der Riegel durchs Eisen kratzte. Johannes stürmte herein – wütend wie ein Terrier, was vielleicht als gutes Zeichen gelten konnte – und dann Bœuf. Der vorgebliche Schaukämpfer hatte sich der Lumpen entledigt und trug eine graue Kutte, die in den Schultern spannte und die er zweifellos von einer schmächtigeren Person ausgeliehen hatte. Beide traten zur Seite, um einem beleibten Mann Platz zu machen, der ihnen mit einigem Abstand folgte und schnaufend stehen blieb.

»Da ist er, Eure Eminenz. Ein wahrhaft furchterregendes Geschöpf! Steh auf, Junge, wo sind deine Manieren?« Bœuf trat mit dem Stiefel das brennende Holz auseinander, das bröselte und wütend aufzischte. Er zerrte Mack auf die Füße und schüttelte ihn, aber wohl mehr aus Erregung, als um etwas damit zu bezwecken.

»Ein Häuflein Elend, Eure Seligkeit. Zu Tode erschrocken, aber ... seht ihn an, schaut in sein Gesicht, ich bitt Euch.«

Die Zelle hatte sich gefüllt. Hinter dem dicken Mann drängten sich Uniformierte mit Fackeln, was darauf hinwies, dass es draußen Nacht geworden war. Feuer überall. Mack widerstand dem Drang, das Gesicht ins Dunkel zu wenden, und hoffte, dass seine Lippen nicht so blutleer waren, wie Eule behauptet hatte.

Die Männer gruppierten sich um den Dicken und Mack meinte ihn zu kennen. Er kannte ihn auch, aber in seinem Kopf trudelten die Gedanken wie tote Fische über einen Wasserfall. Der prächtige blaue Brokatrock mit den aufgestickten stilisierten Neumen wies seiner Erinnerung schließlich den Weg. Wer auch sonst, wenn nicht der Patriarch von Aquileja hätte solch aufwendige Begleitung gehabt?

»Bleibt ihm fern, Eminenz!«, kreischte Johannes, obwohl der Patriarch keinerlei Anstalten machte, den Kreis seiner Männer zu verlassen. »Einen Wechselbalg aus dem Bann des Feuers zu entlassen – Leichtsinn!«

Vielleicht war es gerade die aufdringliche Warnung, die den Herrn von Cividale veranlasste, nun doch näher zu treten und Mack mit dem Blinzeln eines Kurzsichtigen in Augenschein zu nehmen. »Tatsächlich, ich habe dich schon einmal gesehen«, stellte er fest. »Laute ... Doppelschalmei ... Plater ... Lass mich nachdenken ... du hast gesungen.«

Er musterte Mack wie ein seltsames Tier aus dem Orient und dachte nach, ohne sich drängen zu lassen. Johannes' Versuch, ihm etwas ins Ohr zu zischeln, beendete er mit dem Wedeln seiner Hand.

»Ich war vor zwei Jahren mit König Heinrich ...«

»Still. Ich weiß deinen Namen nicht mehr, aber deinen Gesang habe ich noch im Ohr. *I' mi son un che* ... Das süße Vögelchen ... ich erinnere mich. Ein reizender Akzent. Und eine ungewöhnliche ... eine wirklich ... wundervolle Stimme. Ja, ich hatte bedauert, dich ziehen lassen zu müssen.«

Mack kramte in seinem Kopf, um eine gebührliche Antwort zu finden, aber es war, als griffe er nach Schneeflocken.

»Nicht allzu sehr, allerdings«, seufzte der Patriarch, »denn du hattest keine Lust zu singen. Eine Sünde gegen den Herrn, der dir deine Stimme geschenkt hat.«

»Oder ein Zeichen, dass er seine Stimme eben *nicht* aus jenen herrlichen Gefilden erhielt.« Johannes vergaß allen Respekt und bemerkte zischelnd: »Vergebt, Eminenz, Euer gutes Herz macht Euch blind. Dieser Junge entweihte die Kapelle Eures Hauses, um zu stehlen.«

»Er krabbelte auf dem Dach herum, mit der verfluchten Abenteuerlust der Jugend, und stürzte durch ein Fenster«, brauste Bœuf auf. »Er hat nichts gestohlen und es auch nicht versucht und schon gar nicht hatte er die Absicht, die heiligen Räume ...«

Johannes wirbelte herum. »Und der Stein, von dem Ihr mir erzähltet? Wer war es denn, der mich bat, ein Auge auf den Jungen zu haben?«

Bœuf befand sich in einer Zwickmühle. Lügen, vor aller Augen und in die Ohren des Patriarchen hinein – das würde ihm sein Gewissen nicht erlauben. Er wusste, was Mack in der Kapelle gewollt hatte, oder glaubte es zumindest zu wissen.

»Euer Eminenz ...« Aufgeregt fiel er auf die Knie, sprang im selben Moment wieder auf und sprudelte händefuchtelnd: »Wenn Ihr erlaubt – ein Beispiel aus dem heiligsten aller Bücher. *Usa!*«

Der Patriarch blickte so verständnislos wie alle anderen, ausgenommen vielleicht Johannes, der die Stirn runzelte.

»Wenn Ihr Euch besinnt: König David ließ die heilige Lade Gottes aus Juda holen, um sie nach Jerusalem zu bringen. Auf dem Weg dorthin begann sie zu rutschen und Usa, der Unglückselige, der nicht befugt war, das Heilige zu berühren, griff nach ihr, um sie zu halten. Der Herr strafte ihn für seinen Frevel, indem er ihn auf der Stelle tötete.«

»Gewiss«, meinte der Patriarch würdevoll.

»Ich bitte Euch. Stellt den Jungen auf die Probe, damit wir wissen, wes Geistes Kind er ist. Lasst ihn seinen Mund mit heiligen Liedern füllen. Mit ... den Psalmen Davids, den frömmsten aller Weisen. Ein Wechselbalg könnte diesen Lobpreis Gottes niemals über die Lippen bringen. Wenn ihm durch den Gesang die Zunge verdorrt – dann lasst ihn vor den Toren der Stadt verbrennen. Wenn nicht, lasst ihn frei.« Atemlos hielt Bœuf inne.

Geschickt, fein aus der Falle gewunden, dachte Mack. Sämtliche Blicke waren auf ihn gerichtet waren, die meisten voller Neugier – und er wusste nicht, wohin er schauen sollte, um seine Bestürzung zu verbergen.

Ich freute mich, als man mir sagte: Zum Haus des Herrn wollen wir pilgern.

Gewiss, Bœuf, gewiss freute ich mich. Ich pilgerte zum Haus des Herrn, um zu stehlen. Aber ich kann mich nicht einmal mehr *erinnern*, wie Weihrauch riecht.

Und rief zum Herrn in meiner Not. Doch das tut der Thannhäuser nicht. Er flucht und manchmal jammert er herum, aber dem Allmächtigen geht er sorgfältig aus dem Wege. Und der Herr ist ihm *nicht* gnädig und er deckt ihm *keinen* Tisch gegen die Feinde und errettet ihn nicht und hebt ihn nicht aus dem Staub. Wie lügt man Gott ins Angesicht?

Der Patriarch winkte mit der Hand. »Der Stuhl. Bringt ... ja. Und besorgt ein Psalterium. Das ist das rechte Instrument, um eine heilige Weise zu begleiten. Kannst du ein Psalterium bedienen, Junge?«

Mack nickte. Er kam sich vor wie nackt. Das Blut in seinem Gesicht – rann es nicht zusammen und formte die Forke des Leibhaftigen auf seiner Stirn? Er meinte zu fühlen, wie seine Augen zu glühen begannen. Seine Lippen mussten weiß sein wie ein Tuch nach der Bleiche. Der Patriarch kratzte sich mit dem Daumennagel über das Kinn und beäugte ihn. Hinter seinem Rücken breitete der weinverschmierte Mönch die Kutte vor den Krug, obwohl ihn niemand beachtete.

»Kein schöner Ort, um dem Allerhöchsten ein Lied darzubringen. Was ist das hier gewesen, bevor man es zum Kerker umbaute? Ein Heidengrab? Diese grinsenden Köpfe ...« Bœuf rieb nervös die Hände gegeneinander.

Der Mann, den der Patriarch auf die Suche nach einem Psalterium geschickt hatte, kehrte bald zurück, allerdings nicht mit dem gewünschten Instrument, sondern mit einer Drehleier – dem einzigen, was er in der Schnelle hatte auftreiben können. Den Patriarchen störte es nicht. Seine Skepsis war der Leutseligkeit gewichen. Er hatte sich zwischen die Lehnen des Klappstuhls gequetscht und die Hände über dem Bauch verschränkt.

»Danket dem Herrn, denn er ist gütig«, psalmodierte Bœuf mit seiner schrecklichen Stimme, die jedermann schaudern ließ, während einer der Soldaten die Fesseln um Macks Hände löste.

Das Feuer brannte nur noch in den Ecken, in die Bœuf die brennenden Scheite getreten hatte. Mack setzte sich also zu Boden und massierte seine Finger. Eine viel zu kurze Galgenfrist.

Das geharzte Kurbelrad, das die Saiten strich, ließ sich schwer drehen, die Tasten klemmten. *Danket dem Herrn, denn er ist gütig.* Wie gütig war der Herr, wenn man ihn dreist verspottete? Usa, der nach der Lade griff, hatte offenbar edle Absichten gehabt und dennoch sterben müssen. Was widerfuhr jemandem, das aus schäbiger Angst ...

Mack probierte die Tasten. Alle drei Saiten der Leier waren verstimmt, aber zum ersten Mal in seinem Leben verweigerte ihm sein Gehör die richtigen Töne. Er drehte an den Wirbeln, nichts als Missklang. *Danket dem Herrn.* Wenn er es zulässt.

»Nun fang schon an, Junge.« Bœuf gab ihm einen Stups mit der Fußspitze.

»Danket dem Herrn ...«

Die Mauern schluckten weder seinen heiseren Gesang noch das Gejaule der Drehleier. Eher verstärkten sie die Misstöne, wie ein höhnendes Publikum, das einen schlechten Sänger imitiert. Mack streckte die Finger, drehte noch einmal an den Wirbeln und begann erneut.

»Danket dem Herrn, denn er ist gütig.
Und seine Huld währet ewiglich.«

Seine Hände zitterten. Er konnte froh sein, dass er nur eine Kurbel und Tasten bedienen musste.

»Der Herr ist bei mir, ich fürchte mich nicht.«

Weiter.

»In der Bedrängnis rief ich zum Herrn.
Er hat mich erhört und mich frei gemacht.«

Das würdelose Gekreisch einer Maus, die in den Fängen eines Habichts zappelt. Die Oktavsaite völlig verstimmt. Die ut-Taste stumm.

»Was können Menschen mir antun?
Besser sich bergen beim Herrn,
als auf Fürsten zu ... zu bauen.«

Mack legte die Hand auf die Bordunsaiten, um sie zum Verstummen zu bringen. Der Psalm war längst noch nicht zu Ende, aber seine Kraft, Gott zu lästern.

Es war still in der Zelle, die Fliege summte, jemandes Magen knurrte. Behutsam legte Mack die Leier vor sich auf den Boden, wo der Ruß des Feuers sie besudelte.

»Grauenhaftes Instrument. Nicht nur dieses. Man sollte sämtliche Drehleiern verbrennen.« Der Patriarch erhob sich unter Prusten und Ächzen. »Er hat den Psalm gesungen. Kann ich das festhalten? Schlechter, als es seinen Fähigkeiten entspricht, aber das ist nicht seine Schuld. Nicht einmal ein Bettler sollte gezwungen werden, ein solches Instrument zu spielen. Habt Ihr noch Bedenken, Johannes? Ich frage mich, wer die Drehleier ... Kompliziert ... niemals rein in den Klängen ...«

Mack wäre sitzen geblieben, wenn Bœuf ihn nicht am Arm gepackt hätte. Der Schaukämpfer grinste so triumphierend wie ein Hai, der einen Fischer aus dem Boot geholt hat, und schüttelte Mack erneut, diesmal vermutlich, damit er sich verbeugte.

An der Tür blieb der Patriarch stehen. »Sänger ...« Er nickte kurz. »Komm morgen in den Palast. Du sollst zeigen, wozu du wirklich fähig bist. Ich liebe es, Stimmen Farben zuzuordnen. Deine ist silbern wie der Sonnenschein, der auf den Wellen tanzt. Ein kostbarer Schatz, der nicht vergeudet werden darf. Ich bin höchst ...« Er sagte nicht, was er war. Plötzlich hatte er es eilig, den unerquicklichen Ort zu verlassen.

Bœuf drängelte ihm nach, um ihm überschwänglich zu danken, und Mack hätte sich ebenfalls gern angeschlossen. Doch zuerst wollte die Wache des Patriarchen hinaus und dann versperrte Johannes ihm in Tür.

»Sie heißt Lilith.«

Mack musste zweimal ansetzen, bevor er antworten konnte. »Wer?«

»Das Weib Adams. Sein *erstes* Weib. Der Böse erfüllte ihr Herz mit Stolz und sie empörte sich gegen ihre weibliche Natur. Sie ging zum Herrn, um sich zu beklagen, dass sie *unter* Adam liegen müsse. Der Herr züchtigte sie wegen ihres Hochmuts und gab Adam ein demütigeres Weib.«

Mack starrte ihn an, nicht den Mann, sondern die zischelnde Zunge zwischen den nassen Lippen.

»Da sie mit Adam keine Kinder zeugen konnte, gebar sie mit Hilfe der Wüstendämonen ihre eigenen Kreaturen, widerwärtige Geschöpfe, deren Körper denen der Menschen ähneln, ohne dass ihnen etwas Menschliches innewohnt. Seit der Schöpfung wandert Lilith mit diesen Nattern über die Erde und verbreitet Unheil.«

Wartete er auf eine Antwort? Mack starrte an der mageren Schulter vorbei in den Gang. Bœuf schien ihn vergessen zu haben. Man konnte seine Stimme irgendwo in der Ferne hören, wo er immer noch auf den Patriarchen einredete. Kurz überschlug Mack seine Aussichten, Johannes zur Seite stoßen und sich davonzumachen. Er hätte fast gelächelt. Mus in den Beinen, Mus in den Armen und in sämtlichen Gliedern.

»Lilith hasst die Schwangeren. Aus Neid tötet sie Evas Nachkommenschaft in den Wiegen. Eine Bestie. Doch wenn man sie anschaut ... Tau auf den Wangen, Glanz im Haar und in den Augen. Ich habe ihr ihren Namen entrissen und ich weiß, irgendwann wird sie auch ihre Untaten gestehen. Und dann ... ihre Brut preisgeben?«

Schwere Schritte polterten in Richtung Zelle. Bœuf hatte endlich bemerkt, dass ihm sein Schäflein abhanden gekommen war. Mack versuchte jetzt doch, sich an Johannes vorbeizudrängen, aber plötzlich presste ihm jemand von hinten die Luft ab. Der Mönch oder einer der beiden Wächter hatte zugepackt. Johannes Gesicht tauchte über seinem eigenen auf und Speicheltröpfchen flogen in sein Gesicht, als der Inquisitor weitersprach.

»Sie wird hier bleiben, bis sie gesteht, und dann wird sie sterben ... Mack! Sie wird nur noch einmal den Himmel sehen. Morgen bei Einbruch der Dunkelheit werde ich sie zum Palast bringen lassen.« Der Inquisitor begann schneller zu sprechen. »Ein Weg von etwa tausend Fuß, begleitet nur von zwei Männern des Patriarchen. Willst du nicht ...«, seine Stimme wurde hell und überschlug sich vor Eile, »... die Geschöpfe der Unterwelt zusammenrufen, damit sie den Leib, der sie ausgestoßen hat, vor einem qualvollen Tod bewahren? Liegt euch nichts an eurer ... Mutter?« Er musste seinen Männern einen Wink gegeben haben, denn der Druck um Macks Kehle ließ nach.

Mack wollte zur Wand greifen. Stattdessen fasste er in eine Kutte.

»Was lungerst du noch hier herum?«, fauchte Bœuf ihn an. Der Schaukämpfer – nein, der Gelehrte, der Mönch – zog ihn den Gang herab. »Ich bin es wirklich leid«, erklärte er Mack, während er ihn an den Zellen vorbeizerrte, »ständig auf dich aufzupassen.«

»Kotze. Was raus ist, quält nicht mehr«, empfahl er. Mack hatte es bis zur Brücke geschafft, auf der Wiese dahinter ließ ihn sein Magen im Stich. Doch ähnlich wie sein Bewacher in der Zelle brachte er nicht mehr als Galle heraus. Er würgte, bis ihn der Magen schmerzte und seine Speiseröhre in Flammen stand, dann tat er noch ein paar Schritte, um sich nicht zu besudeln, und ließ sich ins Gras fallen. Es war Nacht, aber keinesfalls dunkel, denn das Wetter hatte sich gehalten und an einem wolkenlosen Himmel residierte ein heiterer Mond zwischen seinem Hofstaat, den Sternen.

Der Allmächtige hatte ihn also nicht erschlagen, sondern

segnete ihn stattdessen mit dem Anblick des Himmels und dem würzigen Geruch der feuchten Erde, aus der frisches Leben spross.

Ein Zeichen ...

... für nichts.

Denn der Herr lässt es regnen über Gerechte und Ungerechte. So viel jedenfalls hatte Mack im Kopf über das Wirken jenes furchterregenden Wesens, das alles sah und erbarmungslos strafte, was sich als sündig entpuppte. Er musste an Konrad Dors denken, der sich vor einem Stern gefürchtet hatte, dem er genau diese Eigenschaft zuschrieb: Alles zu sehen und das Böse zu strafen. So viele Henker über den Wolken?

Bœuf ließ sich neben ihm nieder. »Noch einmal davongekommen, aber knapp«, resümierte er.

»Bist du wirklich ein Gelehrter?«

»Etwas daran auszusetzen?«

»Du redest nicht wie einer.«

»Sondern?«

Der Natisone strudelte gegen die mächtigen Brückenpfeiler und gurgelte, wo er von ihnen geteilt wurde. Als würde er ertrinken. Ein Fluss, der ertrinkt. Idiotischer ging es kaum noch. Sterne, die böse Taten ausspionierten, und Flüsse, die unter Brücken ertranken.

»Papst Gregor hätte mir kaum aufgetragen, den Stein zu suchen, wenn ich *kein* Gelehrter wäre. Vielleicht ist mein Wissen nicht auf allen Gebieten gleich umfassend ...«, erklärte Bœuf pedantisch. Er ging einen Moment in sich, um diesen Gesichtspunkt zu überdenken. »Schließlich weiß niemand über alles Bescheid. Alles wissen zu wollen ist Hoffart. Aber ich zelebriere die heilige Messe nicht weniger fromm als andere. Die Menschen sind verschieden. Den einen fesselt die Frage nach der Rangfolge der Tugenden – und andere eben ein Stein. Ein Stück Magie, das wie ein Seeungeheuer gelegentlich den Kopf durch die Wellen der Zeit streckt und wieder verschwindet. Weißt du, dass manche ihn für den heiligen Gral hielten?«

»Nein.«

»Warum so schroff? Wir sprechen über ein Mysterium des Glaubens. Außerdem bist du doch selbst auf der Jagd nach ihm.«

»Bin ich nicht. Ich bin nur ein Kind, das auf den Dächern herumgeklettert ist. Einer, der niemals lügt, hat es dem Patriarchen erklärt.«

»Schäm dich, Mack«, sagte Bœuf traurig.

Eine Nachtigall ging unweit von ihnen auf der Wiese nieder. Zikaden sangen, aber sie übertönte sie bald mit ihrem weichen, traurigen Gesang. Warum ließ Gott es zu, dass jemand wie Lilith Kreaturen gebar, die zum Bösen bestimmt waren? Wenn, dachte Mack, während er einem einsam segelnden Raubvogel nachschaute, der kurz den Mond verdunkelte, wenn es überhaupt stimmte. Warum glaubte er so gierig jeder Anklage, die gegen ihn erhoben wurde?

»Bœuf, was zeigt dieser Stein, wenn man hineinschaut?«

»Hast du das getan? Hineingesehen?«

»Lass. Ich will es gar nicht wissen.«

Bœuf brummte wie einer, der sich selbst zur Geduld mahnt. »Der Stein ist ein Instrument der Macht. Das kannst du in sämtlichen Urkunden lesen. Behalt's im Kopf und gleichzeitig auch das andere: Er ist *kein* Wunschstein. Das stellen sich die meisten nämlich vor: Stein gib mir dies oder das. Verleihe mir Weisheit. Reichtum. Ein Liebchen für die Ewigkeit. Alles Dummheit. Die Wahrheit ist viel komplizierter.«

»Erklär sie mir.«

»Wenn's in dein Regenwurmhirn hineingeht«, meinte Bœuf skeptisch. »Es hat nämlich mit Philosophie zu tun. Petrus Abelardus hat darüber nachgedacht. Roscelin von Compiègne. Bernard von Chartres. Als Erster Platon. *Universalien,* du verstehst? Die Frage, ob Schönheit ... das Böse ... das Gute ... die

Röte ... ob all das wirklich existierende Dinge sind oder nur Gespenster, die in unseren Köpfen hausen. Gibt es eine Realität, die unabhängig ist von unserer Einbildung? Oder sind alles nur Worte, die etwas beschreiben, was wir uns ausgedacht haben? Ich wusste, dass du es nicht begreifst.«

»Und?«

»Was *und?*«

»Was sagen sie?«

»Jeder etwas anderes.«

»Dann haben sie's also auch nicht begriffen.«

»Doch, du Schwachkopf, aber das Problem ist zu störrisch, um es mit einem Griff in die Furche zu bekommen. Und was den Stein angeht ...« Er fasste durch die Dunkelheit, legte Mack die Hand auf die Schulter und schüttelte ihn sacht. »Zu schwierig für dich. Du müsstest erst einmal den Platonismus erfassen und dann anerkennen, dass es eine vom Denken unabhängige Realität gibt.«

»Das tu ich.«

Mack hörte, wie Bœuf verächtlich ausspuckte. »Du weißt nicht mal, was das Wort bedeutet. Aber etwas anderes solltest du wissen, nämlich, warum ich dir geholfen habe. Für mich ist es eine Realität, dass du ein guter Kerl bist. Ich sehe, wie du dich benimmst. Dass du Lisette beigestanden hast. Und sogar mit Giraut geduldig warst, dem Einfaltspinsel. Der Mensch ist, was er tut. *An ihren Früchten* ... und so weiter. Wenn ich etwas mit eigenen Augen sehe, dann verlasse ich mich darauf.«

»Da bin ich sprachlos. Platon?«

Er erhielt eine Kopfnuss. »Und nun zum Stein. Ein Mann namens Francisco Botero, der schon etliche Hundert Jahre tot ist und niemals die Anerkennung fand, die seinem großen Geist gebührte ... Was wackelst du mit dem Fuß? Man braucht Geduld, um schwierige Dinge zu erfassen. Botero glaubte, das Geheimnis des Steins herausgefunden zu haben.

Er hat sämtliche damals verfügbaren Quellen studiert, darunter Pergamente, die längst zerfallen sind. Meiner Meinung nach hatte er ihn sogar in der Hand. Und Botero behauptet: Der Stein verändert die Wirklichkeit. Er verzerrt die Realität, so als wenn man etwas durch fließendes Wasser betrachtet. Ich weiß, dass jeder darüber lacht.«

»Ich lache nicht.«

»Gut. Denn ich habe Beweise dafür gefunden, dass er Recht hat.« Bœuf hielt es nicht mehr am Boden. Er drehte sich auf die Seite und beugte sich über Mack. »Nimm zum Beispiel den Kaiser. Friedrich war beim Heiligen Vater und hat ihm gebeichtet, dass er den Stein aus der Krone Davids gest ... entfernt hat. Was ihm dabei aber selbst widerfuhr, welchen Schaden seine Seele genommen hat, das ist ihm überhaupt nicht klar geworden. Der Kaiser ist Aeternist«, platzte Bœuf heraus. Er knurrte, als Mack schwieg. »Das bedeutet: Er glaubt an die Ewigkeit der Welt, aber nicht an die der Seele.«

»Dann ist er ein Ketzer.«

»Nein, Junge. Und da sieht man, dass dein Verstand eben doch zu schwächlich für die großen Fragen ist. Der Kaiser hat in den Stein geschaut und seitdem kann er nicht mehr erkennen, was deutlich vor seinen Augen steht: dass nämlich ein lebendiger Gott eine herrliche Welt erschuf und sie mit Seelen bevölkerte, denen er seinen göttlichen Atem einhauchte. Er ist kein *Ketzer.* Er wurde durch den Stein verzaubert. Er verlor den Glauben an die *Realität.* Und ...«, fügte Bœuf eindringlich hinzu, »... darüber wirst du niemals ein Wort verlieren, wenn dir nämlich dein schmutziger Hals lieb ist. König Heinrich blickte in den Stein und wähnte sich in ewiger Liebe an ein Weibsbild gebunden, was, wie wir wissen, das übelste aller Trugbilder ist«, brummte er, ohne sich näher zu erklären. »Jedenfalls siehst du jetzt, dass der Stein Wahres falsch und Falsches wahr erscheinen ...«

»Und das ist sicher?«

»Nnnein. Wenn es so einfach wäre, etwas *sicher* zu wissen.«

»Ich muss mich entschuldigen. Du bist wirklich ein Gelehrter. Du redest, ohne dass man hinterher klüger ist.«

Als Bœuf nach ihm griff, packte Mack sein Handgelenk. Ihm tat zu viel weh, als dass er noch einmal hätte geschüttelt werden mögen. Mit einem Seufzer ließ der Einäugige sich ins Gras zurücksinken. Der Vogel, der aufgehört hatte zu singen, hüpfte plötzlich auf seinen Oberschenkel und wippte neugierig mit dem Schwanz. Ein Beweis für die Harmlosigkeit des einäugigen Kolosses? Oder für die Dummheit des Vogels? Oder für beides oder für gar nichts? Hatte überhaupt etwas Beweiskraft?

Mack versuchte sich zu erinnern, was in Cividale geschehen war, in jener verfluchten Nacht, in der er mit dem König gegangen war, um den Stein zu stehlen. Der Stein hatte ihm Nell gezeigt. Eine Liebe, die sündig war, weil sie seiner Cousine galt. Aber nun hatte sich herausgestellt, dass Nell gar nicht mit ihm verwandt war, denn wenn sie die Wahrheit sagte, war er das Kind einer Leibeigenen gewesen, das seinem Vater untergeschoben wurde. Also hatte der Stein in diesem Punkt ... geirrt? Oder hatte er ganz im Gegenteil klar erkannt, welches Unrecht Nell angetan wurde, wenn sich ein ... Wechsel ...

Verfluchtes Wort.

Kein Wechselbalg für Nell. Zumindest das hätte der Stein anerkennen können: Nell gegenüber hatte er sich anständig verhalten. Er war gegangen und hatte sie in Gunthers Obhut ...

»Du liegst da und grübelst vor dich hin«, beschwerte sich Bœuf. »Weißt du, was für eine böse Angewohnheit das ist? Ein redlicher Mensch spricht aus, was ihm durch den Kopf geht. Du schwatzt, dass einem schwindlig wird, aber wenn es um etwas Wichtiges geht, schaust du nur und schweigst. Was ist los mit dir?«

»Ich denke über den Stein nach.«

»Das«, sagte Bœuf, »wollte ich hören. Wo steckt er?«

»Ich weiß es nicht. Aber ich weiß, wo er einmal war. Im Polster eines Stuhls, der in der Kapelle stand.«

14. Kapitel

Battista zitterte vor Ungeduld. Sein Vater, der Schwachkopf, schmirgelte seit dem dritten Läuten eine Holzkugel, die er mit Hilfe eines Zapfens auf ein Bettgestell pfropfen wollte. Eine Kugel! War der Mensch erschaffen worden, um sein Leben für ein Stück rundes Holz zu vergeuden?

In der Natur gab es keine ebenmäßigen Dinge – so jedenfalls argumentierte Battista, und er war ziemlich stolz auf diese Theorie. Wenn Gott alles kreuz und quer durcheinander wachsen ließ – die Baumstämme beispielsweise mit Buckeln und Beulen ausstattete –, warum sollte der Mensch sich dann über ihn erheben und Gerades oder Rundes erschaffen wollen?

Der junge Mann hatte bei diesen Gedanken seine eigene Kugel, das Gegenstück zu der des Vaters, in den Schoß sinken lassen.

»Du bist nicht zu groß für den Stock«, hörte er den Vater brummen.

Angewidert nahm er den Schmirgel wieder auf und fuhr erneut über das Holz. Er hatte sich mit den anderen Jungen verabredet, aber bis zum Abend würden noch Ewigkeiten verstreichen. Battista wollte seufzen, doch dann dachte er plötzlich an Cinzio und statt des Seufzers trat ein Lächeln auf seine Lippen. Cinzio hatte ihn wegen seines neuen Rocks angesprochen. Rosenfarbener Samt mit schilfgrünen Saumbändern, ein Traum, eines Königs würdig. Cinzio hatte den Rock verächtlich machen wollen, aber als Sohn eines Tuchgewanders erkannte er natürlich seinen Wert.

Einen Moment lang wurde Battista unbehaglich zumute, als

er nämlich daran dachte, was sein Vater sagen würde, wenn er den Rock in seiner Kiste oder gar das Fehlen der Silbermünze in dem Versteck hinter der Vertäfelung bemerkte. Sein Vater war ein aufbrausender Mensch und dem Stock, dem Läuterer missratener Kinderseelen, so herzlich verbunden, wie ein eifriger Kirchgänger es nur sein konnte.

Dieses Schilfgrün, dachte Battista, während er träumerisch das Holz bearbeitete und seinen Vater schon wieder vergaß, gab einen unglaublichen Effekt zum etwas dunkleren Grün seiner Augen. Cinzio hatte auch das mit Kennerblick bemerkt, aber versucht, seinen Neid hinter einem Lachen zu verstecken. Bist du ein Pfau geworden, Battis ...

Er schrie klagend auf, als ein scharfer Schmerz auf seine Finger niederging. »Vater! Was tut Ihr?«

Sein Vater legte die Gerte, die kleine Schwester des Stocks, auf die Bank zurück und machte sich mit verkniffenem Gesicht erneut über die Kugel her. Heute Abend würde er Mutter beschimpfen und sie fragen, was für einen Kuckuck sie ihm ins Nest gesetzt hatte. Mutter schlug nicht, aber wenn sie schlecht gelaunt war, verweigerte sie Battista das Essen oder versteckte Nägel in seinem Strohsack. Essen konnte er sich selbst besorgen und die Nägel sammelte er einfach wieder heraus, aber es war demütigend, wie ein kleines Kind ...

Diesmal bemerkte Battista die Gerte schnell genug und wich ihr aus, indem er die Kugel fallen ließ und die Hände hinter dem Rücken versteckte. Einen Moment schauten er und sein Vater einander schweigend an.

»Jetzt hab ich aber genug«, schimpfte Battista unsicher, und versuchte zu erkennen, wie weit er seinen Vater mit diesem Angriff beeindrucken konnte. Als er sah, dass der sich nach dem Stock umblickte, sprang er auf und floh entsetzt aus der Werkstatt. Der Alte wurde langsam klapprig, doch in seinen Armen steckte die Kraft eines Sarazenen.

Gehetzt blickte er sich im Hof nach einer Fluchtmöglichkeit

um. Als Kind hatte er sich auf den Pfirsichbaum neben dem Taubenkäfig hinten im Garten gerettet. Der schien ihm jetzt nicht mehr sicher genug. Er befand sich schon auf dem Weg zum Tor, das geradewegs zur Gasse führte, als er seine Meinung änderte. Seine Füße schienen ihn plötzlich wie von selbst zu dem Schuppen zu tragen, in dem der Vater die Möbel zur Reparatur aufbewahrte. Battista wusste, dass er sich beeilen musste. Er hörte seinen Vater Flüche spuckend nach dem Stock suchen, den er wohlweislich hinter den Polierlappen versteckt hatte.

Wie in einem jener schrecklichen Träume, in denen man mit Füßen aus Blei stapft, während die Verfolger sich auf Windhundbeinen nähern, eilte Battista zum Schuppen. Als er die Tür hinter sich geschlossen hatte, sackte er zu Boden und verfluchte seine Unbesonnenheit. Er hätte schon längst zum Tor hinaus sein können. Atemlos horchte er auf das Quietschen der Tür, doch nichts geschah.

Aus trauriger Erfahrung wusste Battista, dass sein Vater manchmal tat, als könne er den Sohn nicht finden, nur um dann, wenn dieser sich in Sicherheit wähnte, umso ärger über ihn herzufallen. Also hockte er weiter reglos da und lauschte. Er meinte, irgendwo die weinerliche Stimme seiner Mutter zu hören, die jetzt wahrscheinlich die Schläge verabreicht bekam, die eigentlich dem Sohn zugedacht waren. Besonders Leid tat sie ihm nicht. Er wusste, dass sie mit den Kunden anbändelte, wenn keiner zusah.

Battistas Augen wanderten durch die Dunkelheit. Der Gegenstand, den er so suchte, war ein Stuhl, den er hatte reparieren sollen. Den er eigentlich schon vor Mariä Reinigung wieder in der Kanzlei des Patriarchen hätte abliefern sollen. Man konnte ihm auch nicht vorwerfen, die Arbeit nicht begonnen zu haben, denn sonst hätte er ja kaum den Glücksstein gefunden. Richtig? Zerrissen zwischen der Furcht, sein Versteck preiszugeben, und dem Verlangen nach dem kostbaren Stück, das er wieder zwischen die Polsterbänder des Stuhls geklemmt hatte, wackelte er mit dem Kopf.

Undeutlich hörte er seine Mutter die Namen seiner Freunde rufen, sicherlich um ihnen die Schuld am Betragen des Sohnes zu geben. Er kannte den Sermon. Aber seine Mutter irrte. Hatte Battista sich doch die neuen Freunde erst gesucht, *nachdem* er erkannt hatte, wie einnehmend, witzig, ja geradezu glänzend sein Wesen war. Sie würde staunen, wenn sie einmal sehen könnte, wie andächtig man auf der Piazza S. Francesco seinen scharfsinnigen Äußerungen lauschte, wie die anderen ihn um sein Aussehen beneideten.

Battista tappte zwischen den staubigen Möbeln umher. Der Wunsch, den Stein anzusehen, hatte seine Angst besiegt. Ohne es zu merken, riss er sich die Handkante an einem Span blutig. Er überwand mit einem Lächeln die Barriere aus übereinander gestapelten Truhen, die den Weg zum Stein versperrte. Als er sich zwischen Holzbeinen und ein paar Latten auf dem Boden niederließ und die Finger unter das Polster schob, um das Bändergeflecht abzutasten, zitterten seine Hände. Er berührte mit den Fingerspitzen das Kleinod, zog es heraus und schloss die Faust darum. Nachdem er über weitere Möbelstücke geklettert war, erreichte er das hintere Fensterchen, dessen Läden er mit dem Ellbogen aufstieß.

Battista seufzte.

Der Sonnenschein ließ den geschliffenen Stein auffunkeln und erfüllte ihn mit Leben, bis er fast zu atmen schien. So musste Gott Adam erweckt haben. Genau so. Wie hypnotisiert starrte der Junge in den goldenen Glanz.

Es war sein Schicksal gewesen, von Kind auf missverstanden zu werden. Seine Eltern hatten nicht begriffen, welch besonderen Geist ihnen der Allmächtige anvertraut hatte, und ließen Schläge auf einen Körper niederprasseln, dessen Vollkommenheit sie mit Tränen in den Augen hätten bewundern sollen.

Der Stein dagegen war voller Weisheit. Er lächelte Battista zustimmend an. Sie waren zwei makellose Geschöpfe, die einander bis ins Herz verstanden. Der Stein würdigte die butterglatten Haare, die Battista von seiner Mutter geerbt hatte, und ebenso die glutvollen Augen, deretwegen der Vater ihn einen Bastard schimpfte. Nun, in Wirklichkeit lächelte der Stein natürlich *nicht*. Er war ein Schmuckstück, das Battista in eine Fibel einfassen wollte, sobald ...

Der Zeitpunkt war nicht wichtig.

Der Junge beugte sich vor und presste die Lippen auf den gelben Glanz.

15. Kapitel

Er verbrachte die Nacht auf der Wiese und schlief. Wie tot, behauptete Bœuf am nächsten Morgen. Und da er ihn zweimal wachgerüttelt hatte, nur um ihn aufgebracht anzuschnauzen, musste etwas daran sein.

Sie trennten sich, so wie sie es am Abend zuvor verabredet hatten. Bœuf machte sich auf den Weg zum Palazzo des Patriarchen, wo er unauffällig nach dem Stuhl forschen wollte. Mack wanderte in Richtung Süden, bis er einen baumbeschatteten und von gelben Blüten überzogenen Auwald fand. Der größte Vorzug dieses prächtigen Ortes war, dass er völlig einsam lag. Mack stahl Eier aus einem Rebhuhngelege, saugte sie aus und schlief mit dem letzten Ei in der Hand auf einem Bett aus Sternmoos wieder ein.

Gegen Mittag kniete er sich an ein grünes Gewässer. Es war zu trübe, als dass er mehr als seinen Schatten hätte wahrnehmen können, aber er sah, wie das Wasser sich verfärbte, als er Gesicht und Hals wusch. Zögernd blickte er an sich herab. Blut auch auf dem Rock und auf den schmalen Säumen seiner Hemdsärmel, die unter dem Rock hervorlugten. Also spülte er auch noch die Kleider aus. Er breitete sie zum Trocknen aus und fiel erneut ins Moos. Doch diesmal brachte ihm der Schlaf keine Erholung. Ein Alp legte sich auf seine Brust, bescherte ihm angstbesetzte Träume und schnürte ihm die Luft ab, bis er keuchend erwachte. Er streifte seine klammen Kleider über und beschloss, sich auf den Weg zurück in die Stadt zu machen. Allerdings nicht um Bœuf zu treffen, das musste Zeit haben.

Die südliche Stadtgrenze wurde durch den Natisone gebildet und an seinem Steilufer lag der Eingang des Kerkers. Mack suchte sich einen verwachsenen Olivenbaum auf der jenseitigen Uferseite aus und kletterte hinauf. Tat er damit genau das, was Johannes von ihm erwartete? Er hatte keine Ahnung. Sein Gehirn schien ebenso träge und zerschlagen zu sein wie seine Knochen.

Es dämmerte schnell und wurde kühler.

Ein Krötenmännchen krächzte im Ufergras. Aus Furcht, weil es in einem der Baumwipfel die starren Bernsteinaugen einer Eule entdeckt hatte? Oder weil es sich nach einem Weibchen sehnte, das es begatten konnte? Kröten waren nicht wählerisch. Sie gaben sich auch mit einem Stück Treibholz zufrieden, wenn sich nichts Besseres fand. Glückliche Wesen.

Das Tor zum Gefängnis verschwamm mit den Felsen, bis es nur noch als schwarzes Loch inmitten dunkelgrauer Schatten erkennbar war. Und schon wieder war er müde, so dass ihm ständig die Augen zukippten.

Fröstelnd beugte Mack sich vor, um sich bäuchlings auf einen der verzweigten Äste zu legen. Lilith, dachte er, aber das Lächeln, das sich auf seine Lippen drängte, erstarb. Die Hofdame der böhmischen Prinzessin war ein Rätsel, das er nie entschlüsselt hatte. Sie war mit Konrad Dors an den Hof des deutschen Königs gekommen und sie hatte mit ihm gemeinsam den König in eine Intrige verstrickt, um an den vermaledeiten Stein zu kommen, davon war er inzwischen überzeugt. Sie war Dors' Komplizin gewesen – aber als es darauf ankam, hatte sie ihm gegen den bösartigen Mann beigestanden. Sie hatte ihm mindestens einmal das Leben gerettet. Und ... bedenkenlos andere dafür geopfert?

Er seufzte.

Jedenfalls war sie nicht, was Johannes behauptete, dieser Vorwurf war abscheulich. Zerstreut überlegte Mack, wie sie in die Hände des Inquisitors gefallen sein mochte. Verdächtig wegen ihrer Schönheit? Es gab viele schöne Frauen. Wegen ihres orientalischen Aussehens? Hatte sie etwas getan, was sie mit dem Stein in Verbindung brachte? Wann mochte dabei sein Name gefallen sein?

Es begann zu nieseln. Das Öacköack der Kröte verstummte, um einen Moment später weiter flussabwärts von einer anderen Kröte aufgenommen zu werden. Ein Ratz mit einem weißen Fleck im Fell huschte unter eine Wurzel und starrte von dort mit seinen glänzenden Knopfaugen in die Nacht.

Bruder Eule, Schwester Lilith und ein Lästerer des Allerhöchsten. Hörten die beiden ebenfalls Mauern singen? Wussten sie um die Gefahren, die von Brücken über fließenden Gewässern ausgingen?

Gleichgültig. Eule hatte einen Weg gefunden, zu Mack in den Kerker zu kommen. Und da der Mönch und die beiden Wächter ihr Versagen verschwiegen hatten, gab es gute Aussichten, dass dieser Weg immer noch frei war. So wie er Mack hätte befreien können, so würde er Lilith befreien. Mit etwas Glück hatte er es bereits getan.

Und wenn nicht?

Die Kröten begannen ihm auf die Nerven zu gehen. Er machte den Ruf des Waldkauzes nach, aber die Imitation war halbherzig und die Kröten kümmerten sich nicht darum. Vielleicht verband Eule und Lilith nur die Gier nach dem Stein. Vielleicht hatte es nie eine Freundschaft gegeben oder sie war zu Ende gegangen ...

Plötzlich flammte der Schein einer Fackel am anderen Ufer auf. Mack fuhr in die Höhe und hielt den Atem an. Das Licht befand sich genau in der Mitte des Ufers. Jemand musste die Tür des Kerkers geöffnet haben. Ein zweites Licht gesellte sich hinzu. Die schwärzliche Wand wandelte sich zu einer Bühne, aus Schatten wurden Menschen.

Mack stöhnte leise, als er erkannte, dass die Männer in die Uniform der Patriarchendiener gekleidet waren. Einer von ihnen blickte sich weitschweifig um und maß auch das gegenüberliegende Ufer mit den Augen ab. Dann machte er Platz für eine Frau, die mit gebundenen Händen ins Freie geschoben wurde. Alles, wie der Inquisitor vorausgesagt hatte. Zweifellos gab es eine Menge Augen, die genau in diesem Moment nach dem verruchten Geschöpf Ausschau hielten, das mit Hilfe finsterer Mächte versuchen würde, seinesgleichen zu befreien.

Mack wollte fortsehen, aber er konnte die Augen nicht von der weiß gekleideten Frau lassen, deren Haar wie ein schwarzer Schleier auf die Hüften fiel. Lilith ging sicheren Schritts, was ihn mit traurigem Stolz erfüllte. Aber die Männer machten sich einen Spaß daraus, sie zu schubsen und an den Haaren zu ziehen, sicher auf Johannes' Anweisung hin. Werde wütend. Tappe in die Falle, Wechselbalg. Liefere mir den Beweis, den ich brauche, um den Sinn des Patriarchen zu wandeln.

Mack kroch zur Mitte des Baums zurück, wobei er die drei Gestalten jenseits des Flusses nicht aus den Augen ließ. Er hätte sich einen Plan zurechtlegen müssen, wie er Lilith helfen konnte, machte er sich selbst Vorwürfe. Aber im Grunde seines Herzens wusste er, dass kein Plan Aussicht auf Erfolg hatte.

Warum sich nicht in einen Kampf stürzen und sterben? Dem Spiel, bei dem er immer nur der Verlierer zu sein schien, ein furioses Ende machen?, dachte er zermürbt, während sein Fuß sich von einer Astgabel zur nächsten tastete und die schuppige Rinde seine Hände schmirgelte. Aber ... nein, sie würden ihn nicht töten, sondern überwältigen und mit wenigen Schrammen bei ihrem Herrn abliefern, wie er es sicher befohlen hatte.

Alles Dreck!

Mack hatte den Boden fast erreicht. Inzwischen hatten sich Dutzende Kröten zu einem schaurigen Konzert vereinigt, das die Uferwiese erzittern ließ. Die Wolken zupften am Mond. Der Fluss schäumte und wütete gegen die Pfeiler an. Mack ließ sich fallen ... Und merkte, dass er sich ein weiteres Mal verrechnet hatte. Im selben Augenblick, in dem seine Füße den Boden berührten, wurde er gepackt und nach hinten gerissen. Er wollte sich wehren ...

Doch Gelächter perlte an sein Ohr.

»Du bist so schreckhaft. Sie haben Recht, dich für ein Tier zu halten. Eine Maus? Gib Ruhe, Maus, und erdrück mich nicht.«

Er wälzte sich beiseite und blickte in Augen, dunkler und stürmischer als eine Gewitternacht. »Du kannst nicht hier und gleichzeitig dort sein«, sagte er.

»Wie klug von dir, das zu wissen.« Lilith hauchte ihm einen Kuss zu. Sie lag rücklings im Gras, die schwarzen Haare wie einen Fächer ausgebreitet, und im Gegensatz zu ihm schien sie so unbeschwert wie die Kröten, die über dem Liebesspiel die Fänge der Eule vergaßen.

»Du bist gar nicht im Kerker gewesen. Oder doch?«, verbesserte sich Mack, nachdem er ihr Gesicht so gedreht hatte, dass Mondlicht darauf fiel. Liliths zarte Züge waren ausgezehrt. Die Haut spannte dünn wie brüchige Seide über den Wangenbögen und ihre Augen waren ihm deshalb so schwarz vorgekommen, weil sie von Schatten umringt wurden, die sie auf das Doppelte vergrößerten. Sie war gezeichnet. »Wie bist du frei gekommen?«

Lilith griff nach ihm und zog ihn an ihre Brust, die so weich war, dass er kaum wagte, sie mit seinem Gewicht zu beschweren. Eine Zeit lang schwiegen sie, beide erschöpft, und er hörte ihr Herz pochen.

»Eule?«

»Was?«

»Hat Eule dich befreit?«

»Hat er dir diesen Namen gesagt? Dann muss er dich gern haben, Mack. Er lässt sich nur von wenigen so nennen.«

»Woher kennst du ihn?«

Liliths Hände fuhren durch sein Haar und schmiegten sich um seinen Hinterkopf. Er konnte sich nicht besinnen, jemals so sanft berührt worden zu sein, nicht einmal von Nell. Ihm stiegen Tränen in die Augen, die er verstohlen fortblinzelte. »Woher kennst du ihn?«

»Hat du nie gelernt, dich am Augenblick zu erfreuen?«

»Nein, hab ich nicht. Irgendwo, Lilith, vielleicht nur einen Sprung entfernt, sitzt ein böser, dünner Mann und durchforscht die Nacht nach uns.« Mack wollte sich aufsetzen, aber die Hände hielten ihn zurück. Maiglöckchenduft füllte seine Nase. Er strömte wie ein Stärkungsmittel in seinen Körper, eine Droge, die die Wonnen eines ganzen Frühlings in sich trug. Er konnte nicht verhindern, dass er einen Moment stillhielt, um dem Geruch in den Nasenlöchern nachzuspüren. »War es Eule, der dich befreit hat?«, wiederholte er schließlich benommen seine Frage.

»So ist es. Und was führt der ... böse, dünne Mann im Schilde, von dem ich nichts weiß?«

»Du solltest ein Köder sein, um mich zu entlarven. Und nun, da du entflogen bist, hat er eine Fliege statt eines Schmetterlings auf den Haken gespießt. Oh, Lilith, wir sind in Gefahr.«

Er spürte sie lächeln.

»Wenn *du* mich hier gefunden hast, dann wird auch ...«

»... der böse, dünne Mann?«

»... der Inquisitor sich denken können, wo er suchen muss. Willst du in das Loch zurück?«

Lilith gab ihm einen Klaps auf den Hinterkopf. Sie wollte etwas sagen, aber plötzlich zogen sich ihre Brauen zusammen. Sie legte die Hand auf seine Lippen. Mack strengte sein Gehör an, doch die Nacht verschwieg ihm, was Lilith zu hören glaubte. Er lauschte, bis sein Gehör kribbelte. Aber da war nichts. Nur das Pladdern des Regens. Und irgendwo Nachttiere, die mürbe Blätter und Zweige brachen. »Was ...?«

Lilith schüttelte den Kopf. Deutlich sah er im Mondlicht einen verschorften Kratzer, der vom Mundwinkel zum Ohrläppchen hinaufführte, und ohne zu wissen, wie sie an die Wunde gekommen war, hätte er sie am liebsten in die Arme geschlossen und getröstet.

»Der Ratz ist fort«, flüsterte sie. »Riechst du seinen Saft?«

Er schüttelte den Kopf. Der Maiglöckchenduft hatte jeden anderen verdrängt. Seine Nase war wie betäubt.

»Er muss auf ein Wesen getroffen sein, das ihm gefährlich vorkam, und hat es angesprüht. Komm, zum Fluss hinab.« Selbst schnell wie ein Ratz, stand Lilith auf den Beinen. Ihre Haare, die sie mit geflochtenen Gräsern zusammengehalten hatte, lösten sich und streiften Macks Gesicht. »Komm.« Auch in der Gefahr war ihre Stimme voller Lachen. »Komm schon, du Trampel.«

Er folgte ihr stolpernd, während sie libellenhaft zum Ufer hinabglitt. Kurz vor dem Schilf machte sie Halt.

»Nein, ein Trampel bist du nicht.« Sie zog ihn ins Gras, das hier schon vom Flusswasser durchtränkt war. »Du bist ein Bild, das gemalt wurde, um ein Frauenherz an Sehnsucht erkranken zu lassen. Ein süßes Leid. Ein böser Schabernack gelangweilter Götter. Weißt du, dass ich siebzehn Monate jeden Tag an dich gedacht habe? Ich starb und genas, je nachdem, ob ich von ewiger Trennung oder baldigem Wiedersehen träumte. Berühre mich, mein Glück. Willst du das tun?«

Sie schloss die Augen, und wenn es einen Moment gab, in dem Mack Johannes' wüsten Verdächtigungen geglaubt hätte, dann jetzt. Bei ihm lag eine Wassernixe, deren Haare von Farnen und schimmernden Sumpfblüten gekränzt wurden und deren Gesicht so bleich wie Raureif auf einem gefrorenen Teich war.

»Mack?«

»Lilith«, flüsterte er. »Du bist eine Schwindlerin. Du hast

siebzehn Monate lang an Steine in indischen Bäumen gedacht. Deshalb bist du in Cividale.«

»Ich bin meiner Liebe wegen hier.«

»Und was hat Eule mit deiner Liebe zu schaffen?«

Obwohl ihr Gesicht im Schatten lag, konnte er erkennen, wie sie einen Schmollmund zog. Sie schob ihn beiseite und kreuzte die Arme auf der Brust. »Ich hatte vergessen, wie langweilig du bist.«

»Hat *er* dir gesagt, wo du nach mir suchen sollst?«

»Er hat mir gesagt, dass du von meiner Kerkerhaft weißt. Mich hat die Hoffnung getrieben, dass auch du Sehnsucht nach mir hast, und hier ist der einzige Platz, von wo aus man den Kerker sehen kann.«

»Und wenn er ebenfalls hierher ...?«

»Er weiß nichts von Liebe. Er ist schlimmer als der dünne Mann. Er wurde mit einem toten Herzen geboren.« Sie sah aus, als wolle sie weiteren Erörterungen ausweichen, und seufzte, als sie seinen bohrenden Blick bemerkte. »Mack. Du verstehst ihn nicht. Er ist eine Krämerseele, er wiegt Vorteile gegen Nachteile und greift zu, wo er etwas zu ergrapschen hofft. Etwas anderes kommt ihm nicht in den Sinn.«

»Was hattest du ihm zu bieten?«

Eine Welle spülte zu ihnen hinauf und benetzte Macks Knie. Lilith musste den Kopf heben. Sie stützte sich auf den Ellbogen, aber so, dass sie ihn immer noch ansehen konnte.

»Wir sind Bruder und Schwester. Und wenn wir einander auch nicht sonderlich lieben: Wir müssen uns beistehen.«

»Bruder und Schwester?«

»Wer kann schon etwas für seine Verwandtschaft?«

»Was wollt ihr mit dem Stein?«

Gereizt fegte Lilith die Blüten und Schlingpflanzen aus ihrem Haar. »Du solltest dich Johannes als Adlatus anbieten.«

»Hat Eule dich an den Hof des Königs geschickt?«

»Mich und Konrad Dors. Dors, damit er Heinrich verleitet,

den Stein zu stehlen. Mich, damit ich ihm beistehe«, erklärte sie verdrossen.

»Und damit du Dors überwachst. Ist er auch ein Bruder?«

»Was für eine dumme Idee!«

»Bin *ich* ein Bruder?«

»Du bist ... ein Gimpel, der auf Rosen trampelt, um über die Dornen in seinen Füßen zu jammern. Mack, was redest ...« Sie hob den Kopf und erstarrte in der Bewegung wie eine witternde Wölfin. »Wir sind nicht mehr allein.«

»Hat Eule dich befreit, um mich zu beschwatzen, dass ich dich zum Stein führe?«

Er hatte kaum zu Ende gesprochen, da hörte er es selbst. Etwa einen Steinwurf entfernt brachen Zweige, wie es nur durch ein großes Tier geschieht. Oder durch einen Menschen, der sich keine Mühe gibt, sein Kommen zu verbergen. Lilith fuhr mit der Hand zum Mund – und glitt ins Wasser. Er sah, wie ihr Kleid sich blähte und sie es an den Körper streifte.

Die Schritte näherten sich. Eule? Nein, den hätten sie nicht gehört, bis er ihnen den Finger in den Rücken bohrte.

Lilith winkte und deutete mit einer großen Geste auf das Wasser. Mack blickte an ihr vorbei zu den schwarzen Bögen der Steinbrücke, die sich über den Natisone schwang. Er schüttelte den Kopf.

Im nächsten Moment war sie verschwunden.

Während Lilith sich im Wasser sicher fühlte, boten für Mack die Sträucher Schutz. Er spitzte die Ohren und zog sich eilig in das dichter bewachsene Gebiet oberhalb des Flusses zurück. Als er einen Moment innehielt, hörte er den Mann am Ufer grunzen. Er glaubte, eine Silhouette zu sehen, die mit einem übermannsgroßen Spieß in den Büschen stocherte. Gebückt schlich er weiter.

Hinter einem verdorrten Baum, den ein Unwetter in eine Gruppe Schlehen geworfen hatte, fühlte er sich geschützt genug, um sich auf die Fersen zu kauern und abzuwarten. Der

Ratz erwischte eine der Kröten, ihr kläglicher Schrei wehte durch die Nachtluft. Der Fremde, zweifellos einer von Johannes' Söldnern, suchte das Ufer ab. Aber er entfernte sich in die falsche Richtung. Ein Fluch bezeugte schließlich, dass er die Suche aufgab. Der Wald erbebte, als er sich unter ordinärsten Schmähungen auf den Rückweg machte.

Sonst ... Nichts.

Wirklich nichts?

Misstrauisch blieb Mack auf den Fersen hocken. Bis er Liliths weiße Kleider zwischen dem Gesträuch im Uferwasser entdeckte. Sie schien genau zu wissen, wo er steckte, denn sie winkte in seine Richtung.

Ihr weißes Gesicht blickte ihn durch die hängenden Zweige eines mit Blüten übersäten Busches an, als er zum Fluss zurückkehrte. Sie lachte. »Der Sperling ist dem Habicht entwischt. Komm zu mir ins Wasser, Mack. Es ist warm.«

Nicht nur ihre Kleider waren weiß. Als sie ihm den Arm entgegenstreckte, sah er die helle Haut ihrer nackten Schultern. Und es haftete auch kein Maiglöckchengeruch mehr an ihr – der schwüle Duft der Liebe schlug ihm entgegen. Er tat einen Schritt rückwärts, stolperte und blieb im Unkraut sitzen. Schamlos legte Lilith die beiden Arme auf einen Ast und stützte das Kinn darauf. »Warum kommst du nicht?«

Er schüttelte den Kopf.

Schweigen hing zwischen ihnen wie eine Barriere, dünner als Luft, brüchig.

»Weißt du, wer mich an Johannes ausgeliefert hat? Es war der Kaiser. Eule hatte mich an seinen Hof geschickt, damit ich herausbekomme, ob der Stein sich womöglich längst wieder in seinen Händen befindet, denn auszuschließen war das nicht. Nicht der Kaiser, aber einer seiner Vertrauten schenkte mir seine Gunst – und lieferte mich seinem Herrn aus, als ich etwas zu neugierig des Kaisers Gemächer durchsuchte.«

»Wie unangenehm für dich.«

»Doch zuvor hatten wir oft und glücklich miteinander geplaudert. Er hat mir erzählt, dass der Kaiser seinen Sohn für das dümmste und gleichzeitig durchtriebenste Geschöpf auf Erden hält. Heinrich will sich auf die Seite der Lombarden schlagen. Er will mit ihnen ein Bündnis eingehen, dass sie den Kaiser nicht über die Pässe nach Deutschland ziehen lassen.«

»Wie ...«

»... töricht von ihm. Das meinte ich auch.«

»Warum erzählst du mir das?«, fragte Mack nüchtern.

»Mein lieber Freund wusste nicht nur von den Plänen des Königs, sondern auch, wer in seinem Auftrag mit den Lombarden verhandeln soll.« Sie zwinkerte ihm zu. »Heinrich hat seinen Waffenmeister geschickt.«

»Gunther?« Er erschrak. Diesmal nahm er ihr das Lächeln übel. »Was hat der Kaiser vor?«

»Nichts. Er wird – wenn seine Pläne sich nicht geändert haben – den armen Kerl sein Werk verrichten und heimkehren lassen. Und wenn die Zeit reif ist, über den König ein fürchterliches Gericht halten.«

Mack erhob sich. Seine Hose war bis zu den Schenkeln hinauf von Wasser durchweicht. Nichts Geheimnisvolles oder Feenhaftes lag mehr über dieser Nacht. Es stieß ihn ab, mit welchem Genuss Lilith von den Intrigen des Kaisers erzählte.

»Du solltest auch wissen, wer Gunther begleitet.« Sie gab nicht auf. Sie tauchte unter dem Ast hindurch und erschien auf der anderen Seite des Gesträuchs. Einen Moment befürchtete Mack, sie würde nackt, wie sie war, zu ihm heraufkommen. Aber sie blieb in den Fluten. »Nell.«

Mack blieb die Bemerkung, die ihm auf der Zunge lag, im Hals stecken.

»O ja, der kleine Schatz. Nicht traurig sein, Mack, und nicht übel nehmen. Sie war so einsam. Und dein Freund Gunther ...«

»Wieso Nell?«

»Weil sie vernünftig ist. Einmal hat sie den Mann ziehen lassen, der ihr den Hof machte. Jetzt hält sie fest, was sich ihren Händen ...«

Er stammelte nichts, obwohl sein Kopf voller sinnloser Silben war.

Lilith blickte ihn aus den walnussgroßen, schwarzen Flecken, die ihre Augen umgaben, an. Ihre Schlüsselbeine stachen durch die dünne Haut, als sie sich mit der Fingerspitze über die Nase fuhr. »Das ist unbillig von dir. Jeder muss sehen, wo er bleibt. Ein nettes Mädchen und ein braver Mann.« Dann sprach sie plötzlich ungeduldig und rasch. »Komm, Mack. Es gibt nicht nur ein einziges Kraut, das Wunden heilt. Du hast mich gern und ich, ich bete dich an. Meine Arme sind warm und geeignet ...«

Es war ein Sirenengesang, der den Zauber verloren hatte. Mack wandte sich um und ging.

Er bezweifelte nicht, dass Lilith die Wahrheit gesagt hatte.

16. Kapitel

Bœuf hatte es nicht für nötig gehalten, die Herberge zu wechseln. Der Patriarch hatte Macks Unschuld verkündet, also gab es keine Bedrohung mehr. Sein Lächeln war bei diesen Worten riesenhaft gewesen, und wie ein riesenhaftes Kind, das glaubt, die Heiligen bewahren die Guten vor allem Bösen – so war er Mack erschienen. Aber da Mack zu müde zum Widersprechen gewesen war, hatten sie ausgemacht, sich bei der Herberge zu treffen. Der Zeitpunkt war bereits überfällig – um genau eine Nacht und einen angebrochenen Vormittag –, aber wenn die Herberge tatsächlich sicher war, würde Bœuf dort auf ihn warten.

Der Junge mit der schiefen Schulter saß vor dem Hoftor und bürstete Rost von eisernen Eggenzinken. Er kaute dabei Getreidekörner und grinste Mack fröhlich an. Seine Unbekümmertheit war beruhigend. Mack erklomm die aus Brettern zusammengezimmerte Holzstiege und fand Bœuf auf der Strohmatratze.

»So!«, blaffte der Einäugige.

»Was, so?«

»Dass der Herr sich endlich heim bemüht. Macht ja nichts, wenn sich jemand die Nacht um die Ohren schlägt. Und Pisse aufwischt ...« Bœuf torkelte auf die Füße und umarmte Mack so heftig, dass er ihm fast das Rückgrat brach.

»Wieso Pisse?«

»Du bist von Kopf bis Fuß heil, Junge? Gib Antwort!«

Mack befreite sich. Er konnte nichts Auffälliges in dem kleinen, schmuddligen Raum entdecken. »Was für Pisse, Bœuf?«

»Katzenpisse. Er muss mit dem Bösen im Bunde sein, denn

er hat das Vieh dazu gebracht, geradewegs ins Antlitz ...« Bœufs Augen richteten sich auf einen Gegenstand, der auf einem Stück Sackleinen auf dem Fenstersims lag. Mack musste einen Moment nachdenken, bis ihm einfiel, woher er das kleine, bemalte Holzkästchen kannte. Dann nahm er es zur Hand. Der büßenden Magdalena hatte der Katzenurin das halbe Gesicht weggeätzt. Dem Herrn hatte er Narben auf den Händen und Flecken auf dem Gewand hinterlassen.

Mack versuchte sich zu besinnen, wo er das Kästchen seiner großherzigen Gönnerin verloren hatte. Im Garten? Beim Kampf mit dem Fiedler auf dem Dach der Kapelle? Oder hatte er es überhaupt nicht verloren, sondern geistesabwesend bei seiner Rückkehr irgendwo hier im Raum abgelegt? Er kam nicht drauf.

»Das war Eule?« Er wollte das Kästchen, das bestialisch stank, auf den Sims zurücklegen, aber Bœuf nahm es ihm ab.

»Und drinnen auch«, sagte er und klappte mit dem Daumennagel den Deckel auf. Er musste versucht haben, den Samt, mit dem der Innenraum ausgeschlagen war, trockenzureiben, aber er hatte nichts retten können. Mack starrte auf ein mit einem Goldfaden gesticktes Kreuz, das sich hell vom dunkelgrünen Samt abhob und eigentlich ob der Blasphemie hätte in Flammen stehen müssen.

»Er kam gerade hier raus, als ich vom Palazzo ...«

»Warum hat er das getan?«

Bœuf packte ihn am Arm. »Macht es dir Angst?«

Ja, das tat es. Weil es ein so feinsinniger Gruß an einen Gotteslästerer war? Nein. Der Fiedler hatte gezeigt, welche Grenzen er seinem eigenen Tun setzte. Gar keine nämlich. Wer die Hand ausstreckt, um die Sonne in den Schmutz zu werfen, welche Skrupel sollte der haben, einen Funken auszutreten? Das war die Botschaft des besudelten Kästchens.

»Also!«, knurrte Bœuf. »Er sagt, er wartet.«

»Auf den Stein.«

»Seine einzigen Worte: ›Sag ihm, ich warte.‹ Stinkender Sohn einer Ziege. Soll er warten, bis zum Armageddon«, donnerte der Gralsgelehrte mit dem Zorn eines Mannes, dessen heiligste Gefühle geschmäht worden waren. Dann entblößte er die gelben Zähne. »Und das wird er auch. Denn ich habe den Stein gefunden.«

Er erzählte ihm seine Geschichte ausführlich, während sie über die Brücke und in die Stadt hinaufgingen. Der Stuhl – falls es sich um denselben handelt, Mack, falls! – hatte bis vor wenigen Wochen in der Kapelle gestanden. Das Präsent eines Kreuzfahrers, der es aus dem Heiligen Land mitbrachte. Jemand litt an Hämorrhoiden, man schätzte den Stuhl wegen seines weichen Kissens, man benutzte ihn, bis etwas daran zerbrach.

»Dass jemand monatelang den Hintern auf dem Stein Davids platt drückte«, bemerkte Bœuf kopfschüttelnd.

»Dem Stein Luzifers.«

»Jedenfalls ist er zur Reparatur. Der Mann, der es mir berichtete, wusste nicht, wer den Auftrag bekommen hat – es gibt eine Hand voll Möbelbauer in der Stadt. Aber wir werden den Richtigen schon finden. Ich wünschte, ich hätte nicht auf dich ... Was hast du überhaupt getrieben?« Er wartete. Wartete ein wenig länger. Und runzelte die Stirn. »Man zieht es wieder vor zu schweigen? Dass ich ein so vertrauensseliges Herz habe. Du hast also doch ...?«

»Bœuf, nein.«

»Hm«, grunzte er. »Dann ist es die Zelle. Lass dich ansehen.«

»Bœuf ...«

»Lass dich ansehen!« Einem Mann mit Armen wie Elefantenrüssel war nicht zu widerstehen. »Es *ist* die Zelle. Ich weiß Bescheid. Die Furcht kriecht in die Knochen und setzt sich fest. Man träumt schlecht. Man fürchtet dies und das, dunkle

Räume, laute Worte, mag nichts essen ... Schlimmer als die Pest, mein Junge. Aber wenn du tapfer bist: Irgendwann kommt der Wind der Zuversicht und trampelt den bösen Funken wieder aus.« Er lächelte. Sein schiefer Vergleich gefiel ihm. »Du kommst drüber hinweg.«

Mack zuckte die Schultern.

»Vielleicht hilft es, etwas zu essen. Dort drüben, siehst du das Haus? Unsere Herbergswirtin hat gesagt, im Gallo gibt es ... Nein? Du weißt immer alles besser. Aber gut, wenn du nicht willst.«

Eine Frau mit einem kleinen Kind auf dem Arm kam ihnen im Straßengedränge entgegen. Sie lächelte Mack an und er fragte sich plötzlich, ob Gunther seinen Einfluss beim König dafür genutzt hatte, Nells Heirat für nichtig zu erklären. Hatte er sie zu seinem rechtmäßigen Weib genommen? Es war Nell zu wünschen. Er sagte sich das in aller Strenge. Nell sollte alles bekommen, was ihr Leben glücklicher machte. Aber die Eifersucht hatte ihn in den Klauen. Sie war wie ein Männchen, das gegen seine Magenwände boxte und sich schlimmer als ein trotziges Kind gebärdete.

»... zum Heiligen Vater«, sagte Bœuf. »Nun schau nicht so mürrisch. Ich sagte, es geht vorüber. Der Heilige Vater wird wissen, was mit dem Stein geschehen soll.«

»Der Heilige Vater.«

»Ja doch.«

»Wird er das?«

Scharf blickte der Einäugige ihn an. »Er wird, Wicht. Und wenn er in seiner Weisheit dennoch Wert auf einen Rat legt, dann werde ich es ihm erklären: Der Stein muss in die Krone Davids zurück! Nur dort verliert er seine unheilvolle Macht. Lies nach bei Botero. Nein, hier geht's rüber. Hinter Santa Maria di Corte. Ich war schon gestern da, konnte aber mit dem Meister nicht sprechen. Er soll der beste Möbelbauer der Stadt ...«

»Und wenn Eule uns folgt?«

»Dann wär's mir nur recht.« Die düsteren Worte waren mehr als eine Drohung.

Mack warf einen unauffälligen Blick über die Schulter, aber es gab keinen roten Fleck, der seine Aufmerksamkeit hätte anziehen können. Stattdessen blieb sein Blick an einer Frau hängen, die durch ein Fenster eine Kumme mit Hühnerfedern in die Gasse entleerte. Sie sah Nell weder im Aussehen noch in der Art, wie sie sich bewegte, ähnlich. Und doch rumorte das Männchen in Mack und gewöhnte sich zudem ein nervenzerrendes Kichern an. Er schoss ein Stück zerfetztes Korbgeflecht gegen eine Mauer. Alles Gute, Nell, für dich. Aber Gunther ...

Freunde. Schöne Freundschaft!

Bœuf blieb stehen. *»Gib mir dein Herz, mein Sohn, denn die Ehebrecherin ist eine tiefe Grube, die fremde Frau ein enger Brunnen. Wie ein Räuber lauert sie auf und mehrt die Verräter unter den Menschen.«*

Mack starrte ihn sprachlos an.

»Das sind die Sprüche Salomos. *Gib mir dein Herz ...*«

»Ich hab dich verstanden.«

»Denn die Ehebrecherin ...«

»Du hast mein Herz, Bœuf.«

»Ich spreche von Weibern.« Der Einäugige legte seinen Arm um Macks Schulter, wobei der Ärmel seiner Kutte bedrohlich knackte, und zog ihn vertraulich an seine Seite. »Gestern. Ich gehe zum Haus dieses Tischlers, ich klopfe – und eine Schlange öffnet mir. Sie wackelt mit den Hüften ... Grinse nicht. Und ist unverschämt genug, mir ihre beiden ... Sie schiebt ihre Dinger ... sie schiebt sie vor, so dass ich ... Hör *bitte* auf zu lachen. Ich dachte, mich trifft der Schlag.«

»Sie hat dir schön getan?«

»Der Kluge sieht das Unheil und verbirgt sich, die Unerfahrenen laufen weiter und müssen es büßen. Ich habe mich verborgen«, erklärte Bœuf finster. »Inzwischen frage ich mich allerdings, ob

es nicht eine List des Bösen war, die mich von der Tür dieses Tischlers vertrieb. Andererseits: Hätte der Herr den Stein, den er mir auftrug zu suchen, in einem Sündenpfuhl verborgen, wo er doch weiß, dass sein Diener ihn betreten müsste?«

»Er hat auch zugelassen, dass David in die Löwengrube geworfen wurde.«

»Das war Daniel, du Heide.«

»Welche Tür ist es denn?«, fragte Mack.

Das Haus des Möbelbauers war verschlossen. Niemand öffnete auf ihr Klopfen und Mack trat einen Schritt zurück.

»Bestimmt gibt es einen Hintereingang. Niemand kann Möbel oder gar Holzstämme durch so eine enge Tür bugsieren.«

Er blickte zu den fünf Fensterchen im ersten Stockwerk hinauf, hinter denen aber alles ruhig war. Die Schlange, die das Haus bewohnte, musste eine Vorliebe für Vögel haben, denn ein halbes Dutzend Spatzen pickten Körner vom Fenstersims. Mack ging ein Stück weit die Straße hinab, dann zur nächsten Ecke und die Parallelgasse wieder hinauf, bis er an eine Mauer kam, die von einem Tor durchbrochen wurde.

Bœuf war ihm gefolgt. Er drückte gegen das Tor, das sich ohne Schwierigkeiten öffnen ließ, und sie standen in einem Innenhof. Der größte Teil wurde durch einen gut gepflegten Gemüsegarten belegt. Links erhob sich ein einstöckiges Gebäude, aus dem hämmernde Geräusche drangen, sicher die Werkstatt, gegenüber stand das Haupthaus, rechts eine Art besserer Schuppen. Bœuf schnüffelte wie ein Hund, dem ein ekelhafter Geruch in die Nase gestiegen ist.

»Sie muss keine Hure sein, nur weil sie dir schöne Augen gemacht hat«, sagte Mack. »Eine Hure nimmt Geld, wenn sie jemanden in ihr Bett lässt. Manon war eine Hure.«

»Sie hat's getan, damit wir nicht hungern müssen.«

»Eine heilige Hure also. Mit einem Tross unheiliger ...« Ein kräftiger Hammerschlag schnitt ihm das Wort ab. Es klang, als donnerte eine eiserne Faust auf ein Schild. Im selben Moment setzte eine Schimpfkanonade ein.

»Lump ... Nichtsnutz ... Faulpelz ... Verbrecher ...«

Bœuf hob die Augen zum Himmel.

»... Schande für Großpapa Niccolo ... für Urgroßpapa Hianni ... würden aus den Särgen steigen ... du gottloses ...«

Ein junger Mann, fast noch ein Kind, stürzte ins Freie. Über seinen Hals lief eine feuerrote Strieme. Er erstarrte, als er die beiden Fremden bemerkte, und blieb mit blödem Gesichtsausdruck stehen, während ein älterer Mann hinter ihm in der Tür erschien und ein ledernes Maßband schwang.

»Geißel Gottes ...« Er hielt inne. »Raus! Raus aus meinem Hof.« Sein schmächtiger Körper zitterte vor Wut.

Bœuf wollte etwas sagen, aber der Junge nahm ihm das Wort aus dem Mund.

»Ich gehe schon!«, brüllte er, während er mit der freien Hand seinen Hals abtastete. Tränen strömten über das sommersprossige Luchsgesicht. Er wich zurück, als der Alte erneut das Maßband hob, aber seine Aufmerksamkeit galt der Strieme. »Man schätzt mich ... woanders ...« Die Tränen ließen nicht zu, dass er zusammenhängend sprach. Er schien zu glauben, dass er hinter Mack sicherer sei, denn er suchte Schutz in dessen Rücken.

»Wir wollen einen Stuhl abholen«, erklärte Mack.

Der Alte, dem es fast schon gleich schien, auf wen er eindrosch, zwinkerte.

»Für den Majordomus des Patriarchen. Einen Stuhl mit Lehnen und einem grünen, eingearbeiteten Kissen.«

Mack fuhr zusammen, als der Junge in seinem Rücken einen Schrei ausstieß. Der Alte drohte dem Störenfried mit der Faust.

»Den Stuhl, selbstverständlich! Aber der ist schon lange ... Der sollte ... Du hast ihn bringen sollen«, keifte er den Jungen an. »Hast du auch das vergessen? Die Hölle möge dich schlucken. Skorpione deinen Hintern ...« Er nahm erneut die Verfolgung auf und einen Moment umkreisten die beiden Mack wie zänkische Hunde. Da tönte ein Schrei über den Hof.

»Heilige Jungfrau, du schlägst ihn tot. Er blutet!« Die Frau, die aus dem Haus kam und die Treppe hinunterstürzte, nestelte, als sie der Fremden ansichtig wurde, an ihrem Kleid. Sie hatte safrangelbes Haar, das sie entgegen aller Sitte wie ein Mädchen offen trug, und ein ziemlich gewöhnliches Gesicht. Das Lächeln, das sie Mack schenkte, wurde von Wehgeschrei abgelöst. »Ich bin mit einem Dämon verheiratet! Giovanni, dein eigen Blut ... Der Rock! Was habt ihr angerichtet ...« Vielleicht hatte er sich das Lächeln auch nur eingebildet.

»Wo ist der Stuhl, Kerl!«, donnerte Bœuf über den Hof. Seine Stimme reichte, um die Familie innehalten zu lassen. »Wir sind hier, um einen Stuhl abzuholen. Also ...«

»Er ist noch nicht fertig.« Ein letzter vernichtender Blick traf den misshandelten Jüngling, bevor aus dem Alten wieder ein geschäftstüchtiger Handwerker wurde. »Aber ich werde mich sofort, unverzüglich, noch in diesem Moment an die ...«

»Bring ihn her, wir nehmen ihn mit.«

»Wenn Ihr mir nur ein Stündchen lasst ...«

»Kommt nicht in Frage. Der Patriarch ist bereits mehr als ungehalten«, behauptete Bœuf.

Schön, dachte Mack. Noch eine Lüge, die man ihm unter die Nase reiben kann, wenn er sich zu fromm aufspielt. Der Sohn des Schreiners wandte sich zum Schuppen. Und Mack folgte ihm.

Es gab die Geschichte vom Zwergenkönig Laurin, der sich einen Rosengarten gepflanzt hatte, umgeben von einem Seidenfaden. Dieser Garten war voller zaubererischer Schönheit und Düfte. Wer ihn betrat, musste dafür mit der Hand und dem Fuß bezahlen, wurde aber mit Stunden der Seligkeit belohnt. Im Schuppen des Schreiners duftete nichts und außer alten Möbeln, deren Schönheit sich unter Staubschichten verlor, fand sich kein Stück, das der Erwähnung wert gewesen wäre. Dennoch war Mack, als streife ihn ein Zauber, als er über die Schwelle trat. Er blieb stehen, genau wie der Sohn des Schreiners. Einen Moment schwiegen beide.

»Du hast den Stein gefunden.«

Der Junge blieb stumm. So lächerlich er Mack eben noch vorgekommen war, so steif und ernst wirkte er plötzlich. Er trat in den Keil aus Licht, der aus einem hinteren Fenster fiel, und hob die geballten Hände wie ein Waffenloser, der Weib und Kind oder einen geliebten Herrn verteidigt.

Mack merkte, wie der Zauber wich und Trauer und Überdruss Platz machte.

»Der Stein gehört ...« Er wollte sagen, dem Patriarchen – eine Lüge, die sich wie von selbst anbot, da der Junge den Stein im Stuhl gefunden haben musste. Aber plötzlich war ihm das Lügen zuwider. »Er gehört Männern, die so mächtig sind, dass sie dich zertreten würden, wenn sie nur ahnten, dass du von seiner Existenz weißt.«

Der Junge starrte ihn an wie blöd. »Ich hab keinen Stein.«

»So«, sagte Mack.

Es gab nichts zu verhandeln. Der Möbelbauer sprach draußen mit Bœuf, aber sie schienen durch einen Ozean von ihnen getrennt zu sein. Die Gewissheit, dass der Junge den Stein gefunden hatte und ihn keinesfalls freiwillig herausrücken würde, und die Notwendigkeit, die sich daraus ergab, ihn nämlich unschädlich machen zu müssen, steckte Mack wie ein Gift im Magen. Er trat auf ihn zu. Und wunderte sich nicht, als der Junge plötzlich ein Stück Holz hochriss, ein Tischbein.

»Ich bin Battista«, sagte er, als wäre sein Name ein Zauberwort. Sein Blick flog nervös zu einer Stelle, links von seiner Schulter. Wie dumm von ihm, denn damit hatte er das Versteck des Steins verraten.

Es fiel Mack nicht schwer, über das Gerümpel und die Truhen zu springen, hinter denen der Stuhl verborgen sein musste. Kein Schreinerssohn konnte mit jemandem mithalten, der ein Jahr bei Gauklern verbracht hatte. Mack fand das Möbel und hatte schon die Hand zwischen Polster und Geflecht, als der Junge sich noch über die gebrochenen Streben eines Prunkbetts mühte.

Doch plötzlich wurde Battista flink. Er überwand die letzten Hindernisse und warf sich auf Mack. Seine Züge wurden tückisch und er war hinterhältig genug, mit den Fingerspitzen auf die Augen seines Gegners zu zielen. Mack musste das Gesicht zur Seite drehen. Er hatte die Hand noch immer im Geflecht unter dem Polster, und während er sich des Schreinersohns erwehrte, bekamen seine Finger etwas Hartes zu fassen.

Battista stieß ein röchelndes Geräusch aus.

In diesem Moment trat eine Gestalt in die Tür. Eule? Sie stand im Schatten, war selbst nur ein Schatten. Zu schmal, um Bœuf zu sein. Für den Schreiner zu groß. Mack schloss die Faust um den Stein und rappelte sich auf.

Sein Blick flog zum Fenster, aber das war zu winzig, um zu entkommen. Battista schnappte mit den Zähnen nach seiner Hand und verfehlte sie nur knapp. Scheinbar hatte er seinen Fuß eingeklemmt, denn er zerrte an seinem Bein und ruckte mit der Hüfte. Mack kletterte über die Möbel, die ihn vom Fenster trennten, und rammte den Ellbogen gegen den Rahmen. Die Schuppenwand splitterte.

Er schob den Stein in den Mund, fasste in das geborstene Holz und zwängte sich ins Freie.

17. Kapitel

Die Stadt war voller Menschen. Alle redeten lauter, als er es von Deutschland gewohnt war, und natürlich verstand er kein Wort. Arnulf war am Verzweifeln.

Die Berge lagen hinter ihm, aber nie, nicht ein einziges Mal, hatte sich eine echte Möglichkeit geboten, es Nell heimzuzahlen. Im Gegenteil – zweimal hätten die beiden ihn fast erwischt. Einmal, als der Trossführer ihn anrotzte, weil er bei der Wache eingeschlafen war. Da hatte dieser verfluchte Gunther zu ihm rübergeschaut, ohne ihn allerdings zu erkennen. Beim zweiten Mal war's knapper gewesen. Nell hatte an einem Seeufer ihre Strümpfe ausgewaschen, als er sich ein Stück weiter hinter einem Busch erleichterte. Er hatte Dünnfluss gehabt, mit Krämpfen und Blut, und unter Qualen seinen Bauch massiert, während er am Boden hockte. Plötzlich war sie mit den Strümpfen am Busch vorbei gegangen. Sie hatte den Kopf ein wenig zur Seite gedreht, weil sie gemerkt hatte, was sich dort abspielte. Wenn sie genauer hingesehen hätte ...

Anschließend hatte er sie noch mehr gehasst. Du krepierst da an deinem eigenen Dreck und sie scherzt mit irgendeinem Weibsbild, das ihr über den Weg läuft. Genau das war Nell. Selbstsüchtig bis in die Knochen.

Er hätte sie mit bloßen Händen erwürgen ... Nein, er hätte ihr in den dicken Bauch treten können, bis sie mitsamt dem Bastard, den dieser Gunther ihr hineingedrückt hatte, zugrunde ging. Er hätt's auch getan, in diesem Moment, egal, wer zusah. Aber er konnte nicht, weil ihn der Schiss am Boden festhielt, und danach war er zwei Wochen so schwach gewesen, dass er Mühe gehabt hatte, mit dem Zug mitzukommen. Und nun …

War er in der Stadt.

Milano oder so ähnlich hieß der Ort. Irgendwo in Norditalien, wo sie Fremde wie Verbrecher musterten. Sie waren nachmittags angekommen und ihr Tross hatte sich am Hauptmarkt aufgelöst. Inzwischen ging es zum Abend und er merkte, wie riesig diese Stadt war. Bei seinem Versuch, Nell zu folgen, war er mindestens an zehn Kirchen vorbeigekommen, von denen jede wie ein Dom aussah. Und diese gackernden Rotznasen bauten immer noch. Überall Tretkräne und Gerüste, Holz, Sandberge, Ätzkalk und Steine. Er sah den Steinmetz mit dem eiternden Auge, der in ihrem Tross immer ein Wörtchen mitgeredet hatte, vor einer Bauhütte stehen und mit einem der Italiener verhandeln.

Er hätte gern zugesehen, ob aus der Sache etwas wurde, oder vielmehr, er hätte sich gefreut, wenn nichts daraus wurde, denn er mochte den Steinmetz nicht, weil der Kerl dabei zugesehen hatte, wie er vom Trossführer zusammengeschissen worden war. Aber er musste ja Nell und ihrem Buhlen folgen. Die beiden stiegen in einer Herberge mit einem bronzenen Salamander über der Tür ab, und er atmete erleichtert auf, als er Nell sich bücken und unter der niedrigen Tür hindurchgehen sah.

Endlich war er frei, zu tun, was er wollte. Doch der Erleichterung folgte gleich Ernüchterung. Er hatte keinen Pfennig Geld mehr. Schaudernd überlegte Arnulf, wo er die Nacht verbringen sollte. Wenn die Sonne verschwand, war es immer noch empfindlich kalt, doch das war nicht sein Hauptproblem. Was ihm wirklich Sorgen machte, war die Frage, wie sie hier gegen Streuner vorgingen. In Nürnberg wurde jeder, der sich nach Einbruch der Dunkelheit auf der Straße herumtrieb, ins Loch gesteckt. Und er, der nicht einmal die Sprache konnte und damit sicher dreifach verdächtig war … Schlimme Bilder von feuchten Kerkern und Foltergeräten zogen durch seinen Kopf. Aber selbst wenn man ihn nicht erwischte ...

Hilflos musterte er die Gestalten, die gleich ihm ziellos die Gassen durchstreiften. Er hatte das Gefühl, dass sie ihn beobachteten, und wer wusste schon, was sie im Kopf hatten? Sah ihn der Kerl mit dem Geschwür am Hals nicht verdächtig lange an? Arnulf stürzte sich ins Gedränge des Markts, um in eine andere Gasse zu flüchten. Die Händler luden ihre Waren auf die Karren, es wurde dunkel. Er musste eine Entscheidung treffen. Aber ihm fiel nichts ein und er war froh, als er einen Häuserschlupf fand, wo er erschöpft niedersank und sich gegen die Mauer lehnte.

Durst und Hunger quälten ihn. Außerdem hatte er eine Schrunde am Gesäß, Folge des Dünnflusses. Er konnte nicht einmal ohne Schmerzen sitzen.

Sein Zorn wuchs, als er an Nell dachte, die die Ursache all seiner Qualen war. Und sein Wunsch, sich an ihr zu rächen, war das Einzige, was ihn in dieser bitterkalten Nacht zwischen gärendem Abfall und pfeifenden Ratten wärmte.

18. Kapitel

Kann etwas Kaltes den Mund verbrennen?

Mack kniete vor einem flachen, von Blumen fast überwucherten Bach, der über graue und weiße Kiesel hüpfte, und schaufelte sich mit gewölbten Händen Wasser in den Mund, ohne jedoch Erleichterung zu finden. Der Stein lag neben seinem Knie, ein gelbes Auge, das ihn lauernd beobachtete.

Er ließ von dem nutzlosen Versuch, seinen Mund zu kühlen, ab. Sein Mund war nicht verbrannt. Der Stein hatte eine der Wangentaschen eingeritzt. Die Wunde blutete, das Blut schmeckte warm.

Er ließ sich auf den Waldboden fallen und blickte in die zart belaubten Frühlingszweige, zwischen denen der weiße Himmel blendete. Seine Lungen pumpten immer noch. Er war ohne Pause gerannt, bis er die Stadt hinter sich gelassen und ein Dutzend Felder, einen Olivenhain und mindestens zwei kleine Wäldchen zwischen sich und Eule gelegt hatte. Wenn es Eule gewesen war, der die Tür zum Schuppen aufgestoßen hatte, und nicht doch Bœuf. Selbst bei größter Anstrengung vermochte Mack sich nicht daran zu erinnern. Nur diese Gier, dieses Gefühl des Unbedingt-haben-Wollens, das ihm von der Tür her entgegengeschlagen war, hatte sich in sein Gedächtnis gebrannt.

Es war lachhaft. Er schien der Einzige zu sein, der den Stein nicht begehrte, und das hassenswerte Ding klebte an ihm wie Froschspucke. Während er einer Spinne zusah, die sich über seinem Gesicht abseilte, dachte er über den Papst nach. Im Lager des Kaisers hatte man meist schlecht von Gregor gesprochen. Kein Wunder. Die Kreuzfahrer hatten es geschafft –

wenn auch nicht in ehrenhaften Schlachten –, die Heilige Stadt für die Christen zurückzugewinnen. Der Papst hatte es dem Kaiser mit seinem Bann gedankt. Aber obwohl die Ritter ihm grollten, hatte niemand jemals bezweifelt, dass er Gottes Mann auf Erden war.

Mack seufzte.

Die Spinne hatte fast seine Hand erreicht. Sie zauderte, als hätte sie bemerkt, dass ein lebendiges Hindernis in ihrem Weg lag, und zog sich ein Stück zurück.

Es hatte keinen Sinn, über den Papst zu grübeln. Niemand außer Gott kannte sein Herz. Wenn Bœuf ihn für den richtigen Mann hielt, um über das Auge zu entscheiden, dann sollte es eben so sein. Mack wollte aufstehen, doch er blieb liegen und starrte stattdessen der Spinne nach, die zu ihrem Zweig zurückglitt, als hätte sich ihr Vorhaben als zu gefährlich erwiesen.

Schließlich wendete er den Ärmel seines Wollrocks. Der Mann, von dem er ihn als Lohn für ein Lied über das Meer geschenkt bekommen hatte, hatte eine kleine Tasche in die Innenseite einnähen lassen. Eine Zeit lang war sie Aufbewahrungsort für die wenigen Pfennige gewesen, die Mack für sein Spiel zugesteckt wurden. Jetzt hing sie – ein leerer Lappen – einfach herab. Er schob seinen Rock über die Taille und riss einen Fetzen aus dem Saum seines Unterhemds, schlug den Stein, der ihn boshaft anfunkelte, darin ein und verbarg ihn in der Tasche. Und nahm ihn gleich wieder heraus und legte ihn neben sich.

Die Sonne überschritt den Horizont und neigte sich der Erde zu, ohne dass er sich aufraffen konnte, sein Plätzchen zu verlassen. Schließlich schlief er ein und wachte erst am nächsten Morgen, als es am kältesten war, wieder auf. Er war derart durchfroren, dass er die Arme um die Brust schlagen und mit den Füßen stampfen musste, um einigermaßen warm zu werden.

Er musste lachen, als er den Stein auflesen wollte und ihn

nicht gleich fand. Man konnte ihn also auch einfach verlieren. Etwas besserer Stimmung, machte Mack sich auf den Weg zurück in die Stadt. Erst jetzt wurde ihm klar, wie weit er gerannt war. Wer den Bluthund am Hacken glaubt ... Jedenfalls bescherte ihm der Weg Zeit zum Nachdenken.

Bœuf sollte also den Stein bekommen, um ihn zum Papst zu bringen. So weit war alles beschlossen. Aber er musste noch entscheiden, ob es ratsam war, ihn in der Herberge aufzusuchen. Wenn Eule sie beim Schreiner aus den Augen verloren hatte, würde er die Suche vermutlich bei der Herberge wieder aufnehmen.

Macks Magen rumorte, und während er nach essbaren Blüten oder Mairitterlingen Ausschau hielt, fiel ihm ein, wo er seinen einäugigen Freund mit einiger Aussicht auf Erfolg erwarten konnte, ohne dem Fiedler in die Arme zu laufen.

»Dieb!«, empfing ihn Bœuf. Er musste bereits seit einiger Zeit in der Schenkstube mit der von Rauch gesättigten Luft sitzen, die ihnen ihre Herbergsfrau empfohlen hatte. Vor ihm stand eine leere Holzschale, in der die Reste von Hirsepamps klebten.

Mack setzte sich auf den Schemel gegenüber. »Ich habe Hunger«, sagte er. Der Wirt ließ den Blick kurz zwischen dem zerrissenen Burschen und dem Mönch in der zu kurzen Kutte hin- und herwandern und beschloss, eine zweite Schale zu füllen.

»Wo ist der Stein?«

Mack stopfte das Essen mit Heißhunger in sich hinein und überlegte, wie lange er nichts zu sich genommen haben mochte. Die Pampe rutschte wie Blei in seinen Magen, wo sie als Kloß liegen blieb.

»Du bist ein Dieb«, wiederholte Bœuf, als Mack mit dem Knochenlöffel die schleimigen Reste aus der Wölbung kratzte.

»Met, die Herren?«, rief der Wirt aus einer Ecke.

Bœuf nickte ärgerlich. Er wartete, bis der Mann wieder durch eine niedrige Tür verschwunden war. »Also? Wo ist er?« In seinem sanften Hammelauge flackerte es.

»Ich hab ihn dabei.«

»Gib.«

»Sofort, Bœuf.«

»Nun gib schon!«

»Und wenn der Wirt ...« Mack schüttelte den Kopf. Er langte in seinen Ärmel. Bœuf stieß einen abgrundtiefen Seufzer aus, als der stoffumhüllte Klumpen zwischen ihren leeren Kummen lag.

»Da ist er drin?«

Mack nickte. Einen Moment schwiegen sie. Nein, sie schwiegen eine ganze Weile, ohne dass Bœuf den Leinenfetzen auseinander geschlagen hätte. Mehrere neue Gäste betraten den Raum, eine Gruppe Sackpfeifenspieler und ein älterer Mann, der ein Trumscheit mit sich schleppte. Sie stellten ihre Instrumente neben den Stühlen ab und grölten nach Met. Offensichtlich waren sie schon angetrunken. Der Wirt schob den Kopf durch die Tür und runzelte die Stirn.

»Du hast ihn also zurückgebracht«, stellte Bœuf fest. Noch immer hatte er die Hand nicht ausgestreckt.

»Hier gibt's nichts fürs Pfeifen und Fiedeln. Der Krug Met den halben Kupferpfennig. Kein Würfeln«, schnauzte der Wirt die Musikanten an. »Und Geld im Voraus.«

Die Männer protestierten und drohten mit dem Patriarchen, und während sie stritten, hob Bœuf endlich die zitternde Pranke. Er brauchte Zeit, um den Stein auszuwickeln. Zweimal rutschte er ihm aus den flattrigen Fingern.

»Was siehst du darin?«, fragte Mack, nachdem sein Kamerad das gelbe Auge in die gewölbte Hand gelegt und ihn lange betrachtet hatte.

»Er ist ... schön.« Bœuf rang nach einem großartigeren Wort, aber ihm fiel keines ein. Von seiner rosigen Unterlippe tropfte

Speichel, den er gedankenverloren mit dem Handrücken abwischte.

»Der Heilige Vater wird ihn also wieder in die Krone Davids einsetzen lassen?« Das hatte Bœuf ja bereits gesagt. Doch jetzt, als er bei Macks Frage den Kopf hob, standen plötzlich Zweifel in seinem Gesicht.

»Sicher. Ich denke.« Bœufs Gedanken schweiften ab, das Fleisch, das über dem zerstörten Auge ineinander gewachsen war, hob und senkte sich, als wäre es ein eigenes, atmendes Wesen.

»Wie schade eigentlich. Dann ist er fort und keiner von uns wird ihn jemals wiedersehen.«

»Begehre ihn nicht, Junge.«

»Das tu ich gar nicht«, erklärte Mack wahrheitsgemäß, aber er wusste, dass Bœuf ihm nicht glaubte.

»Er ist schön. Er ist ... schöner, als ich jemals vermutet hätte. Ein Wunder, dass der Kaiser seinen Sohn nicht umgebracht hat.«

Der Trumscheitspieler sagte etwas, was Mack nicht genau verstand, aber die Stimme ging in ihre Richtung, und er verrückte seinen Stuhl so, dass er Bœufs Hände vor den anderen Gästen verdeckte.

»Wann wirst du aufbrechen?«

»Bald.« Plötzlich standen Tränen in dem Zyklopenauge. Sie rollten über die pralle Wange, ohne dass Bœuf sich darum kümmerte. »Kein Ding ist ohne Makel. Im Rosenblatt ein Fleck, auf der goldenen Haut eine Warze. Aber dies hier ist voll... vollkommen Verzeih, dass mich das so bestürzt.«

»Das tu ich.«

»Hier.« Ohne dass sie ihn hatten kommen sehen, stand plötzlich der Wirt neben ihnen. Bœuf ließ die Faust so eilig um den Stein schnappen, wie ein Molch eine Fliege verschluckt.

»Verschwinde!«

»Das werd ich schon«, schnaubte der Mann, nicht ohne einen neugierigen Blick auf die Hand seines Gastes geworfen zu haben. Mack sah, wie Bœuf den Stein wieder in den Stofffetzen gleiten ließ, ihn einwickelte und dabei eifersüchtig in jede Richtung schaute. Er schob ihm den Tonkrug zu, in dem das Honigbier schwappte. Der Wirt hatte sparsam eingeschenkt und außerdem war er ein Schmutzfink. Man konnte den Rand an der Innenseite des Kruges sehen, der von ihrem Vorgänger zurückgeblieben war. Bœuf hatte Recht. Kein Ding ohne Makel. Bis auf das eine, das er mit jedem fiebrigen Atemzug vollständiger in Besitz nahm.

»Hat Eule sich blicken lassen?«

»Was ... was? Nein.«

»War er bei dem Schreiner? Bœuf! Der Stein hat keine Beine. Er läuft dir nicht fort. Ist Eule uns zu dem Schreiner gefolgt?«

Der Einäugige grinste verzerrt. Er drückte die Faust mit der zweiten Hand auf die Tischplatte, als umschlösse sie ein höchst lebendiges Wesen, das sie umherspringen lassen wollte. »Ich habe mir Sorgen gemacht, Junge. Er ist dir in den Schuppen gefolgt. Ich bin hinterher, aber ich habe nur noch diesen Bengel gefunden. Ihr beide wart durchs Fenster. Und ich wusste nicht, ob der Kerl dich erwischt hat. Oder ob du ihm entkommen bist und ... und dich mit dem Stein ...«

»... davongemacht hast.«

»Ich hatte einen schrecklichen Tag.«

Mack glaubte es aufs Wort. Er griff sich den Krug, trank einen Schluck des sauren Gesöffs und schob ihn zu seinem Kameraden zurück. Er war zu hastig. Der Becher, dessen Boden von einem schlechten Töpfer nur nachlässig geglättet worden war, kippelte und Bœuf griff danach. Jeder hätte das getan. Ein Reflex. Da Bœuf die rechte Hand zum Greifen benutzte, öffnete er die Faust und ließ den Stein fahren. Die Schweinerei war allerdings nicht mehr zu verhindern. Ein Sturzbach von schwarzgelber Farbe und weißem Schaum ergoss sich über die Tischkante. Bœuf sprang auf und raffte die nasse Kutte vom Tisch. Das alles geschah innerhalb eines Augenblicks. Aber nun wurde ihm bewusst, dass er seine Kostbarkeit hatte fallen lassen. Er suchte sie – und konnte erst wieder atmen, als er sie in Macks Hand entdeckte.

Mack schob ihm die Stoffkugel mit einem beruhigenden Lächeln zu. »Nimm schon.« Er schloss Bœufs Hand darum, während er warnend mit dem Kopf zu den Musikanten deutete, die sie mittlerweile ungeniert beäugten. »Ich gehe«, flüsterte er. »Sei auf der Hut, Bœuf. Er ist zu schön. Genau wie du gesagt hast.«

Das Meer lag im Süden. Die Sonne stand an ihrem höchsten Punkt, flirrendes Licht durchbrach das Blätterdach und gelegentlich, wenn der Wald sich lichtete, taten Mack davon die Augen weh. Er schritt rasch aus. Der Stein, der offenbar wie die Schwindsucht an ihm klebte, ruckelte mit der Tasche in der er ihn wieder verstaut hatte, gegen sein Handgelenk.

Bœuf hasste ihn inzwischen, daran zweifelte Mack nicht. Wenn ein Mann dem anderen das Herz aus der Brust stiehlt, hört jede Freundschaft auf. Er überlegte, während er über Wurzeln sprang und sich durch Gestrüpp kämpfte, was der merkwürdige Gelehrte in Luzifers Stein gesehen haben mochte. Eine Liebe, wie damals König Heinrich? Aber dann nicht die Liebe zu einer Frau, sondern die Liebe zu ebendiesem Stein, dessen Erforschung er sein Leben gewidmet hatte.

Der Wald lichtete sich und Mack hielt inne, um sich zu orientieren. Vor ihm lag unbestelltes Gebiet, das, wohl wegen des moorigen Bodens, nur mit Unkraut und vereinzelten Birken bewachsen war. Die Sonne stand tief über einem Nadelgehölz, das den halben Horizont bedeckte. Er musste fast einen ganzen Tag gelaufen sein. Was ihm normalerweise nichts ausmachte. Aber jetzt fühlten seine Beine sich wie die Kleieglieder einer Puppe an. Er widerstand dem Drang, sich zu Boden fallen zu lassen. Er musste weiter, zumindest bis er Wasser fand. Doch gleichzeitig schreckte er vor dem offenen Land zurück.

Wie weit mochte das Meer noch entfernt sein?

Unentschlossen stand er im Wind, der seine nass geschwitzten Kleider blähte. Am Ende entschied er, dass seine Hast überflüssig war. Er würde den Weg zum Meer vor Einbruch der Dunkelheit sowieso nicht mehr schaffen. Also konnte er ebenso gut im Wald nach einem Bach suchen.

Viel langsamer als zuvor kehrte er zwischen die Bäume zurück. Er suchte eine Weile nach einer Wasserquelle, aber nicht sehr lange. Die Müdigkeit überwältigte ihn und machte ihn schier willenlos. Schließlich streckte er sich aus, wo er gerade stand, und gleich darauf schlief er schon.

Er hatte keine Träume, und als er aufwachte, war ihm besser. Allerdings hatte er beim Schlafen den Kopf auf den Arm gelegt und der Stein hatte einen unangenehmen Abdruck an seinem Hals hinterlassen. Mack gähnte und massierte gleichzeitig die Stelle. Es dämmerte, doch der Morgen war diesig und bar jeden Zaubers. Ihn fröstelte und irgendwie bewirkte das alles zusammen, dass er sich winzig und unwichtig vorkam. Ein junger Vagant, der einen geschliffenen Stein mit sich führte, den er glaubte ins Meer werfen zu müssen. Ein guter Stoff für ein Lied am Kamin, für den Alltag eine lächerliche Überspanntheit. Er kannte sich mit Steinen nicht aus. Vielleicht bestand ja sein ganzer Zauber in den Geschichten, die sich um ihn rankten.

Einen Moment lang war Mack versucht, seine Beute aus dem Ärmel zu holen und sie gründlich zu untersuchen. Aber was hätte er finden sollen? Er ließ es sein.

An diesem Tag hellte sich der Himmel nicht auf. Erst am späten Nachmittag zerriss er und gab sonnige Flecken preis.

Kurz darauf färbten meisterhafte Lichtspiele den Abendhimmel in Blau- und Grüntönen. Das Meer musste nah sein, denn Mack glaubte, Salz in der Luft zu riechen. Nachdem er seinen Hunger notdürftig mit vier Kleibereiern gestillt hatte, beschloss er, den Tag zu beenden. Er brauchte ein Boot, und wenn er es fand, würde er es stehlen müssen. Es konnte sein, dass aufgebrachte Fischer ihn jagen und ihre Hunde auf ihn hetzen würden. Das war nichts mehr für diesen Abend.

Nell hätte wahrscheinlich gesagt: Warum vergräbst du den Stein nicht einfach? Mack dachte darüber nach. Ihm fiel nichts ein, was dagegen sprach. Trotzdem konnte er es nicht tun. Er hätte ihn in einen Vulkan geworfen, wenn es in dieser Gegend einen gegeben hätte. Aber er kannte sich nicht aus und vielleicht kamen Vulkane nur im Süden vor. Er hatte von einem auf Sizilien gehört. Nein, er musste zum Meer.

Der Wind hatte seine Kleider getrocknet, und da er nicht riskieren wollte, noch einmal klatschnass zu werden, machte er sich daran, einen Unterschlupf zu suchen. Er fand keine Höhle, dafür aber einen verlassenen Dachsbau, dessen Eingang er mit den Händen erweiterte. Als er fertig war, hätte er sich bis zur Brust in dem Loch verkriechen können, aber er hatte keine Lust dazu, solange es noch nicht regnete. Der Himmel war wieder verhangen. Er roch den Schauer schon, der kommen würde, aber noch war es nicht so weit.

Mack setzte sich mit dem Rücken gegen eine Kiefer und tastete nach dem Stein. Als er ihn zwischen den Fingern fühlte, zog er die Hand zurück, aber nach kurzem Nachdenken entschloss er sich, ihn doch herauszunehmen. Er klemmte ihn mitsamt seiner Hülle in eine Astgabel und fühlte sich, als hätte er einen Feind aus den Mauern gejagt.

Anschließend starrte er in die Finsternis und wieder füllte Nell die leeren Räume seines Herzens. Er grollte Gunther. Und fragte sich, was so schlimm daran war, dass Nell sich gerade ihn ausgesucht hatte. Sie hätte keinen Besseren finden können. Er selbst hätte jemand wie Gunther für sie ausgesucht, wenn ...

Alles Dreck. Er hätte jedem Mann, der sie berührte, die Hand abgeschlagen. Natürlich hätte er das nicht getan. Er hatte Nell ja freigegeben, damit sie einen anständigen Mann ...

Aber nicht Gunther. Die beiden hatten ihn betrogen. Doppelt betrogen. Mack schloss die Augen, erreichte aber nur, dass Nells Gesicht erneut vor ihm auftauchte.

Trotz seiner Müdigkeit brachte er es nicht fertig zu schlafen. Ein Käfer kroch sein nacktes Bein herauf. Er angelte mit dem Finger nach ihm und setzte ihn in die Freiheit zurück. Die Waldfeen mussten den Regen riechen, denn sie blieben in ihren Hügeln, falls es stimmte, dass sie in Hügeln wohnten. Und falls es in Italien überhaupt welche gab. Er gähnte, dass seine Kiefer schmerzten, und schloss erneut die Augen. War das ein Tropfen auf seiner Hand? Zeit, in den Bau zu kriechen.

Und auch dieser Entschluss: zu spät. Ärgerlich hörte er, wie in seinem Rücken ein Zweig knackte. Der Dachbau musste einem Fuchs als Unterschlupf dienen. Daran hätte er denken können, denn es geschah häufig genug. Vorbei also die Hoffnung auf eine trockene Nacht, es sei denn, er hatte Lust, sich mit dem Bewohner seiner Schlafstatt anzulegen.

Erneut knackte ein Zweig.

Und in jenem winzigen Zeitabschnitt, der ausreicht, die eigene Gedankenlosigkeit zu bedauern, teilte ein grausamer Schmerz seinen Schädel.

Die Feen sangen so zart, dass ihr Lied seinen Körper durchfloss, als gäbe es weder Haut noch Knochen oder Fleisch, die Widerstand leisteten. Ihre Melodie trug den süßen Duft einer Verheißung in sich. Einer Verheißung auf ... unmöglich, sie sich auszumalen. Unnötig. Es war das vollkommene ... Glück?

Mack spürte, wie ihm Tränen in die Augen traten. Und selbst das Wasser auf seinen Wangen schien sich mit Tönen zu füllen.

... ohne Frage
an das Lindenblatt.
Ach, das Lied, so bald verklungen,
ohne Antwort auf Schachmatt.

Lange Zeit hörte er nur der Bedeutung entleerte Silben, die der Melodie schmeichelten. Aber dann kehrte der Schmerz zurück. Zunächst ein hohler Druck über dem linken Ohr, der, als er ihm Aufmerksamkeit schenkte, zu einem Stechen wurde und sich ausbreitete, bis es sich anfühlte, als wäre ein aufgestörter Hornissenschwarm unter seine Schädeldecke geraten. Mit dem Schmerz gewannen die Worte ihren Sinn zurück. Stumpfsinnig übersetzte Mack Bruchstücke.

... hier nicht gelungen ... wer gelogen hat ... doch erst hör ich, wer gelogen ...

Wenn eine Verheißung, dann die auf Ärger. Und es war auch keine Fee, die sang, sondern ein Mann mit einer entspannten, überaus angenehmen Falsettstimme, der in Höhe seiner Füße saß und ihn offenbar beobachtete, denn die Töne gingen in seine Richtung.

Der Schmerz beherrschte das Areal zwischen Schädeldecke und Schulterblättern. Sein Kern saß hinter dem linken Ohr. Mack fasste danach und merkte, wie sein Körper mit einem Schweißausbruch auf die Pein reagierte.

Der Gesang brach ab. »Nicht gut?«

Nein, gar nicht gut. Selbst die Augen zu öffnen war eine Anstrengung, die Schmerzen verursachte.

»Ich hielt es für sicherer. Du bist zu flink. Deine Mutter muss eine Assel ...«

»Lass. Eule, lass das.«

»So empfindlich heute Morgen?«

Es dämmerte. Und wenn man dem Himmel trauen durfte, würde es ein schöner, sonniger Tag werden. Die Luft zwischen den Bäumen war noch diesig, aber in den Nebeltropfen rieselte Licht.

»Es freut mich, dich sprechen zu hören. Ich fürchtete schon, zu heftig zugeschlagen zu haben.« Der Fiedler saß breitbeinig auf einem Baumstumpf, völlig übermüdet und das schwarze Haar zerzaust.

»Ich werde dich nicht los.«

»Das sagte ich dir.«

Mack wollte sich aufrichten, aber da wurde die schmeichelnde Sängerstimme plötzlich scharf. »Liegen bleiben.«

»Warum?«

»Warum ... warum«, äffte Eule ihn nach. »Du springst mir so oft aus der Schlinge, dass ich des Spaßes zum Erbrechen überdrüssig bin. Heb auch nur die Schulter vom Boden und du wirst mir vor*wimmern* müssen, dass ich auf deine Empfindlichkeiten achten soll.« Er atmete einige Male tief, um sich zu beruhigen. »Wo ist er?«

Unwillkürlich glitten Macks Augen zum Ende seines Ärmels.

»Nein, dort nicht. Er ist nirgendwo an deinem Körper. Ich habe jeden Flecken abgesucht und nichts als die Wunden deiner törichten Fluchtversuche gefunden.«

Die Vorstellung, dass der Fiedler ihn mit den Händen betastet, ihn gedreht und an den verborgensten Stellen berührt hatte, spülte eine Welle der Übelkeit in Macks Mund. Er starrte in die Krone der Schwarzkiefer. Ein Wendehals schlüpfte aus einer Höhle im Stamm. Er flatterte davon, und zwischen den hellgrünen Blättern blieb ein Loch zurück, das sich mit ekelhaften Bildern füllte.

Prosper, der Mack ebenfalls berührt und mit Zärtlichkeiten besudelt hatte, die für Alpträume geeignet waren. Gunther, der Nell ... Wenn Gunther Nell anfasste, dann nur als ihr Ehemann. Und was sollte daran ...?

»Wo ist er, Mack?«

»Bœuf hat ihn.«

Eule sprang auf. Und versetzte Mack einen derart wuchtigen Tritt gegen den Kopf, dass es ihm den Atem und alle Sinne verschlug. Er musste sich auf den Ellbogen stützen, um Luft zu bekommen, aber ein zweiter Tritt schoss ihm den Arm beiseite. Er fiel auf den Rücken zurück. Eule hatte keine Eile. Er wartete, bis Mack wieder beieinander war.

»Dein fetter Freund hat ihn ebenfalls *nicht*«, flüsterte er. »Auch *davon* habe ich mich überzeugt. Du ... reizt mich.«

»Hast du ihm etwas angetan?«

»Hast du ... Ich trete ein Kind, das nach der Brust jammert, an der es sich trösten will. Weißt du, dass du mich anwiderst, Bruder?«

Mack hob den Arm, um einem neuerlichen Tritt zuvorzukommen, aber der Fiedler hatte nicht die Absicht, sich weiter zu verausgaben. Er ließ sich auf dem Baumstumpf nieder und vergrub das Gesicht in den Händen. Als er es wieder freigab, lag plötzlich ein Lächeln darauf, eines, das die Zähne völlig entblößte.

»Hat dir mein Gesang gefallen?«

Mack schüttelte den Kopf.

»Doch, ich habe dein Gesicht gesehen – und mich geehrt gefühlt. Was hältst du davon, auch für mich zu singen?«

»Nein.«

»Lilith sagt, du hättest Orpheus' Gabe, Steine weinen zu machen und den Zorn wilder Tiere zu stillen. Wir sollten gemeinsam ein Lied anstimm...«

»Nein.«

»Es gibt nicht viel Schönes, das unsereins zu Stande bringt.«

»Sag nicht unsereins. Sag das nicht.«

Eule beugte sich vor, ohne beleidigt zu sein. »Als ER uns zu all unserer Hässlichkeit die eine göttliche Gabe gab, nämlich Menschen durch die Schönheit unserer Musik zu betören, denkst du, er wollte uns trösten oder quälen?«

Mack schüttelte den Kopf.

»Du hast dich das noch nie gefragt? Feuer ist glücklich, Wasser ist glücklich. Füge beides zusammen und ... der Tod. Ich habe ein tiefes Empfinden für Musik. Aber manchmal, wenn ich fiedle, kommt es mir vor, als drehte ich die Zinken einer Forke in meinen eigenen Eingeweiden. Hat ER das bezweckt? War seine Barmherzigkeit nur eine besonders ausgeklügelte Folter? Das Tageslicht schmerzt die Augen der Nachttiere. Hat ER das gewusst? Und dennoch. Sing für mich. Heute erleichtert es mein Herz.«

»Du hast kein Herz, das erleichtert werden könnte.«

»Und du ... bist leichtfertig. Vorsicht, Mack. Es könnte sein, dass dies deine letzte Gelegenheit zu singen ist. Ich bin kein edler Sieger und ... ein wahrhaft unheilvoller Verlierer.« Sein Kopf hob sich gegen die gelben Blütentrauben einer Berberitze ab, es sah aus, als hätte er einen Heiligenschein bekommen. Mack versuchte an ihm vorbeizublicken, aber die schwarzen Augen hatten einen magischen Sog. Ihn packte die seltsame Vorstellung, der Kopf hinter den Augen sei mit einer tintenschwarzen Substanz gefüllt und die Augen seien aus durchsichtigem Glas.

»Ich verstehe Lilith«, murmelte Eule, während er den Kopf schief legte. »Sie sagt, du trägst den Wald in deinen Zügen, und wenn ich dich ansehe ... Marderhaare, Blätteraugen – kein Wunder, dass ich Schwierigkeiten hatte, dich in all dem Gesträuch zu finden«, witzelte er. »Lilith liebt den Duft der Tannen. Sie ging als Kind bereits im März mit bloßen Füßen durch das Moos. Und nicht nur mit bloßen *Füßen*.« Ein Kranz von Fältchen legte sich in die Augenwinkel und gab ihm das Aussehen eines gutmütigen Geschichtenerzählers. »Wie eigenartig und töricht zugleich, dass du dir diese Nell ausgesucht hast, um dein so rührend sanftes Herz zu verschenken. Du hättest Lilith haben können. Und mit ein wenig Bemühen fast jede Frau der Welt. Stattdessen ein trampliges, dürres ... Bleib liegen, Mack. Bleib *liegen*. Ich habe nicht gescherzt. Wenn deine Schultern den Boden verlassen, werde ich einen deiner begabten Finger abschneiden. Ich habe ein Messer dabei, siehst du? Hier. Diese Nell ...«

»Was willst du mit dem Stein, wenn du ihn bekommst?«

»Er ist also doch von Interesse?«

»Muss er wohl. Jedermann macht sich seinetwegen zum Esel. Was wirst du tun, wenn du ihn hast?«

Eule nickte wie ein Gelehrter, dem eine kluge Frage gestellt wird. Er sann nach, dann sprach er weiter. »Wenn ich dir sage, Mack, dass Lilith noch vor mir die Stadt verlassen hat; wenn ich dir sage, dass sie dabei ein rundäugiges, kaum zweijähriges Kind von der Treppe stieß; wenn ich dir sage, dass sie dabei außer sich vor Zorn Nells Namen schrie ... Bleib liegen, Mack. Und wenn ich weiter sage, dass sie weiß, in welcher Stadt dein Mädchen sich aufhält ... bleib *liegen* ... Und entsetze dich ruhig. Ich bin erstaunt über den Reichtum deiner Gefühle.«

Mack wäre trotz der Drohung aufgesprungen, aber ein Tritt gegen sein Kinn, der alles an Schmerzen freisetzte, was er bisher mühsam in Zaum gehalten hatte, warf ihn auf den Rücken zurück.

»Und nun wieder ruhig, Bruder«, sagte Eule, jetzt deutlich wachsamer. »Ich will, dass du noch einmal das Messer ansiehst. Schau, ich zeige es dir. Es ist nicht besonders scharf, ich habe es aus einer Küche gestohlen. Aber mit etwas Kraftaufwand erfüllt es seinen Zweck. Und nun höre mir zu, damit du etwas lernst. Du hast den Wunsch, aufzustehen und loszulaufen, um Nell zu helfen – weil du weißt, was Liliths zarte Hände anrichten können. Aber ich habe dir gedroht, und da ich meine Drohungen wahr mache, fürchtest du dich. Sind wir so weit einig?«

Die Hände um seine Kehle legen zu wollen ... War das Hass?

»Ein fürchterliches Dilemma, mein armer Junge. Du weißt, Lilith kommt deinem Mädchen von Atemzug zu Atemzug näher. Der Gedanke macht dich verrückt. Aber weil du Angst vor dem Schmerz hast – eine sehr vernünftige und berechtigte Angst –, bringst du nicht den Mut auf, dich zu erheben. Schach dem ... nein, nicht dem König, sondern dem Läufer.« Er lachte leise.

Mack mochte nicht nach dem Messer sehen, aber er wusste, wo es lag. Er fühlte es, als ginge von ihm eine Hitze aus.

»Und nun das Geheimnis, das für jemanden wie dich eigentlich keines sein sollte: Deine Angst ... schmeckt mir köstlich. Sie allein ist der Grund, warum ich das Versteck des Steins nicht einfach aus dir herausprügele. Ich genieße es, zu sehen, wie die Sehnen an deinem Hals sich spannen, deine Hände sich verkrampfen, das Grün deiner Augen sich trübt. Die flehenden Blicke – vielleicht lässt er sich ja doch erweichen? –, das Zaudern, das für deinen gesunden Verstand spricht: Ich gebe zu, mir ist wundervoll ums Herz. Die liebste Jagd war mir immer die Vogeljagd mit der Leimru... Bleib *liegen,* Mack. Bleib in deinem eigenen ...«

Die Plauderei hatte getäuscht. Eule war mit jedem Muskel bereit zuzupacken. Das Messer – ein abgewetzter Griff und eine vom Schleifen kurz gewordene Klinge – lag genau neben seinem Knie, er erwischte es, bevor sein Opfer es greifen konnte. Einen kurzen Augenblick schwebte es vor Macks Augen. Der Schmerz, der dem Anblick folgte, glich dem Kuss einer Flamme. Es war sofort vorbei und Eule drückte Mack nieder, indem er das Knie auf seine Brust presste. Dann hielt er ihm die blutige Schneide vors Auge.

»Du siehst, ich führe aus, was ich androhe. Endlich begriffen?« Der Angriff hatte seine Laune nicht verdorben. »Und das war noch nichts. Du ... du wirst dich vor mir beugen, Mack. Bevor dieser Tag zu Ende ist. Doch das ist nicht das Ziel meines Sehnens. Die Tränen der Mächtigen …« Er verlor sich in seinen Träumen wie ein Kind.

Der Wendehals kehrte zu seinem Nest zurück. Er landete auf einem abgebrochenen Ast. Die menschliche Stimme oder die großen Körper unter dem Baum mussten ihm bedrohlich vorkommen, denn er verdrehte Hals und Augen und züngelte mit der langen Wurmzunge, als würde er angegriffen.

»Ich fürchte, du hörst mir nicht aufmerksam genug zu«, sagte Eule verdrossen. »Wo ist der Stein?«

»Du bringst mich auf jeden Fall um.«

»Aber warum denn? Ein großer Mann schätzt es, wenn seine Taten durch Sänger in die Welt …« Der Fiedler hörte selbst den falschen Ton in seinen Worten. Er ärgerte sich. »Ich ließe dich ziehen. Und sei es nur, weil ich weiß, dass du Nell nicht mehr helfen kannst. Lilith besitzt ein Pferd. Du kämst in jedem Fall …«

Die letzten Worte nahm Mack nur noch gedämpft wahr. Eules Knie drückte auf seine Lunge und einen Moment kam es ihm vor, als würde sein Körper durch ein Eisen zusammengequetscht. Ihm fiel der Wolf ein, den sie im Hungerwinter in der Nähe des Dorfs gestellt hatten. Er hatte sich den Fuß, der in der Falle klemmte, abgebissen.

Mack war kein Wolf. Er stieß Eule von sich. Doch in seinem Kopf saß kein einziger Gedanke, der klüger als der des Wolfs gewesen wäre. Er teilte mit ihm den … den bösen, raubtierhaften … Zähnefletschend warf er sich gegen seinen Widersacher, wurde aber sofort zu Boden zurückgestoßen. Die Wut in den bebenden Schenkeln, die seinen Oberkörper einklemmten, übertrug sich auf ihn. Er wand sich und hasste sich für den Mangel an Körperkraft.

Der Wolf hatte seine Mörder gebissen. Auch Mack biss zu. Er sah im Augenwinkel das Messer aufblitzen und hoffte, Gunther würde Nell schützen. Schütze sie. Schütze …

Aufheulend wand er sich aus der Zwinge der Schenkel und

schoss mit dem Knie vor. Der Wendehals gurgelte und fauchte. Mack wurde erneut niedergeworfen, aber diesmal kam er sofort wieder auf die Füße. Eule packte nach seinem Rock, der Stoff riss. Das wiederholte sich. Herrgott, schütze Nell ... Ihr Gesicht blickte durch sämtliche Zweige.

Mack war weder so kampferprobt noch so kräftig wie Eule, aber er war wendiger. Die Zweige schienen vor ihm zurückzuweichen, als er sich ins Gebüsch warf, sich überschlug, auf die Füße kam, davonjagte. Der Wald wurde zu einer grünen Tjostbahn, die ihn vorwärts sog. Er rannte.

Und rannte.

Irgendwann neigte sich die Erde. Etwas Grünes, Schillerndes blitzte auf, ein Spiegelband. Mack war zu schnell, um innezuhalten. Er überschlug sich und rollte, bis ihn gurgelndes Wasser verschlang.

19. Kapitel

Der Bussard ist geduldig, sagte sich Arnulf. Er war ziemlich stolz auf diesen Satz, den er sich selbst ausgedacht und bestimmt schon hundertmal wiederholt hatte. Es lag etwas Erhabenes darin, fand er. Der Bussard kreist über der Beute, unbemerkt, unbeachtet, und wenn keiner es erwartet, schlägt er zu.

Der Bussard ist ge...

Ach was, zum Teufel mit dem Bussard. Sein Hunger meldete sich zurück und plötzlich klang die Weisheit, die er so oft heruntergeklappert hatte, wie leeres Stroh.

Missgelaunt fingerte Arnulf in seinem Gürtelbeutel, doch er fand keine Krume mehr von dem Brotstück, das er in einem günstigen Moment von der Warenauslage eines Bäckers gestohlen hatte. Er überlegte, ob er sein Versteck verlassen und drüben beim Marktbrunnen etwas trinken solle, um das nagende Gefühl im Magen loszuwerden. Aber was, wenn Gunther gerade in diesem Moment das Gasthaus verließ?

Arnulf hatte sich in den Hinterhof eines Flaschenschmieds geschlichen, was verteufelt schwierig gewesen war, denn der Kerl besaß ein geradezu riesenhaftes Katzenvieh, das das Grundstück mit Fauchen und sämtlichen Krallen verteidigte. Doch der Einsatz hatte sich gelohnt. Von dem Holzhaufen, der zwischen einigen Bäumchen versteckt lag, konnte er direkt in Nells Kammer blicken. Allerdings bescherte ihm das wenig Einblick: eine Tür und ein paar Fuß Wand, in die Nägel für die Mäntel der Gäste geschlagen worden waren. Wenn Gunther in seiner Abwesenheit das Zimmer verließ, würde er es nicht einmal merken. Und das wollte er nicht riskieren.

Denn eines war ihm klar – er würde es Nell nur heimzahlen können, wenn ihr dreckiger Buhle sie genügend lang allein ließ.

Aber noch sah es nicht so aus. Nell kniete vor einem Beutel aus dickem Leder, den ihr der Waffenmeister am Tag zuvor geschenkt hatte. Albernes Getue. Sie hatte den Beutel gar nicht haben wollen. Die Fetzen ihres Wortgefechts waren bis zum Holzhaufen gedrungen. Der Kerl, Gunther, hatte betreten zugesehen, wie sie den Beutel in die Ecke geschleudert hatte, und war dann im hinteren Teil des Zimmers verschwunden.

Nun hatte Nell sich offenbar anders besonnen. Sie packte ein Kleid und den dünnen Mantel, für den es inzwischen zu warm geworden war, in den Beutel. Irgendwie freute sich Arnulf über ihr Nachgeben.

Wollte sie etwa fort?

Der Gedanke kam ihm blitzartig, als er sah, dass Nell sich umblickte wie jemand, der nachschaut, ob er etwas vergessen hat. Vielleicht packte sie, weil der Waffenmeister genug von ihren Launen hatte? Arnulfs Lebensgeister erwachten. Vorsichtig lugte er hinüber zur Schmiedewerkstatt. Er konnte durch die halb geöffnete Tür den Meister auf dem Blech hämmern hören, aus dem er seine Trinkflaschen herstellte. Die Katze war verschwunden.

Nell drehte den Kopf und sagte etwas über die Schulter, doch zu leise, als dass er sie hätte verstehen können. Das war das Dilemma. Der Scheithaufen lag zu weit vom Fenster entfernt. In der Nähe von Nells Fenster befand sich ein Schweinekoben, in dem einige Borstenviecher schnüffelten. Er sah aus, als wäre er stabil gezimmert. Von dort würde er Nell zwar nicht mehr sehen, aber dafür hören können, und das war im Augenblick wichtiger.

Der Schmied hämmerte immer noch an seinen Blechflaschen. Also wagte Arnulf es. Ungeschickt kletterte er von seinem Stapel, huschte über den mit Spänen übersäten Hof und ließ sich erleichtert neben dem Koben nieder. Hinauf traute er sich doch nicht mehr, aber er konnte auch so genug verstehen.

»... alles möglich«, sagte Nell gerade.

»Das ist Unfug.«

Der Waffenschmied wies sie zurecht, aber im müden Tonfall von jemand, der weiß, dass er sich jedes Wort sparen kann. Genauso war es ihm auch immer mit der Hexe ergangen.

»Man kann alles *versuchen.* Doch ob es gelingt ...«

»Zum Kuckuck, Gunther, was zerbrichst du dir meinen Kopf? Es ist ...« Ein leiser Schmerzensschrei machte Nells Vorwurf ein Ende. Arnulf spürte, wie ein Grinsen auf seine Lippen kroch. Gespannt wartete er, doch er hörte nur ein kurzes Poltern. Nahm Nell es etwa hin, dass er ihr eins in die Fresse ...? Nein, ihr Schrei musste eine andere Ursache gehabt haben.

Gereizt verlagerte Arnulf sein Gewicht auf den linken Schenkel. Ihm taten sämtliche Muskeln weh. Warum sagten sie plötzlich nichts mehr? Drecksbande. Er harrte trotz seiner Schmerzen aus. Einmal schien es, als würde seine Geduld belohnt, denn Nell begann wieder zu sprechen.

»Lass nur, es ist ...« Und dann ungeduldig: »Ich weiß, dass ich es noch nie ...«

Gunthers Antwort war nicht zu verstehen.

»Wenigstens habe ich zugeschaut«, erklärte Nell trotzig. Dann war's schon wieder vorbei.

Arnulf hatte die Nase voll. Der Schmied pfiff beim Hämmern, der Hof war leer. Er würde gehen. Erst was trinken und dann vielleicht ein Plätzchen hinter dem Podest mit der Eisenwaage suchen. Da würde er zumindest mitkriegen, wenn Gunther zu diesem Palazzo ... die Dämonen mochten die italienischen Namen fressen. Wenn Gunther also zu den Herren der Stadt ging. Denn dass es darauf hinauslaufen würde, hatte Arnulf sich schon ausgeknobelt. Er hatte den geschniegelten

Kerl einmal ertappt, wie er in ein prächtiges Haus ging, und plötzlich war ihm alles klar gewesen. Warum auch sonst würde der Waffenmeister des deutschen Königs den Weg nach Mailand auf sich nehmen, wenn nicht ...

Arnulf stieß einen Schreckensschrei aus. Er hatte sich gerade aufgerappelt, als ein Schatten auf ihn zuflog. Ein heißer Schmerz im Nacken entriss ihm einen zweiten Schrei. Dieses verdammte ... dieses flohverseuchte Mistvieh! Panisch griff er in seine Haare, um die Katze fortzureißen. Er war so von seiner Verteidigung in Anspruch genommen, dass er den Schmied nicht bemerkte, den sein Gebrüll und das Gefauche aufmerksam gemacht hatten. Ein glühender Schmerz, viel schlimmer als die Schrammen der Krallen, zog über Arnulfs Wange. Aufheulend rannte er los. Ein Glücksfall ließ ihn die richtige Richtung nehmen und gleich darauf fand er sich in der Gasse wieder. Die Katze ließ von ihm ab und sprang wie der Leibhaftige davon.

Er sah eine Vettel, die auf einer Stufe Hühner entdarmte, lachend in seine Richtung zeigen. Ein paar Leute in ihrer Nähe drehten sich um. Als er ihnen wütend eine Nase machte, grölten sie nur umso amüsierter und ihr italienisches Kauderwelsch klang ihm nach, bis er um die nächsten Ecke floh.

»Hexe, Drecksstück!«, heulte er außer sich. Schnodder lief ihm aus Augen und Nase und er hieb wütend mit der Faust gegen eine Stange, die die Bedachung eines Verkaufstandes hielt. »Sie ist eine Dämonenhure!«, schnauzte er den Mann mit den mehligen Händen an, der ihm auf Italienisch Vorhaltungen machte. »Du verstehst sowieso nichts. Sie treibt's mit dem Leibhaftigen und seinen Geistern.«

Er lief weiter, der Mann hatte sich abgewandt.

»Nell!«, brüllte er, ohne sich darum zu kümmern, wer ihm zuhörte. Seine Hand lag auf der brennenden Wange. »Dafür blutest du. Ich schwör's dir ...« Er wiederholte sich, bis er den Marktbrunnen erreichte. Eine Frau, die gerade ihren Krug in den Wassereimer tauchen wollte, stieß er beiseite und schöpfte sich mit beiden Händen Wasser ins Gesicht. Ihre entsetzte Miene zeigte ihm, wie schlimm die Wunde sein musste.

Schnüffelnd riss Arnulf sein Tuch vom Hals und tauchte den dreckigen Stoff in den Schöpfeimer. Das Weib begann zu schnattern. War ihm doch egal. Er presste das Tuch gegen die Wunde, drückte dabei das Wasser hinaus und heulte: »Nell!« Er kreischte es in jede Richtung über den Marktplatz.

Dann war die Wut plötzlich fort. Wie eine Strohpuppe sackte er zusammen, kauerte sich auf die Stufe vor dem Brunnen und fühlte sich auf einmal nur noch klein und kläglich. Sein Hunger folterte ihn so schlimm wie der Brandschmerz. Ihm saßen neue Schluchzer in der Kehle, aber da sah er einen Mann über den Platz kommen, der auf ihn wie ein Büttel wirkte, und er machte sich torkelnd in eine der Seitengassen davon. Er hatte zu viel Aufmerksamkeit erregt. Und auch das, wurde ihm plötzlich klar, war kein Zufall. Nell musste von ihrem höllischen Buhlen Zaubereien gelernt haben, sie hatte einen Fluch über ihn ausgesprochen, so dass alles, was er tat, schief ...

Er brüllte von neuem auf, als sich von hinten eine Hand auf seine Schulter legte. Doch zum ersten Mal an diesem grausamen Tag schien das Glück mit ihm zu sein, denn als er sich umdrehte, blickte er in das Gesicht einer wunderschönen Frau, die nach Blumen duftete und ihn so freundlich anlächelte, als wäre sie die Mutter Gottes. Arnulf war es nicht gewohnt, dass Frauen nett zu ihm waren. Benommen starrte er in das vornehme Gesicht. Sie war nicht die Mutter Gottes, nein, sie war noch besser, denn sie sagte: »Du musst Hunger haben«, etwas, was den Heiligen, gleich welchen Ranges, niemals in den Sinn kam.

Verwirrt folgte Arnulf der Schönen zum Marktplatz zurück.

Sie kaufte ihm vom Karren eines Bauern eine wunderliche grüngelbe Frucht. Er hätte lieber ein Stück Brot gehabt, aber das Aussehen der Frau und auch ihre Kleidung – weißes Zeug, das ihren Körper wie Seide umwallte – schüchterte ihn derart ein, dass er nicht zu fragen wagte. Stattdessen biss er hungrig in die bittere Schale und saugte das Fruchtfleisch aus der Hülle.

Die Frau lachte, als sie den Saft über seinen Bart sickern sah, und einen Moment kam sein Hass auf die Weiber wieder hoch, doch sie schien das zu merken, denn sie legte ihm besänftigend die Hand auf den Oberarm.

»Du bist Nells Mann, nicht wahr?«

Arnulf erschauerte, als er die deutsch gesprochenen Worte hörte.

»Du musst ihr seit Wochen gefolgt sein. So eine Ausdauer«, meinte die Frau nachdenklich, während sie mit der Hand eine schwarze Locke hinter ein goldenes Haarband schob. Sie merkte, dass man sie und ihren zerrissenen Begleiter anstarrte, und das schien ihr nicht zu gefallen, denn sie legte die Hand in seine Armbeuge und zog ihn mit sich. So gingen sie eine ganze Weile, Arnulf mit pochendem Herzen, bis sie zu einem lang gestreckten, mit Stroh gedeckten Haus kamen, das von einem Gemüsegarten umgeben war.

Als wäre sie dort zu Hause, öffnete die Schöne ein Gartenpförtchen und führte ihn zwischen Zwiebelsprösslingen und Erbsranken hindurch. In dem Haus schienen Pferde untergebracht zu sein, denn Arnulf hörte durch die winzigen Fenster Wiehern und das beruhigende Murmeln, das Pferdeknechte im Umgang mit ihren Tieren pflegten. Ihm wurde unbehaglich. Die Frau kannte sich in dem Garten nicht aus, das merkte er. Was, wenn man sie für Diebe hielt?

»Du hast viel Pech gehabt.«

»Wieso wisst Ihr…« Arnulf räusperte sich und wünschte, die Frage nicht gestellt zu haben.

»Ich weiß gar nichts. Nur dass Nell hier sein soll. Ich suche schon seit einiger Zeit nach ihr.«

Verflucht, sie lächelte ihn an. Arnulf packte plötzlich eine seltsame Regung, nämlich der Wunsch, dass die Frau ihn in die Arme nehmen und wiegen möge. Und da sieht man, dachte er, von seinen eigenen Gefühlen gerührt, wie gut alles hätte werden können, wenn Nell ihm nur ein wenig zärtlich entgegengekommen wäre.

»Bist du hier, um deine Frau zurückzuholen? Keine Angst«, sie lachte. »Ich reime mir nur einiges zusammen.«

Das konnte nicht die Wahrheit sein. Niemand kannte jemanden aus Deutschland und traf ihn in Mailand wieder und wusste dann auch noch ... Alles Quatsch. Entweder konnte die Fremde Gedanken lesen oder sie war ... Arnulf merkte, dass es ihm egal war, woher die Frau ihr Wissen hatte.

»Nell würde nicht mitkommen. Die ekelt sich vor mir«, brummte er.

Ein Nicken deutete an, dass die Schöne verstand.

»Aber es ist doch nicht richtig, dass eine verheiratete Frau sich rumtreibt, und ihr Mann lässt sich das gefallen.«

Wieder nickte sie. Benommen starrte Arnulf auf das winzige Grübchen im Kinn der Frau, das bereits für sich allein so viel Schönheit bot. Ihm war klar, dass dieses vollkommene Wesen ihn niemals lieben würde, aber ... Eine Göttin, dachte er. Eine Göttin nahm ihn wichtig und dieses Wunder machte, dass er sich plötzlich größer und stärker in den Schultern fühlte.

»Was hast du vor?«, flüsterte sie. Bei diesen Worten zog sie ihn ein Stück weiter und er merkte – viel später als sie selbst –, dass eine Gruppe Nonnen am Ende der Gasse auftauchte und sich schnell näherte. Sie verbarg sich mit ihm hinter einem Busch voller violetter Blüten und ihr spöttisches Lächeln, das den Nonnen galt und ihn selbst zu ihrem Verbündeten erhob, wärmte sein vertrocknetes Herz. Wie zwei

Kinder lugten sie durch die Zweige und lachten, als die Nonnen vorüber waren.

»Was hast du vor? Warum bist du hier?«, wiederholte die Göttin ihre Frage.

»Ich muss es ihr doch heimzahlen.« Arnulf war erleichtert, als er nichts als Verständnis in den weichen Zügen las. »Aber ich verstehe immer noch nicht, woher Ihr über Nell und mich ...«

»Nell hat mir etwas gestohlen, das ich wiederhaben will. Ich dachte schon, ich würde sie niemals finden. Und dann – das ist Schicksal, mein Freund – höre ich, wie du auf dem Markt ihren Namen rufst.«

Arnulf kräuselte die Stirn. Nell war eine Hexe. Aber dass sie gestohlen haben sollte ... Nun ja, sie hatte seine Ehre gestohlen, doch diese Frau meinte etwas Handfestes. Und das konnte er sich beim besten Willen nicht vorstellen. Nell war sogar zum Stehlen zu stolz. Aber warum behauptete sie dann ...

»Sie hat dich mit Gunther betrogen?«

»Oder mit einem Wechselbalg. Man weiß ja nicht, wie lange sie am Samen eines Wechselbalgs tragen.« Arnulfs Lachen klang so gemein, dass er es erschrocken abbrach, um die Fremde nicht zu erschrecken.

»Mit einem Wechselbalg. Das ist bös. Da hast du allen Grund, erzürnt zu sein. Ich hörte, dass Ehebrecherinnen dort, wo du zu Hause bist, lebendig begraben werden.«

Ihm stockte der Atem. An so etwas Grausames hatte er nie gedacht. Er hatte auch noch nicht erlebt, dass diese Strafe wirklich vollstreckt worden war. Andererseits ...

»Sie bringt ihm ein Kind zur Welt«, sagte er bitter.

»Ein Kind«, wiederholte die schöne Fremde nachdenklich. Eine Weile sann sie nach und er hatte Zeit, sie zu beobachten. Sie war eine Frau, die bekam, was sie wollte. Da erinnerte sie ihn an Nell.

»Sie hat das Kind noch nicht zur Welt gebracht?«

Arnulf schüttelte den Kopf. Plötzlich kam ihm ein Geistesblitz. »Es muss aber bald so weit sein. Ich habe sie wimmern hören.«

»Man muss vorsichtig sein.« Die Frau pflückte die violetten Blütenblättchen und zerbröselte sie zwischen den Fingern. Arnulf wartete atemlos, dass sie fortfuhr. »Was hat dich gehindert, sie zu bestrafen? Der Mann, der bei ihr ist?«

Er nickte. Vielleicht war sie eine Rachegöttin. Ihm schwante dunkel, von so etwas gehört zu haben.

»Und wenn ich ihn fortlockte?«

»Nell ist kräftig. Ich hab Angst, dass sie sich wehrt und das Haus zusammenschreit. Hier ist alles voll gestopft mit Menschen«, fügte er beschämt hinzu. Sehr männlich hatte das nicht geklungen.

»Wenn sie ihr Kind geboren hat, wird sie nicht mehr kräftig sein.«

Arnulf nickte eifrig, um ihr zu bedeuten, dass er im Grunde zu allem bereit war.

»Könntest du für ein Weilchen in diesem Garten ausharren?« Lächelnd blickte die Frau sich um. »Bis ich herausgefunden habe, wie nah ihre Stunde ist? Denn dann können wir planen.«

Es wurde also wahr. Erst jetzt, in diesem Augenblick, begann Arnulf sich einzugestehen, dass er allein Nell niemals etwas hätte anhaben können. Aber als er in die schimmernden Augen unter den schwarzen Wimpern blickte, kam es ihm vor, als versinke er in ... nein, als würde er von einem eisernen Willen umfasst. Nell war so gut wie tot. Wenn sie nicht durch ihn selbst starb, dann durch einen Handlanger.

»Nur eins«, flüsterte die Frau. »Niemals darf jemand erfahren, wer dir geholfen hat. Verstehst du das? Nein, mein Freund, du nickst, aber in Wirklichkeit verstehst du gar nichts. Merke es dir einfach: Keine Seele darf es erfahren. Gleich, was geschieht.«

Arnulf hatte plötzlich einen Kloß im Hals. »Ich sag nie jemandem was.«

»Gut so, mein Freund.« In ihren Augen plinkerten fröhliche Sterne. Aber auf einmal war Arnulf gar nicht mehr sicher, ob es ein Glücksfall war, der ihn mit dieser Frau zusammengebracht hatte.

20. Kapitel

Es war eine Folter. Nicht der Schmerz, der launenhaft zwischen Kopf und Hand wechselte – die Folter bestand in dem Zwang, warten zu müssen. Mack hatte sich die Astgabel einer Baumhasel als Versteck gewählt. Er hatte lange gebraucht, um diesen sicheren Hort zu erreichen. Erst war ihm nicht klar gewesen, wohin ihn seine Flucht getragen hatte, dann, auf dem Rückweg, hatte er mehr Überlegung als je zuvor auf jeden seiner Schritte verwandt, um auch das kleinste Geräusch zu vermeiden. Der Wald, sein natürliches Heim, seine Burg, hatte sich in feindliches Gebiet verwandelt. Und der Wächter über dieses Gebiet war ein mit allen Finten vertrauter Fuchs, der mit Bäumen und Bodenbewuchs verschmolz, denn sonst hätte er Mack nicht unentdeckt verfolgen können.

Dies war der Gedanke, der ihn mit besonderer Sorge erfüllte. Eule hatte ihm zwei Tage an den Hacken geklebt, ohne sich zu verraten. In die Sorge mischte sich ein Stück gekränkte Eitelkeit. Und Angst. Der Wald war seit Macks Kindheit sein Zufluchtsort gewesen und weder die Amme noch später die Knechte seines Vaters hatten ihn dort finden können, wenn er es nicht wollte. Aber Eule hatte einfach den Fuß in seine Wohnstube gesetzt und es sich darin gemütlich gemacht.

Es war später Vormittag. Die Stunden verrannen, während die Sonne höher stieg und wieder fiel. Mit zusammengekniffenen Augen starrte Mack zu dem Strauch hinüber, in dem er Luzifers Stein versteckt hatte. Er hatte seinen Ärmel über die rechte Hand gezogen und beschlossen, nicht an seinen amputierten Finger zu denken, aber der Schmerz war zu heftig, um ihn auf Dauer zu ignorieren. Eules Wut hatte ihn die zwei obersten Glieder gekostet. Er hatte den Stumpf mit zerquetschten Wetterwurzblättern umwickelt und hoffte so, dem Wundbrand zu entgehen. Dann würde es eine Lappalie bleiben. Nein, keine Lappalie, verbesserte er sich. Er würde das Lautenspiel völlig neu lernen müssen.

Unwichtig, alles.

Der Wind blies warm. Mack streckte vorsichtig den schmerzenden Rücken, ohne auch nur eines der Blättchen seiner Hasel zu bewegen.

Und wenn er sich irrte – wenn Eule gar nicht dort unten lauerte? Er war Mack gefolgt, aber spätestens am Fluss hatte er ihn verloren. Vielleicht war er nach Mailand aufgebrochen, in der Annahme, Mack habe das Gleiche getan, und in der Hoffnung, ihn dort, bei Nell, greifen zu können.

Mack biss sich auf die Lippe. Nicht an Nell denken, nicht an die Eile, die geboten war. Er sah den Wendehals im Anflug auf das Nest – und wurde aufmerksam. Seine Lippen verzogen sich zu einem leisen, triumphierenden Lächeln, als der Vogel aufgeregt zu einem höher liegenden Zweig flatterte. Der Wendehals sträubte das Gefieder, spreizte den Schwanz und ließ die Flügel hängen. Sein wütendes Gezwitscher galt eindeutig einem Feind am Boden. Im nächsten Moment flog ein Stein durch die Luft. Der Vogel segelte mit einem Jammerlaut zu Boden.

Eule hatte sich, von einer Schicht verdorrten Laubes bedeckt, zwischen Farnen und hochwachsendem Unkraut versteckt. Nun sprang er wütend auf. Mit zwei Sätzen war er bei dem benommenen Tier und zertrat seinen Kopf.

Mack hielt die Luft an. Der Fiedler ging suchend im Kreis herum und stieß dabei mit der Fußspitze das Laub zur Seite, aber man konnte sehen, dass er keine Hoffnung hatte, den Stein noch zu entdecken. Durchaus nicht satanisch streckte er die schmerzenden Glieder, schüttelte den Schmutz von seinem Unterzeug, zog unter dem Laub den roten Rock hervor, legte ihn an und machte sich davon. Er achtete nicht mehr darauf, sich zu tarnen.

Mack sah in gerader Linie die Vögel auffliegen, die er aufscheuchte. Ein Fuchs bellte. Der Wald alarmierte seine Bewohner. Aber es dauerte nicht lange, dann war wieder Frieden eingekehrt.

Mack wartete dennoch, zermartert von der Frage, ob er selbst es an Eules Stelle fertig bringen würde, sich unbemerkt zurückzuschleichen. Er war nicht sicher. Und er konnte Eules Fähigkeiten nicht einschätzen.

Erst als die Sonne sich neigte und den Abendhimmel in Brand setzte, wagte er sich vom Baum herab. Es war, als blinkte der Stein ihm entgegen, sonderbar, dass Eule ihn hatte übersehen können. Mack nahm ihn in die Hand, aber sein Bedürfnis, ihn anzuschauen, war gering. Er wollte ihn in die Ärmeltasche stecken, doch als er die Hand hob, öffnete er unwillkürlich die Faust. Der Stofffetzen, der den Stein umhüllte, fiel auseinander, als zöge eine unsichtbare Hand einen Vorhang beiseite.

Es war dämmrig. Die Sonne beschien die Baumstämme und fiel rötlich auf das mürbe Bodenlaub. Die ganze Lichtung schimmerte in einem warmen, hellen Klatschmohnton. Nun war es, als söge der Stein die Sonnenstrahlen an, als konzentrierte er sie auf seinen Kern. Er leuchtete auf, aber diesmal nicht in gelbem Licht, sondern als wäre er mit nassem, dunkelrotem Blut gefüllt.

Bruder.

Ein rotes Auge, das ihn prüfend betrachtete. Aber es urteilte nicht mehr. Es zwinkerte. Bruder.

Mack schüttelte den Kopf.

Plötzlich schien sich der Stein zu wandeln. Nell trug ein rotes Kleid und tanzte auf diamantenem Boden. Sie tanzte dem grauen Alltag und einem stumpfen Gatten davon. Sie sehnte sich nach den berauschenden, von Trillern der Fröhlichkeit getragenen Liedern ihres Liebsten. Ihr Lächeln blitzte ihm entgegen. Ihre stampfenden Füße zertraten den Wall aus bleiernen Einwänden und er bröckelte wie trockener Sand. Komm her, Mack, sieh mich an ...

Dein Eigen, Bruder, lächelte der Stein. Nein, er lachte gemeinsam mit Nell und machte sich über jede Art von Schwerfälligkeit lustig.

Blind stopfte Mack ihn in den Ärmel und rannte los. Die Zeit drängte und er hatte wieder kostbare Augenblicke vergeudet. Er musste einen Hof suchen, um ein Pferd zu stehlen. Er war sicher, dass der Stein ihn verhöhnte, ihm etwas vorgaukelte, was schon lange verloren war. Ihm womöglich nur deshalb die Erfüllung seiner Wünsche präsentierte, um ihn umso ärger zu treffen.

Sieh dich vor, Nellie. Gefahr.

21. Kapitel

Die Nachricht des mailändischen Rates wurde mitten in der Nacht von einem Boten überbracht, den der Wirt mit devot gesenktem Haupt zu Gunthers Kammertür führte. Dreiundzwanzig Tage hatte Gunther auf diesen Moment gewartet, nun stand er unentschlossen in der Tür und versperrte dem Mann mit dem schwarzen, brustlangen Bart und der lächerlich über die Stirn gezogenen Kapuze den Weg. Der Wirt wartete einen Moment, grinste dann wie einer, der versehentlich in eine anrüchige Situation geplatzt ist, und ging.

Der Bote war im Geschäft der Heimlichkeiten gewiefter. Er wollte in die Kammer, um der Öffentlichkeit des Flurs zu entrinnen, aber Gunther hatte nicht viel Lust, ihn einzulassen. Auf der Bettstatt saß Nell und nähte wie besessen an irgendwelchen Sachen für das Kind. Der Mann würde das Falsche annehmen. Nicht, dass es eine Rolle spielte. Aber es ging niemanden etwas an, wer sich in seinem Zimmer aufhielt.

Der Mann murmelte eine Frage. Er sprach in dem weichen, eigentümlich singenden Dialekt, der ihn als Venezianer auswies und den Gunther nur schwer verstehen konnte. Auf das Unverständnis in der Miene seines Gegenübers reagierte er mit einem Achselzucken. Er beugte sich vor und nun endlich glaubte Gunther zu begreifen. In der kommenden Nacht. *Nott ...* sicher *notte*. Der Bote verschluckte die Hälfte der Worte, auch so eine Eigenart der Venezianer. Das Treffen sollte nicht im Rathaus der Stadt stattfinden. Oder doch?

»Casa ... Broletto Nuovo?«

Nein. Der Mann wiederholte geduldig und endlich verstand Gunther. Sant' Ambrogio. Offenbar eine Kirche. Welche, würde er schon noch herausfinden. Warum nicht das Rathaus? Zwecklos zu fragen.

»*Di notte?*« Es reichte. Er unterbrach einen weiteren Erklärungsversuch mit einem schroffen Kopfnicken und schloss die Tür.

»Sie wollen sich also doch auf die Seite deines Königs schlagen«, meinte Nell, während sie unablässig die billige Knochennadel durch den Stoff zog.

Gunthers Nerven zuckten. Unseres Königs. *Unseres.* Aber mit Nell war über diesen Punkt noch schlechter zu streiten als mit Mack. Mack hatte für den König sein Leben eingesetzt, als es nötig war. Nell hätte ihn lächelnd sterben lassen. Für sie lagen die Dinge einfach. Der König hatte ihren geliebten Sänger mit gebrochenem Fuß und bleicher Nase vor seinem Tisch schwitzen lassen. Er hatte ihn aus Deutschland vertrieben. In ihren Augen zwei Todesvergehen. Von dem Opfer, das der König für Mack gebracht hatte, wollte sie nichts wissen. Über manche Dinge konnte man mit ihr sprechen wie mit einem vernünftigen Wesen, aber wenn es um Mack ging, war sie so verbohrt wie jede Frau.

Er sah, wie sie sich leicht vorbeugte, und da er ihre Mimik inzwischen verstehen gelernt hatte, wusste er, dass sie wieder Schmerzen hatte. Sofort überfielen ihn die Sorgen. Ihr Bauch war nicht besonders groß, aber nach ihren Berechnungen musste ihre Stunde bevorstehen. Nicht in dieser und vor allen Dingen nicht in der kommenden Nacht, betete er still. Wie sollte er sich auf die Belange des Königs konzentrieren ...

»Ist nichts«, sagte sie leichthin.

Es war, als besäße sie die Gabe, seine Gedanken zu lesen. Er seufzte.

»Lege dich hin und schlafe, Gunther. Er sagte, morgen Nacht. *Morgen.*«

»Du solltest das alles nicht hören.«

»Es ist egal, was ich höre. Die Vögel zwitschern von den Dächern, dass die Mailänder mit dem König ...«

»Psst!«, herrschte er sie an.

»... mit dem König Verträge schließen wollen«, fuhr sie etwas leiser, aber genau so spöttisch fort. »Mir ist das gleichgültig.«

Was mochte sie Mack an den Kopf geworfen haben, wenn sie sich über ihn ärgerte? Und was hatte Mack trotz ihrer Bissigkeit an ihr gefunden? Diese Frage beschäftigte ihn. Nein, sie beschäftigte ihn nicht. Er wunderte sich nur. Nell war etwa so heiter wie ein Kettenhund. Wenn sie sich über jemanden ärgerte, rammte sie ihm die Lanze ins offene Visier. Einem Mann, dem ein offenes Wort über alles ging, der grundsolide Grimmigkeit schätzte, dem mochte das gefallen. Mack war aber weder besonders ehrlich noch solide. Eher wie eine Hummel, die über der Schnauze eines Jagdhunds kreiste. Die beiden passten zusammen wie ... ein Fisch und die Wüste. Man musste fast hoffen, dass sie einander nicht mehr begegneten.

»Es nutzt deinem König nichts, wenn du dir die Nacht um die Ohren schlägst.« Nell biss sich auf die Lippe und veränderte ihre Stellung, ohne dass es bequemer wurde.

Gunther holte eine der Unschlittkerzen, die der Wirt ihnen überlassen hatte, und klebte sie auf die fast niedergebrannte Vorgängerin, denn er ahnte, dass Nell wieder die halbe Nacht durchnähen würde. Sie war in den letzten Tagen wie besessen von der Vorstellung, alles erledigen zu müssen, was mit ihrem Kind zusammenhing. Müde legte er sich neben sie auf die Laken, die der Wirt über das frische Stroh gebreitet hatte. Aber ein unterdrückter Schrei ließ ihn sofort wieder hochfahren.

»Nein«, zischte Nell ihn an, »es kommt noch nicht. Aber es tritt mich und ...« Unversehens brach sie in Tränen aus.

Gunther hatte sie noch niemals weinen sehen. Unbeholfen überlegte er, was sie von ihm erwarten mochte. Doch der Ausbruch ging so schnell vorüber, wie er gekommen war. Nell stopfte die Hände unter die Achseln und sagte so schneidend, dass es ihm wehtat: »Wie sein Vater. Er tritt mich.«

Er sah, wie heftig sie atmete, und meinte behutsam: »Ich habe mich erkundigt. Kein Minnesänger, der ihnen aufgefallen wäre. Mack ist nicht in Mailand gewesen, und wenn, dann hat er hier nicht gesungen.« Nell hatte inzwischen begriffen, wie groß Italien war. Sie war fast zwei Wochen lang täglich durch die Stadt gestreift und im Schlaf murmelte sie *Minnesinger* und *poeta e cantore* vor sich hin. Aber die letzten Tage hatte sie in der Kammer verbracht. Also sah sie es ein. Er würde ihr Zeit lassen, bis er nach Deutschland zurückmusste. Und dann würde er ihr vorschlagen, sie mitsamt dem Kind zu begleiten. Das Leben war eine Reise von Enttäuschung zu Enttäuschung. Aber man konnte es trotzdem so einrichten, dass es erträglich wurde.

Der Mann, der aus dem Säulengang des Atriums ins Freie trat, war Pietro Tiepolo, der Podestà von Mailand. Er trug eine kostbare Kette aus Gold, das einzig Helle an diesem Menschen, der er es liebte, sich in dunkelblaue Gewänder zu kleiden. Die Kette blinkte bei jedem Schritt im Mondlicht der milden Frühsommernacht auf. Dass er allein zu dem Treffen mit dem deutschen Kaiserverräter kam, ließ ihn noch selbstbewusster erscheinen. Gunther hatte ihn bisher nur bei offiziellen Anlässen gesehen, das letzte Mal, als er an einem Feiertag auf dem Fahnenwagen, dem Freiheitssymbol der Stadt Mailands, eine Rede gehalten hatte. Als Sohn des Dogen von Venedig war er ein Fremder in der Stadt und dennoch hatte man ihm zugejubelt. Das Verhältnis der Städte untereinander war kompliziert. Gunther verstand es nicht. Und er mochte auch den Podestà nicht, was sicher auf Gegenseitigkeit beruhte. Verräter werden benutzt, aber nicht geachtet.

Doch Tiepolos scharfe Züge wirkten verbindlich, als er Gunther gegenübertrat. Er nahm sich Zeit, den Mann zu mustern, den er in das Atrium der alten Basilika hatte bringen lassen. »Ein Verräter empört sich gegen einen Gotteslästerer«, waren die ersten Worte, die er von sich gab. Die Verbindlichkeit musste vom Mondlicht vorgetäuscht worden sein.

»Beleidige meinen König und dieses Gespräch ist beendet«, gab Gunther leise zurück.

Tiepolo spitzte die Lippen, ein grässlich weibisches Gebaren. Irgendwo in der Nähe sangen Mönche. Die monotonen Klänge gingen Gunther auf die Nerven und er wünschte, ihm fiele eine Bemerkung ein, aber sein italienischer Wortschatz schien sich verflüchtigt zu haben.

»Dein König ist ein Kind.«

»Ein Mann von dreiundzwanzig Jahren, der die Fürsten des Deutschen Reiches in die Schranken wies.«

»Er wirkte, verzeih, in Cividale ein wenig lächerlich.«

Gunther machte kehrt. Die Tür zum Kirchenraum, auf die er zutrat, wurde von einem David geschmückt, der vor der Keule Goliaths zurückwich. Er lächelte wütend und fasste nach dem Türgriff.

»Aber! Seid doch nicht so ungestüm. Wartet. Nun wartet doch.«

Gunther hielt den kantigen Griff so fest umschlossen, dass seine Finger schmerzten. Der König würde mit diesem Verbündeten in sein Unglück laufen. Fluch über Anselm von Justingen und jeden anderen, der ihn in seinem Vorhaben unterstützte. Abrupt ließ er den Griff los und trat die wenigen Schritte aus dem Schatten der Basilika in das Atrium zurück.

»Immerhin haben wir ein gemeinsames Interesse.« Der Italiener hob in einer Geste des Entgegenkommens die Hände.

»Habt Ihr die Macht, die Alpenpässe zu sperren?«

»Das haben wir bereits bewiesen.«

»Hier hat jede Stadt ihren eigenen Herrn und jeder Herr seine eigenen ...« Gunther verbiss sich den Hieb. »Welche Städte stehen fest zur Liga?«

Tiepolo lächelte. Dieses ewige Lächeln, das nichts mit Freude oder einem Gefühl der Zuneigung zu tun hatte, war das Hassenswerteste an den Italienern. Sie zeigten ihre Unaufrichtigkeit so offen, als begriffen sie nicht einmal mehr, dass sie Grund hatten, sich ihrer zu schämen. Tiepolo zählte in klingendem Italienisch seine Verbündeten auf: »Piacenza, Venezia, Mantova, Brescia, Alessandria ...«

Ja doch.

Aber wer von ihnen würde treu sein, wenn der Kaiser sich überlegen zeigte? Was sollte man überhaupt mit einem Verbündeten anfangen, der seine Eide wie ein Kaufmann nach Nutzen und Schaden plante. Sie werden dich verraten, mein König, dachte Gunther, während er blass auf die schlanken Finger des Italieners blickte, die die Städte mitzählten.

»Und nun, da das geklärt ist – hat unser Freund, der deutsche Kaiser, Euch gesagt, in welcher Weise seine Huld ...«

»Er würde im Falle eines Bündnisses die Rechtmäßigkeit des Lombardischen Städtebundes bestätigen und ihn als souveränen Staat anerkennen«, erwiderte Gunther steif. Das Krämergesicht zeigte keine Regung. »Trefft Eure Entscheidung. Ihr wisst, wo Ihr mich findet.«

»Ihr seid der Waffenmeister des Königs.«

Gunther, der sich schon abwenden wollte, wartete misstrauisch.

»Wir haben Euch empfangen, weil Ihr Heinrichs Vertrauter seid. Doch, doch, über diese Dinge wird auch hier geredet. Ihr seid sein Vertrauter – und sprecht, als wünschtet Ihr, dieses Bündnis würde niemals zustande kommen. Verzeiht, aber begreift Ihr, dass mich das unruhig macht?«

»Es tut mir Leid, wenn ich Euch einen falschen Eindruck ...«

Tiepolo legte ihm die Hand auf den Oberarm. »Hört auf, mit

den Zähnen zu knirschen. Ihr Deutschen seid so ... stürmisch. Wären die lombardischen Städte nicht bereit, mit dem König ein Bündnis einzugehen«, er zwinkerte belustigt, »hätte ich Euch festgesetzt, um Euch zu geeigneter Zeit mit einem Gruß zum Kaiser zu senden.«

Als Gunther weder lachte noch sonst ein Zeichen der Versöhnung von sich gab, räusperte er sich.

»Überbringt also dem König unsere Wünsche, die aus einem Herzen wärmster Zuneigung kommen, versichert ihm unsere Loyalität – und sagt ihm, wir warten auf die Verträge.«

22. Kapitel

Nell starrte auf das bläulich rote Geschöpf, das die Hebamme ihr in den Arm gelegt hatte. Es hatte einen langen, faltigen Hals wie ein geköpftes Hühnchen. Dünne, ebenfalls lange Fingerchen mit bläulichen Adern spreizten sich von der winzigen Hand. Der Kopf war krebsrot und die Stirn nach hinten gezogen und voller Falten. Es zog Grimassen und Nell staunte, mit welcher Kraft es die Faust um ihren kleinen Finger drückte.

»Sie sehen immer so aus, das gibt sich«, sagte das Weib, das Gunther zu Beginn dieser schrecklichen Nacht gerufen hatte, damit es ihr in der schweren Stunde beistünde. Sie hatte gerade den Eimer und die schmutzigen Tücher nach unten getragen und frisches Wasser geholt. Nun kam sie mit Windeln und Bändern, nahm Nell das Kind ab, wusch es und wickelte es zurecht. Es begann mit seiner winzigen Stimme zu protestieren.

»Ihr werdet bluten, heftiger als sonst, aber das gehört dazu und geht nach einigen Tagen vorüber. Und lasst die Kleine viel trinken, das regt die Milch an«, empfahl die Hebamme. Sie wirkte eilig, vielleicht warteten ihre eigenen Kinder auf sie oder eine weitere Geburt, die bevorstand. Nell interessierte sich nicht dafür.

Als die Frau sich verabschiedete, hielt Nell nach Gunther Ausschau, in der vagen Hoffnung ... Ja, was?

Der Waffenmeister blieb verschwunden. Blass erinnerte sie sich, dass er von einem Italiener gesprochen hatte, der ihn rief. Sie hatte angenommen, dass er einen Vorwand suchte, das Zimmer zu verlassen, um der Feindseligkeit zu entgehen, mit der sie ihn und jeden angegiftet hatte, als die Schmerzen schlimmer geworden waren. Aber vielleicht war das ein Irrtum und er war doch zu einem weiteren geheimen Treffen gerufen worden.

Nell drehte sich zur Seite und vergaß Gunther. Der kleine Kopf war mit krausen, schwarzen Haaren bedeckt, die Augen so blau wie die Blüten des Ehrenpreis. Unsicher blickte Nell auf das Bindenkreuz, unter dem sich der schamhafte Teil des kleinen Körpers verbarg, der, den sie zuerst fast übersehen und dann voller Unglauben angestarrt hatte. Sie hatte eine Tochter geboren. Keinen Jungen. Ein Mädchen. Ein Mädchen wiederholte sie stumm, mit kaum bewegten Lippen. Urplötzlich schossen ihr Tränen in die Augen. Sie hatte fest mit einem Sohn gerechnet, an gar nichts anderes gedacht. Mit einer winzigen Nachbildung Arnulfs, die ihr die Kraft aus den Brüsten saugen und sie mit Füßen treten und von Beginn an hassen würde.

Und nun dies.

»Eine Tochter«, murmelte sie, zögerte, hielt sich selbst zurück. Das Kind begann stotternde, klägliche Laute auszustoßen. Nell erinnerte sich, dass sie ihm die Brust geben sollte. Zerrissen zwischen Angst und dem winzigen Keim einer Hoffnung, die ihr wiederum neue Angst bescherte, öffnete sie ihr Hemd. Ihr Herz schmolz, als das kleine Wesen den Mund spitzte. Ungeschickt drückte sie es gegen die Brustwarze. Wie durch ein Wunder schien ihre Tochter zu wissen, worauf es ankam. Sie begann sofort, gierig zu saugen. Es tat weh und Nell zuckte einen Moment zusammen. Aber plötzlich spielte der Schmerz keine Rolle mehr.

»Kleine Kämpferin«, flüsterte sie und musste über sich selbst lachen, weil ihr mit einem Mal Tränen über die Wangen strömten. Während der Schmerz durch ihre Leisten zog, sann sie über einen Namen nach. Felicita. So hatte eine Sängerin geheißen, die auf dem Domplatz ein Lied vorgetragen hatte.

Der Klang des Namens hatte ihr gefallen und Gunther hatte ihr erklärt, dass er etwas Ähnliches wie Glück bedeutete.

»Glück, meine Tochter.« Probeweise sagte sie den Namen vor sich hin. Felicita ... Sie hatte das Gefühl, dass er Mack gefallen würde. Felicita hatte sich satt getrunken und wurde schläfrig. Nicht lange, und das Köpfchen sank zurück. Und da Nell zutiefst erschöpft war, schlief sie kurz darauf ebenfalls ein.

Ein Traum. Seltsam, dass man träumen konnte und dabei wissen, dass es sich um einen Traum handelte. Dieser hier war schön. Er brachte ihr nicht Mack, das geschah leider nie, aber sie lief über eine Sommerwiese und wusste, mit nur ein wenig mehr Anstrengung würde sie fliegen können. Sie flog tatsächlich. Sie flog in die Wolken, Seen und Wälder unter sich, und war frei ...

Bis der Schatten eines Raubvogels den Himmel verdunkelte.

Arnulf.

Keine Vogelklauen, sondern schmutzige, gierige Hände griffen nach ihr. Nell jaulte auf, so wie ein Hund, der die Tatze und den Atem des Bären im Nacken spürt. Ihr Schreien wurde zu einem Gurgeln und dann erstarb es, während sie schwitzend erwachte. Sie wusste, dass sie geträumt hatte. Der Traum glich einem Dutzend anderer aus vergangenen Nächten. Mit dem Erwachen verblasste er.

Das Kind, dachte Nell verschwommen, und das Bild Salomos mit dem Schwert, der herausfinden wollte, welche Mutter ihr Kind im Schlaf erdrückt hatte, tauchte vor ihrem geistigen Auge auf. Sie wollte auffahren. Doch die Hände ließen sie nicht los. Eine lag auf ihrem Mund, die andere war gegen den Hinterkopf gepresst, so dass sie wie in einer Presse steckte.

Ihre Angst um das Kind verschmolz mit einem Schub reinen Entsetzens, als ihr klar wurde, dass sie keineswegs mehr träumte. Sie hatte die Augen aufgerissen. Es war völlig dunkel im Zimmer, aber sie konnte Arnulf riechen, seinen Dreck, seine widerlichen Ausdünstungen von allem, was sich in seiner Hose sammelte. Er zischte sie an, um sich zu überzeugen, dass sie völlig erwacht war, dann ließ er von ihr ab. Angstvoll tastete Nell nach dem Kind. Es lag mit dem Köpfchen unter der Decke. Einen grausamen Moment lang dachte sie, sie hätte es tatsächlich erstickt, und im nächsten, Arnulf hätte ihm ebenfalls die Hand aufs Gesicht gedrückt, um es zu töten. Aber da hörte sie, wie ihre Tochter glucksend zu weinen begann. Rasch zog sie sie an sich.

Plötzlich fiel ein Lichtstreifen auf die Decke. Arnulf hatte einen der Fensterläden zurückgestoßen. Mit einem sonderbaren Ausdruck im Gesicht, halb Belustigung, halb Wut, kam er auf sie zu.

»Es ist dein Kind«, stieß Nell hervor und legte schützend die Hand um den kleinen Kopf.

»So, meins.« Er stand wie ein riesiger Schatten neben dem Bett und sie konnte sich nicht besinnen, sich jemals so vor ihm gefürchtet zu haben. Plötzlich ging Nell auf, welch schrecklichen Fehler sie gemacht hatte, als sie das Kind erwähnte. Arnulf stierte auf das Bündel, das sie an ihre Brust drückte, und leckte sich über die Lippen – ein unfehlbares Zeichen, dass ihm eine Idee gekommen war.

»Du hast gedacht, du kannst mir einfach davonlaufen.«

Nell wartete. Sie behielt ihn im Auge, so wie er das Kind anblickte.

»Und mich zum Hahnrei machen. Mit einem Wechselbalg ins Kraut kriechen, als könnt's dir dein eigener Mann nicht richtig besorgen. Das hat Ralph gesagt. Besorg's ihr richtig, dann kuscht sie schon. Frauen brauchen den Schwengel und Prügel.«

Er hob die Hand. Um mich zu schlagen, dachte Nell, denn so war Arnulf. Er tat immer das, was ihm gerade durch den schwachen Verstand geisterte, und nun dachte er an Prügel. Aber statt dreinzuschlagen, riss er die Decke fort und betrachtete ihre Brust, die von dem Hemd, das sie trug, kaum bedeckt wurde.

»Ich blute«, sagte Nell. Doch wieder hatte sie ihren Mann falsch eingeschätzt. Er fasste die Windeln und entriss ihr mit einem Ruck das Kind. Mit einem Aufschrei versuchte Nell es zu packen, aber Arnulf schlenkerte den Säugling wie einen toten Hasen durch die Luft.

»Du erschreckst deine Tochter«, meinte Nell zitternd und bemühte sich, sanft zu sprechen.

»Einen Wechselbalg. Das Balg eines Wechselbalgs. Einen Wechselbalgbalg«, sagte Arnulf und genoss seinen kümmerlichen Wortwitz genauso wie ihre Angst.

Nell raffte die Decke um sich und kroch aus dem Bett.

»Weißt du noch, wie ich die blinde Katze an die Wand geknallt habe?«, fragte Arnulf mit äußerstem Vergnügen.

»Ich schreie das Haus zusammen. Kindesmörder kommen an den Galgen.«

»Du hast die ganze Nacht geschrien. Wer hört denn jetzt noch zu?« Er tat, als ließe er das Kind fallen, um es im letzten Moment wieder aufzufangen. »Na, na?«, gackerte er. Es gefiel ihm, dass sie sich gekrümmt und die Decke verloren hatte. Sie trug nur noch ihr langes Hemd. Er starrte die Wölbungen ihrer Brüste an und einen Moment schien er zu vergessen, was er eigentlich wollte. Er war völlig in ihren Anblick versunken.

So merkte er nicht, wie die Tür sich Zoll um Zoll öffnete. Er sabberte wie ein Hund, der nach einem Knochen hechelt, und hatte weder Augen noch Ohren für das, was in seinem Rücken geschah.

»Gib mir das Kind«, flüsterte Nell. Sie spannte die Muskeln zum Sprung. Wer auch immer dort kam, ob Gunther oder der Wirt oder vielleicht die Hebamme, die etwas vergessen hatte – sie musste bereit sein, den Säugling an sich zu reißen, sobald Arnulf abgelenkt war.

Es war keiner von ihnen. Ein Schatten, ein leuchtender

Schatten, der Licht in den Raum zu tragen schien, stob hinter dem Türblatt hervor. Ein Arm wirbelte durch die Luft. Und Arnulf kippte mit einem Seufzer, der einem Schnarchlaut ähnelte, nach vorn. Nell erwischte das Kind erst, als es aus seinen Armen auf die Dielenbretter rollte.

Ihre kleine Tochter brüllte zum Erbarmen. Hastig betastete Nell einen roten Fleck auf der faltigen, kleinen Stirn, aber es handelte sich nicht um Blut, nur um eine Druckstelle, die allerdings rasch anschwoll. Sie murmelte beruhigende Worte, hob den Kopf – und hielt den Atem an.

Arnulf war nicht niedergeschlagen worden. Ihm war, von der Achsel bis hinauf zum rechten Ohr, mit einem einzigen gewaltigen Streich die Haut und das Fleisch darunter durchtrennt worden. Er musste sofort tot gewesen sein, denn sein Hals klaffte so weit auseinander, dass man eine Hand in der Wunde hätte unterbringen können. Der verfilzte Bart schwamm im Blut, und aus seiner Spitze floss es auf die Dielen und in vielen Rinnsalen zum Bett.

Der Mann, der sich vorbeugte und sein Messer am Bettzeug sauber wischte, war ein Fremder mit prächtigem, schwarzem Haar und einem roten Rock, den Nell verstört als unechten Wollsamt einordnete. Sie wollte ihm danken, aber sie brachte kein Wort heraus. Unablässig schaukelte sie Felicita, die immer noch brüllte. Kind und Decke umklammernd, stieg sie in ihr Bett zurück. Sie merkte, dass der Lappen zwischen ihren Beinen durchnässte.

»Macks Schöne.«

Der Mann trat näher. Der größte Teil seines Gesichts verschmolz mit der Dunkelheit, aber sie konnte die ungewöhnlich weißen Zähne sehen, als er lächelte.

»Ihr … Ihr kennt Mack?«

»Gewiss doch.«

»Woher …« Nell schluckte, um den trockenen Mund zu befeuchten. »Ich meine, wo steckt er?« Eigentlich wollte sie fragen: Warum bist du hier? Und wie kannst du einen Menschen abstechen und danach lächeln, als hättest du eine Mücke erschlagen? Wie konnte jemand weniger Mitleid mit Arnulf haben als sie selbst? Das war es, was sie wirklich wissen wollte. Nell holte Luft. Sie musste zweimal ansetzen, bevor sie fragen konnte: »Woher kennt Ihr Mack?«

»Ich bin sein Freund.«

»Mack hat keine Freunde.«

»Ein so lustiger Bursche?« Der Fremde lachte und ließ sich in aufgeräumter Stimmung auf dem Bettrand nieder. Er legte seinen Finger unter das Kinn des Säuglings und betrachtete ihn forschend. Lächelnd, kopfschüttelnd meinte er: »Nein, da hat ein andrer geschossen. Augen wie blindes Eisen. Wer ist der Vater?«

Nell schob seine Hand fort und schwieg.

»Machst du dir Sorgen wegen des kleinen Missgeschicks? Ach Kind, dein Mack wird dir alles verzeihen. Er ist so vernarrt in dich, dass er durch ein brennendes Meer waten würde, nur um einen Blick aus deinen blanken Augen zu erwischen. Die Liebe ist ... ein Gespenst? Ein Gespenst mit einem betörendem Säuseln aus knochigen Kiefern. Man könnte sich fürchten.«

»Wo ist er?«

Der Fremde – der Mörder, dachte Nell – hob seine schlanke Hand zu einer nichts sagenden Gebärde.

»Hat er dich geschickt?«

»Gewissermaßen.« Er starrte immer noch auf ihr Kind und das machte ihr Angst. Aber durch Arnulfs Attacke klug geworden, rührte sie sich nicht, sondern verschränkte bloß beide Hände unter dem kleinen Körper. Lange Zeit war der Mann in sich versunken. Als er sie endlich wieder zur Kenntnis nahm, beugte er sich vor und stützte die Hände rechts und links von ihr auf das Kissen. Er kam ihr dabei unangenehm nah. Sein Mund lag so tief unterhalb ihrer Augen, dass sie das Fletschen der Lippen nur knapp wahrnehmen konnte, aber sie hatte plötzlich das Gefühl, einem von Ralphs auf die Keilerjagd dressierten Hunden gegenüberzusitzen.

»Ich bin etwas Besseres als sein Freund«, eröffnete er ihr lächelnd. »Ich bin sein Bruder.«

23. Kapitel

»Halt! Du, Matschauge! Ja, du weißt schon, dass ich dich meine.«

Nein, weiß ich nicht, ich will's gar nicht wissen. Mack bemühte sich, einen Ausdruck arglosen Erstaunens auf sein Gesicht zu zaubern. Allein die Anstrengung, die ihn das kostete, bewies die Vergeblichkeit seines Bemühens. Kein Wunder, dass der mailändische Soldat in die Mitte des gepflasterten Torbogenwegs trat und sich mitsamt seiner Lanze vor ihm aufpflanzte. Die Bänder seiner grünen Samtmütze flatterten fröhlich im Wind. Er sah entsetzlich ausgeschlafen aus.

Zu müde für eine lebhafte Empfindung wie Verzweiflung, aber mit einem bohrenden Gefühl der Angst durchwühlte Mack sein Gehirn nach einer Erklärung für sein verschwollenes Gesicht und den blutigen Lappen um die Hand. Er wedelte die Fliegen fort, die beharrlich um einen Fleck auf seinem Hinterkopf surrten, und setzte ein Mitleid heischendes Grinsen auf.

»Lass mich rein, Kamerad. Ich singe nicht so schlecht, wie es aussieht. Die Leute in Piacenza sind Grobiane.«

»Äh?«

»Ich schwöre dir beim heiligen ... bei allen Heiligen deiner Stadt, dass ich niemandes Rosenmund besingen werde und keiner Schönen Sternenaugen preisen, ohne vorher dreimal gefragt zu haben, ob es genehm ist.«

Der Mann musste die Worte ein paarmal in seinem Schädel hin und her bewegen, um sie zu begreifen. »Du hast Dresche bezogen von einem Kerl, dem du das Mädchen ausspannen wolltest?«

Mack lächelte, als hinge er einer schmerzlichen, aber lohnenswerten Erinnerung nach.

»Geschieht dir recht.« Mit plärrender Stimme erklärte der Mann seinem Kumpan oben im Turm, was für ein Idiot das Tor passieren wollte. Dutzende Leute, Bauern mit Gemüse- und Geflügelkarren, ein zwergenhafter Mönch, eine Greisin mit einem Säugling, den sie in einem Flechtkorb trug, strömten ungehindert an Mack vorbei. Er überlegte, ob er zwischen sie schlüpfen und sich davonmachen sollte, aber er wusste, dass er keine Kraft für die anschließende Verfolgungsjagd hatte. Drei oder vier Tage, in denen er fast pausenlos im Sattel gesessen hatte, forderten ihren Tribut. Er war so müde, dass die Straße schwankte, sein Magen sich drehte, sein Kopf hämmerte und jedes Geräusch wie durch einen Ball gezupfter Wolle in sein Ohr drang.

Er musste zu Nell.

Der Torwächter hatte sich zur Turmtür begeben, von wo aus er sein Gespräch weiterführte, und Mack starrte die Straße hinab. Es war ein Fehler gewesen, sich von dem Pferd zu trennen. Mit dem Pferd hätte er davonsprengen ... Unsinn. Es wäre nach wenigen Sätzen zusammengebrochen. Er hatte es zuschanden geritten. Allmächtiger, er hatte einen gutmütigen Ackergaul zu Tode gebracht.

Die alte Frau hatte sich in einen Häuserschlupf gehockt, um ihre Notdurft zu verrichten, und ließ dabei den Korb mit dem Säugling mitten im Weg stehen. War ihr nicht klar, dass er dort totgetrampelt werden konnte? Ein Hund schnupperte am Korb und ging seiner Wege. Auch er hätte dem Kind gefährlich werden können.

»Also durch mit dir.« Der Wächter war zurückgekehrt und rammte ihm die Hand auf die Schulter. »Beim Dom gibt's eine Herberge für deinesgleichen. Billig Brot. Du musst hier die große Straße rauf und dann ...«

»Wo übernachten die ...« Nein, er durfte nichts von Deutschen sagen. Er wusste nicht, wie Mailand im Moment zu König Heinrich stand. Vielleicht schmachtete Gunther bereits in einem Kerker. Oder war tot oder befand sich in der Haft des Kaisers. Wenn er noch hier wäre, würde er jedenfalls keine reiche Herberge ... Er würde ... Wohin würde jemand wie Gunther sich wenden?

»Nun scher dich ...«

»Ich schere mich«, stimmte Mack eilig zu. Er tat einige Schritte, schlug einen bedächtigen Bogen um den Korb mit dem Säugling, ging weiter – und machte kehrt, um den Korb zum Häuserrand in die Nähe der Frau zu tragen, die immer noch am Boden hockte. Ihm war so heiß, dass der Schweiß als kitzelnder Strom in seine Hose rann.

Plötzlich kam ihm ein Gedanke. Hastig wandte er sich an den nächsten Menschen, den er sah, einen fetten Kaufmann mit einem weichen Doppelkinn, das Wohlwollen ausstrahlte.

»Wo ist die ...« Sein Hirn setzte aus. Ihm fiel das Wort nicht ein. Der Mann ging weiter und Mack rannte hinterdrein. »Ich suche den Palazzo der Signori, die die Stadt regieren.«

Das Doppelkinn hatte getäuscht. Der Kerl drohte Mack mit der Faust und verschwand in der Menge.

»Der Podestà wohnt dort oben. Ein weißes Haus mit gelben Säulchen zwischen den Fensterbögen und dem Bildnis eines Heiligen, der einen Drachen tötet, über dem Tor. Direkt neben der Sommerkathedrale.« Die alte Frau hatte ihr Geschäft beendet und den Korb mit dem Säugling aufgehoben. Zahnlos lächelte sie Mack an. »Der Segen des Himmels über dich, Junge. Ich hoffe, du wirst wieder gesund.«

Jemand, der dem alten Thannhäuser übel wollte, hatte in dem heißen Sommer, in dem der Mongolenfürst gestorben war, die Ausgänge der sieben Bienenstöcke mit Lappen verstopft und unter dem Holzgestell ein Feuer entfacht. Als Mack die Lappen herauszog, quollen ihm die flauschigen Körper der ermordeten Bienen entgegen. An diese Tierlawine musste er denken, als er vor dem Haus des ... des Podestà ... richtig, so hieß der Mann, als er vor dem Haus des Podestà stand und die frisch getünchte Front hinaufsah. Es kam ihm vor, als wäre sein Kopf so verstopft wie der Bienenkorb. Drinnen rauchte und qualmte es, seine Gedanken erstickten, und was hinauskam, war Dreck.

War es klug, beim Podestà vorstellig zu werden? Wenn der Kaiser dafür gesorgt hatte, dass Gunther als Staatsfeind behandelt wurde, würde der Mann kaum freundlich umgehen mit einem Deutschen, der nach ihm fragte.

Mack wandte sich ab und starrte auf das Baptisterium, das die andere Seite des Markts beherrschte und dessen grüne Kuppel das Sonnenlicht einfing. Neben dem Baptisterium hatte ein Viehhändler ein unregelmäßiges Viereck eingezäunt, in dem sich zwei Schimmelstuten und einige Fohlen tummelten.

Welche Art Gasthof würde Gunther aufsuchen? Er hasste es, mit jemandem im gleichen Mief zu schlafen, also sicher ein Haus, das Einzelbetten anbot. Nein, er würde ein eigenes Zimmer mieten, denn er hatte Nell bei sich. Vielleicht war er als Gesandter des Königs Gast bei den Noblen der Stadt? Aber mit Nell an der Seite? Und wenn Lilith gelogen hatte und Nell überhaupt nicht ...

Wieder tauchten die Bienenkörbe vor Macks Augen auf. Er war sicher, es gab Mängel in seiner Argumentationskette. Nur würde er sie nicht finden.

Steifen Schritts ging er zum Marktbrunnen, einem gemauerten Oval mit einer Löwenstatute in der Mitte. Die bleiernen Auslaufröhren endeten in den Löwentatzen. Er beugte sich darunter, wusch das Gesicht, trank sich satt und kam zu dem Schluss, dass er es sich nicht leisten konnte, zu warten, bis sein Verstand sich zurückmeldete. Der Podestà war der einzige Mensch, der ihm weiterhelfen konnte. Also los.

Gerade als er zum Palazzo zurückkehren wollte, hörte er seinen Namen rufen. Er schrieb es im ersten Moment seinem von Müdigkeit überreizten Gehirn zu. Dann packte ihn jemand und drehte ihn, um ihm ins Gesicht zu sehen.

»Sie bekommt ein Kind«, sagte Gunther ohne Umschweife. Sein krauses, blondes Haar war unter der Sonne Italiens fast weiß geworden. Er trug eine neue Narbe, deren Spitze in der Unterlippe endete und die ihm ein seltsam mürrisches Aussehen verlieh, das nicht zu ihm passte. Aber vielleicht lag es gar nicht an der Narbe. In seinem Gesicht wechselten Gefühle wie Ungeduld, Zorn und Missbilligung, während er ungestüm auf Mack einredete.

»Es ist widerlich, wenn ein Mann sich dazu hergibt, den Prügelknaben fürs Gesindel abzugeben. Wie ich befürchtet habe! *Das* hattest du nicht nötig. Sieh dich an! Das ist sogar für deinesgleichen ...«

»Meinesgleichen, ja?«

Der knurrende Unterton ließ den Waffenmeister innehalten. Er sah aus als wollte er mit etwas herausplatzen, aber dann fuhr er einen Ton ruhiger fort: »Du wirst nie lernen, dich aus Schwierigkeiten rauszuhalten. Was ist mit deiner Hand? Nun zeig ... Dann zeig's mir eben nicht. Nell wird jedenfalls Freude haben, wenn sie dich sieht.«

Es versetzte Mack einen winzigen, harten Stich, ihren Namen aus seinem Mund zu hören.

»Wo ist sie?«

»Hier. In Mailand. Ja, ich kann mir vorstellen, dass du staunst. Es ist ja auch ...«

Sie standen immer noch auf der sonnenbeschienenen Piazza. Eines der Pferde in der Umzäunung schlug aus, ein Mann fluchte, die Stimmen wurden lauter und ebbten wieder ab. Irgendwo gackerte ein Huhn. Mack merkte, wie ihm die Hitze in glühenden Wellen in den Kopf schlug und wie jede Welle einen Schub Übelkeit mit sich brachte. Er unterbrach Gunther, der immer noch redete.

»Bring mich zu ihr.«

»Du hast sie zwei Jahre nicht gesehen, da wird es auf einen Augenblick auch nicht ankommen. Hast du mich verstanden?« Er stockte. »Sie bekommt ein Kind.«

»Wo ... *bitte,* wo ist sie?«

»Und bevor du ihr irgendeine Schuld zuschiebst ...«

Warum glaubte er, Nell vor ihm verteidigen zu müssen? Dieser Hochmut, diese verfluchte, diese zur Hölle verfluchte Selbstzufriedenheit. Mack kämpfte seinen Groll nieder. »Lilith sucht nach ihr.«

»Wer?«

Mack hatte nicht damit gerechnet, dass der Waffenmeister sich an die schöne Dienerin der Böhmenprinzessin erinnern würde, aber es musste so sein, denn Gunther wirkte mit einem Schlag wachsam.

»Du meinst dieses Weib, das dir immer hinterhergelaufen ...«

»Dieses Weib, das mir ein paarmal sehr selbstlos geholfen hat.«

»Sicher, es passte schon, als die Vettel, die dich als Wechselbalg anklangen wollte, starb.« Reue huschte über Gunthers Gesicht, als ihm der Satz hinausgerutscht war. Er errötete, was zu dem weißen Haar einen hässlichen Kontrast bildete. »Was soll das heißen, dass Lilith nach Nell sucht? Drück dich gefälligst klar aus.«

»Bring mich zu Nell.«

»Lilith.« Gunther schüttelte den Kopf, nahm aber seinen Arm. »Du wirst mir das erklären. Hölle, stinkst du nach Krankheit. Ich wundere mich, dass sie dich durchs Tor gelassen haben. Weißt du, dass du eine Wunde am Hinterkopf hast? Sieht nicht gut aus, nach meiner Meinung. Ich habe dir gesagt, dass Nell ein Kind bekommt. Du kannst also nicht einfach so bei ihr reinstürzen ...«

Der Weg war kurz. Nur über die Piazza und dann ein paar

Schritte in eine Gasse hinein. Sie öffneten eine nachlässig mit Farbe bestrichene Tür und traten in eine niedrige Gaststube, die trotz des hellen Sonnenscheins düster und schäbig wirkte. In dem mit Tischen und Bänken bewehrten Raum befand sich keine Seele. Nur ein paar fette, schwarze Fliegen kreisten über einem dunklen Holzfass mit angerosteten Eisenbändern und in einem Kessel über einem Kaminfeuer simmerte Wurzelgemüse.

Das Köcheln des Topfes, das Summen der Fliegen – aber es gab noch ein anderes Geräusch, wenn das Gehör fein genug war. Die rauchüberzogenen Bruchsteine der Wände und die Bohlen, aus denen der Fußboden bestand, brummelten in freudloser Eintracht ein hässliches, missmutiges Lied.

»Nell ...«

»Der Kaiser weiß, dass du hier bist«, begann Mack seinen Satz im selben Moment wie der Waffenmeister zu sprechen. Warum hatte er das gesagt? Um das Lied des Hauses zu übertönen? Er wollte die schmale Wandstiege mit dem polierten Handlauf hinauf, doch Gunther riss ihn mit einem heftigen Ruck zurück.

»Was?«, fragte er leise. Das war eine Angewohnheit, die er mit Eule teilte – leise zu werden, wenn ihn etwas packte. Mack spürte am Druck seiner Hände, dass er ihn schütteln wollte, und ihm graute vor dem Schmerz, der damit verbunden sein würde. Vergebens suchte er nach Worten, die alles rasch erklärten.

Gunther schüttelte ihn nicht. Stattdessen zog er ihn bis dicht vor sein Gesicht. »Erkläre das.«

»Lass mich erst sehen, ob mit Nell ... Bitte, Gunther.«

Er war nicht darauf gefasst, dass der Waffenmeister ihn auf die Stufen schleudern würde. Er stürzte, fing sich mit der verletzten Hand ab und konnte eben noch verhindern, dass ihm ein Klagelaut durch die Zähne schlüpfte.

»Niemand weiß, dass ich ... und weshalb ich ... hier bin. *Niemand* weiß das, Markward Thannhäuser.«

»Außer offenbar die halbe Welt. Unser König ist zu vertrauensselig. Er redet zu viel.«

Gunther ballte, öffnete und ballte erneut die Fäuste. Seine Stirnader klopfte und seine Stimme sank zu einem Flüstern herab, als er sagte: »Und unser Kaiser bezahlt zu viele Ohren. Aus welchen Quellen hat er diesmal geschöpft?«

Mack schaute zur Seite. Der Tod hatte das Wirtshaus betreten. Das war es, wovon die Mauern sangen. Jemand war gewaltsam gestorben. Es ekelte sie und sie sträubten sich gegen das Blut, das sie aufnehmen sollten. »Ich weiß nicht.« Er blickte über die Schulter die Stiege hinauf.

»Du weißt es nicht.«

Gunther beugte sich über ihn, Fleisch gewordene Entrüstung. Kein Gedanke mehr an Nell. Heinrich war verraten worden. Eines Mannes Herz schlägt für seinen König. Er atmet, er lebt, er stirbt für seinen König. Oder ging es ihm doch nicht nur um Pflichterfüllung? Die Verzweiflung in den aufgewühlten Zügen milderte Macks Wut. Es gab neben Nell offenbar noch anderes, über das man sich quälen konnte.

»Der Kaiser weiß, dass Heinrich sich mit den Lombarden gegen ihn verbünden will. Verschwinde aus der Stadt, Gunther, und warne den König. Und wenn du ihn liebst ...«, der schwarze Stiefel des Waffenmeisters rammte neben sein Knie, »... dann rate ihm, seinen Vater aufzusuchen und ihm seine Ergebenheit zu versichern. Wenn du ihn wirklich liebst, sperrst du ihn in ein Loch, bis er es tut. Und nun lass mich zu Nell.«

Er hatte nicht damit gerechnet, aber Gunther trat zurück, so dass er sich aufrappeln und die Stufen erklimmen konnte. Er tastete sich einen völlig finsteren Gang entlang, der erst erhellt wurde, als Gunther sich an ihm vorbeidrängte und eine Tür aufstieß.

Sie kamen zu spät. Er wusste es, als er Gunthers erstarrten Rücken sah.

»Dein König wird verraten und alles, woran du denkst, ist Nell«, stellte Gunther fest. Es klang nicht besonders ärgerlich, eher als stellte er an einem Knappen ein besonders Ausmaß an Dummheit fest. Als er Arnulfs Leiche mit dem Fuß anstupste, war sein Gesicht vor Widerwillen verzerrt. Nein, er dachte nicht an Nell. Nur an die Schwierigkeiten, die ihn aufhielten, seinem König zu dienen. Er hatte sich um keinen Deut verändert.

Anders als Arnulf. Nells Mann hatte im Tod ein seltsames Lächeln aufgesetzt, das vielleicht von dem blutigen Schnitt herrührte, der die Halsmuskeln und -sehnen durchtrennt hatte. Er wirkte, als würde er sich über etwas lustig machen, ein Talent, zu dem ihm, als er noch am Leben gewesen war, immer der Verstand gefehlt hatte. Ihn hassen? Wie sollte man für dieses erbärmliche Bündel ein solch starkes Gefühl aufbringen?

Gunther verlor keine Zeit. Er legte eine Decke über den Toten und rollte ihn so geschickt darin ein, als hätte er niemals etwas anderes getan, als Leichen zu verstauen. Die Zimmerdecke bestand aus dunkel gebeizten Brettern, die von stabilen Querbalken gehalten wurden. Gunther hob eines davon an und verschob ein paar andere. Die Behändigkeit, mit der er dabei vorging, bewies, dass er diese Übung nicht zum ersten Mal vollzog. Hatte er ein Versteck parat haben wollen für den Fall, dass der Podestà ihn verriet?

»Geh aus dem Weg.«

Die Leiche war bereits steif. Was erst wie ein zusätzliches Hemmnis aussah, erwies sich als Vorteil. Gunther konnte sie mit Macks Hilfe wie einen Holzpflock durch das Loch in das darüber liegende Versteck hieven und Arnulf verschwand, zuerst mit dem Kopf, dann mit den Füßen. Mack griff sich ein Hemd, das aus einem Reisebeutel lugte, und begann das Blut aufzuwischen. Man konnte den dunklen, nassen Fleck nicht fortzaubern, aber er nahm an, dass auch bei einer Entbindung Blut floss.

»Da.« Gunther machte ihn mit einer Miene des Abscheus auf eine Schmiererei aufmerksam, die die Holzverschalung über dem Bett besudelt hatte. Es war offensichtlich, dass er mit den Strichen und Kurven nichts anfangen konnte. Für ihn wahrscheinlich nur Ausdruck einer ihm unbegreiflichen Raserei. Wäre er ein Musikant gewesen, hätte er die rasch hingeworfene Stilisierung einer Fidel – Steg, Resonanzkasten, Saiten – erkannt. Aber Gunther war blind. Er riss das Betttuch heraus und verwischte zähnefletschend den Fleck. Das Tuch landete ebenfalls über den Brettern.

»Nell hat den Mistkerl getötet und dann aus Angst die Stadt verlassen. So stelle ich es mir vor«, sagte er, schüttelte dabei aber gleichzeitig den Kopf. »Warum hat sie nicht auf mich gewartet? Sie weiß, dass ich sie nie im Stich lassen ...« Er wurde verlegen und bot Mack ein zweites Mal das Schauspiel des Errötens. »Ich hatte keine Ahnung, dass Arnulf in Italien ist. Glaube mir das bitte.«

»Nell?«, sagte Mack sanft. »Nell soll einem Mann, der einen Kopf größer als sie selbst war, die Kehle durchschnitten haben? Nachdem sie gerade ein Kind zur Welt gebracht hat?«

»Es klingt eigenartig«, gab Gunther zu.

Mack ließ sich zu Boden gleiten. Seine Augen tasteten den verwischten, rotbraunen Fleck ab, der ihm sagen sollte: *Ich komme, um mit dir zu tauschen.* Luzifer handelte wie ein Marktweib.

»Erzähl mir mehr von Lilith. Was genau weiß der Kaiser über Heinrichs Pläne?«

»Das habe ich doch ...«

»Du hast keine Lust, darüber nachzudenken, weil dein König dir gleichgültig ist«, blaffte Gunther ihn an.

»Friedrich kennt seine lombardischen Ambitionen. Er wird es satt haben, sich mit einem Sohn zu streiten, der ihm ständig Knüppel zwischen die Beine wirft. Vielleicht sucht er einen Vorwand, um ihn endgültig vom Thron fegen zu können. Wie soll ich wissen, was im Kopf eines Kaisers vor sich geht!«

»Aber Lilith ...«

Gleichgültig wiederholte Mack, was Eules Schwester ihm erzählt hatte. Es war wenig genug. Seine Blicke hafteten auf dem verschmierten Stück Wand. Sein Herz trommelte, aber es war, als fände diese Aufgeregtheit außerhalb seines Körpers statt. Er war zu müde, um auch nur die Wimpern zu bewegen.

»Wenn du nicht vor mir säßest, Mack, würde ich sagen: Blühendes Vagantengeschwätz, eine der Geschichten, die sich ...«

»Meinesgleichen? Die sich meinesgleichen ...«

»Hör mir zu!«

»Jedes Wort, Gunther.«

»Ich werde den Podestà ... nein, kein Aufsehen. Das Beste ist, selbst an den Toren zu fragen. Eine Frau mit einem Säugling ...«

Mack legte den Kopf auf die Knie. Noch einen Augenblick und er würde schlafen. Er spürte das Oval des Steins in seinem Ärmel.

24. Kapitel

Die Mauern hatten aufgehört zu singen oder er hatte die Fähigkeit verloren, ihren Gesang wahrzunehmen. Oder er war aus dem Meer seiner zahllosen schillernden Einbildungen in die Wirklichkeit zurückgespült worden. Auch das ist möglich, dachte Mack mit dem faden Geschmack des Schlafs im Mund. Einmal in Gunthers Körper kriechen und mit seinen nüchternen Ohren Klarheit erlangen. Das wäre gut. Hören, was jeder hört. Endlich wissen können, wie weit die eigenen Sinne narren.

Er hatte im Sitzen geschlafen, den Kopf auf den Knien, und ertappte sich bei dem Wunsch, ihm mögen sämtliche Knochen wehtun, wie allen Schläfern, die mehrere Stunden in solch einer unbequemen Haltung zugebracht hatten. *Der Delinquent besitzt eine abnorme Gelenkigkeit der Glieder, mein König.* Schloss das die Geschmeidigkeit ein, die vor verspannten Muskeln bewahrte? Doch halt: Wer sagte, dass wirklich jedem Mann nach einem Schlaf wie diesem die Knochen schmerzten? Hatte er nachgefragt? Hörte man nicht sowieso immer nur die, die jammerten?

Mack hob den Kopf und im selben Moment stellte er fest, dass er sich, was den Schmerz anging, kaum beklagen durfte. Es *ging* ihm schlecht. In seinem Schädel mahlte jemand Eisen zu Spänen, die Hand mit dem amputierten Finger brannte bis zum Ellbogen hinauf und ihm war so zittrig, dass er erst einmal Luft holen musste, um ins Gleichgewicht zu kommen.

Dann sah er Lilith.

In manchen Augenblicken stemmt sich ein Wall gegen die Zeit. Eine Bewegung dauert hundert Jahre, ein Lächeln breitet sich so langsam aus wie die Flut, die das geriffelte Ufer zurückerobert. Mack starrte die schöne Frau an, und obwohl alles ihn drängte, aufzuspringen, konnte er nicht einmal sprechen, bis der Wall brach.

Lilith war es, die ihn zum Einsturz brachte.

»Armer Mack.« Maiglöckchenduft – oder war es diesmal etwas Herberes? – breitete sich mit den beiden Worten aus. Sie stand am Fenster. Nun kam sie zu ihm in die kleine Nische zwischen Bett und Wand. Sie nahm sein Gesicht in beide Hände und sagte: »Nell geht es gut.«

»Ich will zu ihr«, erwiderte Mack töricht.

»Das ist nicht so einfach.« Die Feenprinzessin, die den Zauber ihres Reiches ins Zimmer getragen hatte, rieb völlig unfeenhaft ihre juckende Nase. Sie setzte sich neben ihn und zog die Knie an den Körper und damit verging der letzte Eindruck des Unwirklichen. »Gunther lässt den Eingang der Herberge keinen Moment aus den Augen. Er hat Posten in der Sattlerei gegenüber bezogen. Dieser Mann ist von Misstrauen durchtränkt. Er hat seine Wache nur einen einzigen Moment verlassen, um zu erledigen, was sich nicht mehr hinausschieben ließ. Ich hatte alle Müh, überhaupt hier hineinzukommen. Er hat dir nicht gesagt, dass er den Eingang beobachten will?«

Mack schüttelte den Kopf.

»Also traut er dir auch nicht. Aber das darfst du ihm nicht vorwerfen«, meinte sie großzügig. »Er sorgt sich eben wegen Nell. Wer hätte gedacht, dass so viel zartes Gefühl unter dem Harnisch aus Platten und Drähten steckt? Das ist dein Verdienst, Mack. Wenn deine Stunde kommt, wirst du sagen können, dass du zumindest eine verdorrte Blume zum Blühen gebracht hast.«

»Wo ist sie?«

»Nicht ich, Eule hat sie entführt«, betonte sie vorwurfsvoll.

»Aber du weißt, wo sie ist.« Mack war des Geredes überdrüssig. Er stand auf – doch, an seinen Schmerzen war nichts auszusetzen – und tappte um das Bett herum. »Wir sind beide dünn. Wir können uns durch das Fenster schlängeln.« Abschätzend maß er das Viereck. Eine knappe Elle hoch, nicht ganz so breit. Er selbst war mager, aber Lilith besaß die Hüften einer Frau, trotz ihres schlanken Wuchses. Sie trat neben ihn und streckte den Kopf in die Nacht hinaus.

»Neben dem Koben sind Büsche«, hörte Mack ihre gedämpfte Stimme. Sie zog den Kopf zurück, lachte ihn an und schwang die Beine durch die Fensteröffnung.

War es richtig, ihr zu folgen, ohne Gunther einzuweihen? Vielleicht wäre es besser gewesen, Lilith festzusetzen und ihn dann heraufzuholen. Diese Möglichkeit war verpasst. Großartige Hilfe, die Nell bekam. Mit Gunther wäre ihr besser gedient gewesen.

Aber das stimmt nicht, dachte Mack, während er seinen Rock aus den Dornen des Busches befreite, in den er gesprungen war. Hier ging es um ein Tauschgeschäft und Gunthers Hände waren leer.

Das nächtliche Mailand gehörte den Schatten. Mack sah die Nutznießer der Dunkelheit nur, wenn er sich einmal jäh umdrehte – was er so gut wie nie tat, da er mit seinen Kräften geizig wie ein Krämer umging. Doch er hörte, wie ihre Füße den Straßenschmutz auseinander traten, und manchmal vernahm er Pfiffe, die denen von Nachtvögeln ähnelten, aber ganz sicher von menschlichen Lippen kamen.

Gab es ein Bandenwesen in dieser Stadt? Nahm man Häuser aus oder überfiel man Betrunkene, die es nicht bis nach Hause geschafft hatten? Gab es Auftragsmörder, die die Geschäfte der mailändischen Kaufleute regelten, wenn ein Kunde nicht zahlte oder der Konkurrent zu mächtig wurde? Er hatte keine Ahnung und mochte auch nicht darüber nachdenken. Er war viel zu müde.

Nach einer Weile begann er sich zu wundern, dass man ihn und vor allem Lilith nicht behelligte. Ihm fiel dafür nur eine Erklärung ein: Angst. Lilith tanzte in ihren weißen Kleidern durch die nächtlichen Schluchten wie Venus oder Pallas Athene. Sie plapperte, als wäre ein Damm gebrochen, und lachte so laut, dass es über die Dächer gellte. Wer außer einem Narren, einem Verbrecher oder... einem Geist verhielt sich so? Wahrscheinlich bedeuteten die Pfiffe eine Warnung: Der Böse hat sich in Gestalt einer weißen Frau in unsere Mauern geschlichen. Achtet auf eure Seelen.

Mack merkte plötzlich, dass er nicht auf den Weg geachtet hatte. Wahrscheinlich war es ohne Bedeutung, denn er kannte sich in Mailand sowieso nicht aus, aber er beschloss, in Zukunft besser aufzupassen. Bruder Eule – Schwester Lilith. Er war nicht tagelang durch die lombardischen Wälder gehetzt, weil er die Schöne für eine gutherzige Freundin hielt.

Doch Lilith war glücklich. Ausgelassen öffnete sie Pforten, die zu Gärten und zu langen Reihen staubiger Getreidelager führten, verneigte sich spöttisch, wenn er an ihr vorüberschritt, und umtänzelte ihn. Ihm fiel auf, dass sie mit keinem Blick auf die übel riechenden Hinterlassenschaften in den Rinnen und Gassenrändern achtete. Als er genauer hinsah, merkte er, dass sie ihre Schuhe ausgezogen oder gar keine getragen hatte. Niemals kam sie ihm mehr wie ein Tier vor als in diesem Moment. Und er schämte sich, als er merkte, dass in einem Eckchen seiner Seele sich etwas an ihrem Benehmen freute.

Sie kamen an eine Treppe, die sich in der Mitte teilte. Rechts ging es aufwärts zu einem Platz, in dem sich schattenhaft Zypressen im Wind bewegten. Lilith nahm seine Hand und führte ihn links hinab, wo die Treppe einen Bogen machte und plötzlich vor einer Mauer endete.

Sie musste sich in seinen Gedanken gut auskennen, denn sie hauchte ihm einen übermütigen Kuss zu, als er zögerte, ihr die Hand entzog und misstrauisch die Mauer entlangblickte, an der das Unkraut brusthoch wucherte. Ein einsamer, ein sehr einsamer Flecken.

»Was ist? Willst du zu Nell?«

»Über die Mauer?«

»Das schafft eine Maus«, neckte sie ihn.

Ein paar Schritte weiter, verborgen im Unkraut, lag eine Leiter. Eule und Lilith. Hinter funkelnden Sternenkaskaden kühle Vernunft und nüchterne Planung. Mack lächelte grimmig. Er half Lilith, die Leiter aufzurichten. Hinauf ging es also leicht, hinunter mussten sie springen.

»Keine Angst um die Knochen?«, fragte er Lilith seinerseits.

Sie streckte die Arme aus und sprang. Er folgte ihr nicht sofort, sondern blickte ihr nach. Sie kugelte den Hang hinab, ein sich blähender Ball aus Stoff, und sprang auf die Füße, wobei sie sich zierlich ein weiteres Mal im Kreis drehte. Wenn irgendein Wachposten auf einem entfernteren Teil der Mauer in diesem Moment zufällig zu ihr hinüberschaute, dann würde er seinen Nachkommen bis zum Tode von der Geisterfrau erzählen, die zu einer unhörbaren Musik auf den Feldern tanzte. Ich hab's gesehen, Kinder.

Mack gab Acht und versuchte, beim Sprung den linken Fuß, der noch immer bei Belastung schmerzte, zu schonen. Er folgte Lilith und sie rannten über einen kahlen, von Sträuchern und jeder Deckung befreiten Streifen hinaus zu den Gemüse- und Getreideäckern, auf denen sie in einer schmalen Spur die junge Saat niedertrampelten. Danach Wiesen, dann ein Wald und wieder Wiesen.

Lilith gönnte ihm keine Pause. Wenn Mack zurückblieb, deutete sie auf den Horizont, an dem sie einen Morgen wahrzunehmen schien, von dem er selbst noch nichts bemerken konnte. Er folgte ihr, aber er ermüdete viel zu rasch, und ständig musste sie warten, damit er sie einholte. Die Zwingen um seinen Kopf hatten sich ein wenig gelockert, dafür breitete das

Feuer seiner Hand sich im ganzen Körper aus. Sein Unterzeug klebte durchgeschwitzt an der Haut, er glühte und fror gleichzeitig von dem Wind, den er durch das eigene Laufen erzeugte. Er tat, was er konnte, aber schließlich musste er stehen bleiben. Keuchend stützte er sich an einen Baumstamm und krümmte sich, um Luft zu bekommen.

Als Lilith es sah, kehrte sie zu ihm zurück. Sie beugte sich unter sein Gesicht und musterte es, als gäbe es dort Schriftzeichen zu entziffern. Ihr Lächeln wurde weich. Der Wald roch nach Harz, vermischt mit der Feuchtigkeit des Bodens, erste Vögel begrüßten den Morgen und im Nadelgehölz stieg grausilberner Nebel auf. Für einen Moment schien die Zeit stillzustehen.

»Nicht mehr lange, mein armer Orfeo«, flüsterte sie und berührte mit dem Finger eine der Blessuren, die er sich eingefangen hatte.

»Sie wird sich fürchten.«

Das Unverständnis in Liliths Augen bewies, dass sie nicht wusste, wovon er sprach. Als es ihr einfiel, als *Nell* ihr einfiel, schwand die Weichheit aus ihren Zügen. »Weiter!«, befahl sie. Sie liefen, während die Dunkelheit verblasste, aber es war kein weiter Weg mehr. Ihr Lauf endete an einem Flussufer.

»Fast geschafft«, schnaufte Lilith und deutete über das klare, durchsichtig-grüne Wasser, das sich in kaum merklichen Wellen kräuselte, auf das jenseitige Ufer. Mack schüttelte den Kopf und ließ sich ins Uferschilf fallen. Er zitterte bis in die Fingerspitzen. Nur einen Augenblick Ruhe, redete er sich ein. Und wusste gleichzeitig, dass er sich diese Pause von Nell stahl.

Lilith glitt ins Wasser. »Hasenherz«, neckte sie ihn. Hinter ihr, hinter dem Fluss, lag nicht das andere Ufer, sondern eine lang gestreckte, mit Bäumen und Büschen bewachsene Insel, deren südliches Ende hinter einer Biegung lag. Hatte Eule Nell dorthin verschleppt?

»Ja, dort ist er«, erklärte Lilith ungefragt und plötzlich nüchtern. »Aber du bist ihm nicht gewachsen. Nicht in diesem Zustand.«

»Ich brauche ihm nicht gewachsen zu sein. Ich will tauschen.«

»Tauschen!« Sie nickte in gespielter Ruhe. »Du hast ihm nichts genommen, außer allem, was er jemals begehrte. Geht das nicht in deinen Kopf? Bist du taub, dass du ihn nicht vor Wut schreien hörst? Bist du taub, Mack?« Er roch den Duft von Maiglöckchen, obwohl es im Schilf übel nach Moder stank. »Du bist mein Verderben. Ich betrüge den einzigen Mann, den ich fürchte, und ich tue es, um den einzigen Mann zu verlieren, den ich liebe. Wenn ich mich selbst vernichten muss, dann lass es wenigstens mit Sinn und Verstand geschehen.«

Mack fuhr sich mit der Hand über den Kopf. Der Schmerz, als seine verstümmelte Hand sich in den Schlingen seiner nassen Haare verfing, ließ ihn wieder auf den Fingerstumpf starren. »Ich will es hinter mich ...«

»Hinter dich bringen.« Lilith lächelte verzweifelt. »Er erwartet dich, aber im Gegensatz zu dir hat er geplant, was er tun will. Und genau das brauchst du auch: einen Plan. Und den findest du. Mit etwas Zeit zum Nachdenken. Eule wird deiner Nell nichts antun, solange der Stein nicht sicher in seinen Händen ist. Hast du ihn bei dir?«

Mack nickte. Lilith nickte ebenfalls. Sie teilte Eules Begehren nicht. Ihre Blicke schweiften zur Insel. Eine kleine Hügelkette durchzog sie von Norden nach Süden. Die Hänge waren frei von Bäumen. Nur die blassrosa Blüten des Augentrosts und etliche Gräser, die sich im Wind bogen. Ein unscheinbarer Ort an einem Morgen, der einen warmen, staubigen Tag versprach.

»Dort ist eine Erd...«

»Ich bin kein Tier, das sich in Höhlen verkriecht.«

»Das bist du nicht, Mack, aber du kannst dort Kräfte sammeln. Du brauchst ein paar Stunden Schlaf, Trockenheit und Wärme. Wenn du Nell zurückhaben willst, musst du schlauer sein als Eule«, wiederholte Lilith. Er hatte nie etwas Vernünftigeres gehört. Widerwillig bog Mack das Schilf beiseite und stieg den saugenden Sand hinab.

Das Wasser kühlte die Hand und vertrieb den Rest Kopfschmerzen. Als Mack das Inselufer erklomm, fühlte er sich erstaunlicherweise viel besser – bis er die ersten Schritte hinter sich hatte. Es war, als würde ihm ein Netz übergeworfen, durch das die frischen Lebensgeister entschlüpften, während sein Körper als unnütze Last zurückblieb.

»Du musst dich ausruhen«, wiederholte Lilith mit Engelsgeduld. Gut, und dann würde es ihm vielleicht auch leichter fallen zu entscheiden, wieweit er ihr trauen konnte, oder genauer, wann sein Misstrauen einsetzen musste. Die Höhle, die sie ausgesucht hatte, war überraschend geräumig. Mack konnte gebückt darinnen stehen, und als er sich zum Ende vortastete, merkte er, dass sie wenigstens einem halben Dutzend Menschen Platz zum Schlafen geboten hätte.

Er setzte sich nicht – ihm knickten die Knie weg, was Lilith mit einem bedeutungsvollen Kopfnicken bedachte. Die Wände der Höhle bestanden aus Sand oder Lehm. Wurzeln flochten ihr ein Stützgitter, der Boden war von einem moosähnlichen Gewächs überwuchert, das kein Licht zu brauchen schien. Mack legte sich hin und nickte fast augenblicklich ein, aber er erwachte wieder, als Lilith in die Höhle zurückkehrte. Wenn sie zurückkehrte, musste sie die Höhle zuvor verlassen haben. Wie tröstlich, einen Verstand zu besitzen, der zu solch komplizierten Überlegungen fähig war, dachte er voll bitterem Selbstspott.

Sie trug ein Bündel Zweige mit verdorrtem, krümeligem Laub und einige Äste und kniete nieder, um Feuer zu machen.

Die Luftwurzeln über ihrem Kopf ließen die Höhle wie ein umgestülptes Schlangennest aussehen. Einige streiften ihren Kopf. Medusa an Heim und Herd. Sie lächelte Mack zu und schlug zwei Steine aneinander, um einige Zapfenlamellen in Brand zu setzen. Das Licht, das durch die Höhlenöffnung fiel, half ihr dabei.

»Du hasst Nell und willst ihr doch helfen.« Erst dachte Mack, sie hätte ihm gar nicht zugehört, aber sie antwortete.

»Ich habe meine eigenen Sehnsüchte. Das begreifst du nicht. Ich möchte etwas tun, für das du mich immer lieben wirst.« Die ersten Flämmchen züngelten empor und einen Moment lang packte Mack die alte Angst vor dem Feuer. Er wäre zurückgerutscht, wenn hinter ihm nicht die Wand gewesen wäre. Mit angehaltenem Atem sah er zu, wie Nell ein gebogenes Stück Rinde aufnahm und in das kleine, flackernde Rund fallen ließ. Die Höhle wird verqualmen, dachte er.

Es war dunkler geworden. Lilith hatte ihren Platz verlassen und verdeckte mit dem Rücken das einzige Luftloch, den Ausgang. Es war das erste Mal, dass sie sich ungeschickt benahm. Einen Raum ohne Abzug zu heizen. Er wollte ihr das sagen. Aber der Raum füllte sich schneller mit Rauch, als er die Worte zurechtlegen konnte. Sein Protest ging unter in einem Geruch nach Brenzligem und stark Blumenhaftem.

Er flog. Oder etwas flog an ihm vorbei. Ein gelbes, metallenes Schild, das eine furchtbare Bedeutung hatte. Es schaute Mack an. Es war kein Auge und es schaute auch nicht *mit* Augen, sonderbarerweise. Es schaute mit *sich selbst* und dieser Blick war so scharf, dass er mühelos Macks Haut durchbrach. Mack schwankte wie unter einem Angriff.

Die Wände schwankten mit ihm. Die Höhlenschlangen begannen zu tanzen. Lilith bewegte den Mund und sagte etwas, aber Macks Ohren waren taub. Er starrte sie an und sah ungläubig, wie sie verschwand, oder genauer, wie sie sich in einem Nebel auflöste, bis nur noch ihre Umrisse sichtbar waren.

Allein, dachte Mack.

Das Gefühl überwältigte ihn. Wie ein Kind spürte er das Entsetzen des Verlassenseins. Das Licht verdunkelte sich, die Höhlenwände kippten ineinander. Ein Strudel ohne Bewegung. Er war nicht nur verlassen von jeder lebenden Seele, sondern sogar verlassen von sich selbst. War das Sterben? Aber er entfloh seinem Körper nicht, im Gegenteil, er verkroch sich in ihm. Er führte seine Existenz so tief innerlich weiter, dass er neben sich das Herz schlagen, die Lungen pumpen und die Darmgase brodeln hörte.

Gleichzeitig begann er zu zittern. Sein Mund trocknete aus, seine Muskeln flogen im Krampf. Im wurde schwindlig. Keine eingebildeten – wirkliche Beschwerden, die ihm so schwer zusetzten, dass er nach allem griff, um sich festzuhalten.

Und dabei hielt das Schild ihn ständig im Visier, ein sezierendes Messer, das ihm in jedes dunkle Eck seiner Existenz folgte.

Mack legte den Kopf, einen seltsam unförmigen, aufgeblasenen, ledrigen Kopf, schief – und schnitt dem Auge eine Grimasse. Schlagartig wurde er von unsäglicher Heiterkeit erfasst. Das Schild, die Vision, erfüllte ihn plötzlich mit maßloser Lachlust. Ein Wesen in ihm bog sich vor Vergnügen. Er hörte sein Lachen zwar nicht mit den Ohren, aber mit einer Art innerem Gehör, das seinen Schädel zum Dröhnen brachte. Sein pumpendes Herz, seine Unfähigkeit, mit den Händen zu greifen und sich sinnvoll zu bewegen, alles reizte ihn zum Kreischen.

Die Höhle dehnte sich, wurde weit wie das Universum. Tiere wirbelten durch die Luft, Wesen mit schreckensgroßen Augen zogen an ihm vorbei, fliegende Steine, Nebelwolken, die ihn mit sich sogen.

Lilith tauchte als Riesenblase auf. Der Bart eines Gamsbocks schmückte ihr Kinn.

Oben floss Wasser, blutig dunkel, der Himmel war von ganzen Tierherden erfüllt. Ungestalte Wesen tauchten aus dem Erdboden auf. Mack hörte Worte. Sie waren völlig falsch, aber sie hatten dennoch einen versteckten Sinn. Er antwortete. Nicht mit dem Mund, sein Arm sprach, sein Fuß. Er wusste, es war völlig verkehrt und unangebracht, aber irgendwie musste er sich verständlich machen.

Er geriet in Wut.

Bis Lilith ihn berührte. Da löste er sich.

Die Trennung erfolgte einzeln. Der Kopf wuchs für sich allein aus seinem Hals heraus und Mack erlebte in panischer Furcht seine eigene körperliche Teilung. Gleich darauf begann er zu fliegen. Ein Rausch, der die Trennung vergessen ließ. Welche Trennung? Er war mehr mit sich selbst vereint als je zuvor. Er überschlug sich in der Luft. Er war frei von allem Gewicht.

Lilith war plötzlich so dicht bei ihm, dass er sie als Teil seiner selbst fühlte. Er glaubte sogar zu begreifen – und dieser Gedanke prägte sich seinem zerstreuten Bewusstsein tief ein –, dass er niemals von ihr getrennt gewesen war.

Der Wahnsinn wurde zu einer Blase, die sich blähte und entspannte. Lust packte ihn. Entsetzen und unsägliche Lust. Und beide schienen aus der gleichen Tiefe zu steigen.

Ihm war so schlecht, als hätte er verdorbenen Fisch gegessen oder faulige Milch getrunken. Sein Magen rumorte. Es gab kein Stück in seinem Körper, das sich nicht krank angefühlt hätte. Er blinzelte gegen das Licht, das viel zu hell war, und wünschte sich, jemand würde ein schwarzes Tuch über seine Augen ziehen.

Er musste die Höhle irgendwann verlassen haben, denn er lag in einem Bett aus angeschwemmten, fauligen Gräsern, die nach einer Überflutung in der Nähe des Ufers liegen geblieben waren. Er sog die nach Verrottung stinkende Luft ein, fühlte den Schleim der breiigen Stängel an den nackten Hacken und hörte das Rauschen des Flusses, der nicht weit von ihm am Ufer nagte. Aber er konnte sich nicht erinnern, wie er an diese Stelle gekommen war.

Mühsam stützte er sich auf den Ellbogen. Er wunderte sich nicht, Lilith zu erblicken.

»Du warst glücklich, aber du wirst es nicht zugeben.« Sie kauerte mit gekreuzten Beinen vor einer Tamariske, den Rücken zu einem Buckel gekrümmt, weil sie offenbar trotz des blendenden Sonnenscheins fror. Sie sah ebenfalls jammervoll aus. Ihre schwarzen Haare hingen strohig herab, die vollen Lippen waren bleich, als wären sie ausgeblutet. Zugleich wirkte sie zum ersten Mal völlig menschlich. Man konnte sich vorstellen, wie sie aussehen würde, wenn ihre Haut welkte. »Du wirst es nicht zugeben«, wiederholte sie bibbernd.

»Dass es mir keine Freude macht, von einer Zauberin begattet zu werden?«

Mack wollte aufstehen. Es gelang ihm auch, aber er fühlte sich wie eine Marionette, die von einem unsicheren Spieler geführt wird. Seine Augen irrten umher, als hätte jedes einen eigenen Willen, und er musste sich konzentrieren, um sie in eine bestimmte Richtung zu lenken – dorthin, wo sich hoffentlich Nell befand.

»Du bist ihm weniger gewachsen als je zuvor.«

»Sollte ich warten? Auf weitere Überraschungen?«

»Sie ist ein Stück trocken Brot. Gut, um einem Verhungernden den Mund wässrig zu machen – öde Kost für alle Tage. Du wirst sie lieben wie ein Araberpferd das Kummet, das ihn durch die Furchen treibt.«

Auch mit seinem Gehör war etwas nicht in Ordnung. Liliths Stimme klang, als würde ein Bogen quer über sämtliche Saiten kratzen.

»Bleib«, sagte sie.

Einen schrecklichen Moment lang fuhr es Mack durch den

Sinn, dass sie ihm den Stein gestohlen haben könnte, aber als er nachfasste, fühlte er ihn in seinem Ärmel. Er machte sich auf den Weg.

Nell hatte den Tag und die Nacht, oder welche Zeit auch immer verstrichen war, so dicht bei ihm verbracht, dass Macks erster beschämender Gedanke war, dass sie die ... die Ereignisse mit angehört haben könnte. Aber die Überraschung in ihren übernächtigten Zügen nahm ihm seine Sorge.

Er war zutiefst erleichtert. Und wurde im selben Moment von einer galoppierenden Folge anderer Gefühle erschüttert. Die Freude in ihren Augen, ein sternschnuppenhaftes Aufglänzen, das sofort wieder verlosch, gefolgt von der Wut, mit der sie ihn dann sehr viel länger betrachtete, zerbiss ihm das Herz. Er liebte das Zucken der kleinen weißen Narbe an ihrem Mundwinkel, das andeutete, wie gern sie ihm ihre Meinung gesagt hätte. Er wollte sie in die Arme nehmen, ihr stammelnd – und lügenhaft – versichern, dass alles gut sei, und war bestürzt, als er sah, mit welch schmerzlichem Blick sie das Kind betrachtete, das in ihrer Armbeuge lag. Sie litt und sie tat es auf die Art, die ihm am meisten wehtat – indem sie ihn ausschloss.

Einen Moment lang hasste er Gunther für die vielen Augenblicke, die Nell mit ihm geredet, vielleicht sogar gelacht hatte. Doch der Gefühlssturm ebbte ab. Er konnte nur hoffen, dass sich seine eigenen Wünsche und Befürchtungen nicht ebenso unverblümt abgezeichnet hatten.

»Endlich.«

Eule saß Nell gegenüber. Er hatte ihr Versteck nicht unter dem Blickwinkel der Bequemlichkeit ausgesucht, sondern die am dichtesten bewachsene Stelle der Insel genommen, und das war nicht eben ein gemütlicher Flecken. Kaum Bäume, dafür jede Menge Gestrüpp, das sich ineinander verstrickte. Scharfblättriges Unkraut und erstaunlich große Flussmuscheln bedrohten die Füße. Mack wich ihnen sorgsam aus, als er sich neben Nell setzte. Er *glaubte,* dass Eule *endlich* gesagt hatte, aber sicher war er nicht. Noch kam in seinem Ohr jedes Wort wie ein Kratzen an. Er sah, dass Nells Kleid feucht war. Hatte Eule ihr ebenfalls zugemutet zu schwimmen? Etwa mit dem Kind?

»Wo ist er?«

Diesmal waren die Worte deutlich zu verstehen.

»Ich hab ... ich habe ihn dabei. Geht es dir gut, Nell?«

Sie antwortete nicht und ihm fiel ein, dass er möglicherweise italienisch mit ihr gesprochen hatte. Er versuchte, in seinem dumpfen Kopf deutsche Worte zu finden, aber Eule ließ ihm keine Zeit.

»Dann gib ihn mir.« Kein Geplänkel mehr. Die Wange des Fiedlers war von einem mächtigen Bluterguss verziert. Eine Schramme, die sich entzündet hatte, lief über seinen Hals. Ganz ungeschoren war er bei ihrem Kampf also auch nicht davongekommen.

»Wenn Nell in Sicherheit ist.«

Eule stand auf. Er hielt wieder sein Messer in der Hand, aber er schien nicht vorzuhaben, damit zu drohen. Er schob es in den Gürtel.

»Geh, Nell«, sagte Mack und stand ebenfalls auf. »Du willst den Stein, ich gebe ihn dir. Aber erst, wenn Nell auf der anderen Seite des Flusses ist.«

»Sagte ich dir, dass dein Freund Bœuf tot ist? Ich war überzeugt, du hättest ihm den Stein überlassen. Ich habe es *gesehen.* Aber du bist ein Blender, ein lächelnder Bauernfänger mit der flinken Hand des Diebes. Der schöne Sohn des Waldes betrügt Feind *und* Freund. Bœuf musste einiges erleiden, ehe ich es glaubte.«

»Ich gebe ihn dir«, sagte Mack und kam sich vor wie ein Verräter, weil er sich zwang, nicht an Bœuf zu denken. Aber wie sollte er, wo doch jeder Schmerz wie ein neuer Schlag war und er nicht absehen konnte, welcher ihm die Besinnung rauben, ihn zu verheerender Wut aufstacheln oder völlig lähmen würde.

»Ich weiß, dass du es tust.« Eule kam ihm entgegen, ein Lächeln auf den Lippen, das erste Lächeln, dachte Mack, das aussah, aus käme es aus seinem Herzen. »Dein Schicksal angenommen. Der Nacken gebeugt. Mack. Mack, Bruder.« Er streckte ihm die Hand entgegen. »Willst du dich nicht doch auf meine Seite schlagen? Ich trage nicht eines, sondern sieben Herzen in der Brust. Aber alle sind einsam. Deine Schuld, dass es mir bewusst wurde. Jenseits aller Zwietracht – es würde mir gefallen, morgens neben dir zu erwachen. Ich lasse dir Nell«, schlug er plötzlich so eifrig vor, als stünden sie auf einem seltsamen Markt, auf dem Partnerschaften ausgehandelt wurden. »Und Lilith, die Freude deines Paradieses, lass ich dir ebenfalls. Du kannst *alles* haben, Bruder. Alles. Für deine Zuneigung und ...«, er zwinkerte, »... gelegentlich ein Lied?«

Nell konnte ihn nicht verstanden haben, denn er sprach immer noch italienisch. Aber ihr Mund wurde von Abscheu verzerrt. Sie war kurz davor aufzuspringen. Was hielt sie ab? Ihr Kind? Sie drückte es an sich und Mack sah, dass sie vor Erregung weinte.

»Lass Nell gehen.«

»Das klingt wie ein Nein?«

»Das klingt wie: Ich hasse dich.« Laue Worte voll falscher Dramatik, unwürdig eines Dichters, aber alles, was Macks von Giften umnebeltes Hirn preisgeben wollte. »Wir wollen ein Geschäft abschließen. Der erste Punkt ist, dass du Nell gehen lässt.«

»Warum sollte ich?«

Mack starrte den Fiedler an.

»Ich habe es niemals versprochen. Worauf ich mein Wort gebe, daran halte ich mich. Ich bin ehrlicher als du, Bruder.

Und ich weiß, das gefällt dir. Aber über Nell habe ich nichts versprochen.«

Sie standen etwa sechs Fuß auseinander. Eine Entfernung, die in zwei, drei Sprüngen zu bewältigen war. Ich bin heute schon geflogen, dachte Mack, als hülfe es, sich über sich selbst lustig zu machen. Das Äußerste, was er in seiner Verfassung erreichen konnte, war, Nell einen Vorsprung zu verschaffen. Ihm fiel das deutsche Wort wieder ein. *Lauf.*

»Lauf, Nell«, sagte er.

Er hatte vorgehabt, um Eules Messer zu kämpfen, dabei aber seine Fähigkeiten, was schnelle Bewegungen anging, offenbar völlig überschätzt. Seine Knie knickten beim ersten Schritt ein und sein Gleichgewichtssinn ließ ihn im Stich. Er stürzte in die Muscheln und Nells leiser Aufschrei sagte ihm, dass Eule keineswegs geneigt war abzuwarten, bis er wieder auf die Füße kam.

Der Fiedler beförderte ihn mit einem Tritt auf den Rücken. Mack sah Nell, die eine Faust gegen den Mund presste, während sie mit der anderen Hand ihr Kind festhielt. Sie lief *nicht,* was auch immer der Grund sein mochte.

»Wie du willst.«

Ihre Gestalt wurde von Eules Gesicht verdeckt. Seine Brauen waren nicht mehr gerade, sondern ein buschiges Schattengebirge, an dessen Ausläufern Dunkelheit wie schwarzes Feuer loderte.

Macks Hand fasste in eine Muschelscherbe.

War es Mut? Verzweiflung? Die Gewissheit, in jedem Fall sterben zu müssen? Er wünschte, es wäre eines dieser Gefühle gewesen. In Wahrheit trieb ihn ein zersetzender, nur noch auf Rache und Schmerz ausgerichteter Hass, als er die Hand hob und die Kante der Muschel mit aller Kraft über die schwarzen Augen zog.

Nell schrie.

Mack konnte sie nicht sehen. Er wurde besudelt von ... von

Blut? Ein Mann stirbt nicht, wenn man ihm das Augenlicht nimmt. Eule umklammerte höchst lebendig und zitternd vor Schock und Grauen Macks Rock. Seine freie Hand tastete nach dem Messer. Er war so entfesselt vor Wut, dass er es fertig brachte, mit der freien Hand Macks Kopf mehrfach auf den Boden zu schlagen.

Mack wollte sich wehren, die Arme heben, sich zur Seite wälzen. Doch er blieb liegen. Eine heiße Welle, die bei seinen Knien begann, kroch zu seinem Hals hinauf und das Fleisch, das sie erreichte, blieb gelähmt zurück. Was für ein Teufelszeug hatte Lilith in dem Feuer verbrannt? Er hatte den Willen, Eule zu töten. Wegen Bœuf, wegen Nell, wegen ... er hatte den Willen, aber nicht die Kraft.

Der Fiedler zuckte, oder vielmehr, er bäumte sich auf. Der weite Ärmel seines Gewands glich dem Flügel eines roten Raubvogels, als er den Arm hob. Sein Knie bohrte sich in die empfindliche Stelle zwischen Macks Oberarm und der Brust, ein Schmerz, der sich seltsam fern anfühlte. Blut und trübe Flüssigkeit war in jede Falte des hageren Gesichts gelaufen. Überdeutlich sah Mack die Wunde, die das eine Auge wie eine Blase aufgerissen und das andere zumindest berührt hatte.

Der Fiedler schien endlos so zu verharren. Dann rutschte ein Stein von seinem schwarz gelockten Schädel und schwebte, langsam wie ein Entenflaum, zu Boden. Noch bevor er ihn erreichte, wusste Mack, dass der Mann, der Luzifers Stein beanspruchte, tot war.

25. Kapitel

»Fass sie nicht an«, sagte Nell.

Sie hätte ihn schlagen oder anspucken können, das wäre weniger schlimm gewesen. Stattdessen drehte sie sich so zur Seite, dass er ihr Kind nicht mehr sehen konnte.

»Bist du gesund?« Nells Kleid war blutig. Vage brachte Mack das mit ihrem Zustand, der Geburt, in Verbindung, aber er war nicht sicher, und nach allem, was sie durchgemacht hatte ... War es denn so anmaßend, wenn er sich vergewissern wollte, ob mit ihr alles in Ordnung war?

»Wo ist sie hin?«

»Ich weiß nicht«, sagte Mack.

Lilith, die schöne, schreckliche Frau hatte ihren Bruder erschlagen. Er hatte vor ihr im Sand gelegen, mit Muschelbröckchen im Haar und Blut ... Blut ... überall. Und Mack konnte nicht einmal raten, was sie empfunden hatte. Erleichterung, ihn los zu sein? Schuldgefühle? Schmerz über das Band, das sie zerschnitten hatte? Triumph? Gleichgültigkeit? Oder etwas ganz anderes?

Der Gefährte ihrer Kindheit musste sich mit einem Blick von ihr begnügen. Für Mack dagegen hatte sie, bevor sie ging, noch einen Kuss übrig, den sie ihm ohne jede Hast auf den Mund hauchte. Galt ihr anschließendes Lächeln Nell oder sich selbst? Es war als Dorn gedacht, den sie ihrer Rivalin zum Abschied ins Fleisch drückte, entschied er. Und richtig behandelte Nell ihn seitdem mit der Freundlichkeit eines dräuenden Gewitters.

»Ich nehme sie«, bot er an, als Nell nach einem Stein oder Muschelstück in ihrem Schuh fingerte. Sie schüttelte den

Kopf. Es ging bereits auf Mittag zu und die Hitze begann zu drücken. Insekten witterten das Blut, das an ihm, an Nell und vor allem an Eule klebte. Und da der Tote sich nicht wehren konnte, wurde er zu ihrem Opfer.

»Du hast ein hübsches Kind bekommen.«

»Das ist meine Sache.«

»Weiß ich doch. Nell, es ... es tut mir alles so Leid.«

Sie gab ein empörtes Geräusch von sich und stapfte über eine Landzunge zum Wasser. Ihre Schultern lagen so eng an der Brust und der Oberkörper war so weit vorgebeugt, dass sie von hinten wie eine Greisin aussah. Er lief hinter ihr her.

»Was soll das, Nellie? Willst du ertrinken?« Genau das würde sie nämlich, wenn sie nicht Vernunft annahm. Sie setzte den Fuß in die Wellen, ohne darauf zu achten, ob und wie steil das Ufer abfiel. Er bekam sie zu fassen und wäre fast selbst gefallen, als sie sich ruckhaft umdrehte.

Zum ersten Mal sah sie ihm direkt ins Gesicht. »Ich ... habe ... mich ... gefürchtet!«, fauchte sie ihn an.

»Das weiß ich doch.«

»Er hat Arnulf ... Er hat ihn niedergemetzelt, als wär's ein Schwein, und dieses Weib ...« Sie stockte und riss sich los.

»Lass das, Nell. Dein Mädchen kann nicht schwimmen.«

»Sie wollte mich umbringen. Sie *hätte* mich umgebracht, hier auf dieser Insel, wenn der Mann es nicht verhindert hätte. Sie wollte mich *töten,* Mack. Es wäre *mein* Blut gewesen, dort im Sand, wenn der Mann nicht dieses ... dieses Ding ...«

»Nicht doch, Nell. Das glaube ich nicht. Sie ist nur so aufbrausend«, log Mack mit schlechtem Gewissen.

»Natürlich wollte sie mir nichts tun. Und dieser Mann wollte dich nur erschrecken. Und du wolltest ... du wolltest ihm auch nicht die Augen ... Was seid ihr für Ungeheuer!«

Stolpernd, zitternd lief sie weiter. Sie war doch nicht verrückt. Dicht unter der Wasseroberfläche schien es eine Sandbank zu geben, eine Art natürliche Brücke. Vermutlich war sie auf diesem Weg auch auf die Insel gekommen, denn sie fand ihn ohne Schwierigkeiten. So eilig wie das Wasser es zuließ, schritt sie aus. Sie weinte. Aber Tränen waren bei Nell noch nie Ausdruck von Weichheit gewesen. Sie ließ weder zu, dass er ihr half, noch würdigte sie ihn eines Blickes, und endlich gab er es auf, mit ihr sprechen zu wollen.

Mailands Torwächter wussten, dass sie alle Frauen, die einen Säugling bei sich trugen, aufhalten mussten. Mehr nicht. Sie schienen den Auftrag nicht als besonders wichtig einzuschätzen, denn sie unterbrachen kaum ihre Gespräche, als sie Nell aus dem Strom der Passanten zogen und in die Wachstube schafften. Da Mack sich nicht von ihr trennen wollte, brachten sie beide hinunter in den Kellerraum, der zur Aufbewahrung von Waffen, Wein und Putzmitteln diente. Vielleicht auch zur Inhaftierung verdächtiger Gestalten, denn es gab einen Verschlag, in dem Stroh lag und Halsringe und Ketten in die Wand eingelassen waren. Aber die beiden Neuankömmlinge hieß man nur auf dem nackten Boden zwischen den Fässern Platz nehmen.

Als die Wachen wieder hinaufgegangen waren, gab Nell ihrem Kind die Brust und es erfüllte Mack mit lächerlichem Stolz, sie dieses Wunder vollbringen zu sehen oder vielmehr, davon zu wissen, dass es geschah, denn er wollte sie nicht wieder gegen sich aufbringen, indem er sie beobachtete. Einmal stand er auf und ging zur Treppe, um den Wächter zu fragen, aus welchem Grund und wie lange man sie festhalten wolle. Er bekam, wie erwartet, keine Antwort. Zu größerer Geschäftigkeit konnte er sich nicht aufraffen. Die Wirkung des giftigen Rauchs hatte bereits auf dem Weg nachgelassen, aber dafür packte ihn nun eine umso größere Schläfrigkeit.

Der Tag ging zur Neige. Durch den Treppenschacht und die offene Turmtür hörte er, wie die Bauern die Stadt verließen. Wer den Tag auswärts verbracht hatte, kehrte heim. Einmal blökte ein Schaf und es schien eine kurze Jagd nach ihm zu geben. Mack schlief ein und hatte prompt ein schlechtes Gewissen, als er wieder erwachte. Aber Nell war ebenfalls eingenickt und er nutzte die Gelegenheit, nun doch ihr Kind anzuschauen, das sie lose in den Armen hielt. Es war schwarzhaarig, runzlig und hatte große, hellwache Augen, deren Farbe er in dem schlechten Licht nicht erkennen konnte. Seine Windeln waren in der Hitze getrocknet, es fror also nicht, aber es hatte eine Menge mitgemacht und er wunderte sich, wie zufrieden es an den eigenen Lippen schmatzte. Gunthers Kind?

»Ist es Gunthers Tochter?«, fragte er Nell, als sie eine wenig später erwachte.

Sie würdigte ihn keiner Antwort. Als sie dachte, er hätte die Augen geschlossen, sah er, wie sie seine Hand mit dem rosablutigen Verband betrachtete und erneut zu weinen begann. Aber er spürte sehr genau, dass diese Tränen nicht ihm, sondern ihren eigenen Kümmernissen galt.

Ungeheuer?

Nun, verteidigte er sich trotzig. Sie konnte seine Lage eben nicht einschätzen. Er war durch einen Alptraum gegangen, an dessen Ende er sich mit dem Rest Kraft, der ihm geblieben war, auf die einzige Art, die ihm in den Sinn gekommen war, gewehrt hatte. Er war durch einen Tunnel gegangen, der weder rechts noch links eine Abzweigung bot. Er hatte keine Wahl gehabt.

Und doch kam ihm etwas an der Argumentation fadenscheinig vor. Der Kampf gegen das Böse. Das klang nicht nur, es *war* dünkelhaft und in Nells Ohren wahrscheinlich die lächerlichste seiner Ausreden. Andererseits – hatte Eule sich den Titel des Bösen nicht selbst gegeben?

Für Nell würde es keine Rolle spielen. Sie hatte in kürzester Zeit eine Grausamkeit nach der anderen erleben müssen und er, Mack, hatte an dem Reigen teilgenommen und am Ende die größte begangen. Es ist das letzte Glas Wein, über dem man zu würgen beginnt. Kein Wunder, dass sie weinte. Was mochte das italienische Wort für Wechselbalg sein? Er überlegte, aber er konnte sich nicht besinnen und wahrscheinlich hatte er es noch nie gehört.

Draußen brach die Nacht herein, was er nur daran merkte, dass hinter einer Bretterwand plötzlich Ketten über ein Rad drehten, sicher das Fallgatter des Tores, und dass in dem Raum über ihnen Fackeln in Brand gesetzt wurden.

Kurz darauf kam Gunther.

Er ärgerte sich mit der Empfindlichkeit eines fähigen Mannes darüber, dass Lilith ihn übertölpelt hatte.

»Gut gemacht, einfach zu verschwinden«, schnauzte er Mack an. »Nein, ich will's nicht wissen. Erzähle es mir nachher. Ist sie in Ordnung?« Der Mann, der ihn in den Keller begleitet hatte, wartete einen Moment. Als er sah, wie Gunther sich über Nell beugte und dass offenbar keine Hilfe benötigt wurde, verschwand er nach oben.

»Dein Kind?«, fragte der Waffenmeister. Seine Stimme, eben noch poltrig, war weich geworden. Sofort fühlte Mack wieder den Stich der Eifersucht.

»Meine Tochter. Sie heißt Felicita«, erklärte Nell stolz. Sie hob die Kleine hoch und verwies auf zarte Finger und dichtes Haar und was ihr sonst noch das Herz wärmte.

Meine Tochter. Hatte sie das gesagt?

Gunther legte den Zeigefinger auf den kleinen windelbedeckten Körper, doch selbst diese Berührung schien ihm gewagt vorzukommen, denn er zog die Hand rasch zurück und grinste verlegen. »Hübsch.«

Nicht unser, *dein* Kind. *Meine* Tochter.

Gunther ging zu den Angelegenheiten über, von denen er etwas verstand. »Gut, also ... wir bleiben diese Nacht in der Stadt. Aber gleich morgen früh machen wir uns auf den Weg.

Zumindest *ich* muss fort. Nein ... alles ein verdammter Blödsinn. Wir müssen alle drei fort sein. Bevor sie nämlich Arnulf finden. Kannst du reiten, Nell, ich meine ...?«

»Er meint, in diesem Zustand«, sagte Mack.

»Ich kann alles«, erwiderte Nell. Sie erhob sich und tat ein paar Schritte, um zu beweisen, dass es ihr keine Mühe machte. Ihr Kind trug sie dabei so stolz wie ein frisch erkorener Knappe das Schwert seines Ritters. »Aber ich kehre nicht in das Zimmer zurück.«

Gunther hielt Mack zurück, als Nell die Steinstufen hinaufschritt. Er blickte ihr nach und er schien sich Sorgen zu machen. »Sie ist weit gereist, um dich zu finden. Hat eine Menge ausgehalten, ein paar verflucht unbequeme Monate. Hat sich aber nie entmutigen lassen. Hatte ein Ziel.« Er kratzte eine Stelle hinter seinem Ohr. »Was hast du angestellt, dass sie dich jetzt nicht ansieht?«

»Was hast du angestellt?«, fragte Gunther wieder, als sie geraume Zeit später – es war schon dunkel und die Schwüle des Tages entlud sich in einem Gewitter – in einer Gasse im Schmiedeviertel unter dem Vordach einer Feilenhauerwerkstatt standen. Der Feilenhauer hatte ihnen für eine unerhörte Summe die Schlafkammer seiner Familie überlassen. Zuerst hatte nur Nell dort übernachten sollen, doch dann entschied Gunther, dass es auch für sie beide nicht nötig sei, im Leichengestank zu schlafen. Allerdings wollte er zuvor ihre Sachen holen.

Er warf einen Blick zum Himmel, um die Zeit einzuschätzen, doch das war bei dem Gewitter natürlich nicht möglich. Es konnte spätabends, aber auch schon tiefste Nacht sein. Blitze zuckten, einer am Schwanz des anderen, über die Mailänder Dächer. Ein prächtiges Spektakel. Wenn Eule gewesen war, was zu sein er behauptet hatte, dann konnte man meinen, die Hölle habe sich aufgetan, um ihren Meister zu betrauern. Aber ein Luzifer starb nicht durch etwas so Profanes wie einen Stein auf den Schädel. Um das zu begreifen, musste man nicht der Heilige Vater sein.

»Komm schon«, knurrte Gunther und tat kühn den Schritt in die bereits vom Nieselregen durchnässte Gasse. Als Mack es ihm nachtun wollte, brach mit einem Donnerschlag, der den Boden erzittern ließ, ein Platzregen los. Der Herr der Hölle hatte Spaß daran, seinen Schabernack zu treiben. Fluchend fuhr Gunther zurück. Er knirschte nicht gerade mit den Zähnen, aber die Ungeduld ließ ihn mit den Füßen wippen.

»Hat keinen Sinn, bis auf die Knochen nass zu werden. Das hört gleich wieder auf.«

»Wahrscheinlich.«

»Zeig mir deine Hand!«

»Wozu?«, fragte Mack, während das Wasser um seine immer noch nackten Füße spülte.

»Damit ... Hör auf, alles schwierig zu machen.«

»Tu ich nicht.« Das Gewitter reichte von der Stadt bis zum Horizont. Und aus jedem gelben Zacken schien ihm Eule zuzublinzeln. Mack lächelte grimmig zurück. »Ein bisschen Wasser schadet doch nicht, oder?« Es goss so heftig, dass bereits die ersten Schritte ihn bis auf die Haut durchnässten. Er reckte Arme und Gesicht zum Himmel.

»Nell wollte zu dir und nun sieht sie dich ...«

»Und nun sieht sie mich nicht an.« Mack hatte nur eine schwache Ahnung, wohin sie gehen mussten. Prompt wandte er sich in die falsche Richtung und Gunther riss ihn am Arm zurück und zog ihn die Gasse aufwärts. Eine Weile stapften sie schweigend nebeneinanderher.

»Ich bin ein Mann des Königs. Ich habe kein Recht, auf Nell Rücksicht zu nehmen und dadurch vielleicht später als möglich wieder daheim zu sein. Also bist du es, der Nell nach Deutschland zurückbringen muss. Der Kaiser ...«

Der Kaiser, so hieß es, plante etwas mit dem englischen Königshaus. Heinrich von Neiffen sollte deswegen nach Paris reisen, um dem französischen König klar zu machen ... Wen interessierte der französische König?

»Schön, dich gähnen zu sehen. Es geht auch nur um das Schicksal des Königs«, meinte Gunther bitter.

»Mein König hat mich mit dem übelsten Tritt meines Lebens aus seinem Reich geworfen. Du warst dabei, erinnere dich. Er ist froh, den Mühlstein los zu sein, der ihm mit meiner Visage am Hals hing. Und ich ...«, Mack balancierte um ein zerbrochenes Karrenrad, in dessen Speichen der Regen den Dreck der Gasse gespült hatte, »... bin es poco a poco auch.«

»Ich war auch dabei, als du vor Heinrich gekniet und er dir sein Schwert auf die Schultern gelegt hat. Und dir damit, nebenbei bemerkt, hundertmal mehr Ehre erwiesen hat als ...«

»... als einem trällernden Nichtsnutz ...«

»Ich habe es immer gehasst, mit dir zu streiten.« Gunther blieb stehen. Er hielt das blonde Haar, das ihm der Regen ins Gesicht wusch, mit der Hand aus der Stirn. »Dein König hat dich davongejagt, schön. Und einige würden sagen, als du diesen liederlichen Lebenswandel aufgenommen hast, hast du dein eigen Teil dazugefügt, dich unwürdig zu machen. Vielleicht ist etwas daran. Aber *ich* sage, wen der König zum Ritter schlägt und wer ihm in die Hand die Treue verspricht, der ist ihm auch bis zu seinem letzten Atemzug zur Treue verpflichtet. Niemand kann dich aus einem Eid entlassen, den du geschworen hast. Nicht einmal der König selbst. Das verstehe ich unter Ehre.«

»Und halb Mailand hört dir gespannt zu.«

»Das verstehe ich unter Ehre.«

Gunther ging weiter, jetzt schneller. Kein Wort mehr über Treue. Er hasste es nicht nur zu streiten, er hasste auch jeden nutzlosen Aufwand. Viel eher als erwartet, standen sie vor der Herberge, in der Arnulf seinen Tod gefunden hatte. Der Waffenmeister hob die Faust, zögerte aber anzuklopfen. Wahrscheinlich wurde ihm klar, dass sie nur unnötig Aufmerksamkeit auf sich zogen, wenn er sämtliche Leute aus dem Schlaf rüttelte. Und dass man hier bereits schlief, bewies die Stille in der Gaststube. Also schlugen sie den Weg zum Hinterhof ein, über den Mack und Lilith geflohen waren.

Mack hielt Gunther zurück, als der nach dem Mauersims griff, um sich hinaufzuschwingen.

»Ich habe in Arras einen Harfenspieler kennen gelernt, der den Süden Italiens bereist hat. Er hat ein Lied vorgetragen über einen christlichen Fürsten, der sich eine Heidenstadt baute. Dieser Mann machte Sarazenen zu seinen Kammerdienern. Er richtete sich einen Harem ein, den er von Eunuchen bewachen ließ. Er schlug einen Emir, den er liebte, zum Ritter. Als das Fest vorbei war, habe ich den Harfenspieler zum Wein eingeladen und ihn ausgefragt.«

»Hm.«

»Die Sarazenenstadt existiert und steht in der Nähe von Foggia. Sie ist voller Moscheen, in denen zu Allah gebetet wird, und ihr Herrscher übergab den Ungläubigen, die dort wohnen, den Stadtschatz, weil er ihnen mehr vertraut als jedem Christen.«

»Der Kaiser des Abendlandes soll zum Mohammedaner geworden sein?«

Mack wurde einen Moment von Skrupeln geplagt, ob er auch das letzte Gerücht, dessen Wahrheit er selbst nicht beurteilen mochte, weitergeben durfte. »Friedrich soll gesagt haben, dass er nicht an die Ewigkeit der Seelen glaubt. Er glaubt an gar nichts außer an die Ewigkeit der Welt.«

»Der Kaiser ein ... Ketzer?«

Mack zögerte. »Ketzer glauben an etwas. Sogar Mohammedaner tun das. Aber Friedrich glaubt an gar nichts. Was soll einen Mann aufhalten, der weder an Barmherzigkeit noch an Gerechtigkeit oder ein ewiges Gericht glaubt? Ich war dabei, als Friedrich dem am Boden liegenden Emir Ibn-Abbad mit seinem Sporn die Lende aufriss. Es hat ihm nicht mehr bedeutet, als eine Blume zu knicken. Er ist ... weder ein Ritter noch ein Vater. Soll ich dir sagen, was ich glaube? Wenn Heinrich ihn genügend reizt, wenn er diesen Pakt mit den Lombarden schließt, wird Friedrich auch seinen Sohn umbringen.«

Gunther schüttelte den Kopf. Er wollte sich erneut auf die Mauer schwingen, ließ aber noch einmal die Hände sinken. »Kommst du da rüber?«

»So schnell wie du und schneller.«

»Gut.« Er nickte und lächelte. »Du liebst ihn doch, Mack. Du liebst deinen König.«

Die Mauern sprachen nicht zu ihm. Nur das Regenpladdern auf den Tonschindeln war zu hören und in irgendeinem Stall einige Häuser weiter das gutturale Stöhnen eines Tiers, das an einer Krankheit litt. Mack knuffte Gunther in die Seite und beide blickten zu dem Fenster hinauf, hinter dem der Waffenmeister und Nell gewohnt hatten. Unterhalb des Fensters standen zwei Brombeerbüsche, daneben ein mehr schlecht als recht zusammengezimmerter Verschlag, der als Stall dienen musste, denn sie hörten das Scharren von Tieren, die sich im Schlaf bewegten. Mack traute sich zu, über dessen Dach zu einem Fenster zu gelangen und von dort über eine ins Holz geschnitzte Heiligennische hinauf in die Kammer. Gunther würde mit seinen breiten Schultern allerdings kaum durch das Fensterloch passen. Der Waffenmeister musste zu demselben Schluss gekommen sein, denn er sagte: »Du kletterst hinein und wirfst mir zu, was dort liegt.«

»Das tu ich gern.«

»Lass sehen.« Diesmal schnappte er zu, bevor Mack die Hand wegziehen konnte. Er wickelte den Lappen ab, der um die Wunde geknotet war, und versuchte die verstümmelte Stelle so zu halten, dass er etwas erkennen konnte, was bei dem schlechten Licht fast aussichtslos war. »Du hast einen

Finger verloren.« Es klang wie eine Mutter, die ihr Kind wegen eines Risses im Hemd ausschalt. »Damit kannst du nicht klettern.«

Auch Mack war des Disputierens müde. Er griff in eine Spalte, aus der der Mörtel gebröselt war, und wollte sich auf den Koben schwingen. Mit einem Lachen zog Gunther ihn wieder herab.

»Du musst nicht denken, dass der Allmächtige nur dich mit Händen und Füßen versehen hat.« Er spuckte in die Hände, rieb sie und wurde schnell zu einem voluminösen Schatten, der die Wand hinaufkletterte. Allerdings hangelte er sich nicht zu dem schmalen Fenster, sondern zum Dach hinauf, wo er einige Schindeln entfernte und sich, gar nicht ungeschickt, durch das Loch schlängelte. Zu Arnulfs faulendem Körper? Mack glaubte plötzlich Leichengeruch wahrzunehmen, aber wahrscheinlich war das nur Einbildung.

Gunthers Kopf verschwand.

Wieso weiß jeder, was ich kann oder bin? Mack kletterte ein zweites Mal auf den Verschlag. Von zehn Fingern besaß er immerhin noch neun. Bisher hatte er es vermieden, die Wunde zu betrachten. Nun warf er doch einen kurzen Blick auf den Stummel, aber natürlich war in der Dunkelheit nichts Rechtes auszumachen. Die Hitze und das Pochen wiesen allerdings auf eine Entzündung hin. Er zögerte kurz. Seine Hilfe war dort oben nicht nötig. Es war kleinliche Rechthaberei, die ihn weitertrieb.

Er sprang. Es schmerzte. Aber er konnte mit beiden Händen das Fenster erreichen und sich mit einem Klimmzug hinaufziehen. Die Heiligennische – falls das Loch überhaupt etwas Derartiges darstellte – bot seinen Füßen den erforderlichen Halt, kurz darauf zwängte er sich durch das Fensterloch und stand erneut in dem Zimmer, in dem Arnulf den Tod gefunden hatte. Da seine Augen noch nicht an das Dunkel gewöhnt waren, war er im ersten Moment blind.

Doch seine Nase tat ihren Dienst. Die ganze Luft war erfüllt von den süßlichen, fischartigen Ausdünstungen der beginnenden Leichenfäulnis. Ein Wunder, dass man Arnulf noch nicht entdeckt hatte. Ein Wunder, dass irgendjemand im Haus ein Auge zutun konnte bei diesem Gestank.

Falls es denn so war.

Ihm schoss die beunruhigende Vorstellung durch den Kopf, die Herbergsbesitzer könnten längst die mailändischen Büttel alarmiert haben. Aber warum sollte man im Zimmer eines bereits begangenen Mordes eine Wache aufstellen? Ungeduldig wartete Mack, dass seine Augen sich an die Dunkelheit gewöhnten, bis ihm einfiel, dass er mit dem eigenen Körper das Licht ausschloss.

Er trat neben das Fenster.

Er hörte nichts, er sah nichts Verdächtiges. Es gab nicht den geringsten Grund, sich zu beunruhigen. Zumindest keinen, der offensichtlich wäre. Doch dann merkte Mack, wie seine Nackenmuskeln sich plötzlich versteiften und etwas in ihm kalt wurde.

Erschreckt warf er sich zu Boden. Noch während er flog, rammte etwas über ihm ins Holz. Er rollte weiter und duckte sich hinter das Bett. Mit etwas Glück, ging es ihm durch den Kopf, glaubte *wer auch immer* ihn getroffen zu haben, so dicht war sein Sturz auf den Schuss gefolgt.

Alles blieb still. Nur bei angestrengtestem Lauschen meinte er ein leises Scharren bei der Tür zu hören. Kein Schuss – man hatte ein Messer nach ihm geworfen. Als wenn es von Bedeutung wäre. So langsam, dass die Zeit sich dabei ins Unendliche zu ziehen schien, hob Mack den Kopf. Er versuchte, über die Kante des Betts hinweg etwas zu erkennen. Und endlich konnte er in dem Sud aus Finsternis einen Körper ausmachen. Das Bild eines Kamelhöckers flatterte durch seinen Sinn. Kein Höcker, direkt bei der Tür kauerte ein Mann auf einem zweiten, der unter ihm lag. Er blickte sich lauernd im Zimmer um.

Es war keinesfalls Gunther, denn der Fremde trug ein Tuch, das er um den Kopf geschlungen hatte. Also lag der Waffenmeister unter ihm und war ... tot?

Bœuf war tot.

Mack hatte kaum um den dicken Mann getrauert und das schien ein Versäumnis zu sein, das sich nun rächte. Gefühle überschwemmten ihn mit der Kraft einer schwarzen Flut. Als er Eule töten wollte, war es sich selbst noch fremd vorgekommen. Ein Mensch, in den ein böser Geist gefahren ist. Ein Besessener. Jetzt war es seine ureigene Wut, die ihn auf die Füße brachte. Alles, was ihn bewegte, war die Frage, ob er schneller *über* das Bett oder um das Bett herum zu dem Mörder gelangte.

Die zur Abwehr erhobene Hand des Mannes sank herab, gerade als Mack sich auf ihn werfen wollte. Der Fremde schlängelte sich zu Seite. Seine Hände waren schwarz und Mack konnte deutlich einige Finger erkennen, die sich abspreizten, als er aufsprang, um sich in Sicherheit zu bringen. Er wollte ihm nachsetzen, als plötzlich ein rasselndes Würgen die Stille durchbrach – das unangenehme Geräusch eines Menschen, der sich übergibt.

Diesmal allerdings klang es nicht schlecht, fand Mack, während sein Herz zu jubeln begann. Die Wut, eben noch so überwältigend, dass er mit bloßen Händen hatte morden wollen, löste sich in Rauch auf und wurde durch tiefste Erleichterung ersetzt.

Der Fremde verschwand durch die Tür. Er brachte es fertig, sich trotz der Eile nahezu lautlos zu bewegen, ein winziges Detail, das sich Mack einprägte, weil es ihn verwunderte. Trotz aufmerksamen Lauschens konnte er weder seine Schritte auf dem Gang noch auf der Treppe hören. Erst das Scharren des Haustürriegels bewies, dass der Unheimliche die Herberge verließ.

Es roch nach Erbrochenem, so stark, dass selbst der Leichengestank überdeckt wurde. Mack tastete nach Gunther – und wurde ruppig fortgestoßen. Er grinste bei dem Gedanken, wie tief den Waffenmeister seine Niederlage getroffen haben musste. Eine Weile harrte er neben dem keuchenden Mann aus. Dann zog er sich an der Bettkante hoch und reichte Gunther die Hand. Der Waffenmeister schlug sie beiseite.

»Nicht verletzt?«

»Kein anständiger Mann fällt von hinten ...« Gunther röhrte und räusperte sich, als müsse er seine gequetschte Luftröhre aufblasen.

»Nein, wirklich nicht anständig.«

Er drückte ihm etwas in die Hand, ein Band, eine Kordel, wie es schien. Mack trat damit ans Fenster. Der Wind hatte die Wolken auseinander getrieben und etwas Licht fiel in den Hof. Genug, um zu erkennen, dass die Kordel aus festem, rotem Garn war, mit Fasern von erstaunlicher Glätte und Reißkraft.

»Mieser Dreckskerl!« Gunther war an Macks Seite getreten und nahm ihm die Schnur ab, um sie genauer zu untersuchen.

Eine Katze buckelte im Hof. Sie erspähte sie am Fenster und kletterte auf einen Baum, von wo aus sie sie anfauchte. Mack musste daran denken, dass eines der Verbrechen, das der Papst den Ketzern vorgeworfen hatte, darin bestand, dass sie schwarze Katzen züchteten.

»Sarazenen.«

Er hatte nicht zugehört. »Was?«

»Du hast zu viel von Sarazenen gesprochen. Deshalb geistern sie jetzt durch meinen Kopf. Es heißt, dass die Sarazenen Mörder haben, Assassinen, die ihre Opfer mit Kordeln erdrosseln, aber das ist natürlich ...«

»... Unfug. Viel wahrscheinlicher war es ein Dieb, der die schmutzige Wäsche stehlen wollte und sich dafür mit Mordwerkzeugen versorgt hat.«

»Ich habe den Kerl mit dem Ellbogen im Gesicht erwischt.

Er hat geflucht, aber weder auf Italienisch noch in einer anderen Sprache, die ich kenne.«

»Du kennst keine Sprache außer Italienisch.«

»Er hat Arabisch gesprochen.« Gunther quälte sich den Satz wie ein unter der Folter erzwungenes Geständnis ab und auch der nachfolgende fiel ihm nicht leicht. »In Nürnberg haben sie davon geredet, dass der Baiernherzog durch einen arabischen Mörder getötet wurde.«

»Also sendet der Kaiser dir seine Mörder.«

»Also ist sich unser christlicher Kaiser nicht zu schade, wie ein gemeiner Halunke mit der Hilfe des ungläubigen Packs ... Dreck alles.«

Gunther massierte seinen Hals. Die Katze maunzte und ein paar Häuser weiter unterhielten sich gedämpft einige Menschen miteinander, scheinbar über das kranke Tier, denn das Stöhnen kam aus derselben Richtung.

»Ich werde mich vom Podestà noch heute Nacht aus der Stadt bringen lassen.«

»Ja, das solltest du.«

»Mack?«

»Was?«

Gunther spuckte mehrmals durch das offene Fenster. »Zum Kotzen, das. Diesmal wirklich zum Kotzen. Du musst Nell nach Deutschland zurückbringen. Höre nicht auf das, was sie sagt. Sie traut sich immer zu viel zu. Bring sie zurück und dann – such mich auf. Und ...« Er stieß ihn leicht mit der Faust. »Sie ist deinetwegen hierher gekommen, vergiss das nicht.«

26. Kapitel

Die Tür zu dem schäbigen Haus des Feilenhauers stand immer noch offen. Sie klappte leise im abflauenden Wind ... Wahrscheinlich ist es ein Glück, dass ich heimkehre, dachte Mack. Nach dem Abzug des Ungewitters würde das Gesindel, das hier wie in jeder anderen Stadt die Nächte beherrschte, sicher bald aus den Unterschlüpfen kriechen. Einen Moment bedrückte ihn die Vorstellung, jemand könne den Blitzen getrotzt haben und zu Nell ins Haus geschlichen sein. Was auch immer er tat, kam ihm beschämend unzulänglich vor. Sein Leben glich dem Strümpfestopfen – während die Nadel durch das Gewebe glitt, tat sich an anderer Stelle bereits das nächste Loch auf. Es gab einfach zu viele Löcher.

Die Werkstatt des Feilenmachers atmete den muffigen Geruch nach verderbenden Abfällen aus, den der Regen zwar aus den Gassen gewaschen hatte, der sich aber in den Häusern hielt, als wäre er in die Wände eingeputzt. Mack hörte seine Schuhe quietschten. Er hinterließ mit jedem Schritt Spritzer und Pfützen auf dem Lehmboden. Das Erdgeschoss des Hauses bestand aus der Werkstatt, der Schlafkammer, dem Wohnraum mit einem Kochfeuer zum hinteren Hof und einem düsteren Gelass, in dem zwischen Spinnweben, Staubflusen und den Gespinsten der Schnaken angeschimmeltes Holz lagerte. Alle Räume waren um die Werkstatt angeordnet, so dass Mack das Licht, das durch die Bodenritze und ein Astloch der Schlafkammertür drang, nicht übersehen konnte. Er hatte vorgehabt, sich irgendwo in der Werkstatt ein Fleckchen von Eisenspänen frei zu scharren, aber nun brachte er es bei aller Beherrschung nicht fertig, das Signal zu übersehen.

Nell saß auf dem Bett des Feilenhauers, das nobel mit Dach und Vorhängen und riesigen Troddeln in sämtlichen möglichen Farben versehen war. Sie hatte ihr Haar zu Flechten gebunden, die Haube aber abgelegt, ihre Hände ruhten im Schoß. Ihr Kleid und ihr Unterzeug hingen frisch gewaschen über einem Schemel. Sie selbst war in ein Wollgewand geschlüpft, das sie wohl vom Weib ihres Wirtes ausgeborgt hatte. Mack blickte sich suchend um, aber er konnte das Kind nicht entdecken, bis Nell einen Zipfel der Decke umschlug, auf der sie saß. Der Säugling schlief, geborgen in weichen Kissen.

»Ich will dich nicht stören, ich bin nur gekommen, um zu sehen, ob alles in Ordnung ist«, erklärte Mack lahm.

»Nun siehst du's. Es ist alles in Ordnung.«

Er hatte die Schwelle des Zimmers nicht überschritten. Wenn er die Tür wieder schloss, würde sie endlich die Ruhe haben, die sie dringend brauchte.

»Wo ist Gunther?«

Mack musste lächeln. »Im Dienst seines Königs. Das ist er doch immer.«

»Der König«, schnaubte Nell.

»Red nicht so vom ihm, Nellie. Er ist jung, aber er bemüht sich, das Rechte zu tun. Er versucht, seinem Volk zu dienen. Das ist doch etwas.«

»Du hörst dich an wie hundert Jahre alt.«

»So fühl ich mich auch.«

Wenn Nell sich mit der Arbeit übernommen hatte, ähnelte sie einem Welpen, der vergeblich einem Rudel Hasen nachgehetzt ist. So auch jetzt. Ihre Augen blitzten, die Narbe in ihrem Mundwinkel war straff gespannt, aber die Schultern hingen herab und die Schatten um ihre Augen waren so tief eingegraben, dass es aussah, als trüge sie eine Maske.

»Du solltest schlafen, Nell.«

»Das würde ich gern. Aber denkst du, ich kann Ruhe finden, wenn ich im Geiste vor mir sehe ...« Ihr entschlüpfte ein Geräusch, das an einen Schluchzer erinnerte, aber sie fuhr sich mit der Hand über den Mund und erstickte es. Als sie sich vom Bett erhob, kam sie Mack ungeschickter denn je vor. Er hätte gern gewusst, ob das mit der Geburt zusammenhing oder ob sie etwa doch durch ihre Entführung Schaden genommen hatte. Aber er wusste, dass sie es ihm nicht sagen würde.

»Gunther hat mir etwas dagelassen. Für deine Wunden. Er sagt, er nimmt's immer für seine Pferde und denen hilft's. Setz dich!« Die Kleider flogen vom Schemel aufs Bett. »Hierhin, Mack, nun mach schon.«

Sie hatte eine Waschschüssel vorbereitet, die sie aus einer Ecke hinter dem Bett holte, schnitt mit einer reichlich stumpfen Schere ein Büschel aus seinem Schopf und schrubbte dann den Schorf von der Kopfwunde. Sie hielt nicht viel von übertriebener Zartheit. Vielleicht war sie auch zu durcheinander, um zu bemerken, wie grob sie war.

Mack musste mehr Blessuren erhalten haben, als er selbst wusste, denn sie machte sich anschließend an seinem Nacken zu schaffen und dann, nach einem ungeduldigen Befehl, den Rock über die Schulter herabzustreifen, an seinem Oberkörper bis hinab zu den Hüften. Gerade dass sie ihm nicht befahl, sich nackt auszuziehen.

Das Zeug, das Gunther ihr gebracht hatte, stank wie Gülle und brannte wie Säure, was sie für eine Gewähr zu halten schien, dass es wirkte. Jedenfalls goss sie freigebig davon auf jede verdächtige Stelle. Seiner Hand wandte sie sich zum Schluss zu.

»Du wirst nicht mehr die Laute schlagen können.« Einen Moment lang zitterte ihre Stimme.

»Immer noch neun von zehn Tönen«, versuchte er zu scherzen.

Der stinkende Lappen, sein Notverband, flog in eine Ecke.

Felicita begann im Schlaf zu weinen und Nell lief eilig zu ihr und drückte einen Kuss auf die winzige Stirn. Das kleine Zeichen der Zuneigung schien das Kind bereits zu beruhigen. Nell wickelte es fester in die Decke und Mack lächelte, als er sah, wie Nell zumindest für diesen kurzen Augenblick völlig glücklich war.

Ein Glück, das sofort wieder schwand, als sie sich erneut mit dem Haufen Elend auf dem Schemel befasste.

»Du hast ihm die Augen zerkratzt. Du hast ihn geblendet«, stellte sie fest. Sie gab ihm die Schüssel zu halten und goss einen kräftigen Schwall aus der Tonflasche über die schwärende Stelle, an der einmal sein kleiner Finger gesessen hatte.

»Ich wünschte, ich hätte es nicht tun müssen.«

»Das ist eine Lüge, Mack. Ich kann in deinen Augen lesen wie Mönche in einem Buch. Du hättest ihn getötet, wenn du gekonnt hättest.«

»Das ja. Aber nicht diese Grausam ... Himmel, Nell, die Dinge sind nicht immer so einfach.«

»Aber sie werden dadurch einfach, dass man sie mit Lügengirlanden schmückt?«

»Er *musste* sterben. Entweder er oder du und ich.«

Nell lachte bitter. »Nein, Mack Geschichtenerzähler. Ich weiß, worum es ging. Um einen Napf.«

Sprachlos starrte er sie an.

»Ich habe Italienisch ... Dreh die Hand herum, sonst kann ich's nicht verbinden. Ich kann Italienisch sprechen. Hunde streiten sich um ihren Futternapf. Hunde tun das. Und genau wie ein Hund hast du ihm wegen eines Napfes die Augen ausgekratzt. Was war's? Ein Goldnapf?«

Es dauerte eine Weile, ehe er begriff. *Ciotola – ciottolo.* Nell hatte nicht gründlich genug gelernt.

»Nicht doch. Ich zeige dir, was er wollte.« Sie ließ nicht zu, das er etwas tat, ehe sie ihm die Hand zu Ende verbunden hatte. Endlich konnte er in die Ärmeltasche fassen und pfriemelte, behindert durch den Verband, Luzifers Kleinod hervor. »*Ciottolo,* einen Stein.«

Die Beleuchtung im Zimmer war nicht eben üppig. Zwei stinkende Unschlittkerzen, etwas Licht von draußen. Mack nahm die Kerze, die Nell für die Wundbehandlung genutzt hatte, und hielt sie so, dass das Licht auf das gelbe Auge fiel. Er war zu müde, um sich noch großartig zu ängstigen, aber dennoch froh, dass der Stoff des Verbandes zwischen ihm und den Stein lag.

»Was ist das?«

»Ich weiß es nicht. Wirklich nicht.«

»Dann sag ich's dir: Ihr habt euch um einen Edelstein gestritten.« Nells Stimme troff vor Verachtung. Das Auge war erblindet. Es spiegelte das Licht der Kerze, aber es besaß kein eigenes Leben mehr. Ein totes Stück Gestein.

»Kannst du etwas darin sehen?«

Widerwillig lenkte Nell ihren Blick zurück. In ihren Zügen zeigte sich weder Erstaunen noch Verzückung oder Furcht, oder sonst eine heftige Regung. »Er ist kostbar, nehme ich an.« Sie schob seine Hand beiseite, als läge ein Hundehaufen darin.

»Du weißt, dass ich mir aus Kostbarkeiten nichts mache.«

»Ich weiß gar nichts von dir, Mack. Nicht mehr.« Das klang endgültig und müde. Aber sie kehrte ihm nicht den Rücken und sie wies ihm nicht die Tür.

»Ich wollte ihn loswerden, darum ging es mir. Es heißt, dass dieser Stein Luzifer gehört. Eine Menge Leute wollen ihn haben. Ich dachte ... ich dachte eben, es wäre das Beste, ihn im Meer zu versenken.« Selbst in seinen eigenen Ohren klang das läppisch. Jedes Wort hörte sich hohl an wie in einem schwülstigen Lied. Er hätte seinem Verstand folgen und sich ein Lager in den Eisenspänen bereiten sollen.

»Gut. Fortwerfen ist nicht schwer.« Nell schnappte den Edelstein und lief zur Tür, wobei sie über den zu langen Saum des entliehenen Kleides stolperte. Als er ihr folgte und ihren Arm festhielt, krümmte sie sich vor Enttäuschung.

»Wir werfen ihn fort, ich schwör's dir, Nell, aber nicht einfach in die Gasse. Wir ...« Er legte alles an Überredungskunst in seine Worte, was er besaß. »Wir nehmen dein Mädchen und gehen an die Küste. Wenn ich singe, werden wir unser Auskommen haben. Dort werden wir in ein Boot steigen und den Stein an der tiefsten Stelle, die wir vom Ufer erreichen können, versenken.« Er stockte. »Ich liebe dich, Nell.«

Sie hatte den Stein mit der Faust umkrampft. Nun ließ sie ihn plötzlich durch die Finger gleiten, dass er zu Boden polterte, riss sich los und kehrte zum Bett zurück.

»Nellie ...«

»Du hast mir das nie gesagt.«

»Aber ja doch.« Mack war ihr gefolgt. »Jedes Lied, jeder Ton ... Wie hätte ich denn von Liebe singen können ...«

»Und wenn's so wäre ...« Sie sprach nicht weiter, zog stattdessen die Decke beiseite und riss ihr Kind an sich, das gurgelnd protestierte. »Mir graut vor dem Bösen, Mack. Ich sehe dich an und mir ... graut.«

Er nickte. Das war ehrlicher, als Bœuf oder sogar Eule es je fertig gebracht hatten.

»Schau nicht so. Ich weiß nicht, was du bist!«, schrie sie ihn über ihr Kind hinweg an. »Du hast mich betrogen, Mack. Du hast getan, als wärst du ...« Sie sprach nicht weiter. »Ich habe jetzt eine Tochter.«

Eine Ratte huschte über die Querstange des Betts, an der der Vorhang hing. Sie glitt aus, stürzte mit einem Quieken zu Boden und lief weiter. Ob sie humpelte, war nicht zu erkennen, da sie sofort hinter einem leeren Butterfass verschwand. Nell weinte. Er hatte keine Ahnung, was sie tun würde, wenn er sie berührte.

»Nell ...«, begann er.

»Ich habe immer gefroren. Seit dem Tag, als ich mit diesem

schrecklichen Karren auf die Thannhäuser Burg gekommen bin. Ich habe die Winter gehasst und auf die Sommer gehofft. Aber ich habe auch im Sommer gefroren. Sogar hier, hier in Italien, friere ich. Ich werde nicht warm, Mack.«

»O Nell ...«

»Ich hab's nicht geglaubt, als dieser Mann gesagt hat, du bist sein Bruder. Wie kann der Schatten der Bruder des Lichts sein? Und dann stichst du ihm ...«

»Ich werde gehen, Nell.« Mack tat, was er nie getan hatte, er berührte ihr Gesicht, er legte die Hand auf ihre Wange. »Ich werde jemanden finden, der dich und die Kleine sicher nach Hause bringt. Gunther wird für dich sorgen.«

Das Auge Luzifers triumphierte. Es leuchtete so hell, dass von Rechts wegen der ganze Raum hätte in Licht getaucht sein müssen. Die Ratte huschte aus der Ecke, wieselte auf den Stein zu und hielt inne, als wäre sie gegen eine Wand gerannt.

»Du hast es getan, weil du dich gefürchtet hast.«

»Ich *habe* mich gefürchtet, Nell.«

Sie lachte und weinte gleichzeitig. »Sieh mich an.«

Nicht der Stein, Nell war es, deren Blick bis auf den Grund der Seele sehen konnte. Ach was, Illusion. Sie konnte nur des Thannhäusers Augen sehen, deren eigentümliche schilfgrüne Färbung von jeher Anlass zu bösem Kommentar gegeben hatte.

»Sieh mich an«, wiederholte sie, obwohl er genau das schon tat. Sie legte den Säugling neben sich auf die Kissen und nahm seinen Kopf zwischen die Hände. Er lächelte und wurde sofort wieder ernst.

»Ich *hatte* Angst, Nell, aber vor allem habe ich Eule gehasst. Ich hab's aus Hass gemacht, wegen all der Dinge, die er dir und mir angetan hat.«

»Ich habe ihn auch gehasst.« Nell ließ Mack los. Sie beugte sich über die Kerze neben dem Bett und blies sie behutsam aus, dasselbe tat sie mit der Kerze auf dem Boden. Er hörte, wie ihr Schritt zögerte, als sie in die Nähe des Steins kam, und dann, wie ein leises Klacken ihn in eine Ecke beförderte.

»Gib auf Felicita Acht«, sagte sie, als sie zum Bett zurückkehrte und ihn neben sich auf die Decke zog. Das Kind begann erneut zu weinen, aber es verstummte, als sie es nahm und an die Brust legte. Es lag zwischen ihnen und bewegte sich beim Trinken.

»Und?«, fragte Nell. Sie zitterte tatsächlich, als ob sie fröre. Er legte die Arme um sie und ihr Kind.

Und vergaß den Stein.